LE LABYRINTHE DES FEMMES

Coline Gatel

LE LABYRINTHE DES FEMMES

PRÉLUDES

Couverture : Collection Bourgeron/Bridgeman Images.

Préludes est un département de la Librairie Générale Française.

ISBN : 978-2-253-08081-7

« Non la femme n'est pas une chose, un pur réceptacle.
Elle pétrit son enfant de ses sentiments
et de ses idées comme de sa chair ;
esclave, elle ne peut créer que des esclaves. »

André LÉO (pseudonyme de Victoire Béra,
journaliste et écrivaine : 1824-1900)

Prologue

Genèse de l'histoire

Dans *Les Suppliciées du Rhône*, se déroulant à Lyon à la fin de l'année 1897, les corps exsangues de jeunes filles sont retrouvés dans la ville. Le professeur Lacassagne décide que des scientifiques iront sur le terrain afin de trouver le coupable. Ils mettront en pratique toutes les avancées acquises jusqu'alors.

Pour cela, il demande à un de ses étudiants aussi brillant qu'intrigant, Félicien Perrier, de former une équipe.

Entouré d'Irina, une journaliste pseudo-polonaise, et de Bernard Lecuyer, un carabin cent pour cent janséniste, celui-ci va dénouer les fils enchevêtrés de cette affaire. Terrible affaire qui fera éclater le groupe en poussant le jeune médecin au-delà de ses limites.

Chapitre 1

Juin 1898

— Tire-toi, sale bête !

D'un geste de la main, l'homme envoya valser le rat dans un couinement strident. Il se retourna sur le côté en grommelant.

— Fais chier…, marmonna-t-il en remontant son col.

Une fine pluie glaciale tombait sans discontinuer depuis plusieurs jours. Une sorte de bruine qui transperçait les corps perdus autant que pouvait le faire la douleur. Il gisait là, lui aussi depuis plusieurs jours, sale et recroquevillé, à même la ruelle poisseuse, entre vermine et gravats. L'air empestait l'urine, la pourriture et la faim. Une odeur âcre qui prenait aux narines et donnait le tournis.

La femme glissa les mains dans les poches de sa redingote noire et s'immobilisa à quelques pas de lui. Entre surprise et acceptation. Un long soupir vint clore le débat des sentiments contradictoires qui l'assaillaient et elle hocha la tête, comme pour être certaine qu'elle ne se trompait pas, et que ce qu'elle voyait était bien la réalité. Et lorsque un pauvre hère en guenilles vint s'accroupir près du corps de l'indigent, elle trouva le courage de ne pas fuir. Peut-être était-il en danger dans ce quartier malfamé du vieux Londres ?

Mais le nouveau venu, déjà, secouait le clochard.

— Doc ? grommelait-il. Doc ! Réveillez-vous ! Y a urgence !

L'interpellé ne broncha pas. Au contraire, il parut se replier un peu plus sur lui-même, dans une position quasi fœtale. L'autre insista :

— Doc ! C'est ma légitime. La Rosemary. Elle peut pas faire l'petiot toute seule. Elle gueule. Elle saigne. Va chercher le Doc qu'elle m'a hurlé. Doc ? Vous m'entendez ? Doc…

Celui que l'arrivant appelait Doc lâcha un grognement insatisfait. Comme s'il allait mordre. Mais il se contenta d'ouvrir un œil.

— Va te faire traire, toi et ta Rosemary de chiotte.

Sauf que, dans sa dérive, il s'exprima en français, ce qui laissa son interlocuteur sans voix.

— Elle va mourir.

— Qu'elle crève !

— Doc…

— Si vous arrêtiez de copuler comme des bêtes, ça ne vous arriverait pas !

Il avait repris la langue de Shakespeare pour jeter sa dernière phrase, et cette fois-ci l'homme ne s'y trompa pas et se releva, puis recula d'un pas.

— Tu devrais y aller. Cette femme qui accouche a besoin de toi.

Toujours les mains dans ses poches, la nouvelle venue n'avait pas bougé. Le crachin qui dégoulinait du large bord de son feutre et ruisselait le long de son manteau formait autour d'elle une étrange flaque presque circulaire. Derrière elle, les roues des charrettes cerclées de fer claquaient sur les pavés de la rue toute proche. Pour être entendue, elle avait dû forcer sa voix.

Quand le clochard à terre la reconnut, il se redressa, pétrifié, comme s'il avait vu un fantôme. Il demeura là, bouche ouverte, yeux exorbités, regard fixe, alors qu'une mèche folle, gluante de pluie et de crasse, venait se coller à sa joue poisseuse.

— Comment m'as-tu retrouvé ? aboya-t-il en reprenant ses esprits.

— Bonjour quand même, ironisa-t-elle en approchant.

— Comment ?

De crainte, le quémandeur décampa pour se tapir contre un mur, sous un porche sombre. La femme avança encore.

— J'ai fait mon enquête.

— Pourquoi ?

— Je voulais te voir. Te parler.

— Tu mens !

Elle ravala sa salive. Il lui avait fallu beaucoup de courage pour affronter ce qu'était devenu son ami. Contre un substantiel bakchich, on lui avait dit : « Il y a une loque, là-bas, dans une ruelle près du port. On l'appelle le "Doc" parce qu'il rend des services contre quelques pennies ou une bouteille de mauvais whisky. C'est un Français. Sans doute votre homme. »

On pouvait trouver un peu de tout et de n'importe quoi comme nationalités, près du port. Des Polonais bagarreurs, des Russes balafrés, des Grecs agiles, des Espagnols roublards ou même des Français prétentieux qui, dans le besoin, tentaient encore de faire croire que jadis ils étaient nobles et riches. Mais des Français basanés, pas très grands, et capables de réaliser un avortement proprement, sans que la fille y laisse sa peau, il n'y en avait pas des tonnes !

— File !

En réponse, elle prit le parti de rire.

— Tu ne crois tout de même pas que je me suis rompu les os dans une diligence d'un autre âge, que j'ai laissé mes tripes, en nourrissant les poissons, sur le bateau en direction des côtes anglaises, que je me suis enfumée dans un train qui crachait tout ce que les mines du Nord peuvent produire, que j'ai failli me faire détrousser trois fois dans des coupe-gorges infâmes, que j'ai lâché des sommes astronomiques afin d'obtenir des informations sans valeur… pour me faire envoyer sur les roses par un type même pas foutu d'assumer ses actes ? Tu rêves, Félicien ?

— Comment savais-tu que j'étais à Londres ?

Elle eut un sourire énigmatique.

— Tu te penses supérieur, l'ami ? Mais, nous aussi, nous sommes de fins limiers. Durant les six mois écoulés, Lacassagne n'a jamais perdu ta trace. D'abord, Berlin, où tu es entré à la « Charité » comme médecin légiste, sans te douter que c'était lui qui t'avait recommandé. Puis très vite Vienne, l'Hôpital Général, où l'on t'a vu pratiquer quelques autopsies. Vienne, où tu t'es à nouveau égaré, dans les milieux artistiques montants, en consommant beaucoup trop de morphine. Ensuite, dans une inéluctable fuite en avant, l'hôpital « Barts » à Londres, comme… assistant, il me semble… sans être formel. Et enfin, plus rien. Le néant qui nous a presque fait songer au pire. Mais tu es là !

Elle fit une pause comme si sa tirade l'avait essoufflée.

— Mais va plutôt sauver cette Rosemary. Nous discuterons de tout cela plus tard.

D'un coup d'œil rapide, Félicien Perrier, puisque c'était bien lui, jaugea l'homme qui se tenait toujours embusqué sous le porche. Il le connaissait. Il avait refusé d'avorter sa gagneuse, car l'enfant qu'elle portait était déjà trop avancé. Même contre une bouteille pleine, il n'avait pas voulu ! On pouvait devenir un débris humain, il n'en restait pas moins certains principes auxquels il ne fallait pas déroger. Enfin, pas tout de suite… La sauver maintenant, elle et son rejeton à terme, c'était transformer le gosse en mendiant livré à la rue et à tous ses vices, il le savait… et faire d'elle une pute prête à repartir au turbin. À quoi bon ?

Et puis, il était las. Tellement las.

— Si tu ne veux pas y aller, partons au moins d'ici.

Elle parlait de cet égout à ciel ouvert dans lequel il avait trouvé un gîte. Un boyau crasseux engoncé entre deux façades de taudis lépreux, tellement proches que les habitants pouvaient presque se toucher d'une fenêtre à l'autre. Un cul-de-basse-fosse dans lequel il aurait pu rendre l'âme sans que quiconque s'en soucie, et disparaître sous les immondices jetées des appartements. Enseveli sous un amas d'ordures et de contenus de seaux d'aisances. Grignoté par les rats.

— Soit ! maugréa-t-il en amorçant un mouvement qui ressemblait à une tentative pour se relever.

Le bras en appui chancela et il s'écrasa dans la boue. Il se retrouva le nez dans le cloaque infâme au creux duquel il avait établi sa couche provisoire. Le visage maculé de détritus innommables, il lança un regard de tueur à sa voisine qui oscillait entre une forte envie de rire et la tentation de l'aider en le soutenant.

— Ta gueule, Irina !

Entendre son prénom prononcé par le médecin ramena à la mémoire de la jeune femme une bouffée de souvenirs qui la fit tressaillir d'émotion. La première fois qu'elle l'avait rencontré… Il était avachi, un peu débraillé, sur le lit de Bernard Lecuyer, dans cette chambre mansardée au sixième étage d'un immeuble délabré. Tellement attirant. Tellement solaire. *L'Odalisque à l'esclave* de Dominique Ingres. C'était le tableau qui lui était tout de suite venu à l'esprit. Elle se souvenait de l'envie qu'elle avait eue d'avancer vers lui pour se brûler les ailes à son contact. Séduite. Comme l'éphémère donnant sa vie à la lueur de la lampe à pétrole.

— T'es vraiment un gros con, Félicien !

Le large sourire qu'elle reçut en échange la conforta dans le fait que tout n'était pas encore mort dans l'âme de son ami.

— Allez, viens, reprit-elle en glissant un bras sous son aisselle.

Elle était plus grande que lui et son corps à lui était décharné… Sans doute l'abus de drogue et d'alcool. Elle parvint à le soulever sans mal et, lorsqu'il fut debout, il réussit à se tenir droit sans chanceler en s'appuyant sur elle.

— Eh bien, voilà ! Bon retour chez les vivants, camarade.

Il haussa les épaules et posa doucement le front au creux de son cou. Presque affectueusement. Cela l'étonna et elle faillit s'attendrir.

— Je te ferai payer ça, Irina…, lui murmura-t-il à l'oreille, alors que la jeune femme se raidissait de surprise. Je te le promets. Tu me le paieras, je te le jure. Tu vas souffrir.

Une respiration profonde. Histoire de reprendre contenance.

— Même pas peur.

— Je voulais crever tranquille.

— Oui, mais moi je ne le voulais pas.

Un rictus plein d'aigreur contracta les traits du médecin.

— De quel droit ?

— Du droit que Lacassagne te cherche.

À l'évocation de son ancien mentor, il se redressa tout à fait en l'interrogeant du regard, mais elle évita sciemment ses yeux.

— Tu sais que tu pues, continua-t-elle sur un ton léger. Tu schlingues à mort. Je n'arrive même pas à comprendre comment j'accepte de te soutenir comme je le fais ! Non, vraiment, tu pues !

Mais elle resserra toutefois son étreinte, le chargea à demi sur son dos et, oubliant Rosemary et son marmot, le traîna afin de le sortir de la ruelle écœurante où il avait décidé de finir ses jours.

Chapitre 2

Dimanche 31 juillet 1898

1

Sans même soulever le drap, l'homme passa la main sous la chemise de nuit de la patiente. Ses doigts s'engouffrèrent sans vergogne dans le corps offert, et il grommela quand un liquide chaud dégoulina le long de son avant-bras. La femme se cabra. Il n'y attacha aucune importance et répéta son geste.

— Je viens de percer la poche des eaux. Le travail va s'accélérer.

Il recula, satisfait, et essuya sa main au chiffon blanc posé sur la table à côté de lui.

— C'est une histoire de minutes maintenant. Allons prendre un cordial en attendant l'expulsion.

L'autre acquiesça.

Ils étaient deux auprès d'elle. Un très grand. Portant beau mais convenu. Le regard froid. Le menton haut. Limite arrogant. Et un plutôt petit de taille, le teint jaunâtre du bilieux, la mèche poisseuse collée de côté sur le front avec l'allure austère du corbeau.

C'était le second qui dirigeait les opérations.

L'accoucheur.

Le premier n'était que le visiteur.

Le client.

Aucun des deux ne connaissait le nom de l'autre.

Sans plus de cérémonie, le médecin poussa son partenaire vers une pièce adjacente, plus vaste et surtout mieux éclairée.

— Pensez-vous que je pourrai l'emmener dès la naissance ? s'informa celui qui tenait le rôle de père.

Il détailla le lieu d'un coup d'œil rapide. Un hall tout au plus. Murs chaulés à la hâte. Le sol grisâtre s'étirait en une chape de ciment parcheminée de stries. En hauteur, des lucarnes munies de barreaux distillaient une lumière avare. Dans le fond, quelques chaises dépareillées et deux fauteuils éculés attendaient les visiteurs sans pour autant offrir un accueil engageant. Rien n'avait été mis là pour le plaisir des yeux et, de ce fait, tout était laid.

— Absolument. Rien ne s'y oppose. Vous avez prévu la nourrice ?

— Bien entendu. Mon choix s'est porté sur une Morvandelle. Ces paysannes, même si elles sont peu engageantes, produisent, à ce que l'on dit, un très bon lait. Riche et gras.

— C'est ce qu'on raconte, en effet. Est-elle en place ?

— Depuis deux jours déjà. Je l'ai fait installer dans la chambre adjacente à celle prévue pour l'enfant.

— Fort bien. Votre épouse ?

— À la campagne avec sa sœur pour unique compagnie, comme vous me l'avez conseillé. À seulement une heure de chez nous, afin que la nurse ne tarde pas à les rejoindre.

— Parfait. Je ne veux pas d'impair. Tout doit se dérouler dans la plus grande discrétion.

— Vous pouvez m'accorder votre confiance. Je suis un homme d'honneur.

— Je n'en doute pas. Une voiture vous attendra à la porte de service. Engouffrez-vous dedans avec votre paquet, puis donnez l'adresse. Le cocher vous conduira à destination.

Le plus petit – qui était aussi le plus âgé – parlait vite. Faussement obséquieux. Il y avait chez lui quelque chose de déplaisant. Peut-être son regard. Inquisiteur. Qui ne correspondait pas au ton de ses paroles. De petits yeux enfoncés profondément dans leurs orbites qui transperçaient ses interlocuteurs sans détour ni ambages. Prêts à leur arracher l'âme.

Pour l'instant, il étudiait son voisin. Il le détaillait minutieusement sans pour autant parvenir à se faire une idée sur le personnage. Intraitable, à n'en point douter. Sans doute exempt de sentiments. Éduqué dans un pensionnat religieux, chez les frères. Ou dans une école militaire, à voir comme il tenait le menton relevé dans un éternel garde-à-vous.

— Fort bien, admit celui-ci sans pour autant donner des signes de satisfaction.

Tout semblait en ordre. Une ombre, cependant, passa sur son visage figé. Son interlocuteur s'en rendit compte.

— Un souci ?

L'autre dut le reconnaître. Quelque chose le perturbait.

— Les cris.

— Les cris ?

— Oui. Ceux de qui vous savez…

Fils de bourgeois de la soie, vivant quai des Brotteaux. Certainement. À la façon qu'il avait de se tenir et à son parler qui n'admettait aucune contradiction. Aimant être respecté, et habitué à ce qu'on le respecte. Vêtu sobrement. Chaussures anglaises pointues au bout, impeccablement cirées. Redingote croisée, sanglée à la manière d'un corset. Haut-de-forme.

— Nous allons lui donner ce qu'il faut pour que l'on ne puisse rien suspecter.

— N'est-ce point dangereux ?

— Vous plaisantez, je pense. Nous n'en sommes pas à notre coup d'essai.

L'homme tiqua, surpris par la repartie. Mais trop inquiet, il n'en prit pas ombrage. De son côté, pour clore le sujet, son interlocuteur servit deux généreux verres de calvados et lui en tendit un qu'il saisit entre deux doigts.

— Directement en provenance de chez moi, crut bon de préciser le médecin en buvant cul sec le liquide doré.

Un soupir accompagna la réponse et par mimétisme le futur père avala l'alcool non sans réprimer une grimace. Toutefois, cela le réconforta. Tout se passerait bien, c'était certain. Dans quelques heures, il rejoindrait son épouse qui feignait d'être grosse depuis plusieurs mois déjà. Il lui confierait l'enfant puis appellerait chez lui. La nourrice viendrait les retrouver. Tout serait en place. Bien orchestré. On annoncerait un accouchement prématuré, rapide, sans l'aide de quiconque sinon de sa jeune belle-sœur, un instant affolée, qui aurait fini par faire face avec sang-froid. Et tout ce petit monde regagnerait le domicile familial sous les félicitations des parents et amis.

Parfait. Oui, absolument parfait.

Pour confirmer ses pensées, il le dit. Ce à quoi son hôte répondit par un remerciement.

De nature pointilleuse, le futur père aimait que tout soit fait dans les formes. Réglé comme du papier à musique. Par exemple, ne pas concevoir un enfant avec sa femme l'avait, de prime abord, fortement contrarié. Un temps, il avait même songé à la répudier, tel le petit Bonaparte d'opérette qu'il était. Mais il fallait admettre qu'elle était propre, de bonne famille, discrète et assurément pas dépensière. De plus, elle jouissait d'une belle dot. Et comme, selon le vieil adage : « On sait ce que l'on perd, mais on ne sait pas ce que l'on gagne », il l'avait gardée.

Bien dirigée, elle ferait certainement une bonne mère et adopterait le nouveau-né comme s'il était le sien.

L'alcool aidant, il rêva un instant. L'idéal serait que ce soit un fils. L'aîné d'une grande fratrie qu'il ne manquerait pas de construire, comme toute bonne famille lyonnaise qui se respectait. Un petit mâle qu'il prénommerait François, comme son père, et qui prendrait sa suite le moment venu. L'origine de sa génitrice importait peu et serait vite oubliée, compensée par une éducation sans faille à l'image de celle qu'il avait reçue.

Des gémissements le ramenèrent à la réalité.

— Venez, l'encouragea le praticien, je pense qu'il est temps.

Ils retournèrent, sans conviction, dans la salle où se tenait la patiente. L'air y était saturé par un mélange de sueur aigre et d'urine. Seule sur une table étroite, mains liées sur les côtés, sangle sous la poitrine afin qu'elle ne tombe pas… ou ne cherche pas à fuir – c'était selon –, elle les implora du regard lorsqu'ils passèrent la porte, mais n'obtint, en échange, aucune compassion.

Afin qu'elle demeurât discrète, l'accoucheur lui avait fourré un chiffon dans la bouche. Dans ce sous-sol un peu trop vide, le moindre bruit avait tendance à résonner… alors, que dire des hurlements d'une femme en train d'enfanter ! En conséquence, à chaque contraction douloureuse elle suffoquait, ne parvenant pas à respirer par le nez.

Sous une masse de cheveux emmêlés se dégageait son gros visage rond d'enfant tout violacé, et de lourdes gouttes de sueur perlaient sur ses joues rebondies. Elle était prête à défaillir, mais de cela les deux hommes n'en avaient cure.

D'une main impatiente, le médecin fourragea entre ses jambes. Dans un mouvement de repli douloureux, elle recula ses fesses en cambrant les reins.

— Tout doux, Berthe… tout doux…

On aurait dit qu'il parlait à une bête.

— Il va falloir pousser maintenant, annonça-t-il autant à l'adresse de son visiteur qu'à celle de sa parturiente.

Sur la table, la gamine secoua violemment la tête de gauche à droite, comme une folle. Quinze ans. Seize ans à peine. Elle avait été présentée au géniteur, avec une autre fille pas plus futée qu'elle, dans une chambre un peu glauque au crépi jaunâtre qui tombait par plaques. L'une attendait pendant que l'autre subissait. Pieds et mains attachés aux barreaux en métal du lit. En étoile. Il ne fallait pas qu'elle bouge. Il ne fallait pas qu'elle se sauve.

Bien entendu, il ne les connaissait pas et il avait dû les pratiquer le plus assidûment possible, et cela plusieurs jours durant. Pour l'aider, quelques photos grivoises de naïades dénudées ornaient le mur face à lui. Afin de satisfaire son désir d'être père, il les avait violées tour à tour dans l'espoir de les engrosser.

— Pousse !

L'ordre ne supportait pas le refus. Emportée par une envie irrésistible qu'elle ne pouvait freiner, elle s'exécuta, dents serrées sur le mouchoir, joues gonflées, yeux exorbités.

Un répit.

Il avait bien travaillé. En revenant plusieurs fois dans le mois, il avait réussi à engrosser les deux. Si celle-ci lui donnait un fils, elle serait la bonne. Quant à l'autre… Un haussement d'épaules. Ça n'était pas son problème.

— Encore ! Encore !

Cela dura de longues minutes. La future mère s'épuisait. Un son rauque, étouffé par le chiffon, sortait de sa gorge, telle une sinistre suffocation.

— Tout va bien ? s'inquiéta l'homme.

— Tout ira bien, affirma le médecin en appuyant fortement sur le dessus du ventre afin de pousser l'enfant vers la vie. Le marmot a du mal à descendre. Mais ces paysannes sont solides.

Sous la douleur, la fille s'agitait. On aurait dit un ver de terre arraché au sol. Ses pieds libres battaient l'air et le visiteur dut intervenir pour les maîtriser.

Soudain, à la manière d'un boulet de canon, le nouveau-né parut entre les cuisses indécemment découvertes. D'abord des cheveux pâles, puis une tête entière et le cou. D'un coup de main expert, le docteur dégagea l'épaule, et tout le corps suivit sous le regard ébahi du père.

— Dieu du ciel !

Il semblait ému, tel un époux apprenant la naissance de son premier descendant.

— C'est un garçon ?

— C'est un garçon.

Peu enclin aux effusions, il laissa toutefois se dessiner sur son visage un rictus qui ressemblait fort à un sourire.

— J'en suis heureux.

Il s'appellerait donc François et deviendrait son héritier, puisque son fils légitime il était. Dans le milieu élitiste où il vivait, il était de bon ton, pour les femmes, d'avoir un très grand désir d'enfants. Les filles étaient éduquées dans ce sens, et il n'était pas rare de côtoyer des familles s'honorant d'une bonne douzaine de descendants.

Les trois premières années de son mariage avec Madeleine avaient été, de ce fait, très difficiles. Aucun dauphin ne voulait pointer le bout de son nez. La jeune épouse, profondément chagrinée, avait cherché à combattre cette désillusion avec force prières et neuvaines, se vouant à sainte Chantal et sainte Marguerite, avant de se tourner vers la cure thermale et le repos forcé. Mais rien n'y avait fait. Lorsqu'il avait appris, par l'intermédiaire d'une connaissance, qu'il existait un réseau d'adoption clandestin de nouveau-nés, issus de mères prêtes à procréer avec des géniteurs potentiels, il avait décidé d'y avoir recours, afin que cessent les questions de leur entourage et de la famille.

Sans qu'il y prenne garde, une matrone, large comme un fort des Halles, était entrée dans la salle d'accouchement.

— Emmaillotez donc ce petit et calmez-le, ordonna le médecin sans un regard pour la mère.

La nouvelle venue saisit le bébé et le posa sur une autre table afin de prodiguer les premiers soins.

— Je vous félicite, dit le médecin en serrant la main de l'heureux père. C'est un beau gaillard qui fera le bonheur de ses parents.

— Puis-je l'approcher ?

— Pas encore. Mon assistante va d'abord le rendre propre et présentable. Ensuite, vous pourrez officiellement le prendre dans vos bras. Il deviendra votre fils.

L'explication avait glissé naturellement, comme un éclaircissement d'usage qu'il avait pour habitude de donner après la naissance. Sans émotion ni complaisance. L'heure n'était pas à cela. Le visiteur était un client, et comme tout client il se devait d'être satisfait. De la prestation proposée, mais surtout de la marchandise.

Un mouvement bizarre de l'infirmière attira son attention. Elle paraissait contrariée et observait le nourrisson avec insistance.

— Un souci ? s'inquiéta-t-il en détaillant le gamin.

Il s'attendait à une mort subite, mais, lorsqu'il se pencha, son regard rencontra le sien. Sans même lui parler, il comprit que quelque chose n'allait pas. Cette face de type crétineux… Plate. Ce cou. Épais. Et que dire des yeux ?

— Le syndrome de Down ?

Elle hocha la tête.

John Langdon Down avait établi, il y avait quelques années de cela, une classification des « idiots ». Et à voir le physique de l'enfançon bloqué dans ses langes, il était fort probable qu'il appartenait bel et bien à ce groupe. Le médecin n'avait plus aucun doute.

— Il est mongolien ? souffla-t-elle doucement afin que le visiteur, maintenant inquiet, ne puisse les entendre.

— Oui.

Ainsi appelait-on les enfants qui présentaient cette conformation. Cela signifiait un retard mental et faisait mauvais effet au sein d'une bonne famille bourgeoise de marchands. Et que dire de la publicité que cela ferait à son petit trafic bien établi ?

Il soupira. Tout se passait pourtant si merveilleusement bien ! Tout n'allait être que profit...

Sans plus d'émoi, il contempla le père potentiel, prêt à payer pour avoir le descendant bien conformé qu'il n'arrivait pas à concevoir avec sa légitime, et l'enfant qui dormait déjà, enveloppé dans ses langes serrés. La décision ne pouvait être autre. Il devait agir.

Dans un mouvement rapide, il attrapa une couverture de laine bleue et la glissa vers la matrone, qui s'en saisit en acquiesçant d'un mouvement de tête. Elle avait compris. Inutile de confier à un couple bien-pensant un rejeton bon pour l'asile ! Et en matière de fous, elle devait admettre qu'elle en connaissait un rayon !

Dehors, le jour se levait.

— Faites au mieux, dit-il seulement.

De ses larges mains, elle appuya le plaid sur le visage farineux et plat du nouveau-né.

Il n'y eut pas de combat. L'enfant lâcha prise sans même se rendre compte, dans son sommeil, que la vie à l'instant offerte venait de lui être retirée.

2

Les rideaux étaient tirés. L'obscurité maîtresse. Elle envahissait la pièce. La faisait sienne au point d'apporter un semblant de nuit à cette journée déjà morose. Le crépitement du feu dans la cheminée laissait flotter une odeur de résine et de bois calciné. Mélange presque sympathique qui avait le pouvoir de rassurer.

Comme un relent d'enfance. De sein maternel. De chocolat chaud.

Un homme, la quarantaine bourgeoise, était assis de trois quarts sur une banquette, mains sur les genoux. Il faisait face à une autre personne, plus détendue, qui, jambes croisées, l'écoutait du fond de son fauteuil club aux accoudoirs enveloppants.

— Comprends bien une chose importante, Félicien. Je te le répète même si ceci n'est pas notre première séance. Je n'exige pas ta confiance. Simplement ton attention. Et un peu de docilité de ta part. Pouvons-nous commencer ?

Même s'il maîtrisait parfaitement la langue française, le praticien s'exprimait toutefois avec un fort accent guttural, qui trahissait une origine allemande ou autrichienne. Il portait une large moustache et une barbe épaisse qui le vieillissaient. Son visage pâle et soucieux révélait une dépression chronique. Quant à sa coiffure, aplatie et gominée, elle ne supportait aucune fioriture. Le costume était sobre. L'attitude pondérée. Image lisse qui dénonçait un tempérament inquiet.

— Nous le pouvons, confirma son patient.

— Vraiment ? Je te sens tendu aujourd'hui. Tout va bien ? Tu en es certain ? Nous pouvons tout à fait remettre cette séance à plus tard, si tu ne t'en sens pas le courage.

— Non, non ! Tout va bien, Sigmund. Je te l'assure !

Et pour appuyer ses dires, Perrier se pencha en avant et posa sa paume gauche sur les mains de son interlocuteur.

Ce dernier sourit à ce geste et s'attarda quelques secondes sur le lien amical qui, un instant, à l'abri des regards, les unissait.

— Je suis tellement heureux de t'aider, Félicien.

— Je le sais. Et je te serai éternellement reconnaissant pour ce temps que tu m'accordes.

L'homme haussa humblement les épaules.

— Je n'en demande pas tant ! Ce que je veux, c'est ta guérison.

— Je suis en bonne voie grâce à toi. Je n'y croyais pas moi-même !

Un soupir et il reprit sa position initiale au creux de son fauteuil.

— Mais ne tardons plus, reprit-il. J'attends des visiteurs.

Freud, puisque c'était lui, contempla, un court moment, ses doigts déjà orphelins de ceux de son ami. Il avait répondu à son appel. Il était venu de Vienne spécialement pour lui. Pour le sortir de l'addiction qui le tuait.

— Très bien. Alors, commençons.

Il prit une grande inspiration et leva son index droit face au visage de son hôte. Il ne souriait pas et gardait une attitude impassible. Pour ce faire, sa voix adopta une intonation sourde et autoritaire à la fois.

— Tes paupières sont lourdes. Ta respiration devient profonde. Ton visage se fige. Tes yeux ne demandent qu'à se fermer. Tu es calme. Très calme. Devant toi, tout se brouille au point que tu ne me distingues plus aisément. Ta salive envahit ta bouche. Elle nappe ta langue. S'insinue dans ta gorge. Il faut que tu déglutisses. Tu es forcé de le faire pour ne pas t'étouffer. Fais-le ! C'est ça ! C'est bien ! Dors !

Un claquement de doigts. Puis, d'un mouvement rapide de la main, il lui ferma les yeux et fit basculer son front en arrière. Face à lui, Félicien se rembrunit et voulut réagir. Pour le contenir, Freud enserra le haut de son genou de sa paume, dans l'espoir vain de le calmer.

Le patient était particulier. Les séances n'étaient pas de tout repos. Mais il en acceptait le challenge.

— Mais non, je ne dors pas !

Et le jeune homme rouvrit les yeux, un air buté sur le visage, faisant mine de vouloir se lever.

— Je ne dors pas ! s'obstina-t-il d'une voix presque enfantine.

Face à cette velléité de révolte, Freud demeura imperturbable.

— Non, tu ne dors pas. Je le sais bien. Tu es hypnotisé. Tu es sous mon influence. Et tu acceptes cette influence. Cela ne servirait à rien si tu dormais. Tu ne m'entendrais pas. Et il faut que tu m'entendes. Il faut que tu écoutes ce que j'ai à te dire. Et tout ce que je vais te dire, à partir de maintenant, va avoir un effet particulier sur toi. Lorsque tu rouvriras à nouveau les yeux, tu auras oublié tout ce que tu m'auras confié. Mais tout ce que tu m'auras confié viendra alléger ton inconscient. Tu es d'accord ?

— Je ne sais pas. Maman refuse que je parle à des inconnus.

— Maman a tort. Moi, je sais. Ferme les yeux, te dis-je. C'est un ordre !

Félicien obtempéra non sans ronchonner, ce qui fit naître un rictus amusé sur le visage de Freud. Seulement un rictus. Presque rien. Mais son regard se radoucit et il détailla son patient avec une certaine complaisance.

Difficile sujet. Difficile thérapie.

Ils se connaissaient bien tous les deux.

Des amis.

Oui, c'était bien cela.

Des amis.

Pouvait-on hypnotiser un ami ?

Il revit le cigare qu'il lui avait tendu lors de leur première rencontre. Et il ressentit à nouveau cette attirance magnifique qu'il avait eue envers lui.

Son ami.

Félicien lui avait dit : « J'ai besoin de toi. » Alors, il était accouru. Annulant toutes les obligations qu'il avait dans son pays. Et même s'il ne pratiquait plus l'hypnose, pour lui, il avait fait une exception.

Son ami.

Pouvait-on avoir un ami tel que Félicien ?

Pouvait-on sereinement rester ami avec Félicien, lorsque le voile de sa vie tourmentée se déchirait au fur et à mesure de ses confessions ?

Il se reprit vite. L'heure n'était ni aux souvenirs ni aux questions, mais bien à la séance délicate qu'il s'apprêtait à mener. Il la savait décisive. Déjà, la réaction de son patient lui laissait présager des révélations troublantes. Cette voix d'enfant... cet air borné... tant de signaux perturbants.

— Dans ton esprit, des scènes de vie défilent. Elles se bousculent. Là. Tout de suite. Qu'est-ce que tu vois ?

Calme, soudain, l'interpellé, maintenant à demi allongé dans son fauteuil, resta impassible. Puis, brusquement, ses paupières frémirent comme si ce qui se déroulait dans son esprit se reflétait sur son visage. Il eut une grimace douloureuse.

— Que vois-tu ?

— Elle est là. De dos.

— Décris l'endroit.

— C'est une cave sombre. Non... c'est un logement. Insalubre. Précaire. Il n'y a qu'un lit, une table et deux tabourets. Une petite lucarne à la vitre cassée pour seule ouverture. Pour y accéder, il faut descendre un escalier humide. Ça glisse. Je me retiens au mur pour ne pas tomber. Les pierres sous mes mains sont rugueuses. Des toiles d'araignée s'accrochent à mes doigts. L'odeur est infecte. Un mélange de moisissure, de pisse et de merde. Ça vient du seau au bas des marches. Un seau d'aisances. Personne ne le vide. Plus personne ne le vide. Elle est trop faible pour y parvenir. Et lui…

— Lui ? Il y a un *lui* ?

— Je ne sais pas. J'ai le sentiment de ne pas être seul avec elle.

— Concentre-toi. Qu'est-ce que tu viens faire ici ?

— Je suis médecin. Elle est malade. La phtisie. Ses poumons sont bouffés. Elle n'en a plus pour longtemps. Elle tousse. Elle tousse constamment, et ça l'épuise. Elle crache du sang aussi. J'ai dû attendre dehors que son dernier client sorte.

— C'est une prostituée ?

— Oui. Par le vasistas qui donne au ras de la ruelle où elle habite, je l'ai vu.

— Lui ?

— Non ! Non ! Son client ! Il l'a prise sur le lit. Elle attendait, jambes écartées. Il lui a demandé si ça ne le gênait pas. *Lui*. Elle a ri. Elle a dit qu'il ne servait à rien. Même pas à *ça*…

— Lui ? Encore ce *lui* ?

— Oui…

— Très bien. On reprend. Tu es entré dans la pièce où elle vit. Il y a un lit. Son dernier client est parti. Elle se rajuste. Elle est debout à nouveau. Que se passe-t-il ?

— Je lui demande comment elle va. Je suis là pour la soigner.

— Tu viens souvent ?

— Oui. Je suis médecin de campagne. J'habite une petite ville en Haute-Loire. Je la soigne gratuitement. Comme je le fais pour les pauvres. Elle est tellement malade. Elle tousse. Elle se tient voûtée. Elle pose la main sur la table. Elle est de dos. Elle va mourir !

— Vous êtes donc seuls maintenant ?

— Non !

— Calme-toi… qui est là ?

— *Lui !*

— Calme-toi… où est-il ?

— Je ne sais pas. Je ne le vois pas !

— Concentre-toi…

Félicien secoua la tête. Ses jambes se raidirent brusquement et furent soudain agitées de soubresauts, comme s'il convulsait.

— Je ne le vois pas !

Un cri.

— Je veux le voir ! Mais je ne le vois pas !

— Calme-toi… Tu ne crains rien. C'est seulement ton esprit qui revit la scène. Pas ton corps. Tu es en sécurité.

— Mais je ne suis pas en danger ! Je veux le voir ! Encore une fois !

Freud se voulait rassurant, mais, comme il l'avait prévu, le souvenir que revivait Félicien paraissait douloureux. Il posa à nouveau la main sur son genou et le caressa doucement en remontant vers sa cuisse. Son geste parut apaiser le jeune homme qui s'affaissa à nouveau au creux de son fauteuil.

— Reprenons plus paisiblement. Parle-moi d'elle. Qui est-elle ? Comment s'appelle-t-elle ?

— Je ne sais pas. Elle est très jeune. Moins de quinze ans. C'est certain. Une enfant.

— Une enfant qui se prostitue ?

— Oui. Elle vit seule. Elle est pauvre. Elle est orpheline. Elle a grandi dans la rue. Elle n'avait pas le choix. Certains clients aiment ça. Les gamines. Parfois, on vient la chercher, elle et ses copines, pour participer à des fêtes spéciales. Des fêtes de riches. Enfin, c'était avant. Parce que, maintenant, plus personne n'en veut. À part les ivrognes. Elle va mourir.

— Tu en es sûr ?

— Oui. Elle vit ses derniers instants.

— Elle va mourir là ?

— Je ne sais pas. Je le regarde.

— *Le* ?

— Oui. *Lui*.

— Tu le revois ?

— Il dort la tête dans ses bras. Sur la table. Il est saoul. Depuis qu'elle est morte, il est toujours saoul.

— *Qui* est morte ?

— Celle qu'il aimait.

— Et ce n'est pas la gamine ?

— Non. C'est une autre. Un cheval l'a renversée. Depuis, il boit.

— Et il va chez la prostituée ?

— Non. Il ne la touche pas. Il vit chez elle parce qu'il ne sait pas où aller. Elle, elle se moque de lui. Elle dit qu'il n'est même pas bon à *ça*. Elle en rit et lui, il souffre. Et plus il souffre, plus il boit. Et je ne veux plus qu'il souffre.

— Pourquoi ?

— Parce que je l'aime ! Je ferais tout pour lui. Même tuer !

— Tuer ?

— Oui… tuer…

Freud ravala sa salive. Son devoir de praticien était de demeurer impassible, aussi ne devait-il pas réagir. Même si ce qu'il entendait le perturbait.

— Tu l'as tué ?

— Oui.

La réponse réinstalla un silence.

— C'était la première fois ?

— Oui.

— Comment as-tu fait ?

— Elle se moquait encore de lui. Lui qui dormait. Il était tellement beau. Même dans l'état où il se trouvait. Un ange dont le ciel n'aurait plus voulu. Déchu. La première fois que je l'ai vu, il cuvait dans un café au milieu de filles à moitié dénudées. Comme il ne pouvait pas payer, le patron l'a passé à tabac. Elle l'a ramené chez elle pour le soigner. J'ai réglé sa note et je les ai suivis. Je les ai épiés. J'ai observé leurs moindres gestes. Oh, comme il était malheureux ! Comme je voulais le sauver !

— Et tu l'as sauvé ?

— D'elle, oui. De cette misère qui n'était pas faite pour lui. Qui allait le corrompre. Le gâter comme un fruit trop beau que l'hiver flétrit. Pourri.

— Qu'as-tu fait ?

Il prit à nouveau une petite voix enfantine. Il se recroquevilla sur lui-même. Il souffrait.

— Non, maman. Non… je t'en prie. Ne fais pas ça…

— Maman ? Que fait maman ?

— *Tu as encore été mauvais*, gronde-t-elle d'une grosse voix. *Tu n'as pas été sage. Enlève ta chemise et montre-moi ton dos !* Je tremble. Mais j'obéis et j'enlève ma chemise. Comme chaque fois que je n'ai pas été sage. J'ai l'habitude. Depuis que je suis tout petit, elle fait ça. *Tu n'as pas été sage… je dois te punir !* Elle dit toujours ça, maman. Quand je le mérite. Puis elle prend un grand couteau de cuisine. Elle me retourne. Me pose les mains sur la table. Et elle trace sur mes épaules une ligne oblique qu'elle creuse dans ma chair. Bien à côté des autres. Je serre les dents. Je saigne. Alors, elle embrasse mon sang. Elle le lèche. Jusqu'à ce qu'il n'y en ait plus. Puis elle me retourne à nouveau et me prend dans ses bras. *Tu seras sage, la prochaine fois ? Tu promets ?* Je promets, mais je sais que je ne le serai pas. J'aime faire le mal. Elle dit toujours ça, maman. *Tu aimes faire le mal ? N'est-ce pas, vilain garnement !* Cela m'amuse, dit-elle aussi. Je ne sais pas si cela m'amuse. Mais je sais que je suis quelqu'un de méchant. Elle le dit. Je la crois. Je sais aussi ce qu'il va se passer. J'ai l'habitude. Depuis tout petit, elle fait ça après. Le sang l'excite. Mon sang l'excite. Elle se déshabille. Elle déboutonne mon pantalon. Elle me caresse. Ses mains sont partout sur moi et elle gémit en se frottant contre mon sexe. *Vilain garnement. Tu aimes ça, vilain garnement.* Je ne sais pas si j'aime ça. Je ne crois pas que j'aime ça. Mais elle le dit. Je la crois. Elle tombe à genoux devant moi. Elle crie. *Regarde ce que tu m'obliges à faire ! Tu es le mal ! Si tu n'étais pas le mal, tu ne m'obligerais pas à te faire ça ! Ah, je ne peux que t'obéir !* Mais moi, je ne demande rien. Et elle fait tout de même. Elle fait toujours ça. Avec sa bouche. Je ne crois pas que j'aime ça. Je suis même sûr que je n'aime pas ça. Mais comme elle dit que j'aime, alors je la crois.

Des rictus nerveux déformaient maintenant son visage.

— Tu parles bien de ta mère ?

— Ce n'est pas ma mère. Ma mère, la vraie, je ne la connais pas encore. Elle, c'est ma tante. Elle m'a élevée. Elle m'a fait croire qu'elle était ma mère.

— Et elle fait souvent ça ? Se mettre à genoux devant toi ?

— Toujours lorsque je ne suis pas gentil. D'abord, un trait au couteau dans mon dos, puis ce qu'elle fait avec sa bouche.

— Depuis longtemps ?

— Depuis toujours.

Félicien grimaça, puis fronça les sourcils.

— J'ai l'habitude. Je trouve ça pas bien, mais j'ai l'habitude. C'est comme ça ! Et puis, c'est de ma faute ! Si j'étais gentil, elle ne ferait pas ça !

— Elle n'a pas le droit de faire ça.

— Tu crois ? Pourtant, elle me dit que si… que tout le monde fait comme ça.

— Et tu la crois ?

— Je ne sais pas. Je ne veux pas y réfléchir. Je préfère oublier. Et me dire que la prochaine fois, je serai gentil. Mais je n'y parviens jamais. Je suis toujours méchant.

Soudain, il se tut et son corps s'exprima à sa place. En peu de temps, il sembla ressentir les émotions enfouies durant de longues années. Tantôt, il s'enflammait, aux prises avec un ennemi invisible. Gesticulant. Se débattant. Grimaçant. Tantôt, il tombait dans un état de léthargie inquiétant, quasi comateux, et des larmes roulaient sur ses joues.

Freud le laissa faire. Il resta près de lui. Sans parler. Sans bouger. Attentif à toutes ses réactions. Les notant au fur et à mesure qu'elles apparaissaient.

— Lorsque je suis rentré ce soir-là, reprit Félicien après de longues minutes silencieuses, je sentais le sang. Maman m'a dit de sa grosse voix : *Tu as encore fait le mal.* Elle a reniflé mes pieds. Le bas de mon pantalon. Et là, j'ai vu que mes chaussures étaient recouvertes de son sang. À elle. La fille.

— Qu'as-tu fait à la fille ?

— Je l'ai tuée. Je me suis approchée d'elle. Elle me tournait le dos. Elle était toute petite. Tellement fragile. À moitié morte déjà. Je l'ai égorgée avec le bistouri qu'il y avait dans ma sacoche. Comme le faisait Vacher[1], le tueur de bergères. J'avais pratiqué une autopsie sur une de ses victimes. J'ai su refaire les mêmes gestes pour qu'on l'accuse. J'ai dû l'éventrer aussi. Mais ça n'a pas été très difficile. Après tout, c'est mon métier. Et il fallait que je le fasse. Elle allait le corrompre. Elle allait faire de lui une loque. Il allait en mourir. Et j'allais le perdre.

— Et lui que lui as-tu fait, à lui ?

— Lui, rien. Jamais rien !

— Il était où ?

— Il dormait toujours la tête sur ses bras repliés. Sur la table. À côté de nous.

— Et il n'a rien entendu ?

— Non. Il était saoul, comme toujours. Il n'a pas bougé. Il n'a rien vu. Même pas senti l'odeur de son sang qui se répandait sur le sol en terre battue. Moi, j'ai embrassé ce sang. J'ai embrassé son sang. Puis je me suis essuyé le visage et je suis parti. Je suis retourné à mon cabinet médical. Comme si de rien n'était. Je tremblais. En même temps, j'étais tellement bien ! Comme un devoir accompli. Comme si j'étais

1. Joseph Vacher (1869-1898) est considéré comme le premier tueur en série français. On l'appelait « l'éventreur du Sud-Est » ou « le tueur de bergères ».

enfin vivant. Et là, ma mère a compris. Elle m'a puni. Comme chaque fois. Elle a creusé un trait sur ma peau. Et comme chaque fois, elle a voulu… Mais là, pour la première fois, j'ai dit non. Et c'est à partir de là que tout a commencé. Moi aussi, j'ai aimé le sang. Celui qui se répand. Celui qui coule d'une victime. Celui que l'on embrasse. Qu'on lape du bout de la langue. Comme une gourmandise. Dans ce sang, j'ai trouvé la force de dire non. Et ma mère ne m'a plus jamais touché…

Un nouveau rictus. Une secousse.

— C'est alors que la drogue est entrée dans ta vie ?

— Oui. Pour me supporter.

Un ricanement.

— Jeanne. La fille s'appelait Jeanne. Elle devait avoir quinze ans. Mais ce n'est pas sûr. Personne ne savait rien d'elle. Un bébé abandonné comme tant d'autres et élevé par une bande de truands. Une toute petite gamine perdue dont la vie ne valait rien.

Brusquement, les tremblements reprirent, mettant Félicien dans un état quasi convulsif. Ses yeux se révulsèrent et de la bave coula du coin de ses lèvres. Freud ne s'en alarma pas. Il fallait que toute la violence accumulée en lui sorte enfin. Il fallait qu'il accepte ce qu'il avait fait. Ce que sa mère avait fait. Il fallait surtout qu'à travers cette acceptation, il ne cherche plus à atténuer sa douleur derrière des drogues. Mais qu'il affronte bien en face qui il était.

— Elle, c'était Jeanne, et lui c'était…

Il se cabra, comme possédé.

— Hadrien !

Puis il retomba au creux de son fauteuil. Comme mort. Achevé. Anéanti.

3

Alexandre Lacassagne, professeur en médecine et anthropologue de son état, n'était point homme à tergiverser. Ses responsabilités, nombreuses, et son expérience, riche et intense, lui avaient enseigné qu'un esprit droit et juste entraînait irrémédiablement une décision pleine de bon sens. Aussi, en rapatriant, contre son gré, celui qu'il avait choisi, quelques mois auparavant, comme son fils spirituel, il se doutait bien que le chemin serait semé d'embûches. Toutefois, au fond de lui, il savait qu'il avait raison.

Félicien Perrier méritait qu'on le sauve. Aussi l'avait-il sauvé.

— Où allons-nous ?

— Rejoindre Perrier chez lui.

— Mais ?

Lacassagne détailla son accompagnant. Une grande bringue poussée trop vite, à l'opulente tignasse rousse piquée d'épis et au visage fermé. Bernard Lecuyer. Un des membres du groupe qu'il avait formé l'hiver dernier[1]. De jeunes gens pleins de qualités devenus enquêteurs un peu malgré eux.

— Mais quoi ? Vous n'aimez pas le quartier ?

Lecuyer bougonna. En plus d'un caractère étrangement conservateur, celui-ci ne pratiquait pas l'humour, que d'ailleurs il ne comprenait pas. Félicien Perrier, son collègue à la faculté de médecine, partageait, en son temps, une chambre adjacente à la sienne, au sixième étage d'un immeuble insalubre qui menaçait de s'effondrer sur lui-même, et en attente d'être détruit. Le quartier de Montchat,

1. Voir *Les Suppliciées du Rhône.*

dans lequel le fiacre ralentissait, avait de quoi le surprendre !

— Aurait-il fait fortune pendant son absence ?

Le ton n'était même pas narquois, ce qui laissait supposer que la question était sérieuse. Lacassagne le détailla avec étonnement.

— Perrier a toujours vécu là.

— Mais…

Son interlocuteur eut un sourire affable en entendant ce second « mais ».

— Je ne lui ai jamais connu une autre adresse, confirma-t-il en ouvrant la portière du landau afin de descendre sur la chaussée nouvellement pavée.

Il fouilla dans la poche de sa redingote, paya le cocher, puis se tourna vers son compagnon.

— Quel temps affreux ! poursuivit-il en se dirigeant vers une maison récente, construite à l'angle de la rue des Pins[1] et du chemin des mobiles, belle demeure au jardin clos de murs, dans lequel on pénétrait par un élégant portillon ouvragé. Cette course en voiture ouverte m'a glacé le sang.

Ces derniers jours de juillet affichaient une température digne d'un mauvais printemps. Pas plus de huit degrés Celsius relevés, vers midi, au thermomètre installé sur le rebord de la fenêtre du laboratoire du médecin. De quoi surprendre et perturber les organismes des plus vigoureux !

Il traversa la cour, longea la verrière et gravit le perron d'un pas leste – comme pour se réchauffer –, puis agita une cloche suspendue à une chaîne. À bientôt cinquante-cinq ans, il était dans la force

1. Le chemin, puis ensuite la rue des Pins sont devenus après sa mort l'avenue Lacassagne.

de l'âge. Bien portant sans être lourd, tout chez lui respirait la bonhomie. Veuf et père de trois enfants, il avait réussi, lui le horsain[1], à asseoir sa carrière dans une ville hautement bourgeoise qui le reconnaissait maintenant comme l'un de ses pairs.

— Vous êtes sûr ? insista Lecuyer en lorgnant du côté de l'étage percé de hautes fenêtres donnant sur un balcon, et de la tour carrée dépassant les toits.

— Oui, je suis sûr, soupira Lacassagne. Mais que vous arrive-t-il ? Pourquoi tant de défiance ?

Bernard haussa les épaules. Comment lui expliquer l'escalier branlant, la porte sans clef, la paillasse mangée par les cancrelats, le broc ébréché, l'armoire boiteuse et l'odeur nauséabonde des latrines bouchées, de la tripe rance qui mijote ? Son mentor ne comprendrait pas. Félicien s'était bien moqué de lui en partageant son dénuement ! En plus d'être un assassin, il était aussi un menteur, et des deux, il ne savait plus trop ce qui le choquait le plus. Son manque de confiance en lui ou son horrible forfait avant sa fuite ? Il avait envie de rebrousser chemin, mais Lacassagne ne l'entendait pas de cette oreille. Il rêvait de former à nouveau l'équipe qui, en fin d'année dernière, avait pourchassé le tueur des filles avortées. Mettre la science au service de la résolution des affaires criminelles avait fait grand bruit. Ne pas réitérer l'expérience, c'était un peu comme admettre un échec.

Alors que le jeune homme ruminait intérieurement, la porte s'ouvrit sur une dame d'un certain âge dont le corps généreux était enroulé dans un large tablier de cuisine.

---

1. Personne étrangère au pays.

— Le docteur Perrier nous attend, annonça le professeur après avoir salué la domestique.

Celle-ci eut un clignement de paupières qu'ils interprétèrent comme un acquiescement, et s'effaça pour les laisser entrer dans le vaste hall dallé de marbre blanc.

— Monsieur est dans son bureau. Il n'y est pas seul.

Bernard tiqua. De mieux en mieux, *Monsieur* avait un bureau ! Quelles autres surprises cet après-midi allait encore lui réserver ?

D'un coup de menton, la servante indiqua une porte vitrée, à deux battants, qu'elle ouvrit en bougonnant.

— Traversez le vestibule, puis la grande salle. Le bureau se trouvera à votre droite, tout au fond, maugréa-t-elle sur un ton bourru signifiant que les importuns la dérangeaient dans son ménage.

Puis, sans plus d'explications, elle s'en retourna dans ses quartiers, situés manifestement vers la gauche du logement.

— Elle ne respire pas l'amabilité, fit remarquer Lecuyer en s'effaçant devant son mentor.

Les deux visiteurs traversèrent une vaste antichambre, puis une non moins vaste salle à manger. Elle était meublée avec soin dans un style très moderne, de ce que l'on appelait Art nouveau. Comme indiqué, de l'autre côté de la pièce, deux portes les attendaient. L'une, ouverte, conduisait à une salle de billard à l'ambiance feutrée. Ils choisirent celle de droite, comme expliquée. Après avoir frappé d'un coup sec, Lacassagne pénétra dans ce qui devait être le bureau, suivi de près par son acolyte.

À l'intérieur, deux hommes se tenaient face à face ; l'un était assis sur une banquette peu confortable et l'autre au creux d'un fauteuil club du plus pur style anglais. Assez différent du séjour, le lieu se voulait plus intimiste. Les tentures avaient été tirées, obstruant deux larges fenêtres à trois vantaux et, de ce fait, la lumière du jour. Une lampe à pétrole, posée sur un guéridon, était allumée. Elle distillait un éclairage tamisé, qui mettait en valeur les dégradés de rouges, avec harmonie, sur les tissus d'ameublement et les murs de la salle. Malgré la saison estivale, un feu flambait dans la cheminée basse entourée de marbre noir. Le reflet des flammes dansait sur le cuivre des chenets et sur le bois ciré du plancher à chevrons, comme si elles voulaient s'accrocher au tapis persan déroulé sous une étonnante table de jeu signée Gallé et servant de bureau.

Au bruit de la porte, les deux occupants des lieux tournèrent, dans un même geste, leurs visages vers les arrivants, sans pour autant se lever.

Un léger mouvement de recul. Bernard ne rêvait pas. Il avait bien vu. Les mains qui se séparaient sur le genou de Félicien et cherchaient un repli gêné vers les accoudoirs. Il se figea et cette intimité volée lui rappela une autre scène, tout aussi suspecte à son goût, à la fumerie d'opium de la rue Thomassin, le jour où son ami y avait fait une descente en sa compagnie. Comment se nommait ce type, déjà, qui connaissait si bien Félicien ? Un individu trop raffiné qui portait une chevalière et un œillet à la boutonnière. Il l'avait revu par la suite lors d'une visite à l'asile d'indigents. Raffalovich. Marc-André Raffalovich. C'était bien ça…

De son côté, Lacassagne n'avait rien remarqué. Ou alors, par courtoisie, faisait-il semblant de ne pas s'en soucier. Au contraire, avec toute la bienveillance qui lui était coutumière, il avança, bras tendus, vers ses hôtes afin de les saluer.

— Très cher ! Comme je suis heureux de vous revoir.

Il s'adressait à l'inconnu. Enfin… inconnu pour Bernard, parce que le professeur, lui, paraissait bien savoir qui il était !

— Mon Maître !

Les retrouvailles finirent en une longue accolade que le nouvel arrivant n'interrompit que pour se tourner vers l'autre homme qui attendait.

— Perrier, vous me semblez bien aujourd'hui.

Malgré la pénombre, il était facile de trouver un visage plus reposé à l'interpellé, étant donné l'état dans lequel il était arrivé plus d'un mois auparavant ! Vêtu d'une veste d'intérieur, qu'on aurait pu croire cousue dans un tissu en accord avec l'ambiance de la pièce, bien qu'amaigri, il souriait, ce qui avait de quoi surprendre lorsqu'on connaissait l'individu.

— Je vais bien, en effet ! Mais tout cela, c'est grâce à notre ami commun.

À son retour en France, le sujet de sa désintoxication avait été houleux et avait suscité bien des avis divergents. Selon Bernard, toujours très pudibond, l'addiction de son collègue pour la drogue passait pour une fâcheuse et monstrueuse tare à laquelle il convenait de trouver un remède. De même que, pour ne pas avoir d'enfants, il préconisait l'abstinence, contre l'accoutumance, il ne pouvait qu'envisager le sevrage pur et simple, en enfermant le patient à double tour dans une pièce calfeutrée.

— Dangereux ! avait tranché Irina, la troisième comparse du groupe. Il risque l'arrêt cardiaque ou la folie. Et s'il en ressort, il en gardera un souvenir traumatisant.

Lacassagne avait été d'accord. Il avait expliqué que l'addiction à la morphine était connue des médecins seulement depuis peu, mais que les Américains avaient de très bons résultats en utilisant un nouveau produit de synthèse : l'héroïne.

— Rappelez-vous que la morphine, en son temps, a été utilisée dans le but de vaincre l'opium, avait glissé Bernard que ces solutions de substitution agaçaient. Pouvons-nous faire confiance à l'héroïne ?

Il n'avait pas tort.

Félicien, contre toute attente, avait tranché. À cette époque, trop faible, il était encore hébergé au 32, quai de la Guillotière, chez Lacassagne lui-même.

— Freud a travaillé sur la cocaïne, il y a quelques années, avait-il expliqué. Il voulait y recourir pour guérir le psychisme. Et comme beaucoup de nos confrères, il en a aussi consommé. Après avoir lu un article, il a tenté de désintoxiquer un ami devenu morphinomane à la suite d'une blessure. Fleischl-Marxow[1]. L'expérience a échoué et ce dernier est mort rongé par les drogues. Freud en a été très touché. Toutefois, cela lui a permis de conclure que c'était l'humain qui faisait l'addiction et non l'inverse.

— Et vous le croyez ?

C'était reconnaître une faiblesse.

---

1. Ernst von Fleischl-Marxow (1846-1891), physiologiste et médecin autrichien ayant mené des expériences sur l'activité électrique des nerfs et du cerveau.

— Peut-être. Certaines personnes sont moins sujettes que d'autres à la dépendance. C'est un fait. Dans mon cas, je pense que le procédé ne peut être convaincant.

— Nonobstant, nous réfléchissions à cette nouvelle solution qui vient d'être synthétisée en Allemagne et dont Bayer va assurer la vente : l'héroïne et non pas la cocaïne dont Freud a fait usage.

— Je connais l'héroïne.

— Vous l'avez testée ?

— Oui.

— Elle est préconisée contre la tuberculose et l'asthme. Elle serait même, en pilules, recommandée pour le sommeil des enfants.

Félicien avait frémi.

— Elle deviendra un fléau au même titre que tous ces produits que l'on dit miraculeux et qui se transformeront en autant de calamités. Vous pouvez me croire. Le manque est la chose la plus terrible que l'on puisse connaître. Et l'accoutumance, la pire servitude à laquelle on peut s'assujettir. Mais tout cela n'est rien face à la jouissance profonde que vous fait vivre le poison qui se distille en vous. Plus. Toujours plus afin de retrouver, une nouvelle fois, l'extase de la première expérience.

Un lourd silence s'était fait, qu'aucun des protagonistes présents n'avait osé casser. Irina en avait eu les larmes aux yeux.

— Je propose l'hypnose, avait annoncé Perrier pour avoir le dernier mot.

Et le dernier mot, il l'avait eu.

Freud ! C'est bien lui ! jubila intérieurement Bernard en identifiant le visiteur.

— Je suis vraiment heureux de vous trouver là, mon très cher Freud ! reprit Lacassagne. Cela fait…

— Deux ans, lors de la parution de mon article, en français, sur la psychoanalyse.

Lacassagne et lui s'étaient rencontrés en 1886 lors d'une conférence à Paris. Freud était auprès de Charcot. Ils avaient sympathisé et, même s'ils s'étaient peu revus depuis, ils gardaient tous les deux un profond respect l'un pour l'autre.

De son côté, Bernard, un peu oublié, se racla la gorge afin de rappeler à l'assemblée sa présence. Cela fonctionna.

— Mon cher confrère, voici Bernard Lecuyer. Un de mes meilleurs éléments, avec notre très cher Perrier. Lecuyer, je vous présente le docteur Freud, dont vous avez certainement déjà entendu vanter les mérites.

Ce dernier chancela. Freud en personne, en toute intimité avec Perrier.

— Vous vous êtes rencontrés à Vienne ? se risqua-t-il pour dire quelque chose.

Félicien hocha la tête sans pour autant lui donner plus de détails.

Vienne en hiver. Instantanément, il se souvint du froid qui l'avait saisi à la descente du train et de la bise glaciale qui lui avait gelé les os. Il n'allait pas très bien déjà. De moins en moins bien d'ailleurs. Hanté par cette obscurité qui l'envahissait jour après jour. Il avait quitté le poste de médecin légiste à Berlin, pour lequel Lacassagne l'avait recommandé à son insu. Il n'avait pas aimé Berlin. En revanche, Vienne… Ses patineurs sur le vieux canal du Danube. Ses cafés, lieu social par excellence. C'était au café Landtmann, sur le Ring, qu'il avait rencontré Freud. Un début d'après-midi, ce dernier faisait sa promenade journalière. Félicien était descendu à l'hôtel Regina, le temps de trouver un travail. Le docteur Filess, chirurgien à Berlin et aussi ami de Freud, lui avait fait une lettre de recommandation. Mais la préoccupation première du jeune médecin était bien autre. Devant sa tasse de café, il commençait à trembler. Le manque. Freud, assis à la table voisine, l'avait remarqué et s'était penché vers lui pour lui offrir un cigare.

— Cela ne résoudra pas votre problème latent, lui avait-il murmuré dans un français parfait, mais vous changera les idées un temps.

Puis il avait ajouté que le cigare aidait à la concentration, avant de lui confier qu'il avait lui aussi usé à une époque de drogues, de la cocaïne, mais qu'il lui préférait maintenant le tabac.

— Il me tient certainement autant que votre morphine, avait-il dit en rejetant une bouffée de fumée un peu au-dessus de sa tête, et il me tuera sans doute aussi certainement que votre opiacé.

Cet homme maniait l'humour macabre. Il avait plu à Félicien, qui avait pris le cigare offert. Il n'y avait pas trouvé de quoi calmer son manque, mais au moins de quoi s'occuper l'esprit. C'était un mardi. Le lendemain, il était invité au 19 de la Berggasse, à une de ses réunions d'amis qui se déroulaient dans la salle d'attente du cabinet de consultation de Freud. Et le lundi suivant, il prenait son poste au Grand Hôpital, recommandé conjointement et par le neurologue et par le Berlinois Filess.

Avait commencé pour lui une vie de débauche comme seule cette ville autant artistique que médicale pouvait encore en offrir. Une vie légère qui l'avait quelque temps enivré.

Pourquoi avait-il quitté Vienne ?

Il revit un visage. Freud lui avait suggéré d'entreprendre une de ces nouvelles cures par la parole qu'il proposait à des patients venus de partout. Une toute nouvelle expérience à vivre. Mais le jeune médecin ne l'avait pas souhaité. Sa douleur lui servait de carapace et il n'était pas encore prêt à vivre nu parmi les humains. D'ailleurs, le voulait-il ?

Alors, il avait quitté Vienne. Freud. Son intérêt pour lui. Bouffé par le mal qui le rongeait, bien plus pernicieux qu'un cancer.

— Nous nous sommes en effet rencontrés pendant mon séjour, reprit Perrier à l'adresse de Bernard.

— Je lui ai fait découvrir les bienfaits de la parole, poursuivit le futur psychanalyste. Nous terminions d'ailleurs une séance lorsque vous êtes entrés. Félicien se remettait peu à peu.

— Et cela fonctionne ? s'enquit Lacassagne afin de marquer son intérêt.

— Je préfère maintenant laisser mes patients s'exprimer en toute liberté et en toute conscience. Cependant, Félicien ne parvenait pas à lâcher prise. Alors, pour lui, j'ai repris le chemin de l'hypnose. Et je dois reconnaître que je suis satisfait des résultats !

Pour confirmer ses dires, le patient eut un regard pour son thérapeute, et un sourire un peu trop équivoque au goût de Lecuyer. Avec une vie plus stable, il récupérait peu à peu cette gueule d'ange tourmentée qui attirait irrésistiblement. Même son regard d'un noir profond reprenait cette flamme funeste qui brûlait les êtres de l'intérieur.

Bernard en frissonna. Aux prises avec un sentiment contradictoire qui le tourmentait. Entre satisfaction d'avoir retrouvé son ami, et inquiétude d'avoir contribué à redonner vie à un potentiel monstre.

Et que dire de cette maison qu'il avait découverte avec tant de contrariété !

— Mais je vous dérange, reprit le praticien avec un charmant accent germanique qui n'entachait en rien le français parfait dont il usait avec aisance. Vous aviez rendez-vous.

Quarante ans tout au plus, se dit Bernard qui pensa deviner en lui un homme rationnel. Ce en quoi il se trompait.

— Oui. Mais rien d'urgent, rassura Lacassagne en avançant vers la cheminée, un peu comme si sa promenade en landau lui avait glacé les os. Et puis, je suis tellement heureux de vous revoir.

— Moi de même ! Moi de même. Sincèrement. De toute façon, nous avions terminé. N'est-ce pas, Félicien ?

Ce dernier approuva.

— Nous avons un peu débordé sur nos horaires habituels avec Freud. De plus, comme nous en étions convenus, je vous attendais.

En regardant agir Perrier, Lecuyer en arrivait presque à regretter l'ancien provocateur qui tempêtait et râlait pour un rien. Quel était donc ce nouveau rôle qu'il avait endossé, comme un acteur un peu trop cabotin qui cherchait à conquérir son public ? Grande maison bourgeoise. Tenue soignée. Visage rasé de frais, seulement agrémenté d'une fine moustache brune. Il avait sacrifié ses cheveux, abîmés par son séjour dans les bas-fonds de Londres et qu'il retenait jadis dans un catogan d'une autre époque. Il les portait plus courts maintenant, les laissant tomber en une cascade ondulée dans son cou.

Un rien dandy.

Oui, dandy. À la manière d'un Octave de Musset. Mélancolique et raffiné.

Voilà qu'il s'affairait nonchalamment et servait à boire, à l'image d'un hôte parfait qui choyait ses visiteurs ! Fallait-il se méfier d'autant plus de ce nouvel état comme d'un leurre mystificateur ?

— Sigmund, tu accepteras bien un fond de vin de Madère ?

Celui-ci acquiesça.

— Avec plaisir. Mais juste un verre et je prendrai congé. On se revoit demain, comme convenu ? Même heure ?

Le tutoiement s'était échappé, glissant comme une indiscrétion. La scène était plantée. Le tintement du cristal qui chantait – verres qui s'entrechoquent – perturba Bernard, qui fut parcouru d'un frisson déplaisant.

— Demain, même heure, si tu le veux bien, confirma Félicien avec un sourire.

4

Le voyage de retour avec Félicien avait été long et pénible. Il avait d'abord fallu lui redonner visage humain, puis le convaincre de la suivre en France. Et cela n'avait pas été de tout repos. Il ne voulait pas retrouver la ville qui l'avait vu se soumettre aux dernières volontés de celle qui avait été sa génitrice. Comme un gamin capricieux, il hurlait que jamais il ne remettrait les pieds à l'endroit de sa défaite.

Irina l'avait cru fou. Peut-être l'était-il vraiment à force d'abus et de désespoir. La drogue avait-elle le pouvoir de détruire le cerveau ? La jeune journaliste ne pouvait le dire.

Pour l'amadouer, elle s'était suffisamment pourvue en morphine et avait acheté une seringue Pravaz neuve, celle de Félicien étant dans un piètre état. Durant tout le périple les ramenant vers Lyon, c'était elle qui était devenue sa garde-malade improvisée, le piquant là où il était encore possible de le faire… c'est-à-dire à peu d'endroits de son corps, en définitive.

Le voir dans cet état était affligeant, mais elle avait tenu bon. L'assommant sous des doses capables de le faire taire. Elle l'avait traîné de fiacre en train, de train en bateau, de bateau en train à nouveau, pour un jour débarquer à la gare de Perrache, dans un panache de fumée, par une sombre journée pluvieuse d'un début de mois de juin pourri.

L'air étrangement glacé pour la saison sentait la suie grasse du charbon, la sueur sale et le poisson avarié. Mais peu lui importait : elle était de retour chez elle !

Sur le quai, en retrait, Alexandre Lacassagne en personne les attendait. Sanglé dans une redingote boutonnée de haut en bas, tant il faisait froid, il avait ôté cérémonieusement son haut-de-forme en les apercevant, avant de se troubler à la vue de la décrépitude de celui dont il voulait faire son fils spirituel, il y avait encore peu.

Lâchant là ses souvenirs, Irina ravala sa salive. Dans la salle de rédaction du *Progrès*, rue de la République, la plupart des chroniqueurs étaient réunis autour d'une large table ronde, sous les lambris foncés d'une lourdeur toute napoléonienne. Que des hommes bien-pensants, portant habit et fumant le cigare.

Comme à l'accoutumée, elle avait été victime de quolibets – elle n'y faisait plus attention. Une femme dans un milieu d'hommes, de plus une femme vêtue en homme, cela avait de quoi animer la moquerie et exciter cette cohorte dégoulinante d'hormones masculines.

Depuis quelques semaines, elle ne prenait même plus la peine de singer l'accent polonais, comme elle le faisait au début, quand elle était pigiste dans ce journal. À Grobon, son rédacteur en chef, qui s'en était ému, elle lui avait rétorqué qu'elle apprenait vite. Cela l'avait fait sourire. Lui, il n'était pas un mauvais bougre. Excellent père de famille. Il l'hébergeait, depuis son embauche, en tout bien tout honneur, dans la chambre de bonne disponible au-dessus de son appartement, rue Bourgchanin[1]. Elle lui en était reconnaissante, car c'était un immeuble moderne, très bien fréquenté, et elle disposait même d'un robinet d'eau et d'un cabinet d'aisances sur le palier.

— Tu ne m'empêcheras pas de penser que ton idée est folle, lui murmura son chef en se penchant vers son oreille.

— Folle, justement, se moqua-t-elle. Parlons-en !

Puis elle lui adressa un clin d'œil discret. Elle savait ce qu'elle risquait en se rendant là-bas. Elle ravala sa salive et, d'un mouvement de tête, elle chassa de vieux démons.

— Vous me promettez que je monte en grade si je réussis ?

1. Actuellement rue de Bellecordière.

Depuis le décès de Delaroche, l'année précédente, son épouse avait repris la succession du journal, ce qui ouvrait de nouvelles perspectives à la jeune pigiste, qui comptait bien se faire remarquer. Avec ce nouveau siècle qui pointait le bout de son nez, le monde allait changer et elle souhaitait farouchement que cette transition se fasse avec les femmes.

— On verra. Il faudra d'abord que je te tire de là-bas.

— Si vous rencontrez des difficultés, n'oubliez pas de prévenir le professeur Lacassagne de ma part. Il vous aidera.

Les dés étaient jetés. Grobon quitta la pièce en haussant les épaules. Elle redressa fièrement la tête et se retourna, conquérante, vers son auditoire improvisé. Connaissant les bougres qui hantaient les lieux, des noceurs invétérés qui n'imaginaient la femme que comme mère ou putain, elle ne devrait pas avoir de mal à obtenir gain de cause.

Une profonde inspiration.

— Alors, petits écrivaillons de mon vier[1] ? Toujours prêts à brasser de la merde et à courir après l'information, comme des chiens en chasse ? Le nez à renifler le cul des femelles.

Surpris par l'insulte, tant ils étaient habitués à ce qu'Irina ne réponde jamais à leurs insanités, les quelques journalistes présents eurent un mouvement de recul.

— Je vous en donnerai, moi ! Nuls que vous êtes ! Hein, mes petits bonshommes ?

Un murmure de réprobation se fit entendre. Au fond d'elle, Irina sourit. Elle les aurait cru beaucoup plus

---

1. Ancienne insulte.

prompts à riposter. Finalement, ce n'était pas si dur de les choquer. Pour jouer à fond la carte de la crise d'hystérie, attaque propre aux femmes, comme son entourage ne manquerait pas de le faire remarquer, elle se mit à trépigner. Donnant l'illusion d'être prise par une colère froide que rien ne pouvait étouffer.

— Facile de me traiter de brouteuse. Mais pas les couilles de m'affronter ? Hein ?

Les mains en appui sur un bureau, elle bombait le torse, rejetant la tête en arrière, prête à résister à la houle qui allait se lever.

Le silence avant la tempête.

— Mais je vous niquerai tous ! Je vous le promets ! hurla-t-elle avec fureur.

Et sur ces mots, elle se jeta sur le premier venu, un dénommé Georges Daumont, qui n'avait de talent que celui de trouver des titres racoleurs – de ceux que Lacassagne réprouvait – à ses articles d'une médiocrité affligeante. Ses mains s'agrippèrent à ses cheveux et il fallut pas moins de quatre hommes pour lui faire lâcher prise.

— Bon Dieu, quelle furie ! entendit-elle.

Il fallait qu'elle tienne bon, aussi serra-t-elle les dents.

— Je le savais que cette tribade était folle ! mugit le journaliste attaqué, alors qu'il reculait pour se soustraire à la mégère qui l'agressait.

Comme elle l'avait voulu, l'invective tournait en pugilat. Une vague d'angoisse l'assaillit tout de même, et elle espéra ne pas être allée trop loin. Elle souhaitait les voir réagir, pas se faire brutaliser.

Déjà, des mains glissaient sur elle. Elle se raidit afin de résister, et se mit à hurler, ce qui eut pour effet de pousser Grobon à revenir à la charge.

— Messieurs ! cria-t-il pour rétablir le calme.

— Cette harpie est hystérique, expliqua l'un des protagonistes.

— Elle nous a traités de chiens, renchérit son voisin en palpant le torse d'Irina. En plus, je viens de vérifier : cette gueuse est aussi plate que nous. Je suis sûr qu'elle a osé faire comme Missy, la fille du duc de Morny, et qu'elle s'est fait enlever les seins !

Un murmure de réprobation s'éleva aussitôt.

— Imaginez ? Les seins ! reprit-il avec encore plus de véhémence.

Et pour confirmer ses dires, faisant fi de toute retenue, il tira sur la chemise d'Irina. Les boutons sautèrent d'un coup sec, dévoilant un tricot de corps d'homme sans aucune déformation au niveau de la poitrine.

La stupeur laissa, un instant, les journalistes cois.

— Il faut l'enfermer ! C'est certain ! assura Daumont, sidéré par ce qu'il découvrait. Comment une femme sensée oserait-elle commettre un tel sacrilège ? Je vous le demande ! Faites venir un docteur, Grobon. Qu'il atteste ! Cette tribade est dangereuse, je le crains. Et quel exemple déplorable pour nos filles. Pensez ! Elle est peut-être contagieuse !

Leur chef, bras croisés dans l'encadrement de la porte, hocha la tête. Contre toute attente, il approuvait la proposition. Devant la table, les journalistes, outrés, entourèrent Irina afin de la ceinturer.

— J'appelle mon médecin de famille afin qu'il demande un internement à l'asile de Bron, soupira Grobon, comme si cette décision lui fendait le cœur.

Puis il jeta un coup d'œil vers sa pigiste qui, discrètement, lui répondit par un sourire.

5

— Si j'ai voulu vous réunir, aujourd'hui, c'est afin de vous parler d'un fait divers qui attirera toute votre attention, j'en suis sûr, lorsque je vous en aurai donné les détails.

L'après-midi était bien avancé. Freud avait pris congé. Resté seul avec ses élèves, Lacassagne renouait avec son rôle de mentor. Assis dans un fauteuil, pas trop loin du feu qui crépitait dans la cheminée et qui paraissait toujours autant le réconforter, il avait déboutonné son veston et tenait ses mains jointes sur l'une de ses jambes croisées.

Félicien sourit en le voyant s'installer. La posture de patriarche qu'il adoptait lorsqu'il se sentait un peu chez lui avait de quoi satisfaire le jeune médecin.

— Je me languis d'entendre vos informations.

L'anthropologue avait été indulgent avec lui. Il avait déchiré la lettre dans laquelle il se dénonçait, après la triste affaire des suppliciées, à la fin de l'année dernière. Il était parti du principe que la drogue était la seule responsable de la déclaration abracadabrantesque de Perrier. Point n'était donc nécessaire qu'on s'y attarde. Une femme avait été assassinée dans la rue par un inconnu, et après son trépas les meurtres avaient cessé. Coïncidence ? Peut-être. Le fait était que personne n'avait pu décrire son assaillant et que l'histoire avait vite été oubliée, tant la population était heureuse de ne plus avoir à craindre un tueur à l'image de Vacher.

Échec ? En partie. Mais en partie seulement, car l'intervention d'un groupe de scientifiques n'avait laissé personne indifférent, tant au niveau de la magistrature que de la police. Travailler main dans la main n'était pas encore d'actualité, mais une avancée s'affichait. Elle consentait que son équipe opère au grand jour, du moment que celle-ci acceptait de relayer ses découvertes au commissaire chargé de l'enquête du moment. En contrepartie, la police ne devait plus inquiéter Irina Bergovski, à la condition que la journaliste pense à renouveler son certificat de travestissement, en temps et en heure. Elle devait aussi permettre aux trois jeunes gens d'intervenir sur les scènes de crime avant l'enlèvement du corps… si corps il y avait.

— Vous connaissez tous les deux l'église Saint-Bernard, bâtie il y a peu sur les pentes de la Croix-Rousse ?

Félicien opina du chef, mais son collègue resta plus circonspect. Janséniste éduqué par une famille de pharmaciens conservateurs regrettant la monarchie, il prisait toutefois peu les nouveaux édifices religieux, érigés à grand renfort de dons. Comme s'il était possible de réserver sa place au paradis !

— Celle élevée avec des deniers privés et sur un terrain offert par une des plus grandes familles lyonnaises, et dont on a abandonné la construction faute d'argent, marmonna-t-il avec presque de la rancœur.

— Celle dont la République ne veut pas, ajouta Lacassagne en souriant avec bienveillance. Napoléon avait coutume de dire qu'un curé équivalait à trois gendarmes. Cette nouvelle église avait aussi pour but d'évangéliser la Croix-Rousse, un peu trop… comment dire… prolétaire à son goût.

— Prolétaire et gauchiste, confirma Perrier.

— C'est bien cela.

— En même temps, les dons ont été faits par les descendants d'un franc-maçon reconnu, partisan de l'alchimie.

Lacassagne eut un nouveau sourire.

— Je vous vois au fait du problème, s'amusa-t-il en regardant son étudiant.

Comme il était heureux d'avoir pu ramener à la raison un être comme lui ! Et quel soulagement de le découvrir revenu à de meilleures dispositions, adepte de l'hypnose et surtout de Freud. Il semblait aller tellement mieux !

— Un nouvel effondrement a eu lieu dans la nef. Sans doute les suites du percement de la Ficelle[1].

— C'est assez habituel, fit remarquer Lecuyer.

— Oui, elle est toujours en rénovation et close, cela va de soi. Mais cette fois, c'est plus compliqué.

— Vraiment ? s'inquiéta Félicien, soudain intéressé.

Une église bâtie sur le terrain d'un franc-maçon, féru d'alchimie, éveillait chez lui d'anciens souvenirs de jeunesse.

— Il s'est passé quoi ? demanda-t-il en se reprenant.

Son mentor lui lança un regard en coin comme s'il avait pu percevoir, chez lui, le malaise qui l'avait frappé.

— Le trou béant a dévoilé un puits que ceux qui travaillaient sur les fondations ont exploré.

— Le lien avec notre équipe ?

Les tréfonds du sous-sol croix-roussien ne passionnaient pas Lecuyer. Pas plus que les églises financées par les francs-maçons lyonnais.

— J'y viens. L'équipe aimait l'exploration, s'il faut en croire le rapport que j'ai reçu de la mairie. Du

1. Funiculaire de Lyon.

puits, ils ont eu accès à un étrange labyrinthe. De quoi s'y perdre tellement il est grand, paraît-il.

— Un souterrain ? Toujours rien à voir avec nous.

La mauvaise grâce de Bernard, loin de l'irriter, amusa Lacassagne qui, au lieu d'en venir directement au fait, se mit à faire durer le plaisir. Comme si l'agacement de son subalterne donnait plus d'ampleur à ce qu'il allait dévoiler.

Le feu était tombé. Félicien se leva afin de poser une nouvelle bûche dans l'âtre. Attiré par le jeu des étincelles, il resta un long moment à observer les flammèches qui léchaient le bois.

— Perrier ?

— Oui ?

Un sursaut. Ce dernier se rassit sans un mot.

— Pourquoi un souterrain n'intéresserait-il pas une équipe scientifique ? reprit le professeur comme s'il n'avait pas remarqué le voile qui soudain était passé devant les yeux de son étudiant. On découvre toujours des choses fascinantes dans les souterrains. Des mystères que certains ont voulu sciemment soustraire à la vue d'autres.

Si Bernard restait de marbre, la phrase eut pour effet, au contraire, d'appâter son collègue.

— La police a besoin de nous.

— La police a besoin de nous ? Voilà qui est intéressant, admit Perrier.

Lecuyer soupira.

— Encore des ennuis en perspective, rumina-t-il en étendant ses jambes devant lui. Ne pouvons-nous pas nous contenter de faire des autopsies, comme notre formation nous y convie ? D'ailleurs, pour parler d'autre chose, où est donc passée notre déesse à tous ?

Il faisait allusion à Irina, avec qui ils avaient composé le groupe de recherche sous le contrôle de Lacassagne.

Ce dernier tiqua. Il ne tenait pas à s'étaler sur le sujet de sa collaboratrice et sur sa dernière lubie. Bien sûr, il lui avait apporté tout son soutien et, s'il y avait un problème, il s'était engagé à la sortir du mauvais pas dans lequel elle s'était mise. Toutefois, il ne cautionnait pas.

— Elle est…

— Elle va être internée, trancha Perrier sans plus de détours.

— Quoi ? Internée… internée ? Chez les fous ?

— Chez les folles, précisa son collègue non sans humour.

Bernard en bondit de son siège, oscillant entre surprise et exaspération. Dans quel pétrin son amie était-elle encore allée se fourrer ? Et tout cela avec la bénédiction de Lacassagne et de Perrier !

Perrier, il n'y avait rien d'étonnant à cela ! Toujours partant pour les idées débiles et les mauvais coups. Mais Lacassagne ? Son cher, très cher professeur Lacassagne ? C'en était trop. Il explosa :

— Et bien entendu, je suis comme toujours le dernier informé !

Les deux autres protagonistes se regardèrent, stupéfaits.

— Mais je ne savais pas que Perrier était dans la confidence ! reconnut l'anthropologue sans pouvoir cacher sa surprise.

— Et moi, j'ai deviné ses desseins. Je l'ai cuisinée. Ni plus ni moins.

— Ni plus ni moins ? Mon Dieu ! Que lui avez-vous laissé faire ?

— Rien de grave…

— Si, c'est grave, admit le plus âgé en contemplant ses pieds. Et je regrette maintenant de l'avoir laissée agir à sa guise.

— Vous m'expliquez ?

À une époque, Bernard, romantique absolu, s'était imaginé un penchant pour la jeune journaliste qui, avant d'intégrer le groupe, était déjà son amie. Même si, par la suite, il avait cru rencontrer la compagne de sa vie en la personne de Clarisse, perdue depuis, il gardait pour Irina une attitude protectrice. De celle du grand frère[1].

— Peut-être avez-vous entendu parler de Nellie Bly, cette Américaine devenue l'une des premières femmes reporters, il y a quelques années, en Amérique ? Elle travaille pour le *New York World*, auprès du grand Pulitzer.

— Vous appréciez Pulitzer ? railla Perrier en se souvenant des réticences de son patron devant les articles un peu trop racoleurs. Pulitzer, le roi des informations à sensation !

— Il laissera son nom dans le monde du journalisme, reconnut-il.

— C'est certain. Mais continuez, je vous en prie.

— Oui. Donc, Irina a eu vent de l'expérience de cette Nellie Bly dans un hôpital d'aliénés. Il y a de cela un peu plus de dix ans, celle-ci a voulu marquer les esprits en dénonçant ce qui se passait dans les asiles, et comme il était facile, pour une femme, de se faire enfermer sans raison dans ce genre d'institut.

— Mon Dieu…

1. Voir *Les Suppliciées du Rhône.*

Devinant aisément la suite de l'histoire, Bernard venait de se rasseoir et se tenait maintenant la tête entre les mains.

— Elle a…

— Oui. Elle devait aujourd'hui causer un scandale au *Progrès*, avec la complicité de son rédacteur en chef. À l'heure qu'il est, elle doit être en route pour l'asile du Vinatier.

— Mais quelle folle !

— Tu l'as dit, railla Perrier.

Bernard releva la tête et lui décrocha un regard haineux.

— Et bien entendu, tu n'as pas pu résister à l'idée de te commettre dans ce genre d'expérience rocambolesque ? De toi, cela ne m'étonne pas ! Mais vous, professeur ? Vous ?

Ce dernier, interpellé, haussa les épaules.

— Vous connaissez Irina bien mieux que moi. Vous savez donc qu'il est très difficile d'interagir dans ses décisions. Depuis que le directeur du *Progrès* a été remplacé par son épouse, elle est sûre que les choses évoluent, et que cela ne peut se passer sans elle.

— Mais comment va-t-elle sortir de là ? Et d'abord, pourquoi l'enfermerait-on ?

— Il est assez aisé de se faire interner lorsqu'on est une femme, dans notre société. Des idées un peu trop anticonformistes, le désintérêt d'un mari, une attitude extravagante, une existence jugée dissolue par la famille… C'est ce que veut prouver notre amie Irina.

— Elle a fait… quoi pour y arriver ?

La voix de Lecuyer avait faibli. Combien de fois l'avait-il, lui-même, trouvée inconvenante ? Outrepassant son rôle de femme docile. Provocante jusqu'à se vêtir en homme. N'avait-il pas imaginé, il y a quelques mois, qu'elle pouvait… Ses pensées se troublèrent à ce souvenir. Qu'elle pouvait préférer les femmes à la compagnie des hommes ? Une invertie, cherchant à détourner Clarisse de son amour.

— Elle devait insulter ses collègues à la rédaction. Ces derniers n'attendaient que ça. Je suppose que son subterfuge a bien fonctionné.

Le jeune médecin ne put retenir une grimace. Comme cela avait dû être facile pour elle !

— Et pour la sortir de là ? redemanda-t-il en plissant des yeux.

Lacassagne se leva et lui tapota l'épaule dans un geste paternel.

— Son rédacteur devrait s'en charger. Et s'il a quelques difficultés, il a ordre de venir me voir afin que j'intervienne. Ne vous inquiétez pas. Irina ne va pas finir ses jours à l'asile. D'ici deux jours, elle sera de retour parmi nous avec un bel article.

Bernard, malgré les certitudes de son supérieur, sentit un courant glacé grimper le long de sa colonne.

— Je l'espère, maugréa-t-il en détournant le regard.

— Bien. Il est tard. Et j'ai un rendez-vous important. Nous devons vous laisser. Je vous attends tous les deux demain pour une autopsie. Le cadavre d'un nouveau-né a été repêché, ce matin, dans le Rhône. Le corps a été déposé au bateau-morgue et, comme vous le savez, il convient d'intervenir très vite sur ce genre de cas. Je compte sur vous. Disons dix heures. Nous reparlerons de ce labyrinthe sous la Croix-Rousse, et nous nous rendrons sur place, en début d'après-midi. Vous verrez. D'après ce que j'en sais, vous n'allez pas être déçus par ce que vous allez découvrir. Surtout vous, mon cher Perrier.

Lacassagne laissait planer sur cette histoire de souterrain un mystère qui n'était pas sans piquer la curiosité du jeune médecin. D'autant plus qu'il n'était pas dans les habitudes du professeur d'entretenir un suspense sur une affaire.

— Pas de souci, répondit Perrier en prenant congé de ses visiteurs. Vous avez éveillé mon intérêt avec vos histoires labyrinthiques. Il me tarde d'en découvrir plus. On se retrouve demain sur le bateau-morgue.

Puis il referma la porte, une expression satisfaite sur le visage.

6

La jeune femme se recroquevilla en boule, là sur le parquet à chevrons, et laissa ses pensées s'échapper – elles seules pouvaient le faire encore. Elle avait ainsi l'impression de les accompagner et de fuir à leur suite. Par-dessus les toits. Vers le ciel. Loin. Très loin. Vers l'oubli.

Elle ferma les yeux. Autour d'elle, du bruit. De la fureur. De la rage. Une voix hurlait. Elle ne savait pas trop quoi. Elle ne voulait pas le savoir. Le souffle court, elle attendait. Toutefois, dans son esprit, une abondance printanière foisonnait. De l'herbe verte. Des arbres. Des oiseaux. Des fleurs. Des narcisses. Oui, des narcisses. Sa mère n'aimait pas le parfum des narcisses. L'odeur entêtante de ces fragiles fleurs blanches lui tournait la tête. « *Non, pas de narcisses !* » criait-elle lorsque ses enfants en faisaient des bouquets. Ils couraient, elle et son frère, dans le grand hall un peu froid, leurs bouquets à la main. Les dalles grises résonnaient. La dentelle de son jupon dansait au-dessus de ses bottines à boutons. Noirs les boutons. Blancs les narcisses.

Non, pas de narcisses !

Et Narcisse se pencha au-dessus du lac et tomba amoureux de son image.

Était-elle tombée amoureuse de son mari, elle, la petite campagnarde rêveuse ?

Ma petite Madeleine, il est temps maintenant de te trouver un époux, disait celle qui n'aimait pas les narcisses. *Toute femme doit s'épanouir dans la maternité, car sans mari et sans enfants nous ne sommes pas vraiment des femmes*[1].

Elle avait dix-sept ans. Un époux ? Toutes les jeunes filles y songeaient et appréhendaient en même temps ce moment. L'instant où l'enfance insouciante refermait la porte sur elle, et où l'âge adulte laissait entrevoir la béance de son couloir profond. Comme un gouffre. Insondable. Elle n'aurait jamais cru qu'elle sombrerait dans cet abîme.

Un ventre vide. Des jours aussi tristes que les nuits… et puis les coups.

Elle avait été élevée loin de la ville. Au sein de la nature, dans les monts du Beaujolais. Souvenir idyllique maintenant, qui aurait presque pu lui arracher un sourire – si cela lui avait été permis. Mais ses muscles étaient tellement crispés dans l'attente, tétanisés à en devenir durs comme du fer, que même son visage ne pouvait exprimer autre chose que la souffrance.

---

1. Le médecin anthropologue Julien-Joseph Virey (1775-1846) soutenait que la femme demeurait une enfant si elle était privée de sperme.

Les narcisses. S'accrocher à cette image. S'y noyer. Et une bouffée enivrante vint masquer le relent nauséeux et métallique du sang chaud qui coulait dans sa bouche.

En fait, son esprit avait vagabondé beaucoup plus vite que le temps lui-même. Et une minute ne devait pas être passée depuis le dernier choc. Étrange pouvoir qu'avait quelquefois le cerveau, lorsqu'il ne voulait pas assumer la vérité.

Elle serra les dents. Encore plus fort. Des larmes coulaient maintenant sur ses joues. Un gémissement naissait entre ses lèvres.

Tu pourrais au moins apprendre à souffrir en silence. Mais même ça, tu ne sais pas le faire !

Il était en colère. Il l'avait rejointe dans l'après-midi avec la mauvaise nouvelle. Pas d'enfant. Il n'y aurait pas d'enfant cette fois-ci ! Celui promis n'était qu'un crétin qu'ils avaient dû étouffer et jeter dans le Rhône ! Il faudrait qu'elle demeure à la campagne. Il faudrait qu'elle continue à feindre qu'elle était grosse. Saurait-elle encore le faire sans dévoiler la manigance ? Saurait-elle se taire ? Il en doutait.

Depuis son arrivée, il fulminait. Tapait du poing sur la table. Gesticulait. Renversait les objets qui passaient à sa portée. Comme si tout était sa faute. Comme si elle était l'unique responsable.

Pour finir, il s'en était pris physiquement à elle.

Comme toujours, aurait-elle pu rectifier.

Bonne à rien !

Brutalement, le souffle lui manqua. Et elle fut projetée de l'autre côté de la pièce, alors qu'une très belle chaussure anglaise à bout pointu, impeccablement cirée, venait frapper son ventre vide déjà meurtri. Elle roula sur le flanc gauche, anéantie, détruite, terrassée, et cessa de réfléchir.

Tu ne sers à rien. Tu es sèche. J'en ai marre de toi ! Je vais te répudier et prendre une femme capable d'enfanter. Tiens, pourquoi pas ta sœur ? Toi, tu n'es qu'une folle aux entrailles infertiles, à enfermer à l'asile. Oui, à l'asile !

Et la porte claqua.

Chapitre 3

Lundi 1er août 1898

1

— Pourquoi avez-vous insulté les journalistes présents en salle de rédaction ?

Irina leva les yeux vers le médecin adjoint qui l'interrogeait, une sorte de corbeau sombre dont le teint jaunâtre et la peau parcheminée laissaient supposer des soucis au niveau du foie. Installé, droit comme un I, dans un fauteuil, il tapotait distraitement le plat de son bureau en bois avec l'embout de son porte-plume à réservoir.

Voilà ! C'était fait ! Elle y était ! Ne lui restait plus qu'à bien tenir son rôle sans vaciller.

— Ils m'énervaient.

— Ils vous énervaient ? Rien que ça !

— Rien que ça, répéta-t-elle tout en gardant son aplomb.

Un silence se fit.

L'homme la dévisagea. Étrange fille aux traits fins, aux yeux bleus et au visage agréable, mais qui ne faisait apparemment rien pour paraître féminine. Ses cheveux blonds étaient tirés en arrière en un chignon bas, tressé serré. Elle portait un costume-pantalon, qui, bien que paraissant malmené comme après une bagarre, était parfaitement coupé à sa taille. Elle l'assortissait d'un gilet et d'une chemise blanche, elle aussi en piteux état. Un feutre à large bord complétait le déguisement – oui, ce ne pouvait être qu'un déguisement.

— Vous savez que cette tenue vous est interdite par la loi.

— J'ai un certificat de travestissement, répondit-elle du tac au tac.

L'aliéniste, en face d'elle, se troubla. Pourquoi diable une femme pouvait-elle manifester le désir de se grimer de la sorte ? Elle aurait pu avoir tellement de charme en acceptant de porter une robe et en mettant ses atouts en avant.

Ses atouts ? Il se troubla une nouvelle fois. On lui avait rapporté qu'elle avait opté pour l'ablation des seins. Le sujet lui semblait tellement outrancier qu'il n'osait même pas l'aborder avec sa patiente. Si son comportement laissait supposer un état mental perturbé, il était certain que ce dernier point, à lui seul, suffisait à confirmer le diagnostic de folie. Comment pouvait-il en être autrement ?

Il dévissa le bouchon de son porte-plume et griffonna rapidement sur une des fiches de ce qu'on appelait un « blanc d'admission ».

— Votre taille ?

— Un mètre et soixante-quatorze centimètres.

— Vous en êtes certaine ? C'est fort grand pour une femme.

— Dieu m'a faite ainsi.

Bredouillements réprobateurs.

— Dieu ou le diable.

— C'est à votre convenance, Monsieur le Docteur.

Un coup d'œil grave et ce dernier nota : *Impertinence.* Elle constata qu'il s'appelait Philémon, comme l'attestait la plaque sur la porte du bureau restée ouverte. Par sécurité.

— Pourquoi avoir changé de nom ?

— Irina Bergovski est mon nom de plume.

Nouveau silence.

De mieux en mieux, songea le praticien en inscrivant quelques mots de plus sur le dossier. Si les femmes se piquaient maintenant de se prendre pour des artistes, à l'image de cette feue George Sand, le siècle à venir risquait fort de connaître bon nombre de déconvenues.

— Vous confirmez que votre véritable patronyme est bien Irène de Landry ?

— Je le confirme.

Irène. « Paix » en grec. Alors que Philémon venait du mot « affectueux ». La jeune femme sourit. Certaines personnes portaient des prénoms bien peu adaptés à leur personnalité. Autant elle que lui. Philémon. Un nom qui faisait penser à une maladie. Contagieuse, la maladie. Peu engageante. Voire purulente.

— Voilà qui est bien, reprit le médecin. Hum… Femme (il hésita sur le mot) de vingt-huit ans, non mariée.

— Vingt-neuf à la fin août, rectifia la journaliste.

— Le 31 ?

— C'est bien ça.

— Avez-vous fait le choix de rester fille ?

— Oui. Je ne veux pas d'époux.

Un long regard sévère répondit à son affirmation. Il se pinça le nez, comme s'il avait des binocles qui le gênaient, ce qui n'était pas le cas, puis poursuivit dans un soupir :

— Un de vos parents a-t-il été interné ?

— Non. Aucun.

— Ces derniers sont-ils encore en vie ?

— Ils le sont.

— Que fait votre père ?

— Il est notaire à Versailles.

Il régnait dans la pièce où Irina était reçue une lourdeur nauséabonde, mélange déroutant d'un relent de latrines et d'un parfum aigre de transpiration. Elle avait passé la nuit à attendre dans une cellule commune, aux murs vérolés de traces d'excréments badigeonnées à la main, entre une paysanne qui roulait des yeux ronds et une gamine qui crachait par terre chaque fois qu'elle disait une phrase. Elle en gardait un goût infect dans la bouche, un peu comme si la puanteur avait pénétré l'intérieur de son corps. Au petit matin, on leur avait distribué un oignon et un quignon de pain, puis elles avaient à nouveau attendu jusqu'à ce que le médecin adjoint les reçoive une à une.

— Vous vomissez ?

— Parfois.

— Avez-vous des douleurs d'estomac ?

— Parfois aussi.

— Est-ce que votre visage devient rouge sans raison ?

— Parfois.

— Vous avez des douleurs articulaires ?

— Parfois.

— Vous vous sentez fatiguée ?

— Parfois aussi.

— Très bien. Très bien… Cela est le fait de la pratique de l'onanisme. Ce travers pernicieux, courant chez les femmes qui refusent l'homme, vous ronge et vous conduira certainement à la déchéance et à la mort. Il est évident que vous présentez une anomalie certaine qui perturbe fortement votre système nerveux. De ce fait, celui-ci s'en trouve mal équilibré. D'où l'hystérie qui s'exprime sous forme, essentiellement, d'excès de caractère, de théâtralisme et de troubles tribadiques allant jusqu'à…

Son regard réprobateur glissa vers la chemise à moitié déchirée, dont elle retenait les pans croisés à l'intérieur de son pantalon, et s'attarda sur sa poitrine.

— … allant jusqu'à la mutilation.

Irina tressaillit. Il avait prononcé la fin de sa phrase dans un souffle, alors que dans son œil inquisiteur, profondément enfoncé dans son orbite, s'allumait une pointe de sadisme pervers. Une sueur froide, qu'elle devina aigrelette, coula sur son front et un rictus d'excitation vicieuse énerva sa lèvre supérieure. Il bascula en arrière contre son dossier. Elle aurait juré qu'il bandait.

— Compte tenu de cette dégénérescence spinale entraînant une déviance sexuelle d'ordre chronique, reprit-il presque avec soulagement, concomitante avec des comportements insanes, j'ordonne donc, à la demande de votre patron, votre internement à l'asile, quartier des semi-tranquilles, aile nord. Je préconise, pour calmer vos maux de nerfs, un traitement à l'eau glacée se composant de douches et de bains de trois heures, voire plus si besoin, de la teinture mère de valériane et des compressions ovariennes en cas de crise. Je jugerai, par la suite, si le port d'une ceinture contre la masturbation s'avérera nécessaire. Pour l'instant, nous nous en tiendrons là.

Une signature à l'encre violette sur le formulaire C détaillant les particularités de sa maladie et la nécessité d'un traitement. Un coup de tampon. Il compulsa le dossier. Le formulaire B, celui du médecin ayant demandé son entrée à l'asile, y était correctement joint. Le tour était joué : l'admission d'Irina était prononcée. Aucune consultation. Aucun examen. C'était tellement simple de passer pour folle !

Bien qu'assaillie par des sentiments contradictoires faisant surgir en elle des souvenirs lointains qu'elle pensait enfouis, elle n'en revenait toutefois pas encore. Tout à sa réussite, elle faillit remercier l'aliéniste. Mais celui-ci n'aurait certainement pas compris.

— Une gardienne va vous donner vos effets. Vos… vêtements (il lança un regard dégoûté vers les habits qu'elle portait) vous seront rendus lorsque vous serez guérie… si vous l'êtes un jour.

Il avait murmuré la dernière phrase, comme s'il n'envisageait aucune réinsertion possible dans la société bien-pensante pour un tel être dévié, à classer d'office dans les incurables. Mais pour Irina, au contraire, c'en était fait, elle se sentait intouchable, aussi accueillit-elle ce verdict avec une réelle insouciance.

Heureuse de sa réussite, elle se leva et se dirigea vers la porte, suivie par le médecin qui annonça son transfert dans l'aile nord à la surveillante. Celle-ci, une femme d'une quarantaine d'années au visage sans émotion, large d'épaules et le corps massif, lui tendit un paquetage tout en la poussant vers une pièce adjacente.

— Déshabille-toi, lui ordonna-t-elle d'une voix monocorde, et enfile ton uniforme.

Les deux filles de la veille les y attendaient déjà, prêtes à rejoindre leur section.

— Là ?

La question pouvait paraître saugrenue, mais, de toute façon, sa destinataire resta de marbre. Devant ce mutisme, Irina haussa les épaules et entreprit de quitter son costume en se tournant pudiquement vers le mur.

— Pas de comédie, maugréa la vigile au bout d'un moment, Dieu nous a toutes faites identiques.

Puis, avec l'air le plus dédaigneux du monde, elle tendit à la jeune journaliste une corbeille d'osier numérotée afin qu'elle y dépose ses affaires.

— Matricule B220.

Sans un mot, Irina fit glisser la chemise de corps sur elle. Puis elle enfila par-dessus une jupe rouge et la robe de cotonne bleue qu'elle boutonna jusqu'en haut en soupirant. Enfin, elle considéra le tablier écru d'un œil circonspect, ne sachant trop comment le mettre, et le tripota dans tous les sens, comme si, miraculeusement, sa nouvelle geôlière allait lui dire de finalement ne pas le passer. Mais c'était mal connaître la prison dans laquelle elle s'était sciemment fait enfermer. Ici, tout n'était qu'ordres et règles, et elle allait vite s'en apercevoir à ses dépens.

— Le sarrau[1] !

Elle contempla, à bout de bras, le morceau de tissu informe et finit par le rajouter à sa tenue réglementaire.

— Les bas et les espadrilles !

Ses bottines à lacets allèrent rejoindre son costume dans la panière et, à la place, elle enfila les bas de coton gris et chaussa d'infâmes pantoufles en toile de couleur assortie à sa robe.

— La coiffe ! Et donne-moi tes épingles.

---

1. Tablier.

Nouvel ordre et nouvelle hésitation. Le regard impatient de la surveillante lui fit comprendre qu'il était grand temps de mettre fin à ces enfantillages, alors elle défit son chignon serré et fourra sa longue natte sous la charlotte qu'elle enfonça jusqu'aux yeux. Puis elle suivit le cortège en maugréant.

— Vous êtes ensemble au quartier des semi-tranquilles, expliqua la gardienne en ouvrant une immense porte à l'aide d'une des clefs du trousseau accroché à sa ceinture, et en la refermant aussitôt derrière elles. Votre réfectoire se trouve ici. Par là, vous avez accès au préau sous lequel vous pouvez vous promener. Et voici le chauffoir où vous vous réunissez. Les latrines. À l'étage, il y a les dortoirs, la salle de toilette. Chaque fois que vous aurez un besoin à faire, il faudra le dire à une surveillante. Dès demain, une tâche vous sera attribuée. Il faudra vous y astreindre sans rechigner, car la nonchalance est la mère de tous les vices. Compris ?

Trois voix marmonnèrent un « compris » qui parut la satisfaire, aussi, sans plus d'éclaircissements, elle planta là ses nouvelles recrues et disparut à nouveau derrière la grande porte.

Livrées à elles-mêmes, les jeunes femmes demeurèrent un long moment sans bouger, puis la plus jeune, celle qui crachait par terre et répondait au prénom d'Eulalie, alla s'asseoir ; alors que sa consœur, Marie, sortait sous le préau.

Surprise par le spectacle qui s'offrait à sa vue, Irina ne savait que faire. Autour de la pièce très lumineuse, car éclairée par de grandes fenêtres, de nombreuses chaises étaient alignées. Beaucoup étaient occupées par des patientes sans âge, figées dans une sorte d'état cataleptique. Les yeux dans le vague, elles ne bougeaient pas, semblant attendre un je-ne-sais-quoi qui ne venait jamais. Dans un coin, l'une d'elles parlait toute seule à un individu imaginaire qu'elle vilipendait, cependant qu'une gamine, dans le reflet d'une vitre, mimait un baiser langoureux.

Un peu plus loin, une autre chantait inlassablement toujours le même couplet : « *Do ré mi fa sol, toutes les femmes sont folles, excepté ma bonne qui fait des tartes aux pommes…* »

Puis elle reprenait au début sans se lasser.

Soudain, une grande femme dégingandée, portant une chemise pour tout vêtement, se jeta au sol et se mit à hurler en agitant frénétiquement les bras et les jambes. Autour d'elle, personne ne bougea et Irina fut seule à se précipiter vers elle pour lui venir en aide. Sa taille était enserrée par une étrange ceinture de cuir. D'une espèce d'arceau partaient deux formes rondes fixées à des tiges filetées. Les boules de métal appuyaient de chaque côté de son bas-ventre au point de creuser les chairs. Sans l'ombre d'un doute, cela ressemblait à un objet de torture[1] ! Irina en frémit.

— Laisse-la ! lui ordonna une nouvelle surveillante, encore plus massive[2] que la précédente.

Elle avait les cheveux coupés court au niveau d'un puissant menton en galoche, et avait relevé ses fausses manches laissant apparaître deux bras musculeux. Conformément à la règle établie au sein de l'asile, elle arborait la robe d'été en cotonnade vichy des infirmières, ce qui lui donnait une allure un peu grand-guignolesque, entre travestissement et clownerie. Et

1. Ceinture de contention ovarienne inventée par le docteur Charcot.

2. Le personnel féminin était de corpulence massive afin de contenir les malades.

le bonnet blanc attaché un peu de travers n'arrangeait rien à l'affaire !

Sans ménagement, elle s'était couchée sur la patiente en crise et la maintenait plaquée contre le carrelage. Sous le poids, celle-ci, très vite, lâcha prise. Et c'était le but de la manœuvre. Aussi, profitant de l'accalmie, la gardienne se mit à serrer les clefs reliées aux sphères. Celles-ci s'enfoncèrent encore plus profondément afin de comprimer les ovaires de la pauvre folle qui hurla de douleur, dans le désintérêt général.

Lorsque la soignante eut terminé, elle la souleva comme un fétu de paille, la secoua à bout de bras, puis l'empoigna.

— À la baignoire ! ordonna-t-elle à la fille qui roulait des yeux ronds.

La scène, étrange, s'était déroulée très rapidement. Irina tenta de la graver dans son esprit afin de pouvoir en restituer tous les détails lorsqu'elle aurait à nouveau, à sa disposition, du papier et des crayons : une femme monstrueuse portant une folle trop grande dont la pointe des pieds traînait derrière elle, sorte de poupée de chiffon entre les mains de sa geôlière. Et tout cela vécu dans l'indifférence absolue.

Le choc était rude.

— Bienvenue chez les fous, marmonna la journaliste entre ses dents.

Et dans un soupir, elle rejoignit la masse des indigentes. Une chaise bien au soleil pas trop loin de la fenêtre…

2

Le bateau-morgue traînait sa nonchalance sur les quais de Lyon depuis bientôt cinquante ans, en amont du pont de la Guillotière. Amarré face à l'Hôtel-Dieu, il tanguait à chaque passage de chaland, menaçait de s'échouer à chaque crue du Rhône, et s'enlisait dès que le soleil tapait en aplomb. S'élevait alors des abords une odeur frôlant le pestilentiel, tant l'exposition des morts sous la lucarne dégageait des remugles de décomposition.

Lacassagne y avait établi son équipe lorsque celle-ci n'était encore qu'informelle, au grand dam d'Irina qui n'appréciait pas vraiment l'idée de travailler à côté de tous ces cadavres. La salle d'autopsie un peu étroite – elle pouvait contenir tout au plus une trentaine d'étudiants debout – faisait désormais office de bureau. Ce n'était maintenant que très rarement qu'elle servait encore aux dissections.

— Je suis content de vous trouver ici, messieurs.

Lacassagne semblait en meilleure forme que la veille. La raison en revenait sans doute à la température qui avait changé du tout au tout. Depuis le matin, l'été était revenu en force et l'anthropologue, en bon Méridional qu'il était, se sentait revivre en réchauffant sa lourde carcasse aux rayons du soleil. En revanche, comme toute médaille avait son revers, l'atmosphère dans le bateau-morgue s'en ressentait et un fâcheux relent s'élevait maintenant sur la vieille barge.

Revenant après plusieurs mois d'absence, Félicien fit le tour de la pièce sans paraître incommodé. Il frôla du bout des doigts les tableaux qu'il avait fait installer lorsqu'ils enquêtaient sur leur première affaire – satisfait de les retrouver là –, reconnaissant au passage l'écriture d'Irina sur l'un d'entre eux. Puis il termina son inspection en se penchant vers le petit corps posé sur la table centrale, et que l'on devinait sous le drap blanc.

— Vous n'avez rien à nous mettre sous la dent, professeur, pour nous jeter en pâture une chose aussi minuscule ?

En effet, sur le plot attendait la dépouille du nouveau-né dont Lacassagne avait parlé la veille.

— Les infanticides sont chose commune, admit Bernard avec fatalisme, et l'on trouve rarement les coupables. Pourquoi cette autopsie ?

Leur mentor accrocha son veston à la patère dans l'entrée et suspendit son geste avant de passer un grand tablier blanc.

— Nous travaillons sur commission rogatoire de Monsieur le Juge d'instruction. Il a décidé que les infanticides devaient cesser et qu'il fallait faire des exemples. D'ailleurs, vous le janséniste, trouvez-vous juste de tolérer que l'on jette son nouveau-né comme un vulgaire déchet ?

Bernard haussa les épaules.

— Les pauvres font trop de gamins et ne parviennent pas à les entretenir. Ils sont tellement primaires qu'ils ne peuvent même pas pratiquer l'abstinence. Eh hop ! un nouveau-né dans les latrines ou jeté dans le Rhône. Ni vu ni connu. Les poissons seront bien nourris !

Ses deux collègues avaient pris l'habitude de ses idées un peu trop psychorigides, toutefois Lacassagne s'insurgea.

— Mon bon Lecuyer, c'est par l'éducation que nous injecterons des notions nouvelles dans les esprits populaires. Au lieu de juger, intervenez ! Trouvez les moyens de faire des enfants des rues des adultes responsables.

Le jeune médecin se renfrogna sous la pique.

— Bon, comme vous le savez, reprit le professeur en finissant de nouer son tablier autour de sa taille, la putréfaction des noyés est très rapide, surtout en été. Et le temps nous joue des tours, aujourd'hui, en devenant excessivement chaud. J'ai donc obtenu l'autorisation de la magistrature d'opérer une nécropsie ce matin même. Vu la taille de notre patient, vous comprendrez, en effet, que l'urgence est là.

Tout en parlant, il souleva le drap qui protégeait la dépouille, découvrant un tout petit corps de la taille d'une poupée.

— Voyez... la putréfaction a déjà atteint la face, commenta-t-il afin de renforcer ses dires (du pouce et de l'index, il venait de saisir le visage en étau et le tournait, en forçant un peu, vers ses acolytes), sans toutefois virer au vert.

— La rigidité est complète. L'eau est encore froide compte tenu du temps que nous avons eu en juillet. Je ferais remonter la mort à vingt-quatre heures tout au plus. Qu'en pensez-vous, professeur ?

Lacassagne sourit à Félicien tout en acquiesçant de la tête.

— Pas de développement de gaz, en effet, glissa Bernard qui ne voulait pas demeurer en reste.

— Parfaitement... parfaitement. Heureux de vous retrouver au meilleur de votre forme, messieurs. Vous pouvez voir que la chaleur que nous vivons depuis ce matin a déjà fait doubler de volume la tête et les parties sexuelles de l'enfant. Des phlyctènes apparaissent et les orifices suintent. Il est grand temps d'agir. Lecuyer, vous notez ?

L'interpellé ouvrit un registre et inscrivit :

— *Nouveau-né de sexe masculin et de race blanche.* Poids ?

Félicien officiait.

— En l'état, deux kilos et six cents grammes.

— Taille ?

— Quarante-sept centimètres.

— Âge ?

— Je dirais mort-né.

— À terme ?

— Je le pense. Nous vérifierons si les points osseux sont déjà formés au centre du cartilage qui recouvre les condyles des fémurs. Cet examen, comme vous le savez, nous le confirmera.

— A-t-il respiré ?

— C'est certain, mais l'examen intérieur nous en apportera la preuve. Pour la date de la mort, inscris vingt-quatre heures, Bernard, car à la suite des remarques que nous avons faites, je constate une légère chair de poule sur tout l'épiderme, signe évident que le cadavre n'a pas séjourné longtemps dans l'eau.

Lacassagne confirma et reprit de nouveau le visage de l'enfant entre ses doigts, sourcils froncés.

— Un autre signe, messieurs ?

Ses deux étudiants échangèrent un regard. Ce fut Lecuyer qui s'approcha de son mentor et se pencha afin d'étudier la tête du petit défunt… Celle-ci avait bien gonflé et il était difficile maintenant d'identifier des traits précis.

— Enfant de parents alcooliques ? hasarda-t-il au vu de la face plate.

— Possible. Mais, personnellement, je pencherais plutôt pour un syndrome de Down.

— Mongolisme ?

— Oui, bien que ce terme me déplaise fortement.

— Les parents l'auraient jeté dans le Rhône en découvrant son infirmité ?

— Les parents, j'en doute, mon cher Lecuyer. Car encore faut-il être au fait des caractéristiques de cette déficience. Il leur a fallu une matrone bien informée pour savoir de quoi souffrait l'enfant.

Un peu théâtralement, Bernard posa son porte-plume sur le cahier de notes et recula d'un pas.

— Voilà une affaire rondement menée, s'exclama-t-il tout en croisant les bras, on aura sacrifié cet enfant afin de ne pas avoir la charge d'un gamin crétin. Non baptisé, encore un qui n'ira pas au paradis.

Lacassagne fronça à nouveau les sourcils.

— Modérez vos paroles, mon ami. Je trouve que parler de crétinisme est un peu fort. Tous les enfants de Dieu méritent de vivre. N'est-il pas ?

Il se moquait, lui le libre penseur altruiste, des pensées rigoristes de son étudiant, toujours prompt à trancher sans ménagement et surtout sans charité humaine. Il n'était pourtant pas mauvais, car, si cela avait été, il ne l'aurait pas accepté auprès de lui. Non, il était… ascétique. Ne pouvant admettre que ce qui lui avait été enseigné pendant les premières années de sa vie. Impassibilité et rigidité. Si Perrier présentait tous les signes d'une psychopathie avérée, sans états d'âme ni remords, Lecuyer excellait quant à lui en droiture, refusant de dévier de la voie qui était la sienne.

— Je confirme Down, coupa brusquement Félicien, que toutes ces considérations fatiguaient.

Je viens d'étudier les paumes des mains afin de voir si elles avaient commencé à blanchir, premier signe après une immersion dans l'eau. Or celles-ci présentent un pli palmaire transverse unique.

Après avoir montré à ses collègues les petites mains barrées d'une seule ligne, il se mit en devoir de forcer la mâchoire. Celle-ci craqua et s'ouvrit.

— Protrusion de la langue. J'atteste donc le syndrome de Down.

Bernard soupira, mais nota avec la précision qui était la sienne.

Syndrome de Down.

Puis il se pencha vers son ami qui avait entrepris d'ouvrir le petit corps.

— Posons-nous les bonnes questions, reprit Lacassagne. La submersion est-elle à l'origine de la mort ? Si non, quelles en sont les causes ? Accident ? Homicide ?

Au sein du bateau-morgue, l'air devenait de plus en plus irrespirable. Delaigue, le gardien des lieux, avait mis les pompes à eau en route, afin de rafraîchir les corps déposés dans la pièce à côté, mais cela ne suffisait pas à contenir l'odeur putride qui s'insinuait entre les planches disjointes. Aux émanations fades et ammoniaquées du petit cadavre se mêlaient maintenant celles fétides et corrompues des corps exposés dans la salle voisine. À force de garder des cadavres, les fibres du bois s'étaient imprégnées de toutes ces odeurs nauséabondes.

Lorsque les vagues occasionnées pas le passage d'une péniche firent tanguer l'embarcation, Bernard eut un haut-le-cœur qu'il ne chercha pas à cacher.

— Heureusement qu'Irina n'est pas parmi nous, dit-il seulement.

Puis il eut un nouveau hoquet et sans plus de cérémonie quitta la salle d'autopsie après un vague « … vais prendre l'air », que ses collègues devinèrent plus qu'ils entendirent.

— Que lui arrive-t-il ? s'inquiéta Perrier.

— L'odeur. Vous ne sentez pas l'odeur qui se lève avec la montée de la température ambiante ?

Le jeune médecin fit non de la tête sans pour autant quitter des yeux l'abdomen du nouveau-né qu'il avait entrepris de vider.

— Nous avons là un bel homicide, fanfaronna-t-il soudain, en présentant à son collègue de petits poumons qu'il tenait au creux de sa paume. Regardez ces suffusions sanguines sur la surface qui forment de minuscules taches noirâtres de la taille d'une tête d'épingle. Des taches de Tardieu dues à des ecchymoses sous-pleurales qui se forment après la rupture des vaisseaux superficiels du poumon. Signe certain que l'enfant a respiré et qu'on l'a étouffé.

Muni d'une loupe, Lacassagne se pencha afin de faire ses propres constatations.

— Il peut aussi s'être étouffé tout seul. Tardieu a prouvé que des enfants nés avant terme, et qui avaient dû produire des efforts pour respirer, pouvaient présenter ces épanchements. Souvenez-vous des données que Lecuyer a notées. L'enfant est petit pour être à terme.

— Je confirme, en effet, reprit Félicien. Même si nous savons que les enfants atteints du syndrome de Down sont souvent plus petits que la moyenne. Regardons les fémurs comme vous l'avez préconisé, cher professeur.

Ce en quoi il s'exécuta.

— Enfant à terme. Pas de doute possible, reprit le jeune homme. Oh, mais il y a ça ! Regardez !

Tout en parlant, il avait saisi le petit visage entre son pouce et son majeur.

— Observez de plus près la face, et vous verrez que ce que nous avons pris pour des marques physiques d'un syndrome de Down est aggravé par un aplatissement, difficilement reconnaissable en l'état, mais toutefois réel. On lui a écrasé le nez et la bouche. De plus…

Avec une pince suffisamment fine, il tira des débris qu'il présenta triomphalement au professeur.

— Fibres bleues. Un lainage aura été posé sur son visage et une main aura appuyé assez longtemps pour que ce petit être inhale des reliquats de la pièce qui a mis fin à ses jours.

Lacassagne se redressa doucement, et acquiesça de la tête.

— Fort bien… fort bien… je ne peux que vous féliciter. Je constate, avec plaisir, que les troubles qui ont assombri votre existence au cours de ces derniers mois ne vous ont pas ôté pour autant votre perspicacité.

— Je vous remercie, cher maître. Mais reprenons plutôt. À la première question : l'enfant était-il viable ? La réponse est affirmative. À la seconde question : l'enfant est-il né vivant ? Nous répondrons par l'affirmative aussi, puisque nous pouvons prouver que les poumons ont fonctionné. À la troisième question : combien de temps l'enfant a-t-il vécu ? Nous répondrons : pas plus d'un jour, car le cordon ombilical est intact. À la quatrième question : comment est-il mort ? Nous noterons que l'accouchement a sans aucun doute possible été clandestin, mais toutefois pratiqué par une personne de l'art. Pour corroborer mes dires, je mettrai en exergue le fait que ledit cordon est coupé à huit centimètres, comme il est d'usage de le faire, et ligaturé à quatre centimètres, comme cela est préconisé. Travail de professionnel. De plus, l'autopsie nous a prouvé que l'enfant avait certainement été étouffé. À la cinquième question : à quelle époque est-il né et mort ? Nous répondrons que l'état du petit corps prouve qu'il n'a pas séjourné longtemps dans l'eau, et que tous les signes, rigidité cadavérique, affaissement des globes oculaires, etc., tendent à confirmer une naissance en date seulement d'hier, soit le 31 juillet.

Il prit une profonde inspiration à la manière des avocats en pleine plaidoirie, puis poursuivit :

— En conséquence, je pense que vous serez d'accord avec moi de faire figurer dans le rapport que ce petit être est mort des suites d'un infanticide. Que la mère n'a pas accouché seule, en témoigne l'état du cordon ombilical, et que l'on pourra trouver, sur les lieux, une couverture de laine bleue dont nous avons découvert des fibres dans les voies respiratoires.

— Nous avons donc un homicide avéré, reprit Lacassagne. Nous allons porter nos conclusions aux autorités qui jugeront si l'enquête des forces de police doit être poursuivie. Je pense que vous n'aurez rien contre le fait que je signe le certificat d'inhumation. Personne ne viendra reconnaître cet enfant. Il sera beaucoup mieux à reposer en terre qu'exposé dans la salle d'à côté.

— Je suis d'accord avec vous, admit le médecin.

— Parfait. Je vous laisse terminer et me remettre votre rapport. Nous nous revoyons cet après-midi.

Disons deux heures devant l'entrée de l'église Saint-Bernard. Je préviens Lecuyer en sortant. À plus tard, Perrier.

3

Après son malaise sur le bateau-morgue, Bernard avait pris congé de Lacassagne et de Perrier, puis avait remonté le quai jusqu'à la passerelle de l'Hôtel-Dieu, où il avait traversé le Rhône. La journée magnifique qui s'annonçait avait fait sortir, comme par miracle, les Lyonnais. Une foule compacte se promenait nonchalamment sur la chaussée étroite où passants et chevaux se disputaient l'espace.

Au bout du pont suspendu, il s'arrêta devant l'étal d'une jeune marchande de journaux et sortit dix centimes de sa poche qu'il lui posa dans la main.

— *Lyon-Sport* de samedi, demanda-t-il en n'osant regarder en face la vendeuse qui lui souriait.

Depuis sa liaison avec Clarisse, et la déception de la rupture qui s'en était suivie, il ne s'était plus aventuré à parler à une femme. Cela lui soulevait trop d'émotions. La douceur de son amante lui manquait tant, même s'il savait qu'il était la cause de leur séparation.

Quelquefois, le soir, lorsqu'il se retrouvait seul dans son épouvantable chambre au sixième étage d'un immeuble sordide, il se plaisait à imaginer une vie familiale dans un appartement cossu, où une adorable femme l'attendrait quand il rentrerait après son travail. Ils auraient deux enfants. Pas plus. Afin d'être certains de bien les éduquer et de pourvoir leur fille d'une dot substantielle. Son fils ferait médecine. Comme lui. Ou pharmacie, comme son grand-père.

Il lui laisserait le choix. Pas comme son propre père avec qui il avait coupé tout lien, car celui-ci ne supportait pas de le savoir tout juste « bon à ouvrir les ventres ».

Depuis que Félicien jouait les nantis à Montchat, même Irina ne venait plus le voir comme jadis, se plaignant de l'odeur des latrines, toujours bouchées.

Un vague à l'âme l'envahissait alors, et il se sentait seul et abandonné. Parfois, il pleurait.

Tous évoluaient. Sauf lui.

Mais là, il venait de prendre une grande décision. Il allait faire du sport, et plus particulièrement de la bicyclette. Ce nouveau sport à la mode lui plaisait. Il trouvait ces engins élégants, bien plus que les automobiles, et à ceux qui les montaient autant de panache qu'un cavalier sur un beau cheval pur-sang.

Du quai de Joinville[1], il rejoignit le cours Gambetta puis bifurqua sur l'avenue de Saxe. Au numéro 176 se tenait la succursale des Cycles Médinger. Sans hésiter, il entra.

4

Toujours assise sur son siège, Irina commençait sérieusement à se demander si elle ne s'était pas trompée de sujet pour son reportage. La fin de matinée s'étirait mollement, tout comme elle sur sa chaise. Jambes tendues, bras ballants, elle retenait avec peine ses bâillements, jouant à taper l'une contre l'autre la pointe de ses espadrilles. De temps

1. Actuel quai Augagneur.

en temps, par ennui, elle lisait et relisait la pancarte accrochée au mur face à elle : *Je réprime et je soigne.*

— Tout un programme…, pensa-t-elle à voix haute.

Depuis son arrivée, personne n'était venu lui parler, ni même lui proposer une quelconque activité, à part une vieille édentée qui puait la pisse et qui était passée la voir déjà trois fois pour lui demander si elle voulait bien se promener avec elle. Ce qu'elle avait, par trois fois, décliné.

De plus, elle avait faim. Son admission lui avait fait rater le repas de dix heures trente et depuis, elle attendait, non sans impatience, celui de dix-huit heures qui viendrait clore cette première journée à l'asile.

Ce qui l'étonnait le plus, en fait, c'était l'indifférence que les patientes manifestaient les unes envers les autres. Ici, personne ne se regardait. Personne n'échangeait la moindre parole, sinon pour des banalités répétitives. De temps en temps, une démente se mettait à hurler. Débarquait alors un bataillon de gardiennes aux bras musclés qui venaient rétablir l'ordre et veillaient à réinstaller l'inertie ambiante.

À quoi s'attendait-elle en fait ? À une horde de femmes enfermées contre leur gré et subissant le joug des hommes en se faisant qualifier d'hystériques ? Elle aurait pu les défendre. Plaider pour elles. Mais là, elle ne voyait que de pauvres êtres perdus qui erraient lamentablement sous le préau, dans le chauffoir ou encore dans le jardin.

L'ordre et l'organisation étaient de mise.

La structure vivait en autarcie et toute l'intendance était rodée au point de n'avoir que très peu de failles. La plupart des malades jugés aptes travaillaient au sein de l'établissement, vaquant à des activités aussi bien en cuisine, à la lingerie qu'au jardin potager. Même les animaux étaient élevés sur place ! C'était dire. Une véritable ville dans la ville. Irina en aurait presque été admirative.

Bien sûr, elle avait réussi à se faire enfermer sans être folle, ce qui déjà lui permettrait de faire un article peu élogieux sur le milieu. Toutefois, il fallait admettre qu'elle y avait mis les formes… même si les raisons invoquées n'étaient pas valables.

Des pensées noires l'envahirent soudain et une angoisse incontrôlable s'empara d'elle, la reportant à son passé. N'avait-elle pas commis une grossière erreur en venant là ? Est-ce que cela n'allait pas faire resurgir de vieux démons qu'elle ne saurait pas gérer ? Était-elle aussi forte qu'elle le pensait ?

À ses questions de base vinrent s'ajouter des craintes plus primaires. Et si son chef n'arrivait pas à la faire sortir de là, pas plus que Lacassagne, que lui arriverait-il ? Déjà, elle se voyait vieillir entre ses murs. Devenir une ombre se glissant le long des bâtiments gris. Passant ses journées à repasser des draps à la lingerie, en sueur et le cheveu sale. N'ayant pour seule aventure que le changement d'uniforme à l'automne et au printemps.

Autour d'elle, les plus vieilles mourraient et d'autres arriveraient, tout aussi folles que les précédentes, baveuses et larmoyantes. Et elle resterait là…

À jamais.

Elle en était à envisager le pire avenir possible quand un murmure attira son attention. Il y avait du mouvement du côté des surveillantes.

Soudain, la grande porte s'ouvrit et une toute petite femme franchit le seuil, suivie par la même gardienne en chef qui avait conduit Irina ici le matin.

Tout comme elle l'avait fait précédemment pour elle, celle-ci lui présenta les lieux, puis la laissa seule au milieu de la salle sans plus un mot.

Tout de suite, Irina sentit que quelque chose différenciait la nouvelle venue des autres. Sa peur était palpable et l'angoisse qui l'habitait communicative. Elle se mit à lancer des coups d'œil furtifs et inquiets, cherchant quelque réconfort là où il n'y en avait pas. Elle hésita et elle avança d'un pas, puis recula aussitôt. Tétanisée par ce qu'elle voyait, par ce qu'elle présageait, par ce qu'elle imaginait.

Elle demeura longtemps comme ça. Sans bouger. Tout à coup, elle éclata en sanglots. De grosses larmes d'enfant qui coulaient sur ses joues et glissaient vers ses lèvres. Des pleurs silencieux, touchants, désarmants. Elle était là, debout au milieu du chauffoir, à ne savoir que faire, bien raide, les bras le long du corps, la tête haute. Sans que quiconque s'en émeuve.

Affectée, Irina se leva et se précipita vers elle. Elle la saisit par les bras et lui sourit.

— Je m'appelle Irina. Tu n'es plus seule. Je suis là.

Encore sous le contrecoup de son moment de spleen, elle avait laissé parler son cœur et trouvait presque stupide ce qu'elle venait de dire à l'arrivante. Pourtant, ses paroles eurent pour effet de détendre un peu celle-ci. Elle avait d'immenses yeux vert clair, presque trop grands pour son visage, et la blondeur d'une petite fille. Elle était pâle, effarouchée, et son regard avait du mal à rester fixe. On la sentait aux abois, craintive du moindre bruit, de toute situation nouvelle. Tressaillant au moindre mouvement.

La vingtaine. Vingt-cinq ans tout au plus. Elle aurait pu être jolie si de vilaines ecchymoses rougeâtres n'avaient marqué sa peau. Ainsi qu'une méchante balafre qui lui barrait le front et descendait sur son oreille.

L'arrivante comprit ce qu'Irina observait et toucha du bout des doigts la cicatrice boursouflée qui la défigurait.

— Je suis très maladroite, souffla-t-elle. J'ai chuté dans l'escalier il y a quelques mois.

Puis elle eut un petit haussement d'épaules, comme pour s'en excuser.

Elle s'exprimait bien. Posément. Et ce, malgré son désarroi. Elle savait poser sa voix comme quelqu'un ayant pris des cours de chant. Un filet cristallin qu'elle modulait agréablement.

— Je comprends… Tu t'appelles comment ?

Le tutoiement parut déranger la jeune femme qui ne semblait pas y être habituée. Elle tressaillit, baissa les yeux puis rougit, ce qui conforta la journaliste sur l'origine sociale de la nouvelle venue. Bourgeoisie lyonnaise.

— Moi, c'est Irina. Et toi ?

L'arrivante déglutit comme pour reprendre un peu d'assurance, puis murmura en regardant pour la première fois son interlocutrice en face :

— Madeleine. Je me prénomme Madeleine…

5

L'église Saint-Bernard n'avait jamais été très fréquentée. La construction du funiculaire de la Croix-Paquet, en 1891 – la Ficelle à un sou – avait fini d'ébranler un bâtiment déjà érigé sur une forte pente. Y accueillir du public devenait risqué, aussi y avait-on entrepris des travaux. Pour ce monument jamais terminé, abandonné, dénigré, cela n'était qu'un moindre mal. Étrange destin que celui de cet édifice, plus sombre gardien d'un secret que bâtisse religieuse.

— J'ai toujours eu le sentiment que tout cela n'était que prétexte.

— C'est-à-dire ?

Sur le parvis, qui se révélait être en ces lieux plutôt une absence de parvis, Lacassagne, sous un soleil de plomb, regardait Félicien et Bernard approcher.

— Je suis de l'avis de notre cher Perrier, intervint le professeur en entendant leur conversation. Cette église, depuis que je l'ai découverte, m'a toujours intrigué. Elle porte un secret. Déjà son nom. Église Saint-Bernard. Saint Bernard de Clairvaux était lié aux templiers…

— Vous n'êtes que de fieffés romantiques, trancha Bernard en franchissant le porche après avoir serré la main de son mentor. Je ne vois là qu'un lieu de culte sacré. Rien de diabolique. Rien de sulfureux dans tout ça. Une construction bien modeste en soi, pseudo-gothique, bâtiment issu de notre époque sans imagination qui copie l'ancien. Sans grandiloquence ni signes trop ostentatoires. Une église de quartier en somme qui mériterait un sort autre que le sien. Plus de respect sans doute. Vous êtes de ceux qui veulent voir des indices cachés dans les voussures et le tympan de l'église Saint-Jean, comme si Dieu pouvait folâtrer avec l'occulte. Des mécréants. Voilà ce que vous êtes. Des mécréants.

Tout en terminant sa harangue, le jeune homme était entré et s'était signé avec de l'eau bénite, suivi de Lacassagne et de Félicien qui prirent soin d'éviter le bénitier de pierre accolé à un pilier.

— C'est bien ce que je disais, soupira le jeune médecin en hochant sombrement la tête. Des mécréants de la pire espèce.

Puis il traversa la nef d'un bon pas et fit une génuflexion devant l'autel en se signant à nouveau.

— Je suis parpaillot d'origine, lui souffla Perrier en le rejoignant dans le transept.

— Et moi libre penseur, renchérit Lacassagne, amusé par tout ce protocole que son étudiant suivait avec soin.

Puis il bifurqua sur la droite et remonta le bas-côté en longeant les six chapelles latérales alignées.

— L'incident, enfin l'éboulement, a eu lieu ici, dans la seconde chapelle, sous la statue de saint Bernard.

Il se faufila sous les étais qui avaient été mis à la hâte afin de soutenir la voûte, puis poussa la barrière de bois qui servait de garde-fou aux possibles curieux. Là, il posa le gros sac de cuir qu'il portait à la main et montra l'endroit qui avait bougé.

— Avant d'être installée plus loin, la statue était là. Quatre dalles se sont effondrées dessous, formant une cavité en leur point de jonction. Lorsque les maçons appelés ont voulu les déposer afin de renforcer le support avec du remblai, un trou béant est apparu.

Les deux hommes qui avaient suivi Lacassagne se penchèrent pour découvrir les dommages. En effet, à la place des pavés, on pouvait maintenant apercevoir un vide de la largeur d'un puits. Les employés en avaient soigneusement dégagé l'ouverture jusqu'à atteindre la margelle à deux bons mètres en contrebas. Ils avaient ensuite posé, en équilibre sur le rebord, une longue échelle de bois, dont les barreaux du haut dépassaient, et qu'ils avaient fixée à une colonne de l'église pour qu'elle ne bouge pas.

— Voilà donc ce que cachaient tant de mystères ? ironisa Félicien, un peu déçu. Tout le monde sait que le percement de la dernière Ficelle a causé de grands dommages au sous-sol de la colline de la Croix-Rousse. Les maçons n'auront déniché rien de moins qu'une ancienne crypte avec un ou deux vieux squelettes moisis, je suppose. De quoi appâter des spécialistes des antiquités… mais pas nous !

— Vous n'y êtes pas ! grommela Lacassagne avec le plus grand sérieux. Il ne s'agit pas d'une crypte mais bien d'un souterrain.

— Assez classique sous les églises très souvent reconstruites sur d'anciens lieux de culte primaires, poursuivit Lecuyer qui haussa les épaules en soupirant. Perrier a raison. Y a-t-il autre chose qui aurait bloqué les maçons dans leur exploration ?

— Oui. Une trouvaille bien macabre.

Le mot *macabre* provoqua l'effet escompté auprès des deux jeunes experts. Lecuyer eut un mouvement de recul, alors que son acolyte s'animait comme par magie.

— Macabre ? Macabre comment ? Un tas d'os un peu glauque.

— Pas que ça…

— Pas que ça ? Mais enfin, cher maître ? Quelle est donc cette nouvelle lubie qui vous fait parler par énigmes, vous qui êtes, à l'accoutumée, un être purement cartésien ? Nous ne sommes pas des midinettes en mal de sensations fortes ! Que diable ! Voilà qu'avec une mine de conspirateur, vous nous conduisez dans une église récente pour nous montrer un trou découvert à la suite d'un effondrement ! Où se cache donc le macabre ?

— Sous nos pieds. Vous ne sentez rien ?

— Non. Désolé.

— En êtes-vous certain ?

Les paumes bien à plat sur ses cuisses, Perrier s'arc-bouta afin de s'emparer des moindres effluves émanant de l'orifice mis au jour. Il inspira fort, prêt à emplir ses poumons de poussière.

Dans un premier temps, il chassa l'odeur prenante de l'eau suintante pour ne garder que le relent qui arrivait en note de tête. Étrange parfum familier qui soudain lui chatouilla les narines.

— Putain ! brama-t-il en se redressant. C'est discret, mais tout de même, ça pue le macchabée !

Lacassagne triomphait.

— Enfin ! J'ai cru un instant que vous aviez perdu l'odorat !

— Avouez que c'est diffus, lâcha Lecuyer, qui aurait préféré faire demi-tour plutôt que de devoir s'appesantir sur un sujet qui ne le concernait guère.

— Je l'admets. Cependant, ce que vous allez trouver peut se révéler intéressant. Tout un réseau de souterrains, là sous nos pieds.

— Vraiment ? s'inquiéta Bernard avec un doute dans la voix. Mais comment se fait-il que personne ne fasse nulle part mention de ce labyrinthe ? Je vis à Lyon depuis de nombreuses années maintenant, mais je n'en ai jamais entendu parler !

— Parce que personne ne le connaît. L'architecte Chenavard abordait le sujet d'un réseau possible sous la Croix-Rousse en 1846, poursuivit Lacassagne. Mais l'affaire a vite été oubliée. Oubliée ou gardée secrète. Peut-être est-ce celui-ci ?

— Un réseau ? reprit le jeune homme en grimaçant.

— Oui. Dans son *Lyon antique*, paru il y a une cinquantaine d'années, Chenavard parle d'une vaste étendue cachée sous la colline de la Croix-Rousse. Quelque chose de monumental. Grandiose. En forme de squelette de poisson, avec une dorsale et des arêtes. Il partirait d'ici même pour rejoindre le Rhône. Étonnant d'ingéniosité, mais absolument inutile. Inclassable. D'ailleurs, de manière étrange, au lieu de faire grand bruit, l'information n'a été que peu divulguée. Pourquoi ? Je ne saurais vous le dire. Peut-être parce que, si ce monde souterrain avait été révélé au grand public, il serait devenu le repaire d'une société interlope intouchable. Souvenez-vous, en son temps, de Mandrin qui échappait mystérieusement à la police en disparaissant comme par magie !

Félicien, jusqu'alors silencieux, s'anima :

— Seriez-vous en train de nous expliquer qu'une sorte de ville parallèle existe sous nos pieds sans que quiconque y fasse allusion depuis des siècles, sinon votre architecte… comment déjà ?

— Chenavard. Antoine-Marie Chenavard. Il occupait la fonction de voyer, c'est-à-dire qu'il gérait les biens communaux. Il est mort il y a plus de dix ans maintenant… J'ai eu le plaisir de le rencontrer au tout début de ma carrière.

— C'est cela… Chenavard…, rumina Perrier en se penchant à nouveau au-dessus du trou. Étrange en effet. Résumons. Un homme chargé des biens de la ville de Lyon, architecte de son état, découvre un réseau inconnu, en parle… et de là… tout s'arrête.

— Oui.

— Et pourquoi, subitement, aurions-nous le droit de nous y intéresser ?

— Parce que l'éboulement a mis au jour un charnier. Et que les maçons l'ayant découvert, je pense que la ville se voit dans l'obligation d'aller au bout de l'affaire.

— Il y a donc, bel et bien, un charnier là-dessous ?

— Oui.

Félicien sourit tout en quittant sa veste et en déboutonnant son gilet.

— Donc, officiellement, nous avons le droit de descendre et d'explorer… l'inexplorable ?

— Tout à fait.

— Fabuleux !

— Cela l'est, en effet.

— Une question, toutefois, mon cher maître. Êtes-vous certain qu'après notre petite… escapade, il ne sera pas donné l'ordre à la police de nous y emmurer vivants ? Tant de mystères planent autour de ce lieu !

Bien entendu, Félicien plaisantait. Mais son acolyte, peu enclin à ce genre de galéjades, frissonna et se rembrunit.

— Je n'aime pas l'idée de travailler ici, déclara-t-il en reculant d'un pas, afin de signifier sans doute qu'il refusait l'honneur dont on le gratifiait.

— Il le faudra pourtant, lui confirma son supérieur en lui tapotant l'épaule comme pour l'encourager.

L'air sentait la poussière, le froid des pierres et l'encens. Un mélange lugubre qui n'invitait pas à l'exploration. Du moins dans l'esprit de Lecuyer. Car, de son côté, Perrier piaffait déjà d'impatience. Dame ! Un labyrinthe énigmatique dont même les habitants du quartier ne connaissaient pas l'existence. Un lieu gardé secret. Sur lequel la plus grande discrétion était de mise. Qui renfermait, qui plus est, un charnier ; en témoignait l'odeur de plus en plus forte qui remontait du puits.

— Votre architecte suggérait-il une date de construction ?

— Il proposait l'époque de Charles IX, car il y avait une citadelle royale sur le plateau de la Croix-Rousse, à Saint-Sébastien. Mais personnellement, je pencherais plus pour une construction antique.

Lacassagne eut un geste large en direction de l'ouverture dans le sol.

— Mais voyez par vous-mêmes !

Perrier en était déjà à dénouer son nœud de cravate et à remonter les manches de sa chemise.

— Y allons-nous ?

Il s'adressait à Bernard, de plus en plus réticent.

— Crois-tu que cela soit… nécessaire vraiment ?

— D'y aller ?

— À deux. D'y aller à deux.

Son comparse eut un rire tonitruant qui s'amplifia en écho contre la voûte de l'église.

— Tu me laisserais y descendre seul ?

— Non !

Lecuyer se recroquevilla, comme s'il voulait disparaître. Puis, comprenant que tout argument n'aurait aucune portée face à l'invitation insistante qui lui était faite, il entreprit lui aussi, bien à contrecœur, de quitter son veston et son superbe canotier, flambant neuf, qu'il arborait fièrement depuis quelques jours.

— Je connais quelqu'un qui habite rue de la Vieille-Monnaie[1] et dont la cave rejoint celle de son voisin plus haut par un tunnel, expliqua Lacassagne pour détendre l'atmosphère.

— J'ai entendu moi aussi parler de ce genre de bizarreries. Viens-tu ? poursuivit Félicien à l'adresse

1. Actuelle rue René-Leynaud.

de son collègue qui se préparait avec des gestes lents. Nous n'avons pas que ça à faire !

— Je me suis muni de tout ce qui me paraissait nécessaire. Une longue corde pour retrouver votre chemin. Et des lampes Marsaut de mineurs pour y voir clair.

Tout en faisant le point sur le matériel qu'il tenait enfermé dans son sac, Lacassagne le tendait, au fur et à mesure, à ses étudiants afin qu'ils en prennent possession. L'allusion aux mineurs couplée à un possible fil d'Ariane fit grimacer Bernard qui, dans son imagination soudain foisonnante, voyait maintenant le Minotaure provoquer un gigantesque coup de grisou. Tout cela devenait ingérable, et ce fut avec la mine du condamné recevant les derniers sacrements qu'il enjamba le haut de l'échelle. Félicien avait déjà disparu dans le trou. Lacassagne rassura le traînard :

— Vous ne craignez rien. Nous ne sommes pas dans les mines, mais dans un sous-sol fort bien organisé.

L'idée qui se voulait réconfortante ne parut pas soulager Lecuyer pour autant. Tout comme l'avait fait Perrier un peu auparavant, il passa le bras à travers le rouleau de cordage, le cala sur son épaule gauche, et saisit la lampe à huile allumée de l'autre main.

— Vous verrez, une fois les deux mètres descendus grâce à l'échelle, vous allez trouver des échelons de métal scellés dans la pierre… ce qui prouve que ce lieu a déjà été prospecté.

— Vous nous suivez ? s'inquiéta-t-il en regardant le professeur.

Celui-ci se rembrunit.

— Certainement pas ! Tout ceci n'est plus de mon âge… et puis il faut bien que quelqu'un reste à l'extérieur si un accident se produisait. Qui donnerait l'alerte ?

L'allusion morbide le fit frissonner.

— Je n'aime guère l'obscurité, grommela Bernard sur un ton lugubre, comme s'il prononçait ses dernières paroles.

Puis il disparut à la suite de son ami avec le terrible sentiment que plus jamais il ne reverrait la lumière du soleil.

6

— Je vous remercie pour votre confiance, murmura l'hôtesse en quittant son fauteuil afin de faire le tour d'un large bureau aux enjolivures ostentatoires, purement Second Empire.

Dans un étourdissement de soieries parfumées, avec cordialité, voire minauderie, elle s'inclina vers sa visiteuse, encore assise, et lui serra la main. Allant même jusqu'à poser son autre main sur la sienne. Signe d'une profonde affectation.

— Je vous donne rendez-vous dans quelques jours. Je vous présenterai quelques beaux partis prompts à vous convenir.

La demoiselle hocha la tête en remerciement, puis se leva à son tour, ramena les plis de sa jupe derrière elle, avant de rajuster son petit chapeau de paille orné de fleurs et de plumes. La maîtresse des lieux eut même l'impression d'y distinguer un oiseau en velours planté au centre d'une ramure printanière, ce qui fit naître un sourire sur ses lèvres.

Summum du mauvais goût.

Mais elle ne laissa pas percevoir son jugement impartial et continua ses galanteries tout en raccompagnant sa cliente – puisque cliente elle était – jusqu'à la porte de son appartement. Une domestique se pressa à leur rencontre, vêtement plié sur l'avant-bras. Elle aida la jeune femme qui prenait congé à enfiler sa jaquette d'été qui, cette année-là, se portait sur une blouse-corsage à plastron, non accordée à la jupe. D'un coup d'œil rapide, l'hôtesse jugea cette dernière pièce de costume issue du « prêt-à-porter », nouvelle manière de s'habiller qui faisait fureur, surtout chez les personnes de classe moyenne. Elle retint un nouveau sourire moqueur et s'inclina afin de saluer, une dernière fois, la personne qui sortait.

Lorsque la porte se fut refermée, elle fit demi-tour et retourna dans son bureau. Elle se saisit de la fiche qu'elle avait remplie sur sa cliente, Mlle Élise Dequen, et la parcourut rapidement. La dot de soixante mille francs offrait quelques perspectives intéressantes, bien qu'en cette fin de siècle, ce montant ne suffisait pas à appâter un bon parti. Relativement instruite au sens où l'on voyait l'instruction des filles dans les milieux commerçants. Sachant lire couramment et compter sans effort. Bonne tournure. Élise avait un frère qui hériterait de l'entreprise familiale… ce qui expliquait le montant de sa dot. On achetait le fait qu'elle serait déshéritée en lui permettant de se vendre au mieux. Elle se disait en bonne santé, ce que son teint frais et lisse ne démentait pas. Elle pourrait sans encombre porter une bonne demi-douzaine d'héritiers de bonne constitution.

En soupirant, l'hôtesse croisa son propre visage dans le miroir au-dessus de la cheminée. La quarantaine commençait à faire son œuvre et déjà quelques rides entouraient ses yeux, et cela, malgré une recette de pommade qu'elle tenait de sa grand-mère, à base d'oignon de lis blanc et de miel, dont elle se tartinait généreusement tous les soirs.

Reine D'Est.

C'était son nom.

Enfin, celui sous lequel elle se présentait à sa clientèle, car son travail demandait beaucoup de discrétion, et afficher son véritable patronyme aurait été mal vu par sa famille.

Elle était marieuse de son état.

Par vocation.

Déjà, enfant, elle choisissait des promis à ses cousines et à ses amies au couvent. Tout naturellement, elle avait privilégié cette voie. Travailler n'était pas bien reçu parmi les siens, mais elle avait tenu bon, refusant de se remarier après son veuvage précoce survenu alors qu'elle n'avait que trente-huit ans. Étrange paradoxe lorsqu'on connaissait maintenant son métier !

Elle s'attarda un instant à la porte-fenêtre dont elle tira discrètement le rideau. Deux étages plus bas, la place des Jacobins offrait un tableau animé. Elle regarda tous ces gens qu'elle ne rencontrerait jamais et qui, pourtant, auraient pu être ses clients. Ceux qui buvaient assis à la terrasse du bar de la Fontaine, qui traversaient la rue, pressés d'atteindre un lieu inconnu d'elle, qui couraient après un omnibus.

Un enfant éclaboussa son camarade. Il faisait chaud, cela donnait envie de jouer avec l'eau.

Presque dix ans qu'elle exerçait sa profession au deuxième étage d'un immeuble cossu, de ce style monumental si caractéristique du milieu de siècle – fenêtres à chapiteau, balcons à colonnades –, au numéro un de la place. Presque dix longues années à marier tout ce que le Lyon comptait de célibataires ne trouvant pas l'âme sœur. Dix ans à se croire indispensable.

Elle lâcha le voilage et poussa un profond soupir avant de se rasseoir dans son fauteuil. Puis elle ferma un instant les yeux, comme si elle méditait, avant de les rouvrir brusquement, son énergie retrouvée. D'un tiroir sur sa droite, elle sortit un grand livre à couverture de tissu vert sur laquelle était écrit : *Femmes*. Avec le porte-plume de son encrier, d'une écriture alambiquée mais pressée, elle inscrivit à la date du jour :

Mlle Élise Dequen, rue Dugas-Montbel au n° 44
Père et mère malades, un frère, jolie, bien élevée, bien conformée
Milieu commerçant, s'habille bon marché,
peu de discussion, instruction de base,
fera une bonne mère de famille
Rendez-vous pour premières présentations.

Dans la marge de gauche, elle ajouta son âge : *22 ans* et dans celle de droite sa dot : *60 000 Frs*. Puis elle tamponna la page avec un buvard avant de refermer le cahier.

Le long questionnaire auquel avait répondu Élise Dequen traînait encore sur la table avec toutes les informations la concernant. Elle le classa dans un casier prévu à cet effet et se mit à réfléchir à la tournure de son annonce. Celle-ci paraîtrait dans le prochain numéro de l'*Hymen*, revue matrimoniale qu'elle avait créée et qui se vendait bien. À cinquante centimes la publication, on avait la certitude de trouver, dans ses pages, des conseils avisés, mais aussi des communiqués alléchants qui ouvraient des perspectives de rencontres heureuses pour l'esseulé qui se morfondait. Cinquante centimes le bonheur. C'était bien peu de frais pour un avenir radieux.

Comme accroche, elle avait choisi deux vers de l'avant-dernière strophe de « L'automne » de Lamartine :

Peut-être dans la foule, une âme que j'ignore
Aurait compris mon âme et m'aurait répondu ?

Elle avait trouvé qu'ils convenaient particulièrement bien à ce qu'elle voulait offrir, apportant une note romantique à une profession souvent décriée, car parfois exercée par des êtres sans scrupules. Ne disait-on pas que pour attirer de riches hommes, certaines agences, peu honnêtes, présentaient des jeunes filles qui n'en étaient plus, comédiennes ou parfois même accostes[1] ? Elle en était outrée, elle qui mettait un point d'honneur à afficher une transparence rassurante en anticipant les craintes de sa clientèle. Le choix même du nom de sa revue voulait tout dire. *Hymen*. N'était-ce pas là un gage de probité ?

Elle sourit pour elle-même. Sa grand-mère disait « sourire aux anges ».

Reine D'Est.

Propriétaire de la maison de mariage la plus importante et la plus estimée de France.

C'était ce que disaient ses cartes de visite. Sa mission : éviter les graves conséquences d'un mariage mal assorti.

D'un geste sûr, elle trempa sa plume dans l'encre violette et sur une feuille vierge écrivit :

1. Prostituées.

Une demoiselle de 22 ans, bonne tournure, sympathique, un seul frère, d'une famille de commerçants lyonnais, ayant déjà 60 000 Frs de dot et pouvant espérer encore un petit pécule au décès de ses père et mère avancés en âge et malades, désirerait, pour se marier, un aimable cavalier dans la trentaine, voire plus, en bon état, et ayant la même fortune qu'elle, si possible commerçant, médecin ou ingénieur.

Satisfaite, elle sourit et sécha l'encre en se disant qu'avec pareille annonce, Mlle Élise Dequen ne tarderait pas à trouver époux à sa mesure.

7

Au bout d'une quinzaine de mètres environ, Félicien et Bernard découvrirent une galerie qui s'ouvrait de part et d'autre du puits. Ils continuèrent à descendre sur à peu près la même distance avant de toucher le sol.

— Peut-être aurions-nous dû explorer les passages du haut ? fit remarquer Lecuyer, que la trentaine de mètres de terre au-dessus de sa tête ne rassuraient pas.

— Pas possible. L'odeur vient de là !

Comme un chien de chasse, Perrier humait l'air.

— Tu as bien de la chance de sentir quelque chose dans ce lieu où règne l'eau croupie.

Devant eux s'ouvrait un tunnel de facture apparemment récente, à en juger par la maçonnerie en béton-pisé, classique à Lyon. Sur les côtés, deux artères identiques à celles du dessus, plus anciennes, partaient de part et d'autre.

— Droite ou gauche ?

— Tout droit !

— J'en étais sûr ! bougonna Lecuyer en traînant les pieds pour suivre son collègue vers l'endroit le moins accueillant.

Ils progressèrent ainsi lentement, quelquefois en remontant une volée de marches, mais la plupart du temps en pente douce. Le sol glissait. Humide. De grosses flaques bloquaient même parfois le passage. Cependant, bien présente, à chaque pas, l'odeur s'amplifiait. Les guidant comme l'aurait fait un éclaireur.

Et soudain, tout changea ! De peu engageant, le conduit se transforma en une galerie vaste et large, constituée de belles pierres rouges maçonnées entre elles à la chaux et dont les joints étaient soigneusement détourés comme sur la façade d'une maison.

— Mais où sommes-nous ? reprit Bernard en s'arrêtant.

La question pouvait se poser, d'autant plus qu'à nouveau trois passages s'offraient à eux, cette fois-ci d'une taille identique.

— Je ne sais pas, mais c'est un véritable labyrinthe ! Nous sommes arrivés, je pense, à ce que Lacassagne nous a décrit comme ressemblant à un squelette de poisson.

Tout comme lui, Perrier admirait l'ouvrage si particulier et bien peu conventionnel pour des souterrains. Rien de glauque ou d'oppressant. Mais bien une maçonnerie tirée au cordeau, réfléchie au point qu'elle en devenait remarquable. La voûte était parfaite et offrait au moins deux mètres cinquante de haut. Quant au passage lui-même, il était tout autant large, au point qu'une charrette bien remplie aurait pu y circuler aisément sans frotter les parois.

— Qui a bien pu bâtir une galerie pareille ? demanda Lecuyer en balançant sa lampe de part et d'autre afin d'examiner les détails de la construction. Je m'attendais à me retrouver dans un immonde cloaque et je découvre un édifice digne d'une structure de l'armée. On me dirait que Vauban est passé par là, je n'aurais aucun mal à le croire !

— J'en suis étonné aussi, confirma son compagnon. Et tout cela court sous la Croix-Rousse sans que quiconque en soit réellement informé. N'est-ce pas étrange ?

La surprise se peignait sur son visage et il ne pouvait se retenir d'imaginer tout ce qui avait pu se passer entre ces murs, dans le ventre de la Terre. Qui pouvait être à l'origine d'une telle œuvre d'architecture, gardée sous silence au point qu'aucun registre officiel ne relevait le tracé complet de ces souterrains ?

— Je comprends mieux pourquoi les habitants d'ici parlent de colline hantée. Imagine un peu des gens qui connaîtraient bien cet endroit… Ils pourraient ainsi entrer par un trou et ressortir un peu plus loin, dans une autre rue, sans se faire voir et sans que quiconque puisse les suivre ! Encore mieux si cela se passe dans les caves. C'est fantastique !

— Notre cher professeur a parlé de Mandrin.

— Ça ne m'étonne pas du tout. Je suis sûr qu'il y a d'autres puits comme celui que nous avons emprunté, qui permettent de sortir un peu partout ici… où peut-être même dans tout Lyon ! Va savoir ! Quelle belle opportunité pour un malfrat !

L'enthousiasme le portait. Oubliant la charogne tapie sans doute quelque part, Félicien laissait son imagination s'envoler. Il se voyait truand venant en aide aux pauvres. Mandrin peut-être. Échappant aux forces armées par un tour de passe-passe. Ou révolutionnaire… ou tueur s'enfonçant dans les entrailles du sol pour mieux ressortir là où on ne l'attendait pas !

— Où allons-nous ? demanda Bernard, comme à son habitude plus prosaïque.

— Tout droit ! Allons tout droit !

Ils allaient se remettre en route, Perrier tout ragaillardi par ce qu'il découvrait, Lecuyer beaucoup moins enthousiaste, lorsque le second hurla :

— Non !

Aussitôt, il retint son compagnon par le col : ce dernier avait failli faire l'enjambée de trop. Il brandit sa lanterne, ce qui eut pour effet de les faire reculer tous les deux.

— Bon Dieu !

Devant eux, sans prévenir, un puits ouvrait sa large gueule noire au travers du chemin, prêt à les engloutir.

— Nous l'avons échappé belle !

— Regarde…

En levant son falot, Lecuyer venait de se rendre compte que, loin de seulement descendre, le conduit montait aussi au-dessus d'eux sur une longueur telle qu'ils n'en voyaient pas le début.

— C'est pharaonique !

— C'est inquiétant, tu veux dire !

Toutefois, Bernard devait reconnaître que sa comparaison avec les pyramides d'Égypte n'était pas dépourvue de logique. Ce dédale qui semblait vouloir perdre le curieux qui s'aventurait dans ce lieu, comme des pièges venant surprendre le visiteur inopportun…

— Il n'y a pas d'échelons pour grimper dans celui-ci, releva-t-il en inspectant les parois.

— Tu as raison ! Mais cela confirme aussi ce que je faisais remarquer. À savoir qu'il y a, ou qu'il y a eu par le passé, de nombreuses cheminées qui permettaient l'accès aux souterrains. Celui que nous avons emprunté a dû être aménagé récemment, tout comme le passage menant à ces galeries. Bien ! Nous y allons ! En nous plaquant contre la paroi, il y a un platelage en forme de rebord qui va nous permettre d'aller en face sans souci. À mon avis, il a été conçu pour ça !

— Parce que nous continuons ?

— Bien sûr ! Mais cette fois en regardant bien de tous les côtés pour ne plus nous faire surprendre.

Quelques marches plus bas, ils retrouvèrent la même configuration. Sept ou huit mètres, tout au plus. Dix à la rigueur. Et un nouveau goulot s'offrit à leur vue, tout aussi dangereux et tout aussi imprévu. Depuis qu'ils avaient atteint la construction plus ancienne, Perrier déroulait sa corde afin de marquer le passage.

— Allons à gauche maintenant.

Bien que le puits permît d'atténuer un peu les émanations, il était cependant facile de trouver d'où provenait la puanteur qui depuis le début les guidait.

En se glissant le long d'un gradin pareil au premier, en équilibre au-dessus du vide, ils purent s'engager dans la nouvelle galerie.

Identique à l'artère principale, elle présentait toutefois des concrétions calciques qui pendaient du plafond. À la lumière des lampes, elles brillaient comme de petits diamants dont le reflet dansait sur la voûte et auxquels se mêlaient de fines racines d'arbre à la recherche d'humidité. L'ambiance était étrange, presque irréelle, d'autant plus que l'odeur devenait infecte. Pour la combattre, ils durent attacher leur mouchoir autour de leur tête, afin de se fabriquer un masque d'urgence.

Dans leur dos, l'obscurité profonde, palpable, les absorbait. Prête à les engloutir dans un noir mouillé. Épais. Ils n'avaient pas dû parcourir plus de cent mètres et, pourtant, ils avaient le sentiment bizarre d'être enfermés sous terre depuis plusieurs heures.

— Ça devient infernal !

Lecuyer toussa. Il hoqueta et se courba pour mieux respirer. La puanteur était extrême.

Dix mètres de plus. Encore. Dix petits mètres. Et soudain, l'horreur les figea.

Net.

La lumière de leurs lampes rencontra un obstacle. Elle ouvrit le champ de sa projection, dévoilant l'innommable. Au fond du conduit qui s'arrêtait là, contre le mur en molasse, s'entassait un amas de corps dans des états de décomposition disparates.

— Nom de Dieu ! murmura Félicien, n'osant imaginer le nombre de cadavres déposés là.

— Jésus, Marie, Joseph..., hoqueta Bernard.

Il suffoquait. Cumulant, sur le coup, son angoisse de l'enfermement avec la violence de la vision qui s'offrait à eux.

— Qui a bien pu faire ça ?

L'heure n'était plus à parler des souterrains, mais bien de ce génocide qui se dévoilait, intrusif, presque vulgaire. Ils eurent brutalement l'impression d'entrer dans une scène qu'ils n'auraient en aucun cas dû voir et qu'ils n'oublieraient jamais.

L'air fétide, infect, envahissant, en devenait creux, crissant, tant il était fort, même à travers le coton plaqué contre leurs narines. Accumulé dans ce cul-de-basse-fosse, il entrait dans les pores au point de s'approprier les visiteurs. Il se fondait en eux. Faisant corps avec ses exhalaisons tout à la fois nauséeuses et captivantes.

— Je vais vomir, éructa Lecuyer.

Et il vomit. Là, à ses pieds, n'osant pas bouger, tétanisé.

Le moment de stupeur passé, Félicien fit aller et venir sa lampe, afin de se faire une idée plus précise de leur découverte macabre. À chaque balancement du falot se dévoilait un détail, apparaissait un morceau d'horreur.

— Je ne veux pas commettre d'erreurs, mais il me semble que ce ne sont que des femmes. Dommage qu'Irina ne soit pas avec nous. Elle aurait pu dessiner la scène afin que nous en gardions tous les détails en mémoire.

Il avança, puis recula aussitôt en sentant sous son pied une flaque poisseuse qui collait à sa semelle. De son côté, Bernard se félicita, au contraire, qu'Irina ne soit pas là. Il ne tenait pas à ce qu'un tel spectacle pollue sa mémoire.

— Nom de Dieu, marmonna Perrier pour la seconde fois, comme si un quelconque créateur pouvait avoir une importance ici.

Car c'était bien au diable que l'on avait affaire là.

— Je dénombre quatre ou cinq cadavres, dans des états plus ou moins avancés de décomposition, empilés sur un amas de squelettes d'une hauteur d'environ un mètre sur deux mètres de profondeur. À première vue, les squelettes seraient d'une époque plus ancienne si j'en crois leur état et leur couleur. Mais cela reste à préciser.

Il prit une bouffée d'air qu'il masqua derrière la manche de sa chemise retroussée venue en renfort de son mouchoir.

— On va crever si on reste une minute de plus, suffoqua Lecuyer. Je veux sortir de là. Je me tire. Je n'en peux plus !

Il avait hurlé la dernière phrase et déjà faisait demi-tour.

— Il faut que Lacassagne fasse venir des brancardiers ! Il faut transporter tout cela à la morgue ! Vite ! Il faut des lampes aussi ! Et des linceuls peut-être ! Je ne sais pas… imperméables. Oui, des linceuls imperméables. Pour le transport. Et pour remonter les corps dans le puits. Dis-lui aussi de dénicher un photographe ! Un bon. Un vrai ! Et des ouvriers pour mettre des planches au-dessus des puits !

Perturbé, Félicien jetait en vrac toutes les idées qui lui passaient par la tête.

Un « hum » déjà lointain lui répondit et il haussa les épaules. La mort, c'était leur marchandise, leur fonds de commerce. Et comme un épicier aimait à humer un beau fruit, ils se devaient d'affronter le vice retranché au plus profond de ses méandres. Pour lui, Bernard n'avait et n'aurait jamais la carrure.

Énervé par cette fuite qui le laissait seul au fond de ce tunnel, il lui cria son irritation :

— Tu n'as pas les couilles pour être légiste, Lecuyer !

Mais son amertume rebondit contre la voûte de pierres rousses et se perdit dans la noirceur du vide.

8

— Je vais partir.

— Partir ?

— Oui.

— Me quitter ?

— J'ai dit partir, Félicien. Seulement partir.

— Mais…

Pour la première fois de son existence, le jeune médecin osait exprimer de la détresse. Freud à Vienne, qu'adviendrait-il de lui ?

Bien sûr, ses sentiments n'allaient pas encore vers l'autre. Ne traduisaient pas la peur du manque. Ils ne se manifestaient encore qu'envers lui-même. Toutefois, c'était un début, et Freud accepta de détendre ses traits figés pour lâcher un sourire.

— Mon absence va t'être difficile ?

Face à lui, Perrier réagit. Son absence ? Quelle idée incongrue ! Il le lui dit. Le psychanalyste reformula.

— Nos rencontres vont te manquer ?

— Oui, c'est cela ! L'attention que tu me portais.

— Cette attention qui te rendait vivant.

Un voile passa devant les yeux de Félicien. Ne pas tricher. Ne pas jouer. Ne pas prendre l'existence à la légère, comme s'il ne s'agissait que d'une vulgaire allumette qui allait bientôt se réduire en un résidu noirci… et puis tomber en poussière.

Ne plus se berner en lançant des dés que l'on savait pipés.

— Pourquoi ?

— Pourquoi je pars ?

— Non. Pourquoi tu m'abandonnes ?

— Je ne t'abandonne pas. Je te donne ta liberté. Et puis ma vie est ailleurs. Des obligations m'appellent. Tu savais que je ne resterais pas longtemps.

— Mais pas si vite ! J'ai encore tellement de choses à te dire.

— Qu'en sais-tu ? Et si je pense, moi, que tu as fait un grand pas et que c'est à toi maintenant d'apprendre à marcher seul.

— Mais je vais tomber !

— Pas si tu ne le souhaites plus.

Un silence.

— Tu sais pourquoi tu agis comme tu le fais. À toi de reconstruire sur tes ruines. Sur tes douleurs. À toi de faire les bons choix. Je ne vais pas vivre à ta place, tu sais. C'est à toi d'avancer maintenant. Et puis... je reviendrai. J'aime beaucoup ta maison. Le jardin. Les roses. Et Rose aussi. Tellement bonne cuisinière, même si elle n'apprécie pas mes cigares !

Rose et les cigares. Elle chassait la fumée de ces « satanés barreaux de chaise » comme elle les surnommait avec un torchon qu'elle faisait tournoyer devant elle, afin de pousser l'odeur vers le jardin, par la fenêtre ouverte.

— De toute façon, Rose est contre tout.

Ils en rirent.

— Elle t'aime.

— Tu le penses ? Non, je ne le crois pas. Comment m'aimer ? Tu sais bien que je ne suis pas aimable.

— Comment l'as-tu rencontrée ?

Comment Rose était-elle entrée dans la vie de Félicien ?

Lorsqu'il avait quitté la Haute-Loire pour Lyon, afin de revenir étudier auprès de Lacassagne, il avait acheté une grande maison récente à Montchat. L'endroit était encore campagnard. Loin de l'agitation du centre de la ville, il y avait établi un laboratoire au sous-sol, dans lequel il pouvait se livrer à toutes les expériences. À toutes les divagations. À toutes les perversions. Personne ne surveillait ses allées et venues, car le quartier était calme.

Il était alors encore sous le coup d'une hargne destructrice qui le laissait sans jugement. Sans limites aussi. Tout ce qui lui passait par la tête, il le réalisait.

L'infaisable, il le perpétrait.

Et puis, Lacassagne, le remarquant parmi ses étudiants, lui avait demandé de former un groupe apte à mettre en avant toutes les avancées scientifiques existantes. Et cela afin d'aider la police à résoudre des meurtres.

Résoudre des meurtres.

C'était à en rire. Et il en avait beaucoup ri.

Lui, le vaurien, l'assassin, le tortionnaire, le psychopathe. Lui, le fils de rien. Capable de tuer de sang-froid. Un homme intègre lui demandait de combattre le crime !

Il avait dit oui.

Oui.

Il avait quitté Monchat et son faste ostentatoire pour louer un taudis au sixième étage d'un immeuble délabré. Proche de Bernard, son nouveau comparse. Afin de vivre comme lui. De se lover dans le moule qu'on lui offrait et qui allait le transformer en un homme nouveau.

L'opportunité était belle. L'aventure merveilleuse.

Mais le destin avait fait virer l'expérience au cauchemar. Et avant de commettre l'irréparable[1], Perrier avait recruté une gouvernante par le biais d'une petite annonce. Rose. Il voulait une femme à poigne. Sans émotions superflues. Capable de gérer sans états

---

1. Voir *Les Suppliciées du Rhône.*

d'âme. Elle s'était présentée et était devenue la maîtresse de Montchat. La gouvernante d'un navire naufragé, qu'elle avait remis à flot en l'attente de son nouveau capitaine.

— Une petite annonce, reprit Perrier. Je voulais une gouvernante. Lorsque je l'ai vue, je n'ai pas hésité.

— Elle n'a pas d'enfants ?

— Elle a perdu son fils unique, je crois. Et son mari aussi, il me semble.

— Elle est faite pour toi.

Félicien haussa les épaules.

— Elle était là au bon moment.

— Oui.

Freud venait de reprendre le sac de voyage qu'il avait posé dans le couloir.

— Tu lui présenteras mes hommages.

— Elle fait des courses.

— Je sais.

Un sursaut.

— Ne me laisse pas maintenant. Pas tout de suite. Après ce que nous venons de découvrir dans les souterrains de la Croix-Rousse ! J'ai peur que toutes ces images, que tous ces corps ne m'appellent vers l'obscur. Reste encore un peu.

Son compagnon se tourna vers lui et posa sa main libre sur son épaule.

— C'est justement parce que tu as cette nouvelle affaire à éclaircir que je pars. Ton mental doit se mettre pleinement au service de cette enquête. Tu vas voir. Tu seras capable de la résoudre sans plonger. Tu n'as plus besoin de drogue pour être grand. Tu n'as plus besoin de drogue pour oublier et ne plus avoir mal. Et surtout, tu n'as plus besoin de sang pour survivre et exister.

— Sigmund…

L'homme venait de passer la porte.

— Un fiacre m'attend.

Face à lui, Perrier lui renvoyait l'image d'un enfant perdu, livré à lui-même.

— Fais-toi confiance. Tu sauras.

Puis il hésita sur le perron, fit rapidement demi-tour, posa un baiser léger sur les lèvres de celui qui avait été son hôte, son ami, son patient aussi, et s'éclipsa avant que le jeune médecin, surpris par son geste, ait le loisir de réagir.

9

— Suivez-moi toutes les deux !

Madeleine, la nouvelle arrivante, avait fini par s'asseoir sur une chaise devant la fenêtre, à côté d'Irina. Elle n'avait encore rien dit et la jeune journaliste avait respecté son silence. De temps en temps, elle sursautait puis regardait à droite et à gauche, apeurée, comme si un grand danger allait surgir. Durant quelques secondes, son inquiétude devenait presque contagieuse. Sans parler, elle parvenait à transmettre son angoisse. Cela durait peu. Ensuite, elle retombait dans une sorte de léthargie d'où plus rien ne transperçait.

Irina avait été tentée de la classer au nombre des malades qui hantaient les lieux, lippe molle et regard vague. Pourtant, elle sentait que quelque chose émanait de sa personne.

Elle leva les yeux vers l'imposante gardienne musculeuse qui venait de se planter devant elles. Celle-ci était accompagnée des deux filles qui, le matin même, avaient été admises en même temps que la jeune journaliste.

— Debout ! ordonna-t-elle d'une voix grave qui résonna entre les murs vides de la salle.

Les deux femmes s'exécutèrent et suivirent la surveillante à la queue leu leu. Celle-ci les fit sortir de la section des femmes puis bifurquer vers l'espace où se trouvaient les baignoires. L'endroit était sobre et froid malgré la chaleur qui régnait dehors. L'asile ayant récemment déménagé de l'Antiquaille à Bron, les murs n'y étaient pas encore sales comme dans de nombreuses institutions en proie au délabrement. Toutefois, l'humidité ambiante commençait à avoir raison du badigeon jaune pisseux étalé sur les moellons de pierre crépis. Ce dernier dégoulinait comme l'aurait fait un mauvais maquillage, teintant de reflets plus foncés certaines zones au détriment des autres qui blanchissaient. L'ensemble offrait un sentiment de désolation et d'abandon qui aurait rendu dépressif le plus heureux des êtres humains.

De vastes récipients ressemblant à des abreuvoirs à vache étaient celés au sol, fermés par des couvercles en bois dans lesquels des cercles étaient découpés pour le passage de la tête. Ils étaient alimentés en eau par un curieux système de canalisation : un large tuyau courait le long du mur sur lequel on pouvait ouvrir des vannes.

— Déshabillez-vous ! Vite !

Irina se dit que ce n'était jamais que la seconde fois de la journée, et fit contre mauvaise fortune bon cœur. Une fois que ses vêtements eurent glissé à terre, elle choisit de masquer le haut de son torse de ses deux bras croisés. À côté d'elle, les autres femmes s'exécutaient en silence, sauf Madeleine qui restait de marbre.

— Tu veux que je t'aide, hurla la matonne en administrant une large tape dans le dos de la nouvelle venue.

Celle-ci trébucha en grimaçant, et serait sans doute tombée si Irina ne l'avait retenue.

— Laisse-la !

La jeune journaliste aurait voulu riposter, mais, se souvenant qu'elle était là en immersion et pas pour se faire remarquer, elle laissa sa compagne se redresser seule. Une vilaine convulsion avait marqué son visage qui vira au cireux sous la souffrance. Toutefois, elle s'exécuta et par petits gestes contrôlés enleva ses habits. Apparut soudain, à la vue d'Irina, le corps martyrisé d'une femme battue. Son ventre et ses fesses étaient zébrés d'horribles traces noirâtres et l'on pouvait encore distinguer, au milieu des ecchymoses, les traits caractéristiques d'un fouet qui avait creusé ses sillons sur son dos malingre. Ses bras maigres étaient eux aussi grêlés et ses genoux portaient les stigmates de blessures ouvertes qui cicatrisaient avec peine.

En découvrant l'horrible spectacle, même la gardienne s'en émut et recula d'un pas.

— C'est ton homme qui t'a fait ça ?

Madeleine hocha la tête. Des années qu'elle subissait sans rien dire, sans se plaindre et surtout sans en parler à quiconque. Franchir cette barrière parut soudain la soulager. Des gens découvraient son calvaire et ne le jugeaient pas. Pourtant, son mari lui avait tellement dit que tout était sa faute !

— Remets ta camisole ! ordonna la surveillante qui craignait qu'elle ne s'évanouisse sous le traitement drastique prévu. On va attendre que tu ailles mieux pour te laver. Les autres, chacune dans une baignoire !

Pendant que Madeleine renfilait sa chemise, elle souleva les couvercles pour que les femmes puissent s'installer dans les baignoires, et ouvrit une vanne. De l'eau jaillit dans un flot gros comme un poing. Irina retint son souffle lorsqu'un courant glacial la paralysa. Elle n'osait respirer et se tenait recroquevillée dans un coin cependant que le niveau montait de plus en plus.

— Assieds-toi !

Et comme elle ne s'exécutait pas, elle fut poussée violemment, ce qui la fit glisser sur le fond de pierre poli. Un instant, elle perdit l'équilibre et l'eau la submergea. Elle hoqueta et crut mourir avant de retrouver l'air libre, tirée par les cheveux par sa tortionnaire qui la souleva comme un vulgaire paquet.

— Idiote !

De l'eau jaillit de sa bouche, et elle hoqueta cependant qu'à l'aide d'une brosse en crin la femme la frottait sans ménagement. Sous le va-et-vient du grattoir, elle pensa que la gardienne allait lui arracher la peau et comprit pourquoi sa nouvelle amie avait été dispensée de bain. Son épiderme n'aurait jamais pu supporter un tel traitement, et ce n'était pas par pitié que la gardienne lui avait économisé le lavage, mais bien pour s'éviter des problèmes.

— T'es une gougnotte[1] ?

Elle venait de s'attaquer à son torse et Irina serra les dents lorsqu'elle passa sur les cicatrices de sa poitrine. Comme la surveillante n'attendait pas de réponse, la jeune femme ne lui en apporta aucune. À quoi bon ? Cette dernière ne l'aurait même pas écoutée ! Déjà

1. Lesbienne.

tout le personnel de l'asile devait savoir qu'une invertie de la pire espèce, une de celles allant jusqu'à se faire enlever les seins pour singer les hommes, était parmi les internées. Une dépravée aux pulsions incontrôlables qu'il allait falloir mater. Une hystérique dont les mauvaises pratiques avaient corrompu l'esprit au point de mettre sa vie en danger.

Elle l'entendit toutefois grommeler quelques jurons mais n'en tint pas compte, se contentant de subir en silence les sévices hygiéniques qu'elle lui faisait supporter en glissant sa brosse d'enfer entre ses cuisses. L'entendre hurler lui aurait causé beaucoup trop de plaisir…

Lorsque son calvaire prit fin, elle sortit de la baignoire sans sourciller.

Quand toutes les nouvelles pensionnaires se furent séchées avec un drap rêche, la gardienne les fit s'aligner de dos, y compris Madeleine, et commença une pulvérisation qu'elle annonça *souveraine*. Avec un insufflеur à poire, elle se mit en devoir de les asperger copieusement de ce qu'Irina identifia comme de la poudre de cinabre, censée ôter la vermine… si elle ne leur ôtait pas la vie. Un brouillard gazeux d'une vague couleur rouge les envahit, et la jeune journaliste se dit que, si elle survivait aux effluves de mercure, elle aurait au moins la certitude de ne plus attirer le moindre insecte jusqu'à la fin de ses jours !

— C'est bon ! Rhabillez-vous !

L'air ambiant était humide et les vêtements collaient à la peau encore moite. Il en résulta un profond sentiment de mal-être qu'Irina essaya de combattre en se disant que son séjour ici serait de courte durée. Son regard se posa sur Madeleine et elle eut un pincement au cœur. Qu'adviendrait-il d'elle lorsqu'elle ne serait plus là pour la soutenir ? Avec des gestes lents, celle-ci tentait d'enfiler sa robe, un peu perdue dans le tissu qui l'enveloppait. La jeune femme s'approcha pour l'aider, mais elle fut retenue par un bras musculeux qui l'empêcha d'avancer.

— Oh, là ! la gougnotte ! Elle t'intéresse ben de trop, la p'tite dame !

Un rire gras suivit, alors que Madeleine murmurait en excuse :

— Je n'ai pas l'habitue de m'habiller seule. Je suis désolée…

Sa voix parvint à peine aux oreilles de la gardienne, trop occupée à se moquer d'Irina, mais cette dernière frémit en imaginant le malheur qui devait envahir cette pauvre femme, jetée dans un asile sans ménagement, coupée de sa vie bourgeoise ordinaire. Loin des siens. Loin de sa maison. Un sentiment d'impuissance la gagna, laissant conjointement naître une haine contre ces hommes qui se permettaient de faire enfermer leurs épouses, sur un simple avis médical, pour se débarrasser d'elles. Qu'avait bien pu inventer le bourreau de Madeleine pour la déclarer folle ? Hystérie mélancolique ou anorexique sans doute… Lorsqu'on la voyait, si fragile, on pouvait se douter que convaincre un médecin de famille avait dû être chose facile.

Sans mot dire, elle suivit les autres filles et se laissa conduire vers le réfectoire, où l'attendait son premier repas de la journée.

Chapitre 4

Mardi 2 août 1898

1

L'homme portait beau. La cinquantaine active. De taille et de carrure athlétiques, il était vêtu d'un costume sombre assorti à une cravate au nœud large. Son visage encore lisse, presque poupin, voyait fleurir une barbe un peu folle, ondulante et longue, à l'image de ses cheveux châtains qui tombaient en cascade dans son cou. Une myopie grave lui donnait un regard doux et il ne quittait jamais ses lunettes rondes, cerclées or, sans lesquelles il n'aurait pas pu travailler.

— Constant Bellonnière, je présume ?

Ils s'étaient tous donné rendez-vous sur le parvis de l'église Saint-Bernard, à huit heures du matin, afin de poursuivre les recherches dans le souterrain inspecté la veille par Perrier et Lecuyer. Le nouveau venu souleva son chapeau, puis, après l'avoir remis sur sa tête, serra la main des trois personnes qui l'attendaient.

— C'est bien moi. Enchanté, messieurs.

Ils se saluèrent et tous ensemble se rendirent à l'endroit de l'effondrement, dans une des chapelles du bas-côté droit. Bellonnière tenait sous son bras un long sac de toile grise auquel il portait une attention toute particulière.

— Messieurs, reprit Lacassagne en regardant ses étudiants, j'ai mandé là un des meilleurs photographes que compte notre bonne ville de Lyon. M. Constant Bellonnière. Il m'a été chaudement recommandé par un de nos collègues, médecin à l'Hôtel-Dieu, le docteur Francis Haugan, qui m'en a vanté les mérites. Il va descendre avec vous et immortaliser le charnier que vous avez découvert hier au soir. Cela vous permettra de travailler sur l'ensemble, même lorsque les corps auront été déplacés. Nous avons l'autorisation de la Magistrature pour enlever les dépouilles et les autopsier.

Perrier lança un regard victorieux en direction de Lecuyer. La veille, lorsqu'il était ressorti du souterrain, une bonne demi-heure après lui, il avait insisté pour avoir recours aux services d'un photographe. Fort heureusement, car Lecuyer, très perturbé, avait oublié de transmettre l'information.

— Mettez-vous à l'aise, proposa-t-il en commençant lui-même à quitter la veste de son complet et son gilet. Le souterrain est large et haut, toutefois cela reste un souterrain. J'ai personnellement apporté un tablier afin de ne pas salir mon pantalon, de la pommade de camphre et des masques chirurgicaux pour nous tous.

Il enroula la toile blanche du sarrau autour de lui. Bellonnière sortit de son sac une blouse grise qu'il enfila en souriant.

— J'ai bien pensé qu'il faudrait se protéger. Ne serait-ce que par rapport à la qualité de nos clients.

Il avait de l'humour et Félicien le trouva, dès le premier abord, digne de son intérêt. De plus, il maîtrisait un art qui, pour lui, allait devenir majeur dans les années à venir. Il l'observa discrètement alors que le nouvel arrivant se préparait. Son allure lui était familière. Sans doute l'avait-il déjà croisé à l'Hôtel-Dieu où il semblait avoir ses entrées. Un homme tranquille. Calme. Presque maniaque. Le geste assuré. Il nota cependant un léger tremblement de la main gauche et songea que le trépied devait lui sauver la mise lorsqu'il prenait des clichés.

De son côté, Bernard affichait plus de recul. S'il appréciait à sa juste valeur la photographie, il jugeait que la mode des portraits n'était que l'expression d'un mental narcissique. Pour lui, c'était donner son âme au diable. Et même s'il prônait des ressentis déjà d'une autre époque, il ne pouvait s'empêcher de mépriser la nouvelle vogue de ce que l'on appelait les photographies « cartes de visite », que les gens distribuaient maintenant autour d'eux.

— Je vous envoie les brancardiers dès leur arrivée, confirma Lacassagne. Des ouvriers sont venus, tôt ce matin, et ont sécurisé le tunnel.

Déjà ses deux collègues avaient disparu dans le puits. De bien mauvaise grâce, Bernard alluma sa lampe à huile à l'allumette suédoise que Lacassagne venait de gratter et s'éclipsa à son tour.

La veille, ils avaient laissé la corde dérouler le long du boyau ; ils n'eurent aucun mal à retrouver l'artère adjacente dans laquelle pourrissaient les corps.

— Je vous préviens, le spectacle n'est pas agréable, soupira Bernard qui les avait rejoints. L'odeur va devenir insoutenable. Ajustez bien votre masque.

Ils progressaient doucement dans le tunnel. Bellonnière s'arrêta un instant et le jeune médecin perçut une expression amusée à la lueur de sa lanterne.

— Vous savez, dit-il d'une voix humble, j'étais photographe dépêché durant la guerre des Boers. Des horreurs, avec les cannibales, j'en ai eu tout mon saoul. Même si je m'étais juré, en m'installant à mon compte, de ne plus jamais en revoir, je suis très heureux aujourd'hui de pouvoir vous aider et, à travers vous, apporter un peu de mon savoir à la science. Ne vous inquiétez pas, même si je vous remercie de votre sollicitude.

Par souci des convenances, il attacha toutefois la protection proposée, puis reprit son chemin jusqu'à l'amoncellement où Perrier les attendait. Celui-ci avait prévu plus d'éclairage et il était en train d'installer les lanternes au sol lorsqu'ils arrivèrent. Après une sorte d'hommage silencieux face aux corps abandonnés, Bellonnière eut un hochement de tête, puis se mit, à son tour, à agencer le matériel qu'il tenait dans le long sac gris qui ne le quittait pas. Il en sortit un trépied de bois ainsi qu'une chambre noire de voyage, fabriquée dans un très bel acajou. Il la fixa sur son support et prit du recul afin d'estimer où la poser. Il travaillait en silence et ne se plaignait pas de l'odeur. Bernard se tenait en retrait, alors que Perrier, le nez au vent derrière son masque, tel un chien terrier, humait la scène afin de s'en imprégner et d'en reproduire le déroulement.

Tout d'abord, il y avait l'ossuaire fait de squelettes blanchis par le temps, limés par l'érosion. Ceux-ci avaient été entassés et formaient une sorte de cube tiré au cordeau. Il s'agissait, fort certainement, des restes d'une nécropole, sans doute très ancienne.

Cet étrange autel de fortune avait servi de reposoir à des dépouilles plus fraîches, abandonnées les unes après les autres, en attestait la décomposition qui n'en était pas au même stade chez toutes les victimes.

Des femmes. Rien que des femmes à en juger par ce qu'il restait des formes.

— Si vous voulez bien reculer ?

Perrier, concentré, sursauta.

— Bien évidemment. Voulez-vous que je tienne votre torche ?

Bellonnière déclina l'offre. Il avait l'habitude de gérer l'image inversée que lui renvoyaient la chambre noire et la rampe de magnésium qu'il tenait à bout de bras.

— Par contre, vous pouvez l'enflammer si vous le souhaitez. J'ai des allumettes dans la poche de mon pantalon. Faites bien attention. Le mélange est très explosif et, compte tenu des gaz accumulés dans le fond de ce souterrain, reculez aussitôt d'un bon pas en arrière dès que vous l'aurez allumée. On ne sait jamais.

— Et vous-même ?

— La boîte de mon appareil me protégera. N'ayez crainte.

Tout en parlant, il se mit en position, prêt à appuyer sur la poire de caoutchouc qui pendait sur le côté et qui commandait l'objectif.

— Perrier, vous pouvez y aller.

Le médecin craqua l'allumette contre le mur de pierres et approcha la flamme de la rampe qui explosa dans un éclat de feu d'artifice. Aussitôt, l'intérieur du souterrain s'illumina violemment, et les vieux murs, coutumiers d'une sage obscurité, rayonnèrent l'espace d'un instant. Une faune nocturne insoupçonnée s'éparpilla en tous sens, faisant frémir les cadavres comme s'ils reprenaient vie.

Ce fut bref.

Puis tout redevint normal.

— Je vous propose de faire un nouveau cliché chaque fois que les brancardiers enlèveront une dépouille. Qu'en pensez-vous ?

— Cela nous convient.

— Préparez-vous, car je vois leurs lanternes.

Les hommes se présentèrent. Ce furent cinq cadavres, dans des états de putréfaction différents, qu'ils déposèrent sur leurs civières. Ils prélevaient, tant bien que mal, les restes du charnier et les glissaient, un par un, dans des linceuls cousus comme des sacs, en toile cirée hermétique. L'air manquait tant la mort devenait présente. Certains hoquetaient, le visage camouflé derrière leur protection de tissu. Mais tous procédaient avec des gestes respectueux, outrés par le spectacle tragique.

Puis la longue procession des brancards remonta le souterrain, en silence, comme un éloge mortuaire à ces femmes abandonnées là.

— Il faut que nous partions vite nous aussi, constata Perrier, tendant de la pommade au camphre à ses collègues. L'oxygène manque. Nous allons bientôt étouffer. Respirez bien par la bouche.

— Vous laissez les os ? interrogea le photographe.

— Pour le moment, oui. Il paraît évident que ceux-ci n'ont pas grand-chose à voir avec notre affaire.

— Très bonne idée, en tout cas, que d'utiliser ces sacs pour remonter les corps dans le puits, déclara-t-il en changeant de sujet.

À la lumière de sa lampe, Félicien croisa le regard de son nouvel assistant.

— Tout s'est bien passé pour vous ? demanda-t-il d'un ton qui se voulait jovial.

— Parfait ! confirma Bellonnière. C'est dans la boîte !

Bernard, encore choqué par ce qu'il avait vu en pleine lumière, tenta de se divertir l'esprit en parlant d'autre chose.

— Vous travaillez toujours sur plaques de verre ?

Tout en rangeant son matériel, l'interpellé hocha la tête.

— Dans les cas comme celui-ci, oui. Plus de précisions dans les détails. Mais le sujet vous intéresse ? demanda-t-il au jeune médecin en déposant son trépied en bois dans le long sac gris.

— Oui, je dois le reconnaître. Je suis fasciné, depuis tout petit, par les mystères de la photographie. Je dois admettre que je ne prise guère tous ces portraits que l'on distribue. Mais j'aime voir de beaux paysages ou même penser que la photographie pourra aider les scientifiques que nous sommes.

Leur compagnon acquiesça tout en le suivant dans le boyau les ramenant vers la surface.

— Je comprends votre regard, mais rien de mystérieux dans la photographie. Voyez-vous, nous ne sommes pas loin, nous aussi, d'être des scientifiques.

— Oui, bien sûr ! Mais admettez que lorsque le résultat apparaît, il y a quelque chose de magique.

— Je consens. Moi-même je me laisse encore prendre au jeu, toujours admiratif de ce qui surgit lorsque le papier est mis dans le révélateur. Mais j'y pense ! Plutôt que de vous les faire livrer, venez donc chercher les clichés à mon atelier, place des Jacobins, dès demain. Nous pourrons discuter.

— Bien volontiers !

Ils étaient arrivés à l'échelle. Bellonnière souleva son sac et en passa l'anse sur son épaule pour grimper plus aisément.

— Messieurs, si vous le permettez, je vais regagner ma boutique. Je vous laisse avec votre scène de meurtre. Pour ma part, je retourne vers la lumière. Sachez toutefois que, bien que macabre, cette expérience m'a beaucoup plu. N'hésitez pas à faire appel à mes services si le besoin s'en fait sentir.

— C'est ce que nous ferons, acquiesça Perrier avec un mouvement de tête. Juste une dernière formalité avant votre départ, je vous prie.

— Oui, bien sûr. Laquelle ? demanda-t-il, cependant qu'un tic nerveux s'emparait de son sourcil gauche.

— Rien d'important, renchérit le médecin, je ne veux pas vous inquiéter. Si seulement vous pouviez tremper la semelle de votre chaussure dans cette flaque d'eau, puis la mettre ensuite sur cette feuille que je pose au sol… Tout serait parfait !

— J'ai peu de temps.

Toutefois, l'homme s'exécuta.

— Juste une seconde. C'est pour permettre de vous exclure des traces que nous pourrions trouver sur place.

— Ah, très bien !

— Voilà qui est fait ! Je vous remercie !

Son interlocuteur parut se détendre. Puis, s'adressant à Lecuyer :

— Je vous donne rendez-vous demain, disons en début d'après-midi. J'espère que ce qui en sortira vous sera d'une aide précieuse. N'oubliez pas… je suis au numéro un de la place des Jacobins. Constant Bellonnière, pour vous servir.

Puis, il entreprit de rejoindre l'air libre en empoignant le premier échelon de métal.

— Drôle de bonhomme, murmura Bernard en le regardant grimper à l'échelle et disparaître dans le conduit obscur.

Perrier n'avait rien dit. Étonné que son ami, souvent timoré, puisse porter un jugement. Il le détailla à la lueur de sa torche. Peut-être n'avait-il pas perçu ce regard plus sombre et ses traits plus marqués ? À force de côtoyer les gens, on oubliait parfois de les voir. Tout simplement. Et Bernard, il est vrai, avait changé.

— En effet. Il a vécu, je pense, des situations tragiques et, pour ne pas paraître sombre, il donne le change avec de la jovialité.

Puis il releva sa lampe au niveau de son visage et quitta à son tour le souterrain avec un pincement au cœur. Il avait déjà hâte d'y retourner.

2

La première nuit d'Irina avait été difficile. Pour commencer, le repas du soir ne l'avait pas conquise – un morceau de morue mal dessalée, des pommes de terre noircies et du pain –, aussi son sommeil avait-il été accompagné de sombres gargouillis. Ses cheveux ensuite, pourtant nattés serré, qui après son bain forcé de la veille n'avaient pas voulu sécher. Ils avaient humidifié la toile grossière des draps, lui donnant le sentiment étrange de dormir dans une sorte d'étuve insalubre. Pour finir, ses comparses de dortoir n'étaient pas des plus simples à côtoyer. Certaines ronflaient. D'autres hurlaient. Sans parler d'une somnambule qui s'était tenue de longues minutes auprès d'elle sans un mot.

Et chaque fois, c'était la ronde des surveillantes qui intimaient l'ordre de se taire, et qui bien entendu réveillaient tout le monde.

Madeleine avait beaucoup pleuré.

Comme une enfant.

Irina avait voulu se lever pour la consoler, mais, se souvenant des moqueries de la veille sur son compte, elle avait craint que son geste ne soit mal interprété et ne cause des problèmes à la jeune femme. Elle l'avait donc écoutée, le cœur déchiré en imaginant sa souffrance, petite-bourgeoise de la classe supérieure de Lyon réduite à dormir dans le dortoir d'un asile de fous.

— La brosse m'a causé des brûlures. J'ai mal de partout, marmonna-t-elle en se penchant vers Madeleine, tout en se rendant au réfectoire.

— Taisez-vous ! ordonna la gardienne en guidant son troupeau vers la première pitance de la journée.

Comme elles paraissaient trop sympathiser toutes les deux, on les changea de place à table. Irina se retrouva avec, sur sa gauche, une pauvre fille béate, la lèvre baveuse, qui engloutissait le contenu de son assiette avec voracité. Sur sa droite se trouvait une gamine qu'elle qualifia de simplette mais efficace. Efficace, car elle gardait un regard vif et une belle énergie, et cela, malgré un ventre rebondi qui attestait une grossesse presque à terme.

En la découvrant, mal assise sur le banc dur, Irina ne put qu'imaginer ce que devait être un début de vie en asile. Naître chez les fous… un peu comme naître en prison. Allait-on lui retirer l'enfant ou au contraire lui permettre de reprendre pied en s'occupant de lui ? Et si elle se révélait dangereuse pour son nouveau-né ?

Alors qu'elle se posait des questions sur l'avenir de ce gamin né d'une mère enfermée et d'un père sans doute absent, elle ne vit pas la manœuvre de sa voisine de gauche, qui, profitant de son attention retenue ailleurs, s'empara de son écuelle de bois et en lapa la soupe qu'elle contenait. Quand elle eut terminé, elle regarda la journaliste d'un œil torve et bafouilla tout en contemplant l'assiette vide :

— Fini !

Puis elle se mit à rire, avant de se recentrer sur sa nouvelle pitance qu'elle engloutit avec la même rapidité. Avant que celui-ci ne disparaisse, Irina empoigna son gobelet de vin et son croûton de pain noir qu'elle planqua sur ses genoux.

— Les mains sur la table, lui hurla la surveillante qui n'avait pas cru bon d'intervenir pour le vol de sa nourriture.

Sa voisine de droite se pencha doucement vers elle.

— Faut faire attention ici. Surtout à la grosse Louison. Elle s'empiffre de tout ce qu'elle trouve. Y en a qui disent qu'elle mange même sa merde pour rien perdre.

Irina, bien droite sur son banc, eut un haut-le-cœur. Sans vraiment analyser la situation, quelque chose au fond d'elle lui disait que la fille ne plaisantait pas.

— T'es gougnotte à ce qui paraît ? poursuivit la gosse en minaudant. Moi, je crains pas les gougnottes. Y a pas de mal à s'faire du bien, hein ? Une petite lécherie par-ci par-là, des fois… moi, j'ai rien contre.

Le souffle court, le regard étrangement vide, la journaliste faillit se pincer la cuisse afin d'être certaine qu'elle ne rêvait pas, tant il semblait planer autour d'elle comme un fond d'irréalité. Une voisine de gauche qui mangeait... tout ce qu'elle trouvait. Une de droite, engrossée jusqu'aux yeux, qui lui faisait des avances. Avait-elle pris quelques substances illicites, à la manière de Félicien, pour entendre tout cela sans broncher ?

Bienvenue à l'asile, scandait une voix dans sa tête. *Jour 2. Tu croyais quoi ?*

— Heu... non, éructa-t-elle sans oser sourire.

Ce qui parut décevoir profondément sa nouvelle collègue.

— Non ? T'es sûre ? Pa'ce qu'y faut pas être pimbêche avec moi. Je peux tout entendre. Et pi je t'l'ai dit. Une petite câlinerie contre un morceau à manger et un coup à boire, j'ai rien contre. C'est qu'y décrasse, le morveux. Si tu m'donnes ton pain et ton godet de vin, j'te dirai où tu peux me retrouver pour échapper aux matonnes. Y a des coins où elles vont pas. J'te ferai tout plein de lécheries avec ma langue. Tu verras. T'en r'demanderas.

Irina la regarda se dandiner, les mains de chaque côté de son ventre, le regard cajoleur. Et lorsqu'elle ouvrit doucement la bouche afin d'agiter sa langue, une brusque envie de vomir monta à la gorge de la journaliste. Elle qui pensait se tenir au fait de la société, qui croyait tout comprendre, tout savoir, tout admettre. Elle qui supposait avoir vécu tant de choses, jamais elle n'aurait imaginé vivre ça...

— Tu as quel âge ?

— Quinze... bientôt seize.

— Et... et le père ?

La fille eut un regard rapide sur son corps déformé.

— Oh ! ça... c'est point important.

— Il t'a laissée ?

— J'le connais pas !

— D'accord. Et tu vas… tu vas pouvoir garder ton bébé ici lorsqu'il sera né ?

La gamine l'enveloppa d'une œillade complice.

— Et qu'est-ce que t'y voudrais que j'en fiche ici, moi, de ce marmot ? Hein ? J'ai autre chose à faire qu'à m'encombrer. Et pi, je l'ai pas voulu !

— Je comprends.

— T'y comprends… t'y comprends… t'y comprends rien à rien, oui ! Regarde la Berthe, là-bas, tout au fond. Son mouflet à elle, elle l'a posé comme qui dirait y a ben deux jours. Et la v'là de nouveau ici. Comme une fleur. Quant à l'autre… pfut !

Elle eut un geste éloquent de la main.

— Tu parles du bébé ?

— Ben, oui ! De qui t'y veux-tu que j'parle ?

— On le lui a enlevé ?

Son interlocutrice eut un regard interrogateur, comme si elle ne comprenait rien à la discussion qu'Irina essayait de maintenir entre elles deux.

— Enlevé ? Ben, y aurait déjà fallu qu'elle le veuille pour qu'on le l'y enlève ! La bonne blague ! La Berthe, le gone[1] qu'elle a eu dans le bide, elle s'en tape comme du premier julot qui lui est passé dessus ! C'est dire !

Un frisson glacial glissa le long de la colonne vertébrale de la journaliste. Elle aurait tant de choses à raconter lorsqu'elle sortirait qu'elle en eut un instant le tournis. Toutes ces femmes. Toute cette misère. Toute cette détresse.

— Pourquoi on t'a enfermée là ?

1. « Enfant » en parler lyonnais.

— Pa'ce que j'suis mauvaise, à ce qu'y disent. J'ai gueulé sur un monsieur qui me cherchait des noises, et j'l'ai cogné avec mon sac plein d'truffes[1]. C'était l'asile ou le violon[2]. J'ai préféré l'asile, parce qu'ici, au moins, on peut prendre l'air et on est mieux nourri. Et pi on chope point des morpions.

— Et tu t'appelles comment ?

Un sourire conquérant illumina soudain le visage de la future mère, qui dégagea son cou en relevant ses cheveux, inclina la tête sur le côté et murmura en faisant papillonner ses cils un :

— Alors, c'est-y ben vrai, j't'plais ?

… qui fit trembler Irina.

— Moi, c'est Mauricette.

Elle avait une tache de naissance violine, de ce que l'on appelle une envie, juste sous le lobe de l'oreille gauche. Sans savoir pourquoi, Irina ne parvenait pas à détacher son regard de cette marque. Comme si plus rien n'était réel et qu'il lui fallait se raccrocher à quelque chose pour être certaine de bien être en train de vivre ce moment.

— Non… non… ne te méprends pas, marmonna-t-elle. Je m'inquiète pour toi, c'est tout.

— T'inquiéter pour moi ? Toi, je t'y sens venir. Tu veux m'avoir gratis. Hein ? Ah, pas question, ma belle ! Pour qui que tu m'prends ? Je suis pas une gougnotte, moi ! Suis une fille bien ! Ce que je veux, c'est t'dépanner si jamais t'y as besoin ! C'est tout !

Soudain en colère, Mauricette avait posé un de ses poings sur sa hanche et invectivait sa voisine en

1. Pommes de terre.
2. La prison.

brandissant un doigt menaçant, de son autre main, sous son nez.

— Fermez-la, vous deux !

— C'est elle, m'dame ! Elle fait qu'à me chercher. Elle voudrait des câlineries. Si c'est pas honteux ! Dans mon état !

Une des gardiennes se tenait face à elles, alors que le groupe entier entamait déjà un *T'es rien qu'une gougnotte !* que les filles scandaient maintenant en chœur, tout en tapant de leurs paumes sur le plat de la table.

— Vous allez toutes la fermer, oui !

Une seconde surveillante, bâton en main, venait de surgir aux côtés de la première. Les coups pleuvaient, mais on pouvait encore entendre la rumeur qui, comme un souffle, continuait en sourdine.

— Toi, lève-toi !

L'ordre venait d'être donné à Irina, qui hésita à obéir. Mal lui en prit. Deux paires de bras énergiques la soulevèrent de sa place et la couchèrent par terre, renversant son vin et jetant son pain sous la table. La grosse Louison, malgré son embonpoint handicapant, plongea afin de l'attraper. Dans son élan, elle bascula le banc et culbuta en avant, dévoilant un postérieur flasque d'une blancheur laiteuse.

La vue de cette partie intime ainsi exposée provoqua l'émeute générale. Une liesse contagieuse s'empara des plus agitées. Et brusquement, ce fut à celle qui lèverait le plus haut sa jupe ou qui, dans un french cancan désordonné, plongerait le plus en avant en envoyant sa robe par-dessus tête.

Mauricette, avec une agilité surprenante dans son état, ne souhaitant sans doute pas être en reste, grimpa comme une furie sur la table et commença une danse endiablée, entre les écuelles, qui faisait tressauter son ventre et dévoilait ses cuisses maigres.

Profitant de la confusion massive, Irina tenta d'échapper à la contrainte qui l'immobilisait et glissa sur le carrelage. Chose à ne pas faire. La matrone la saisit par le pied. Elle se débattit, mais un poing brutal vint se nicher dans le creux de son ventre, du côté gauche, et appuya de toutes ses forces.

Au loin, une cloche avait tinté, appelant des renforts. Ceux-ci avaient surgi comme par magie. Une seconde surveillante vint se coucher, de tout son poids, sur le dos de sa collègue, afin que la pression devienne insoutenable et fasse hurler la jeune femme.

— Des hystériques, on en a maté, et des plus dingues que toi ! maugréa la première.

On aurait dit que son bras tout entier souhaitait s'enfoncer dans sa fosse iliaque. De douleur, Irina s'en mordit la lèvre jusqu'au sang, assaillie par des souvenirs lointains qui, soudain, jaillissaient sans en demander la permission.

Lorsque le supplice, que les surveillantes nommaient soin, fut terminé, elle se retrouva debout, soulevée par ses tortionnaires.

— Ça va mieux après ?

Elles paraissaient convaincues des bienfaits de leur manœuvre : comprimer les ovaires des malades faisant partie de la panoplie des thérapies préconisées sur les folles par le regretté docteur Charcot.

— Vous, vous finissez votre repas. Sans un mot ! Toi, la ragougnasse, maintenant que tu es plus calme, tu te colles contre le mur, et tu tends les bras en croix. Et si tu bouges, c'est trois heures dans la baignoire d'eau froide. Tu verras après ça si t'as encore envie qu'on te gougnotte !

Encore incapable de se redresser tout à fait après les brutalités subies, Irina s'exécuta sans rien dire, tout en cherchant Madeleine des yeux.

Celle-ci, malgré la pagaille, n'avait pas bougé de sa place et la regardait.

3

L'ouvrier, facilement reconnaissable à sa blouse grise, une main calée sur les ressorts de la selle en cuir, l'autre dans le dos du cycliste débutant, tentait de le faire tenir en équilibre.

— À mon signal, je vous pousse et vous, vous pédalez. Vous allez voir. C'est facile. Il suffit d'avancer sans réfléchir. Avec le guidon, vous vous dirigez. Attention, nous y allons… un… deux… trois…

Au « trois » annoncé, l'homme se mit à courir, alors que l'apprenti cycliste tentait désespérément de se maintenir d'aplomb. Ce dernier tangua, hésitant entre tomber à gauche ou tomber à droite, vacilla en zigzaguant, puis finalement se stabilisa. L'ouvrier, ne pouvant plus le suivre, le lâcha. Le cycliste continua à filer droit sur l'avenue de Saxe sous ses encouragements.

Au moment de bifurquer, il eut un geste brusque qui faillit compromettre son précieux équilibre. Mais il se rétablit et réussit à ne pas chuter dans le virage.

Le quai Gambetta le rassura. Droit. Large. Il ne posait pas de problème.

Sa tignasse rousse volait au vent. Fort heureusement, il avait quitté son canotier, sinon il l'aurait perdu. Dos voûté, nez dans le guidon, il filait comme si sa nouvelle machine n'avait plus de secrets pour lui, et cela, depuis bien longtemps.

Face au pont, il freina un peu brusquement et faillit passer par-dessus sa roue avant. Un frisson de frayeur courut sur sa peau, mais il se reprit très vite. Et ce fut plus doucement qu'il traversa le Rhône et s'engagea sur le quai de l'Hôtel-Dieu. Il ne manquerait plus qu'il arrive à la morgue flottante en sang et son nouveau veston en loques !

À l'approche de celle-ci, il ralentit encore de façon à s'arrêter sans dommage. Puis il mit pied à terre et poussa son nouvel engin sur la passerelle afin de le ranger dans le couloir, à l'endroit où les personnes venaient reconnaître les cadavres, derrière les vitres.

— Où allez-vous avec votre machine de mort, mon cher docteur Lecuyer ?

Le jeune médecin salua le gardien des lieux, le père Delaigue, d'un hochement de tête. C'était un homme sans âge, dévoué corps et âme à son vieux rafiot. On disait de lui qu'il n'avait pas son pareil pour dater la mort d'un noyé fraîchement repêché, et très souvent Lacassagne ainsi que ses autres collègues légistes le consultaient pour avoir son avis.

— Pourquoi « de mort », père Delaigue ?

Le vieil homme eut un rire un peu impertinent.

— Parce que cela va bien vite, mon bon docteur Lecuyer. Tout comme le train ou ces nouveaux engins qui avancent sans chevaux sur les routes. De quoi faire bouger trop fort nos cerveaux dans nos boîtes crâniennes. Bing… bing… comme de vieux morceaux de savon dans une caisse en bois. Ils vont exploser, je vous dis. Ils vont exploser.

— Qui ça, père Delaigue ?

— Eh bien, nos cerveaux ! Petit impertinent ! Ah, je suis bien vieux. Et j'espère sincèrement que je ne verrai que peu de chose de ce nouveau siècle qui s'annonce. Une époque de fous, je vous dis… une époque de fous…

Et tout en grommelant, il prit congé, non sans repousser un de ses chats dans son minuscule intérieur dont il referma la porte.

— Entre donc, Pompon. Le bon docteur Lecuyer pourrait t'écraser avec sa machine à pédales.

Ce qui fit naître un sourire sur le visage de Bernard, qui, heureux, pénétra sur la droite, dans l'antre réservé aux médecins ; salle d'autopsie mais aussi lieu de réunion improvisé pour le groupe créé par Lacassagne l'hiver dernier.

— Vous me paraissez bien mieux que ce matin, Lecuyer ?

La bonne voix de Lacassagne, chaude et paternelle, le cueillit sur le pas de la porte. Il ne manquait plus que lui dans la pièce, Perrier s'affairant déjà autour d'un corps nu étendu sur la table qui, habituellement, leur servait de bureau.

— Je vais bien en effet, admit le jeune homme en enlevant ses pinces à pantalon.

Son geste ne passa pas inaperçu, même de son acolyte pourtant occupé à ausculter la morte étendue devant lui.

— Bicyclette ? interrogea le professeur en le regardant faire.

— En effet, je suis très fier de mon acquisition. J'en rêvais ! confirma Bernard en enfilant un tablier à bavette qu'il enroula autour de lui. Nous commençons par quelle dépouille ?

— La plus ancienne, tout d'abord. Et la plus intrigante. Mais il nous faudra faire vite afin de ne pas perdre des indices précieux que la décomposition pourrait nous masquer.

La précision fit faire la grimace au nouvel arrivant, qui se mit en devoir d'enduire le dessous de ses narines d'un peu de pommade de camphre.

— Cela ne sera pas nécessaire, poursuivit Perrier. Comme tu vas le découvrir, la nature nous offre là un très beau cadavre sur lequel nous allons nous régaler.

— Parle pour toi.

D'un coup d'œil rapide, son collègue le jaugea des pieds à la tête, notant au passage sa tenue sport qui ne pouvait échapper à un observateur éclairé.

— Comment, mon ami ? s'exclama-t-il en le voyant approcher, te voilà de la pédale ?

Expression toute nouvelle, qu'il avait dernièrement entendue, et qui le réjouissait.

— Ce qui signifie ?

Bistouri en l'air, Perrier semblait aux anges.

— Pédale... Jaquette... Manchette...

— Oh !

Lecuyer en rougit et fustigea du regard son ami qui se tordait de rire.

— Une nouvelle fois, tu parles pour toi !

— Messieurs ! trancha Lacassagne. Un peu de sérieux.

Il avait été convenu que l'autopsie des corps dégagés des souterrains de la Croix-Rousse se ferait en huis clos. L'enquête se révélait de la plus haute importance, et rien ne devait percer de ce qui serait découvert sur les cadavres. Plus que tout au monde, l'éminent professeur craignait la diffusion d'informations erronées dans les journaux de la ville, criées dans les rues et susceptibles d'alerter le tueur.

— J'ai invité Constant Bellonnière à venir, une nouvelle fois, nous rejoindre ici afin d'immortaliser nos actes. Irina n'étant pas parmi nous, je ne peux lui demander de croquer ces instants comme elle sait si bien le faire.

La question « Irina » demeurait toujours un sujet sensible pour Bernard, qui ne voyait pas d'un très bon œil son incursion au pays des fous.

— Quand pensez-vous intervenir afin de la sortir des griffes de ces aliénistes de tous poils, qui ne comprennent rien à rien aux méandres du cerveau humain ?

— Lecuyer ! réprimanda son mentor, un peu de respect pour nos semblables ! L'avancée de la recherche sur les maladies mentales est colossale depuis notre collègue Charcot. Demandez à Perrier qui côtoie actuellement Freud.

Au nom évoqué, Félicien eut un geste machinal et, du bout des doigts, il frôla doucement ses lèvres.

— Freud ? Parlons-en ! marmonna Bernard en lançant un regard en coin vers son collègue qui ne broncha pas. En attendant, Irina est aux mains de ces ignorants et je crains pour sa santé. Ne dit-on pas qu'on pratique encore en ces lieux des soins bien peu orthodoxes, entre maltraitance et tâtonnements d'apothicaire.

— On dit tant de choses…

— Oui, mais tout de même !

Lecuyer était soucieux, aussi Lacassagne, soudain inquiet de le voir se tourmenter, lui promit d'intervenir dès le lendemain.

— Espérons qu'elle ira encore bien, grommela-t-il. Je crains le pire…

Prémonitions. Il ne pouvait le dire. Mais parler de la jeune journaliste déclenchait en lui une angoisse qu'il avait du mal à calmer.

Comme Bellonnière entrait, ils mirent le sujet de côté. Lacassagne expliqua au photographe ce qu'ils attendaient de lui.

— Nous avons quoi ?

— Un véritable cadeau de la nature, intervint Perrier. Nous n'y avons pas réellement prêté attention dans l'obscurité du souterrain. Bernard, tu notes au tableau ?

— Si tu veux.

— Très bien…

Dans un large geste assez théâtral, le médecin finit de faire voler le tissu blanc qui masquait en partie le cadavre. Un mouvement de surprise toucha les spectateurs.

— L'état du corps est admirable ! s'exclama Lacassagne en approchant.

— Tout à fait. Pourtant, nous l'avons découvert sous les autres, ce qui nous laisse à penser qu'elle a été déposée en premier sur les lieux. Sa décomposition devrait être bien plus avancée.

Tout en donnant des explications, Perrier laissait ses doigts courir sur le corps nu, parcheminé. Il testa la résistance de la peau, puis saisit un bistouri par la lame et, avec le manche en nacre, se mit à donner de petits coups répétés. À chaque tape, un bruit sonore se faisait entendre, un peu comme s'il avait frappé sur un tambourin.

— Adipocire ? proposa son mentor en frôlant à son tour la dépouille du plat de la main.

— J'irais dans votre sens. Le toucher savonneux le confirme.

— Ce qui signifie ? demanda le photographe, lui aussi intéressé par l'étrange phénomène dévoilé sous ses yeux.

Pourtant en retrait, craie en l'air, prêt à noter sur un des grands tableaux noirs, ce fut Bernard qui, à la surprise générale, répondit :

— Ce phénomène rare est provoqué par l'action de l'ammoniac, issu de la décomposition, sur les graisses d'un mort. Plus basiquement, le gras devient une espèce de savon grisâtre. Ce qui crée cette matière adipeuse et flasque sous la peau tannée.

— On appelle aussi cela du blanc de cadavre, qui transforme le corps en une statue de cire, renchérit Perrier.

Lacassagne semblait ravi de cette précieuse découverte. Il prit un ton professoral pour ajouter :

— Il paraîtrait que le corps de Napoléon Ier aurait connu ce genre de phénomène. C'est du moins ce qui s'est dit lorsqu'on a ouvert sa tombe pour le ramener en France en 1840.

— Vraiment ? Je croyais que cela n'était que rumeurs et que le tombeau de notre empereur aux Invalides était vide.

— Perrier, ne médisez point !

Le jeune médecin haussa les épaules en souriant, puis retourna sans un mot à sa tâche. Après quelques minutes de nouvelles observations, il reprit ses constatations :

— Nous avons donc devant nous une femme de taille moyenne.

Bernard prit une toise et annonça :

— Un mètre et cinquante-cinq centimètres. Âge ?

— Pas de cheveux. On dirait qu'ils ont été rasés. Pas de repousse visible non plus, puisque l'adipocire, au stade où elle a eu lieu, a provoqué un gonflement et non pas une rétractation des tissus.

— Si je peux me permettre, il n'y a pas que la tête qui semble avoir été rasée.

Félicien pivota vers Constant Bellonnière et approuva.

— En effet, oui. Cela est un point important à noter. Le corps est entièrement rasé.

Le photographe, studieux, s'appliquait et prenait des photos.

— Sens-tu cette bonne odeur aromatique, mon Bernard ? jubila Perrier au summum de l'extase. Ambrosiaque. Elle flatte mes narines de ses relents de musc. Ha... elle me ravit. Touche... touche cette peau parcheminée. On dirait un pain de savon mouillé. Morbleu... devenir du savon après la mort. Quelle chance !

Il se redressa, soudain songeur, et Lacassagne ne put que sourire de retrouver son meilleur élément au mieux de sa forme. Toutefois, si le professeur appréciait ses frasques linguistiques, ce n'était pas pour autant le cas de Lecuyer, qui, le front sombre, reposa la même question :

— Son âge ?

— J'y viens... j'y viens... L'adipocire ayant lieu au moment de la décomposition, le visage ne nous apporte rien. C'est un masque figé, lisse, aux traits méconnaissables. Une sorte de statue. Néanmoins, compte tenu du bon état des dents, je lui donnerais la trentaine. Sachant que le phénomène d'adipocire a aussi vidé le corps de ses organes, nous ne pouvons nous en tenir qu'à des suppositions. Qu'en pensez-vous, professeur ?

— Je vous suis dans cette déduction.

— Merci.

Un hochement de tête, comme un salut de cabotin. Félicien renaissait de ses cendres et, tel un phénix, il apparaissait au meilleur de sa flamboyance.

— L'adipocire, dont la présence est surprenante à l'air libre, pourrait s'expliquer soit par un surpoids de la personne, soit par l'alliance conjointe d'un certain manque d'oxygène et d'un taux d'humidité élevé, ce qui correspond aux conditions du souterrain où nous l'avons trouvée. Il se peut aussi que tous les facteurs aient été présents, ce qui serait une chance pour nous, convenons-en, car le résultat nous offre un très beau spécimen !

Une hésitation.

— Oh ! Intéressant !

— Quoi donc ?

Dans un même geste, Lacassagne et Lecuyer se penchèrent, rejoints par Bellonnière qui avait choisi de travailler avec un appareil photo à pellicule, plus simple à utiliser en ces circonstances. Perrier, lui, tournait délicatement le cadavre afin de mieux observer l'épaule gauche.

— Qu'est-ce ?

— Je dirais une marque… un tatouage.

— Un tatouage ? s'étonna Lacassagne que le sujet fascinait. Je ne reconnais pas là une quelconque figure permettant d'identifier le dessin.

— Regardez mieux. Qu'avons-nous ?

— Une tache, lâcha Bernard, non sans un certain désintérêt.

— Oui, une large tache que la peau parcheminée a fait virer au bleu noirâtre.

Sous le coup de la surprise, le professeur s'exclama. Il venait de comprendre.

— Un tatouage frotté !

— Je le pense, oui !

— Ce qui signifie ? glissa Lecuyer.

Bellonnière, étonné lui aussi, se rapprocha.

— La marque de la sorcière.

Perrier s'était redressé en disant cela. De son côté, son mentor, intrigué, ne pouvait s'empêcher de toucher du bout du doigt cette empreinte étrange gravée dans la peau de leur cadavre. Il se saisit soudain d'une loupe et se pencha afin d'en détailler tous les contours.

— Il se disait jadis, se mit-il à expliquer avec le plus grand sérieux, au temps de l'Inquisition, que le diable donnait à toute sorcière novice une marque, soit avec ses griffes, soit avec ses dents. Elle était souvent située sur l'épaule gauche, mais on pouvait aussi la trouver sur le flanc ou même à l'intérieur de la cuisse.

— Vous plaisantez, je pense ? s'insurgea Bernard.

Le non qu'il reçut le figea sur place.

— Non ?

Il chercha sur le visage de son supérieur, pour qui il avait tant de respect, une grimace, le moindre signe qui pourrait le rassurer sur ses propos. Mais rien. Il le vit seulement se pencher avec un intérêt croissant au-dessus de ce tatouage pourtant insignifiant. Une large trace, sans forme particulière, de quatre bons centimètres de côté, comme un coup de lame indélébile, inscrit à jamais sur ce corps.

— Comment procédait-on ?

D'un regard sombre, Lecuyer fustigea celui qu'il avait pris pour un homme sage, et qui se révélait, lui aussi, un crédule, prêt à parler sorcellerie à l'aube du xxe siècle : Bellonnière.

— Mais vous êtes devenus fous, messieurs ? Cette dépouille, avec sa blessure somme toute banale, vous aurait-elle fait perdre la raison ? Les sorcières n'existent pas, et n'ont jamais existé ! Cette femme se sera blessée et, par manque de soins, la plaie aura gangrené en se tuméfiant.

Trois paires d'yeux se posèrent sur lui, alors qu'il énonçait son point de vue.

— J'aurais pourtant mis ma main à couper que si tu avais été en vie durant la Renaissance, tu aurais apporté ton fervent soutien à l'Inquisition. Réfléchis bien. N'aurais-tu pas, dans tes ancêtres, un quelconque pourfendeur du Mal ? Un brûleur de femmes ?

— Tais-toi, Perrier ! Tu dis n'importe quoi !

Un rire répondit à sa riposte que Lacassagne coupa de son éternel « Messieurs, un peu de sérieux », remise à l'ordre qui fonctionnait, puisque, une nouvelle fois, les belligérants se turent.

— Les sorcières ne sont pas des femmes au nez crochu et chapeau pointu chevauchant un balai les soirs de sabbat. Ce sont principalement des femmes de savoir, des herboristes manifestes. Des êtres refusant le carcan du mariage afin de rester libres. Bien entendu, ce n'est pas le diable en personne qui a griffé cette pauvre femme. Je pense à certaines pratiques traditionnelles, des mutilations symboliques. Le bras a été scarifié, puis on aura mis de l'encre et violemment frotté la plaie.

Il faisait de plus en plus chaud. Même si les pompes d'arrosage fonctionnaient sans relâche afin de refroidir les corps, les dépouilles des autres victimes, entreposées dans la salle adjacente, laissaient échapper une odeur fétide, que l'avancement de la journée rendait insupportable.

— J'ai une proposition à vous faire, reprit Perrier en remettant le cadavre dans sa position initiale. L'adipocire, comme nous le savons, frelate les résultats. L'enveloppe est bien conservée en apparence, mais les organes ont sans doute été dévorés par les insectes, et sont arrivés au dernier stade de dessiccation. Les autres mortes souffrent de la chaleur. N'oublions pas que, jusqu'à présent, elles bénéficiaient d'une température constante de quatorze degrés, dans le souterrain.

— Tu veux en venir où ?

Le jeune médecin accorda un long regard à son collègue, qu'il fit suivre d'un étrange sourire. Sa proposition n'allait pas plaire à Lecuyer. Et cette idée faisait naître en lui comme une sorte de jubilation intrinsèque. Non pas qu'il voulait nuire de quelque façon à son ami ! Simplement un besoin de défier, qui ne le quittait pas encore, malgré ses séances avec Freud.

— Je suggère que nous menions de front toutes les autopsies, afin de ne rien perdre des informations que nous pourrions trouver sur les défuntes.

Un silence suivit sa demande. Une sorte de silence religieux, peut-être imputable à la situation particulière, mais pas seulement. En fait, Lacassagne, en son for intérieur, songeait à ses obligations qu'il allait avoir du mal à repousser, Bellonnière, aux plaques qu'il devait développer et Bernard… La tête que fit

Bernard en dit long sur ce qu'il pensait de la suggestion. Félicien avait vu juste. L'idée de cohabiter, dans cette salle exiguë, avec cinq corps en décomposition ne le réjouissait guère.

— Bon plan ! tonna soudain Lacassagne, au grand dam de son étudiant. Je ne pourrai être des vôtres tout au long de ce marathon, mais je resterai parmi vous le plus longtemps possible.

— De même pour moi ! renchérit le photographe en acquiesçant. Pour rien au monde je ne voudrais perdre une miette de ce qui va suivre ! Toutefois, je partirai sans doute avant la fin.

De la tête, Perrier remercia, alors que son collègue s'écriait, aux prises avec une sorte de panique qui le faisait soudain bégayer :

— Mais… mais… vous êtes… vous êtes fous ! Bons pour l'asile ! Nous allons mourir au milieu de cette puanteur ! Et que dire des miasmes qui vont nous envahir ? Un peu de raison, s'il vous plaît !

Mais de raison, ses trois compères ne semblaient pas en avoir. Déjà, le professeur donnait l'ordre à Delaigue d'apporter des tréteaux et des planches. Par précaution, Bellonnière enduisit le dessous de ses narines de pommade de camphre.

— Rendez-vous donc utile, Lecuyer, et installez ces tables afin que nous puissions y déposer les dépouilles.

Perrier revenait avec des draps blancs qu'il étendait sur les plateaux. Les corps, cérémonieusement enveloppés dans des sortes de linceuls, furent enlevés des stèles de pierre qui leur servaient de reposoirs dans la salle d'exposition pour être transportés dans la pièce utilisée pour les autopsies.

Très vite, les cinq mortes se retrouvèrent alignées, étrange galerie funéraire érigée en l'honneur de la criminologie triomphante. Comme un grand ordonnateur, Félicien, au centre de la pièce, opérait. Mains en l'air, on aurait pu croire qu'il menait un curieux orchestre silencieux. Il irradiait.

— L'odeur est vraiment atroce. Elle passe la barrière du camphre, déclara le photographe.

Tout en baissant les bras, le jeune médecin fustigea du regard un Bellonnière soudain beaucoup moins enthousiaste. Il aurait voulu lui expliquer que dans ce genre de cérémonie, le silence était d'or. Mais il s'abstint et releva un à un les draps, découvrant des cadavres dans des états de décomposition plus ou moins avancés.

— Je suggère que nous prenions un corps chacun et que nous laissions le plus récent pour l'étudier en dernier. Tout comme le plus ancien que nous mettons en attente.

Perrier trouva la proposition de Lacassagne cohérente et l'accepta.

— Monsieur Bellonnière, nous comptons sur vous pour nous suivre dans tous nos gestes.

— Assurément ! répondit-il dans un hoquet.

Après avoir enduit, une nouvelle fois, sa lèvre supérieure de pommade de camphre, ce dernier ficela un torchon autour de sa tête en guise de masque et se mit en devoir d'immortaliser le surprenant ballet qui s'ordonnait, comme par magie, devant lui.

4

Irina avait tenu plus d'une demi-heure dans la position que la surveillante lui avait imposée. Puis elle s'était effondrée, terrassée par la fatigue, tétanisée, le souffle court et les muscles noués, durs comme de la pierre. Cela lui avait valu une douche glacée, tout habillée, sous laquelle on l'avait jetée, ses jambes ayant refusé de l'y conduire.

— Vous allez bien ?

La jeune femme ouvrit les yeux. Elle était prostrée dans un coin du chauffoir, en boule, encore dégoulinante. Une flaque d'eau l'entourait et Madeleine avait dû relever le bas de sa robe pour ne pas la mouiller en s'accroupissant auprès d'elle.

— Vous allez bien ? répéta-t-elle encore plus doucement.

— Je crois, oui. J'ai mal, mais ça c'est normal.

— Non, ce n'est pas normal !

D'une petite voix aiguë, elle s'insurgeait.

— Vous n'y étiez pour rien. C'étaient les autres ! Elles vous traitaient de…

— … gougnotte.

— Oui, c'est ça ! Gougnotte. Elles le criaient, mais vous, vous ne disiez rien.

Une gêne, soudain. Madeleine voulait poser une question, mais ne savait trop si elle pouvait se le permettre. Son éducation lui avait appris à ne pas assouvir tout instinct de curiosité. Elle prit toutefois une profonde inspiration, prête à se lancer, et son petit visage meurtri en devint tout rouge, contrite avant même de s'exprimer.

— Je voulais savoir. Que veut dire ce mot ? Gougnotte ?

Malgré la douleur, Irina ne put réprimer un sourire. Elle était charmante cette Madeleine, bourgeoise jusqu'au tréfonds de son âme. Inquiète comme un moineau. Apeurée comme une souris. Le parfait résultat d'une caste féminicide qui transformait ses femmes en des objets falots à poser, à sa guise, au bout d'une table, près d'une fenêtre ou devant un piano. Fières d'une progéniture qu'elles ne voyaient jamais, mais pour laquelle on les honorait comme service rendu à la riche société lyonnaise.

— Cela veut dire aimer les femmes.

Face à elle, son interlocutrice eut un petit hoquet qui lui fit incliner la tête sur le côté, comme ces petits chiens de compagnie dont on raffolait et qui amusaient la galerie.

— Mais n'est-ce pas là normal ? Aimer ses congénères ?

Tout en se redressant, la jeune journaliste osa, au risque de se faire surprendre et d'attirer une nouvelle fois les foudres de la surveillante, un geste vers sa compagne. Elle posa doucement sa main sur la sienne et la regarda dans les yeux. L'autre ne cilla pas. Attentive.

— Pas aimer comme tu l'entends, Madeleine. Mais aimer comme tu peux le faire avec ton mari.

L'évocation de l'acte sexuel, celui qui se faisait sous la contrainte afin d'avoir des enfants, eut pour effet de troubler la pauvre fille, qui en ouvrit la bouche comme un poisson rouge. Toutefois, elle ne bougea pas et surtout ne déroba pas ses doigts de la main qui les tenait.

— Vous… vous voulez dire que… que vous… avec… mon Dieu, mais ce n'est pas possible ! Tout comme un homme ? Mais comment faites-vous ?

— Pas moi, Madeleine.

— Ce n'est pas vrai ? Vous ne faites pas ça… avec…

— Non.

— Alors… Pourquoi ? Pourquoi disent-elles ces horreurs ?

Le dos contre le mur, Irina parvint à croiser les jambes, ce qui parut la détendre. Le mot qui lui vint en regardant Madeleine fut *oie blanche*. Et elle s'amusa aussitôt de tout ce charmant bestiaire qui lui était venu à l'esprit pour décrire sa nouvelle amie.

— Parce que c'est tellement simple de taper sur les personnes qui ne veulent pas entrer dans le moule. Qui ne veulent pas ressembler aux autres.

Elle fit une pause durant laquelle elle baissa les yeux.

— Mais aussi parce que certaines femmes, celles qui veulent affirmer haut et fort qu'elles n'aiment pas les hommes, portent des costumes et… et se font enlever les seins.

Elle avait dit la dernière phrase un peu précipitamment. Comme pour passer vite dessus et ne plus y revenir. Avec le souhait inavoué que sa voisine ne l'entende pas. Mais celle-ci avait bien suivi ce qui avait été dit. Et une vague d'effroi venait de lui ravager le visage, ne laissant après son passage que tristesse et incompréhension.

— C'est abominable ! Comment font-elles ensuite pour nourrir leurs enfants ?

En fait, toute à sa naïveté, la jeune femme n'avait rien remarqué lors du premier bain, le jour de leur arrivée.

— Madeleine… Madeleine…

Irina aurait voulu la prendre dans ses bras, émue par tant de candeur, mais une surveillante arrivait vers elles, et aussitôt elle retira sa main.

— File ! ordonna-t-elle à son interlocutrice, qui se releva comme piquée par un aiguillon invisible.

Mais déjà la furie fondait sur elles.

— T'as pas bien compris les soins qu'on donnait ici aux filles de ton genre ? aboya la nouvelle venue en brandissant une pogne large comme un battoir devant le nez d'Irina. Tu veux goûter de ça, peut-être ? Histoire de t'enlever l'envie de débaucher du monde ? Parce que moi, sans tous ces médecins qui disent que ça vient de la tête, je sais comment te la soigner ta déviance ! Si je te coupe la langue, t'auras plus jamais de quoi aller gougnotter, ma belle ! Je te le promets !

Puis elle poursuivit à l'adresse de Madeleine, qui, interdite, écoutait sans comprendre.

— Et toi, la bourgeoise, arrête de traînailler autour d'elle comme une chatte en chaleur ! Sinon, je vais m'dire que t'y trouves ton compte à te frotter de la sorte. À croire que tu voudrais bien qu'elle y descende au barbu. Allez, ouste ! Du vent ! Va prendre le soleil dehors pendant que je finis de régler son compte à ta glottineuse.

Madeleine, sans demander son reste, courut en direction de la cour. De son côté, Irina se raidit en attendant son nouveau châtiment qui ne tarda pas à venir.

— Il est l'heure de ta douche journalière prescrite par le médecin adjoint, annonça-t-elle non sans une certaine satisfaction.

Irina faillit lui faire remarquer qu'elle l'avait déjà prise peu avant, mais, d'une poigne puissante, la gardienne, large et haute comme un fort des halles, la soulevait déjà par sa natte, et la traînait du côté des douches.

— Au confessionnal ! ricana-t-elle en la jetant tout habillée à l'intérieur d'une sorte de placard dans lequel il était impossible de s'asseoir ou de se recroqueviller.

Au sol, un caillebotis en bois laissait voir une fosse dans laquelle devait s'écouler l'eau de la douche. Au-dessus d'elle, une vanne menaçante attendait d'être alimentée.

Mains à plat sur la paroi, Irina dut se plaquer tout contre afin que la surveillante puisse fermer la porte. Une odeur âcre de planches mouillées et de moisissure la saisit à la gorge. Elle ferma les yeux sans trop comprendre ce qui allait se passer.

Et soudain l'eau jaillit. Brutale. Glacée.

La violence du jet la secoua et elle hoqueta, mais, incapable de s'y soustraire, elle crut sa fin arrivée. Aucun son ne sortait de sa bouche. La sauvagerie de l'acte lui coupait la respiration. Affolé, son cœur bondissait, palpitait comme une furie, prêt à sortir par sa bouche. Aussitôt, son sang se gela. Sa tête menaça d'exploser. Elle la rapprocha de sa poitrine pour ne pas risquer la noyade et vomit l'eau entrée en elle ainsi que le peu de soupe avalée. Son estomac émit de douloureux soubresauts et répandit une bile aigre à la suite, ce qui la laissa pantelante et dévastée. Sous les coups de bélier de ses entrailles nouées, elle suffoquait sans pouvoir reprendre haleine.

Cassée. Terrassée. Écrasée.

Le jet incessant battait son corps de milliers d'aiguillons qui la pénétraient, la frappaient de leurs pointes d'acier. La taraudaient jusqu'au tréfonds de ses tripes. Un peu comme si quelqu'un l'avait poussée sous une tornade incessante de verre brisé qui aurait déchiré sa peau à force de frapper toujours au même endroit. Ses jambes ne la soutenaient plus, mais elle ne pouvait s'accroupir tant l'endroit était étroit et conçu pour obliger à rester debout.

Son supplice dura longtemps. Trop longtemps.

— Sors de là ! ricana son bourreau en ouvrant la porte et en la tirant au-dehors de la cabine.

Broyée. Ravagée, elle s'effondra sur elle-même, sans forces. À moitié évanouie.

— Avoue !

— J'avoue…

— Avoue que tu baises des filles.

Le souffle court, lourde de ses vêtements trempés, Irina essaya toutefois de s'extirper de cet endroit de mort et glissa sur les dalles visqueuses, tout en s'aidant de ses coudes et de ses ongles. Mais un large pied chaussé de brodequin le lui interdit.

— Avoue ou tu retournes au confessionnal !

L'idée de revivre ce calvaire déclencha une effroyable peur et elle urina sans pouvoir se retenir. Son sang se mit à battre fort dans ses tempes. Pour fuir au plus vite, ses doigts cherchèrent le moindre interstice pour lui permettre d'avancer. Dans un sursaut de dignité, elle tenta de se relever, mais son corps transi refusa de répondre. Tout en elle lâcha brusquement, et elle s'étala, vaincue, le nez contre le sol.

Sa tortionnaire en laissa échapper un rire tonitruant et moqueur.

— Avoue, espèce de gouine !

À l'ordre ne tarda pas de suivre la punition. Et ce même brodequin, si près, bien trop près, vint la frapper en plein côté, la retournant face au danger, comme une loque sans importance. Obtus, il tapa à nouveau. En plein ventre. Et Irina se retrouva sur le dos. Incapable de se défendre. Ouverte à toute violence. Exténuée. Vainqueur d'une bataille facile, le pied rageur savoura sa victoire et cogna, cogna encore jusqu'à ce que, fatigué de l'obstacle, il l'abandonna en l'enjambant.

5

Marie-Victoire empoigna la brosse en feutre avec détermination, et se mit à effacer le tableau noir avec de grands gestes larges. Au fur et à mesure de ses passages, ses écrits disparaissaient dans un petit halo de poussière blanche. La dernière leçon, tout d'abord. La table de neuf. La plus simple lorsqu'elle était posée. La plus dure à apprendre par cœur lorsqu'on n'avait pas compris la technique.

Maître Paulet, un des instituteurs des garçons, de l'autre côté de la cour, qui avait des vues sur elle, lui affirmait, avec un air sévère, qu'il ne fallait pas faciliter l'éducation des élèves en leur simplifiant l'apprentissage. Leur donner des codes pour comprendre n'était que les transformer en indigents incapables de se débrouiller dans la vie. Des êtres fats et libidineux se complaisant dans les jours chômés plutôt que dans l'action laborieuse. Le travail dans la douleur. Il n'avait que ce mot à la bouche. Aidé de sa précieuse férule, il voulait faire de ces têtes vides de parfaits ouvriers aptes à soutenir une économie en pleine mutation. Leur ouvrir l'esprit, mais point trop n'en faut ! Avec parcimonie. Afin de promouvoir de nouvelles générations de citoyens éclairés, portant haut les couleurs de la jeune République, prêts à venger l'opprobre causé par la défaite contre les Allemands, mais sachant tout de même rester à leur place.

Le discours était rodé, mais la faisait encore sourire.

Sous la brosse, la dernière morale du jour disparut à son tour : *L'ignorance toujours mène à la servitude.*

Et pour finir, la date : *Samedi 30 juillet 1898.*

Dimanche avait eu lieu la remise des prix et des diplômes du certificat d'études. Une belle cérémonie comme l'école communale, laïque, gratuite et obligatoire savait le faire. Sous le signe de la feuille d'acanthe et des lauriers.

Lundi, il avait fallu ranger.

Aujourd'hui, elle se consacrait au ménage de sa classe. Elle avait devant elle trente jours de vacances qu'elle allait dédier à l'alphabétisation des plus pauvres. Elle irait peut-être aussi prêter main-forte aux maîtresses des classes de maternelle, qui, elles, n'avaient pas de jours chômés – l'asile des tout-petits ne fermant que le dimanche afin de permettre aux parents de travailler.

Marie-Victoire était maîtresse d'école, grand-rue de la Guillotière. Sortie depuis trois ans de la voie royale, celle de l'École normale, elle terminait sa période pendant laquelle elle n'avait pas le droit de prendre un mari, et cela afin de vouer tout son temps à son nouveau travail.

À vingt-deux ans, elle avait eu de la chance. Contrairement à la plupart de ses collègues, elle n'avait pas dû faire ses armes dans un petit village de campagne, et devoir affronter une horde de gamins de tous âges, aussi bien garçons et filles ! Véritable gone de la Croix-Rousse, élevée sur les pentes de la colline, fille et petite-fille de canuts, elle aurait craint de se retrouver avec de petits paysans crottés parlant tout juste le français, indisciplinés et souvent absents. Et que dire du fait de vivre seule, si jeune, dans un endroit perdu où elle n'aurait connu personne ! Elle aurait eu très peur de quitter les siens, comme bon nombre de ses amies, obligées de se rendre dans un lieu bien souvent hostile, où elle aurait été certainement mal reçue, vu sa jeunesse et du fait qu'elle était une femme célibataire.

Heureusement pour elle, un poste s'était libéré sur Lyon de manière impromptue, et personne de qualifié pour y pourvoir ! Seulement des institutrices entrées par la petite porte ! Comme elle était bien notée, sa candidature avait été proposée au directeur. Et bien qu'elle fût novice, il avait accepté. C'était ainsi qu'elle avait pris sa charge, en début d'année scolaire. Un peu perdue, elle avait été lâchée dans cette classe surchargée de filles qui la maintenait dans sa ville natale.

Pas moins de soixante gamines pour ce cours élémentaire de seconde année, au lieu de la quarantaine préconisée par les hygiénistes, au moment de la construction des écoles communales ! Une pure folie qui la laissait souvent en profond désarroi et l'éreintait. Comment se sentir utile lorsque le plus important était de faire en sorte de réduire l'absentéisme, à une époque où les enfants de petite taille étaient encore utilisés pour passer sous les vieux métiers ? Elle en savait quelque chose, elle qui n'était pas devenue tisseuse grâce à une institutrice qui avait convaincu ses parents de ne pas la mettre au travail, mais de la laisser poursuivre l'école !

Dans un mouvement souple de son austère jupe noire, qu'elle assortissait d'un chemisier blanc fermé jusqu'au cou, elle sauta de son estrade et se dirigea vers le couloir puis vers la sortie. Sa longue natte attachée par un ruban, seule coquetterie qu'elle se permettait, tressautait joyeusement dans son dos. Contre le mur, elle tapa sa brosse qui laissa des stries blanches sur le crépi, toussota puis rentra à nouveau.

Elle avait tiré les rideaux de lourde toile beige, aussi faisait-il encore frais dans la classe, malgré la chaleur devenue excessive du jour au lendemain à l'extérieur. Les enfants, livrés à eux-mêmes durant tout le mois d'août, sur décision du préfet, n'auraient pas la chance de profiter de cet air respirable, loin des miasmes et des brouillards du Rhône. En haussant les épaules, elle eut un petit sourire qui lui ramena à l'esprit qu'elle non plus n'aurait pas ce plaisir ! Tout à l'heure, elle fermerait sa classe et en remettrait la clef au directeur, M. Veyet, qui en resterait le responsable jusqu'à la rentrée début septembre.

Trente jours loin de ses élèves.

Peine ou bonheur.

Elle soupira en lançant un regard circulaire sur cette salle qui remplissait, onze mois par an, cinq jours sur sept, sa vie. Étrangement calme, en la circonstance. Sa main glissa sur la surface lisse d'un des bureaux doubles aux bancs intégrés, fabriqués en un beau chêne robuste qui pouvait supporter toute tentative agressive d'un artiste en herbe. Suzanne, Roberte, Amélie, Étiennette, Marie… Elle pouvait donner les prénoms de toutes les filles qui s'y étaient assises. Comme elles lui manquaient déjà ! Leurs rires, leurs bavardages, leurs pleurs aussi. Une cacophonie harassante qui pourtant la nourrissait, elle qui avait fait « maîtresse » par vocation. L'épuisement pour un salaire de misère ! À peine cent francs. Tout juste de quoi payer sa pension chez sa logeuse. Toutefois, que de joie lorsqu'un de ces petits cerveaux se mettait à raisonner avec logique et dans la discipline ! Que de satisfaction lorsqu'une de ces filles sortait du lot, affirmant un éveil et un intérêt pour l'étude, que l'absence d'enseignement ne lui aurait jamais révélés !

Tout en circulant entre les trois rangées réglementaires de tables, elle ramassa les livres sagement posés sur le coin gauche, à l'opposé des encriers de porcelaine blanche encastrés dans le bois, et nettoyés par les élèves avant leur départ. Quel joyeux tintamarre cela avait été ! Comme le signal affirmé d'une fin d'année bien méritée ! Les filles en étaient ressorties les doigts tachés d'encre violette et les joues rouges, moment permissif pour lequel Marie-Victoire avait craint de se faire sermonner, tant elle avait eu du mal à contenir la fougue des gamines. Mais heureusement pour elle, le directeur n'avait rien entendu et la troupe était revenue, sans encombre, de la salle dans laquelle s'étiraient trois longueurs de bacs étroits en zinc, destinés au lavage des mains et alimentés en eau par une citerne.

Sa pile du *Tour de la France par deux enfants* – ouvrage de référence pour tous les écoliers apprenant à lire – convenablement calée au creux de son bras gauche replié, elle se dirigea vers la grande armoire vitrée installée au fond de la classe, tout près du poêle à charbon maintenant éteint. Elle y déposa deux par deux les livres, les rangeant à nouveau sur les étagères vides, puis en referma les battants, emportant avec elle une odeur désuète d'études à la lueur d'une lampe à pétrole, et de soirées studieuses.

Un ultime coup d'œil. L'ordre régnait. Pas un grain de poussière. Par un morceau de papier par terre.

Elle traversa, une dernière fois, la salle endormie pour un mois, fixa à l'aide de deux épingles son petit chapeau plat sur sa tête, enfila une jaquette sombre, sortit, et tourna la clef dans la serrure derrière elle. Puis elle prit le couloir qui longeait les autres classes, bifurqua et grimpa l'escalier de pierre, avant de frapper à l'unique porte de l'étage.

Une femme au visage empreint de nostalgie, chignon brun parfaitement tiré à l'arrière, fichu damassé sur les épaules malgré la chaleur, lui ouvrit et sourit.

— Bonjour, madame Veyet.

— Bonjour, mademoiselle.

Marie-Victoire eut une légère inclinaison polie de la tête. Face à elle, son interlocutrice s'effaça pour la laisser entrer.

— Vous prendrez bien un café ?

Anna Veyet, petite femme chétive de presque quarante ans, était l'épouse du directeur de l'école. Depuis quelques années, elle habitait, avec son fils Marcel et son mari Jean-Pierre, une petite maison chemin Saint-Gervais, plus confortable et disposant d'un jardinet. Cependant, comme la charge de son époux lui octroyait un logement de fonction à l'école, son beau-père y logeait à leur place. Et depuis le décès de sa belle-mère, la famille avait pris pour habitude de passer la journée avec le vieil homme, et de ne rentrer dans leur foyer qu'à la nuit tombée. Cela permettait à Anna de gérer l'entretien de l'appartement, et à son mari et à son fils d'être sur place pour le repas de midi.

— Mon beau-père a profité du beau temps pour emmener Marcel au parc de la Tête d'or. Quant à mon époux, il ne rentrera que ce soir. Nous sommes seules.

Marie-Victoire sourit à ces précisions qu'elle ne demandait pas, mais qui paraissaient tranquilliser son hôtesse. Elle-même timide et réservée, elle avait dû penser que l'absence des hommes de la maison aurait de quoi rassurer la jeune institutrice. Ce en quoi elle avait tort.

— Du sucre ?

La tasse en faïence posée devant elle s'était remplie, comme par magie, d'un liquide fumant qui attendait sur le coin de la cuisinière, dans une dubelloire[1], d'un beau bleu pâle, de laquelle Anna ôta la passoire qui contenait la chaussette pour le marc.

— Volontiers !

À l'aide d'une pince, l'institutrice attrapa un morceau de taille moyenne, et le fit glisser dans son café.

— Vous n'en prenez pas ?

À l'idée de boire ce breuvage, la femme eut un haut-le-cœur que Marie-Victoire identifia aisément. Tant de fois elle l'avait perçu chez sa mère qu'elle pouvait prédire, sans se tromper, que dans quelques mois, sept ou huit apparemment, l'occupante des lieux ne semblant pas encore devoir desserrer son corset, le directeur de l'école annoncerait un heureux événement ! Mais comme on ne parlait pas de ces choses-là avec des étrangers, elle se retint de poser la question.

— Je suis venue déposer la clef de ma classe. Tout y est en ordre, je crois.

— Parfait... parfait. Je la donnerai à mon époux.

Marie-Victoire tourna machinalement sa cuillère dans sa tasse. Mme Veyet n'était pas quelqu'un de très bavard, il était donc assez difficile de trouver un sujet de conversation convenant à la différence

1. Cafetière.

hiérarchique qui existait entre les deux femmes. Dame ! N'était pas épouse de directeur d'école qui voulait !

Loin d'être gênée, l'institutrice éprouvait cependant une forme d'impatience, ne sachant trop quoi dire ni de quoi parler. Son caractère enjoué la poussait généralement à plus de spontanéité, mais la retenue de son hôtesse lui ôtait tout naturel.

— Il fait très chaud, murmura-t-elle pour rompre le silence un peu lourd.

— En effet. J'ai toutefois gardé un châle sur mes épaules. Je crains que ces brusques changements de température soient néfastes à notre santé. Une maladie est si vite arrivée.

Quelques années auparavant, elle avait perdu un fils et en gardait de l'inquiétude face au mal qui frappait sans s'annoncer. Ce décès subit l'avait rendue anxieuse, ayant compris que la vie se jouait des êtres et aimait semer la mort sans prévenir.

Marie-Victoire reposa sa tasse. Le café était bon. Du vrai café sans chicorée qu'Anna devait moudre juste avant de le préparer.

— Bien, je ne vais pas vous importuner plus longtemps, et je vais prendre congé.

Tout en parlant, Marie-Victoire se retenait de bondir de sa chaise, tant elle avait hâte de partir.

— On m'attend, précisa-t-elle.

Ce qui était vrai.

Anna parut déçue, mais ne retint pas sa visiteuse.

— Je dois, de mon côté, préparer le repas du soir pour mon beau-père.

— Vous saluerez Monsieur le Directeur de ma part.

— Je n'y manquerai pas. Bonne soirée, mademoiselle Étienne. Et bonnes vacances.

L'institutrice acquiesça tout en se dirigeant vers la porte. Sur le palier, elle soupira, satisfaite de s'être acquittée de sa tâche. Plus rien ne la retenait à l'école.

Certaine d'être seule, elle dévala en courant l'escalier et déboucha dans la cour ensoleillée, surprise par la lumière qui soudain l'éblouit au point de l'envahir. Elle en tituba, ravie, et une joie merveilleuse l'inonda.

Sous le porche, elle prit sa bicyclette, cadeau de l'État pour être sortie première de sa promotion de la toute nouvelle École normale. Un bel engin rutilant dont elle s'était empressée d'apprendre le maniement.

Lorsqu'elle la voyait ainsi juchée, sa mère criait au scandale. Tout d'abord elle redoutait l'accident. Mais, plus que tout, c'était le qu'en-dira-t-on qui la gênait. Ne racontait-on pas que les vélocipèdes engendraient des satisfactions malsaines, préjudiciables à la bonne santé des jeunes filles qui pédalaient ? Déjà, elle l'imaginait tombant malade. Pire peut-être !

Cela faisait rire Marie-Victoire qui jugeait ces craintes d'un autre temps. D'ailleurs, elle avait prévu d'attendre encore quelques mois, que les choses se tassent, et achèterait une de ces nouvelles tenues excentriques – pantalon bouffant porté sur des bas, appelé bloomer et inventé par une Américaine de génie qui lui avait donné son nom – sous une jupe raccourcie. Tellement pratique pour pédaler ! Elle n'osait imaginer l'effroi de sa mère lorsqu'elle la découvrirait dans cet accoutrement et s'en amusait déjà par avance.

Tenant son vélo par le guidon, l'institutrice passa sagement le portillon puis, une fois dans la rue, enfourcha sa machine avec l'enthousiasme de la jeunesse.

6

Bellonnière venait de prendre congé et Lacassagne lui avait emboîté le pas, non sans leur rappeler qu'il était de leur devoir de dévoiler la vérité.

— J'aurai du retard pour développer les photos, avait expliqué le photographe en saluant. Je vais y travailler toute la soirée, et sans doute une partie de la nuit. Donnons-nous rendez-vous demain en fin de matinée, si vous le voulez bien. Docteur Lecuyer, je compte sur vous ?

Bernard avait accepté, trouvant là une bonne occasion d'utiliser, une nouvelle fois, sa bicyclette.

— Nous voilà tous les deux ! s'amusa Perrier lorsque les deux hommes furent partis. Comme au bon vieux temps !

— Il manque Irina..., bougonna son collègue. Comment peux-tu afficher un tel détachement ? Un peu de respect pour ces cinq femmes massacrées ! Tu ne ressens donc rien ?

Félicien sourit tout en recousant le corps qu'il avait choisi d'autopsier.

— Je suis un incorrigible cynique. Tu devrais le savoir.

Bernard le regarda en coin.

— Je le sais. Tu te moques de Lacassagne, n'est-ce pas ?

La question, à brûle-pourpoint, avait de quoi surprendre. Perrier continua à sourire d'un air étrange. Entre surprise et approbation.

— Puisque, comme tu le fais remarquer, nous voilà seuls comme au bon vieux temps, tu peux me répondre sans détour.

Le jeune médecin avait insisté sur le terme *bon vieux temps*, pour prouver à son interlocuteur que lui aussi pouvait être caustique.

— Ta maison à Montchat. Freud. Ta guérison miraculeuse digne de la grotte de Lourdes, reprit-il sur un ton un peu acerbe. De l'esbroufe ! Non ? Tu ne peux pas être devenu un homme modèle comme tu veux nous le faire croire ! Il doit bien y avoir, quelque part dans Lyon, une adresse où tu te rends ? Une pipe d'opium t'attend dans un endroit bien sordide. De ceux où tu aimes t'ébrouer, comme on se roule dans la fange.

Plus Bernard parlait, laissant ressortir son fiel, et plus le sourire de son ami s'étirait, presque prêt à se transformer en rire si les doutes exprimés continuaient à s'égrener.

— Et range-moi ce sourire ! On dirait un démon !

Toujours silencieux, apparemment indifférent à ce flot de reproches déversés, Perrier avait pris du recul, comme un artiste ; il contemplait le travail de couture qu'il venait de terminer.

Satisfait, il versa sur ses mains un peu de liqueur de sel manganique avec laquelle il frotta avec minutie ses doigts, avant de les essuyer sur un linge propre.

— Tu as fini ?

Il assortit sa question d'un regard fixe, de ceux dont il avait le secret et qui savaient déstabiliser ses interlocuteurs bien plus encore qu'une quelconque réponse. Lecuyer, transpercé, en tressaillit.

— Démon, oui ! grogna-t-il entre ses dents.

Dans un soupir, Félicien jeta la serviette sur une chaise, puis posément il recouvrit le corps qu'il venait d'autopsier de son drap blanc.

— Ça y est ? Tu vas mieux ?

Surpris par son calme, Bernard haussa les épaules, ne sachant plus que dire face à autant de détachement.

— Si nous passions, avant que la nuit tombe, à notre plus récente victime, afin de voir si nos résultats corroborent ce que nous avons déjà noté sur les autres corps ?

Déjà, Perrier retirait le linceul.

— Quelle chance ! Celle-ci est encore bien fraîche !

Le cadavre d'une jeune femme apparut. Malgré la mort et ses dégâts, elle laissait entrevoir le fait qu'elle avait dû être belle.

— Pauvre fille…

Contre toute attente, Félicien confirma dans un soupir.

— Son corps a été le dernier déposé sur le charnier. Son visage est méconnaissable, mais la dépouille est en meilleur état. Pressons-nous !

— Tout à fait, admit Lecuyer, que la tâche à venir semblait avoir calmé.

En quelques minutes, l'inconnue fut mesurée, son poids de base estimé, et les premières constatations relevées. Les dents étaient saines et, bien que cloquée, la peau d'origine ne montrait pas de marques. Seule la première victime présentait cet étrange tatouage !

— Je m'occupe de la laver, proposa Perrier, et pendant ce temps je te laisse noter tout ce que nous venons de constater.

Son collègue approuva et effaça un des tableaux afin de consigner les premières données recueillies. Temps que son collègue consacra à nettoyer entièrement le corps afin qu'aucune trace ou blessure ne leur échappe.

— Je suis prêt, le prévint-il lorsque cette tâche peu agréable fut terminée.

Malgré l'ingratitude de cet acte, il ressentait comme une jouissance céleste dont l'éclat se répercutait jusque dans son regard. Toucher la mort. L'apprivoiser. La faire sienne se transformait, chez lui, en office divin qui le transcendait et le rendait vivant.

— Race blanche. La peau est boursouflée, flasque et striée de veines noires. Les yeux ont disparu des orbites. Les orifices principaux ont déjà subi l'attaque des mouches à viande qui ont grignoté les pourtours, mais le temps très froid de ces dernières semaines a apparemment ralenti l'arrivée d'une nouvelle escouade d'insectes nécrophages. Les ailes du nez ont déjà fait les frais de cet assaut, ainsi que les lèvres. Avant le lavage, le corps était recouvert d'asticots de la quatrième génération d'insectes mangeurs de fromage. Notons, de plus, que le lieu où nous avons trouvé les dépouilles présente les conditions de conservation proches d'un tombeau, ce qui peut fausser notre jugement pour la datation approximative de la mort. Il faudra bien prendre en compte tous ces paramètres.

— Cela va de soi, renchérit Bernard. La température est quasiment constante dans cet endroit sous terre. Mais rien n'empêche les insectes de parvenir jusqu'aux dépouilles, même si cela les rend moins voraces. Poursuivons… La main droite est très abîmée jusqu'au coude. Peut-être une brûlure. Les tissus sont pratiquement inexistants et on voit l'os. Passons au dos.

À deux, ils retournèrent délicatement le corps afin de poursuivre leurs constatations.

— Ce que j'ai relevé en lavant cette femme se confirme. Une plus ample brûlure que la première, que je jugerais malgré la nécrose des tissus au troisième degré, occupe toute la partie postérieure de son anatomie. On dirait, même si cela n'engage que moi, qu'elle a eu le postérieur ébouillanté… ou brûlé sur un brasier. En témoigne la blessure unique et profonde avec destruction des parties.

— C'est immonde !

Un regard vers son collègue.

— Je le confirme.

Si la face présentait une apparence encore digne, le verso avait de quoi ébranler même les âmes les moins sensibles. Tout n'était que purulence et nécrose de la taille jusqu'au haut des cuisses, les tissus restants ayant subi l'attaque d'insectes se nourrissant de graisse fermentée.

— Quel est le monstre qui a osé faire cela ?

Dans le champ des possibles de la barbarie humaine, Perrier savait pertinemment qu'il n'y avait pas de limites. L'éventail était large, et tout ce qui était réalisable était encore sans doute à venir.

— Le plus surprenant, c'est que, malgré l'état des autres corps, nous avons découvert des traces suspectes qui nous poussent maintenant à confirmer le fait que toutes ces femmes ont subi la même torture.

— Tout à fait. J'ai pu constater sur la morte que j'ai étudiée plus tôt dans la journée des éléments tendant vers ce résultat.

Un court silence suivit cette déduction. Cette dernière autopsie allait les aider à mettre en lumière le calvaire que, l'une après l'autre, ces victimes avaient subi.

— Tueur en série ? proposa Lecuyer d'une voix un peu éteinte.

— Sans aucun doute possible, soupira son voisin.

Bien que le terme fût encore peu usité en France, cette dernière ne reconnaissant pas la récidive comme un rituel pouvant être coutumier, l'affaire Vacher commençait timidement à changer les mentalités. Mais, pour cela, encore faudrait-il trouver des moyens de communiquer entre chaque département de police, ce qui n'était pas acquis ! Seuls le télégraphe et le téléphone permettaient de relier des points les uns aux autres. Toutefois, fallait-il être au fait de ce qui se passait à l'autre bout de la France ? Et même si le bertillonnage établissait le profil de certains criminels, les fiches restaient dans les bureaux de ceux qui les avaient créées, sans véritable possibilité d'en avoir connaissance ailleurs.

Un frisson courut le long de la colonne vertébrale de Perrier et le fit tressaillir. Combien de meurtres non élucidés avant que vienne le temps où, tout simplement, les données s'échangeraient sans encombre[1] ?

Tout en réfléchissant, il avait ouvert le crâne du cadavre allongé devant lui et, pendant que Bernard

---

1. Il faudra attendre les années 1990 avec l'affaire de Guy Georges pour que cela soit réellement mis en place.

établissait les premières mesures du cerveau, il s'était penché sur le thorax et l'abdomen qu'il avait incisés du menton jusqu'au pubis, afin d'éviscérer en bloc.

Le temps pressait. Plus la chaleur devenait insoutenable dans cette pièce seulement ventilée par les vasistas situés en hauteur et plus certains éléments disparaissaient à tout jamais. Par conséquent, ils s'activèrent afin de terminer avant la fin du jour.

Lorsqu'ils trouvaient des éléments concordants avec les autres dépouilles, ils les notaient rapidement au tableau. Alors qu'il était affairé à nettoyer les poumons de la morte – du moins ce qu'il en restait – dans un baquet posé à proximité de la table d'autopsie, Félicien releva la tête avec surprise.

— Qu'y a-t-il ? demanda son collègue, qui s'apprêtait à recoudre la boîte crânienne afin de rendre la dépouille présentable.

— Un fait étrange. Pourtant, cela ne nous aurait pas échappé ?

— Quoi donc ?

— Des taches de Tardieu sur les poumons qui, de plus, sont étonnamment petits. J'ai noté aussi que les parois du cœur étaient teintées, ainsi que la trachée qui est d'un rouge-brun foncé.

— Et ?…

Perrier fronça les sourcils.

— Cette femme s'est noyée.

À l'annonce de la déduction du jeune médecin, les deux hommes eurent la même réaction de glisser leur regard de haut en bas du corps éventré.

— Aucun signe externe de noyade, affirma Bernard d'un ton péremptoire.

— Je le sais pertinemment. Toutefois…

— Toutefois ? La mort date, aussi impossible de relever les preuves habituelles de la submersion. À part ce que tu as vu, qu'y a-t-il de plus ?

— Rien de particulier, sinon la présence d'un liquide sanguin dans les cavités.

Un rire.

— Voyons, mon ami. Tu es en train de me soutenir que cette femme pourrait s'être noyée… sans s'être noyée ?

Félicien posa un regard sérieux sur son collègue. Il avait conscience que son hypothèse pouvait paraître farfelue, néanmoins, plus il y réfléchissait, et plus cette possibilité lui semblait envisageable.

— Cela s'appelle une noyade secondaire ou noyade sèche. J'ai déjà eu l'occasion d'observer un cas identique lorsque j'étais médecin en Haute-Loire. Un enfant était tombé dans l'Allier et il avait été sorti indemne de l'eau, au grand soulagement de ses parents. Le gamin a cependant perdu la vie trois jours plus tard. Après avoir vomi, il s'est étouffé et est mort à la suite. Lorsque je suis arrivé, prévenu par le père affolé, je n'ai pu que constater le décès du jeune garçon… par noyade. Il en présentait tous les signes, sans pour autant être retourné dans l'eau depuis son accident. J'ai voulu pratiquer une autopsie, mais elle m'a été refusée par la famille.

Attentif à ses explications, Lecuyer hocha toutefois la tête avec une mine suspicieuse.

— Sans avoir pu procéder à une nécropsie, tu ne peux affirmer avec certitude que la noyade était la cause du décès.

— De l'écume à bulles très fines, légèrement rosée, sortait de la bouche et du nez. Les paupières étaient baissées sans qu'un parent ait accompli le geste de lui fermer les yeux. Il avait bleui, mais la face demeurait très pâle, et son pénis était comme ratatiné.

— Ah, oui ? Vraiment ?

— Vraiment.

— Nous demanderons son avis au professeur.

— Cela va de soi.

— Cela me convient.

Rassuré, Bernard accepta de faire le point sur les découvertes du jour.

Ils en conclurent qu'en suivant la méthode créée par Pierre Mégnin, la présence de diptères et de coléoptères, attirés par la forte odeur caséique du cadavre, leur permettait d'établir que la mort remontait à trois ou quatre mois environ. La noyade en semblait la cause. De plus, de nombreuses tortures avaient été pratiquées *pre mortem*.

Des signes identiques ayant été découverts, dans la mesure du possible, sur les autres victimes décédées antérieurement, Perrier avait inscrit sur le tableau que des meurtres en série, perpétrés par un même individu suivant le même protocole, n'étaient pas à exclure.

Sur ce point, ils étaient tous les deux d'accord.

Lorsque tout fut terminé et rangé, Lecuyer serra la main de son collègue, remit ses pinces à pantalon sous l'œil goguenard de ce dernier, et enfourcha à nouveau sa bicyclette une fois revenu sur les quais.

7

— N'oubliez pas, mes sœurs, que pour réaliser enfin une République idéale, nous devons obtenir l'égalité complète des sexes ! À l'image de Hubertine Auclert, notre exemple, demandons la réforme du Code civil afin de ne plus être exclues, comme nous le sommes par tradition millénaire, de la sphère politique. L'avenir doit se faire pour nous et avec nous ! Refusons l'oppression et obtenons le droit de vote. Exprimons-nous ! Et refusons le mariage tant que celui-ci sera pour nous une prison. Et surtout, regroupons-nous en un conseil général qui permettra que toutes les unions départementales agissent de concert ! Qui est pour la création de ce conseil général ?

La salle était étroite et sombre. Peu de places assises devant l'estrade. Toutefois, tous les sièges étaient occupés et les participantes, enthousiasmées par la diatribe, levèrent la main pour la plupart. Des femmes. Rien que des femmes. De tous âges. Et de toutes conditions. Les ouvrières, les cheveux couverts d'un simple fichu sombre. Les domestiques avec leur coiffe impeccablement blanche. Les employées avec des bibis[1] printaniers. Les bas-bleus[2], reconnaissables à leur petit chapeau sobre et discret. Et les bourgeoises aux couvre-chefs enrubannés, mais qui savaient rester tempérées afin de ne point trop attirer l'attention, surtout en ces lieux.

— Vote à l'unanimité ! Je vous remercie, mesdames, et vous tiendrai informées de la suite de cette décision lors de notre prochaine réunion, mardi. En attendant, je vous souhaite une belle semaine sous le signe de l'indépendance !

Une salve d'applaudissements accueillit la fin du discours. Les participantes se levèrent par groupes.

---

1. Petits chapeaux à la mode.
2. Surnom donné aux « femmes savantes célibataires » qui choisissaient de ne pas se marier pour ne pas perdre leur liberté.

Marie-Victoire en profita pour se faufiler parmi ses consœurs afin d'atteindre le podium.

— Tiens, voici l'article que je devais écrire. Je profite de ton passage à Lyon pour te le donner. J'espère qu'il te conviendra. Nous nous revoyons la semaine prochaine ?

La jeune femme qui avait pris la parole durant la réunion lui sourit. Elle avait un peu plus que la trentaine et présentait un beau visage serein, qu'un doux sourire éclairait. Ses cheveux d'un blond chaud étaient soigneusement tirés en bandeaux ; elle portait une robe de ville assez simple, mais qui témoignait d'un certain goût pour les belles choses et les vêtements de qualité.

— Oui, je repars à Paris par le premier train, mais je serai de retour très vite, afin de vous donner des nouvelles de la capitale. Ton article paraîtra dans le prochain numéro de *La Fronde*. Je te descendrai un exemplaire afin que tu puisses le lire et le conserver.

— Je te remercie. Je suis très flattée. Très honorée aussi. Que tu me fasses confiance me touche beaucoup.

En entendant ces mots, son interlocutrice posa la main sur l'épaule de l'institutrice. Il y avait dans ce geste comme une reconnaissance tacite qui ne pouvait que gratifier la jeune fille. Elle en rougit de satisfaction.

Vingt-deux ans à peine, et voilà que Marguerite Durand, en personne, allait publier un de ses écrits dans les colonnes du nouveau journal qu'elle venait de créer six mois auparavant ! Sous un nom d'emprunt, profession oblige, Marie-Victoire allait y signer toute une étude sur le célibat souvent forcé des femmes intellectuelles qui, pour ne pas perdre leurs droits, prenaient la décision de ne pas convoler et de rester ce que l'on appelait ironiquement des *vieilles filles*. Le titre : *Le bas-bleuisme ou la capacité de l'esprit des femmes selon Molière* en disait, à lui seul, long sur le sujet.

— Je te laisse, Marguerite. Je veux rentrer avant la nuit.

Elles prirent congé par une accolade. L'institutrice rebroussa chemin et se faufila parmi ses congénères, afin de récupérer sa bicyclette laissée dans l'entrée de la salle.

Dehors, le soir tombait et le crépuscule était beaucoup plus avancé qu'elle ne l'aurait cru. Les lampadaires n'étaient pas encore allumés, et elle se demanda s'il n'aurait pas été plus sage de regagner son domicile à pied. Mais elle aimait prendre des risques quelquefois. De plus, le vent qui lui fouettait le visage lorsqu'elle pédalait lui était tellement agréable qu'il ne lui parut pas justifié de s'en priver.

Elle enfourcha son vélo et s'élança sur les quais. Sa longue natte claquait au vent et la douceur du soir flattait ses joues d'une plaisante brise humide. Elle en sourit et un peu rapidement, trop rapidement admit-elle le lendemain, elle bifurqua afin de s'engager sur la passerelle de l'Hôtel-Dieu.

Les portants en métal du pont suspendu lui cachaient la visibilité, et la moiteur remontant du Rhône rendait les pavés glissants. Sa roue avant tangua. Un courant électrique, celui de la peur, la traversa. Elle tenta de maintenir son équilibre en stabilisant son guidon.

En vain.

Bien trop occupée à gérer la situation périlleuse, elle n'eut pas le temps de réagir lorsqu'un homme, lui aussi à bicyclette, surgit face à elle. Dans un fâcheux bruit de ferraille, elle le percuta et ensemble ils roulèrent sur la chaussée et le trottoir, avant de s'écraser, corps mêlés, contre un des piliers de pierre.

8

Arrivé devant l'amoncellement d'os qui avait servi d'autel, Perrier effectua une sorte de génuflexion. Un visiteur surgi à l'improviste aurait pu croire qu'il saluait. Qu'il vénérait cet endroit macabre.

En fait, à y regarder de près, il scrutait le sol poussiéreux.

Depuis la veille, ses pensées n'avaient cessé de cheminer. Il posa le sac qu'il portait en bandoulière contre la paroi du tunnel, et en sortit un paquet de feuilles. Puis il se mit au travail.

Doucement, avec minutie, éclairé par sa lampe à huile, au fur et à mesure qu'il trouvait une nouvelle trace de pas, il la recouvrait d'une feuille. Une besogne titanesque qu'il fallait entreprendre en prenant garde aux moindres détails.

Lorsque des pas identiques étaient identifiés, il les effaçait.

Cela dura longtemps. Il progressait en se rapprochant de plus en plus de l'endroit où avaient été déposés les corps.

Bientôt, il fut au pied. Il avait isolé toutes les marques, et elles correspondaient entièrement aux semelles répertoriées, autant auprès de ses collègues que des brancardiers. Mais cela ne le découragea pas. Le meurtrier était minutieux, toutefois, il finirait bien par faire une erreur !

Avec le plus grand soin, il balaya le conduit en reculant. De sa main à plat, il effectuait un va-et-vient afin de faire disparaître toute intrusion, des pas identifiés jusqu'au vomi de Bernard. Il voulait un champ propre, vierge de toute souillure.

Puis il se releva satisfait.

— Tu penses à quoi lorsque tu déposes un corps ici ? D'abord, tu fais comment ? Tu le portes ? Si tu le portes dans les conditions extrêmes de ce labyrinthe, c'est que tu es fort. Suffisamment costaud pour enjamber les vides avec une femme morte dans les bras.

Perrier ferma un instant les yeux.

— Ainsi, tu es fort. Tu n'as donc pas plus de quarante ans. Probablement moins. Et puis, tu effaces tes pas. Magistral de penser à ce détail ! D'imaginer que quelqu'un puisse avoir l'idée de regarder les empreintes au sol. Tu es donc intelligent. Sans doute un peu au fait des avancées de la police criminelle. Tu t'informes. Tu apprends. Tu peux donc te remettre en question.

Félicien s'assit par terre, puis il éteignit sa lampe, et dans le noir, jambes repliées entourées de ses bras, menton sur les genoux, dos contre la voûte, il ne bougea plus. Dans cette posture, il cherchait à faire le vide en lui. À devenir *l'autre*.

Les liquides putrides qui s'étaient échappés des corps lors de leur déplacement viciaient encore l'atmosphère du tunnel. Il y régnait un mélange de mort et d'oubli. Mais cela ne le dérangeait pas. Au contraire, il s'en nourrissait afin de bien s'imprégner de ce que ressentait *l'autre*, quand il revenait.

Parce qu'il revenait.

Même s'il ne déposait pas un nouveau corps, il revenait.

— Bien entendu, tu es un homme. Une femme n'aurait pas le mental pour torturer ainsi d'autres femmes. Une tous les trois mois. Comment vas-tu réagir lorsque tu vas découvrir qu'on te les a volées ? Tes précieuses victimes. Tes trophées. Tu vas te mettre en colère et vouloir te venger…

Un silence.

— … ou au contraire, tu vas pleurer ? Comme on pleure un être cher.

Un soupir.

— Je finirai bien par le savoir, tu sais. Je finirai bien par te percer à jour. Parce que j'aurais pu être toi…

Le médecin posa la joue sur ses genoux et ne bougea plus.

Il ne parla plus, non plus.

Sa respiration devint même régulière.

Dans le giron de la terre, on aurait dit qu'il dormait.

Chapitre 5

Mercredi 3 août 1898

1

Lorsque Irina ouvrit les yeux, il lui fallut vingt bonnes secondes avant de comprendre où elle se trouvait. Engloutie par une obscurité crasse, rien ne lui était familier autour d'elle, et ce fut douloureusement qu'elle entreprit de s'asseoir avant de pouvoir, enfin, se lever.

Pourquoi était-elle là ? Qu'avait-elle fait pour mériter un endroit pareil ?

Des murs qu'elle devinait blanchâtres, griffés jusqu'à en déchirer le plâtre. Un sol glacé seulement recouvert d'un amas de paille nauséabonde. Et pas de lucarne. Aucun jour n'entrait dans cette pièce sinon un rai de lumière, simple trait rectiligne volé à une porte massive, fermée à double tour.

Il lui fallut, tout d'abord, vaincre la violence sournoise de la puanteur, avant de se concentrer sur les détails. Sa couche, pour commencer. Un simple bat-flanc scellé à hauteur de genoux. À tâtons, elle en imagina les contours. Pas de couverture. Pas de matelas.

Ses mains rencontrèrent ensuite le tissu froid et encore trempé de sa robe que plusieurs heures n'avaient pas réussi à sécher et elle renifla son odeur infecte.

Plusieurs heures ?

Qu'en était-il exactement ? Depuis quand était-elle là ?

Elle fit un effort pour tenter de regrouper ensemble tous les morceaux d'un puzzle, dont les pièces éparses s'évanouissaient au fur et à mesure qu'elle sollicitait ses souvenirs pour s'en saisir. La douche dans ce qui s'appelait le confessionnal. Conçu pour faire avouer. La seconde de la journée. Violente. Terrible. Traumatisante. Et puis ces coups de pied.

Elle se souvenait d'une voix qui disait :

— *Le plus sûr, c'est de les enfermer, ces tribades. Comme ça, elles foutent la paix à tout le monde ! Ça ne guérit pas, des femelles comme ça. Autant les oublier dans un trou.*

— Mon Dieu !

Elle était enfermée !

Enfermée dans un cachot !

L'absurdité de la situation la laissa pantoise et elle resta là, complètement vide. Incapable d'assimiler l'impensable. Et tout à coup, aussi démesurée que le souvenir des sévices, la peur jaillit. Roide. Infecte. Dérangeante. Elle se glissa, sournoise, dans le moindre interstice de tout son être. Envahit ses pensées. Se lova dans ses chairs. S'immisça dans ses viscères au point de les tordre, de les nouer, de les déformer. Pliée en deux, elle ne savait plus d'où provenait la douleur tant celle-ci irradiait dans tout son corps.

Et brusquement, ses sentiments se cristallisèrent en une litanie unique, obsédante : *Et si personne n'arrivait à la sortir de là ? Jamais…*

2

— Que vous est-il arrivé ? lui dit Bellonnière en voyant Bernard entrer dans sa boutique.

Dehors – l'été se rappelant soudain qu'il était temps, pour lui, de remplir son office –, la température était devenue insupportable. Sous son canotier, le jeune médecin suait à grosses gouttes. Ses larges mèches hirsutes collaient à son front rougi par la chaleur et de larges auréoles couronnaient son vêtement sous les bras.

— Rien. Trois fois rien.

Tout en disant cela, son regard se porta sur son bras gauche en écharpe que Félicien avait, en urgence, enveloppé de charpie[1].

— Je ne savais pas que la profession de légiste entraînait autant de risques, persifla son hôte en souriant. Un mort qui se serait révolté au moment de l'autopsie ?

Bien qu'un peu hermétique à l'humour, Lecuyer rit tout de même de la boutade, lancée avec finesse. L'atelier du photographe était frais et un peu obscur. Le changement d'atmosphère le surprit.

— Un stupide accident, hier au soir, lorsque je rentrais chez moi.

— À pied ?

— Non, à bicyclette.

— Vraiment ? Je le savais que ces engins pouvaient être dangereux. Demander à un être humain de maintenir, coûte que coûte, son équilibre relève de l'utopie.

— C'est une question d'équation entre la force de l'attraction terrestre et la vitesse.

1. Vieille toile servant à faire des pansements.

— Mais bien sûr ! Et c'est pour cette raison que vous voilà tout embugné[1].

Il avait quitté l'arrière de son comptoir et était venu serrer la main du nouvel arrivant.

— Je n'étais pas dans mes torts. Je rentrais tranquillement chez moi lorsqu'une jeune femme m'a percuté. Je sortais de la passerelle de l'Hôtel-Dieu.

— À pied ?

Bernard hocha la tête.

— Tout pareillement que moi, à bicyclette.

Un rire tonitruant accueillit ses précisions.

— De mieux en mieux ! Une femme à bicyclette ! Et pourquoi pas au volant d'une de ces nouvelles machines de mort qui avancent seules sans chevaux. Rien que le nom du moteur… à explosion… veut bien dire ce qu'il veut dire. Boum !

Et pour ponctuer son interjection, il eut un large mouvement de bras qui mima une détonation.

— Savez-vous que la bicyclette, tout comme la machine à coudre à double pédale, produirait chez la femme de graves troubles qui dérangeraient leur mental en les faisant… avoir du plaisir ? Comme si l'esprit féminin, déjà si étroit, pouvait se permettre de vaciller encore.

Puis, changeant de sujet, il retourna derrière son comptoir et tira d'une étagère une enveloppe dont il sortit des clichés.

— J'ai bien travaillé, plaisanta-t-il en alignant le résultat de ses tirages.

Une trentaine d'épreuves dérangeantes se dévoilèrent aux yeux de Bernard, qui ne put réprimer un frisson. La mort volée par le photographe

1. Cabossé.

et immortalisée à jamais sur le papier apportait un témoignage encore plus cru que la réalité. Tous ces corps décomposés, partis pour la plupart le matin même à la fosse commune afin d'être enterrés, resteraient figés pour la postérité.

— Ne trouvez-vous pas que la femme déroge de plus en plus à ses attributions premières ?

Bellonnière avait posé sa question à brûle-pourpoint. Son visiteur était encore perturbé par ce qu'il venait de découvrir.

— Plaît-il ?

Le jeune médecin avait sursauté à l'interrogation venue un peu brusquement. Toutefois, le sujet l'interpellait.

— Vous voyez bien ce que je veux dire.

Il voyait en effet. Le visage d'Irina, tellement dérangeante dans ses actes. Jusque dans ses paroles. Ce visage jadis aimé lui revint en mémoire. Oh ! Même depuis Clarisse, il l'estimait toujours. En ami. En frère. Toutefois, comme un frère qui protège, mais ne se garde pas de juger, il portait sur elle un regard quelquefois acerbe. Cette nouvelle lubie de se faire enfermer dans un asile ? Rien à voir avec les manières retenues qui seyaient à une jeune fille.

Il tiqua sur le « jeune fille » Il n'osait se poser la question de crainte de rougir. Mais l'était-elle encore ? Elle cachait tellement de choses ! Sa sœur, tout d'abord. Ses origines, ensuite. Quant à ses vêtements ! Pourquoi s'habillait-elle comme ça ? Quels vices masquait-elle sous ses tenues provocatrices ?

— Vous ne voulez pas me donner votre avis ?

Happé par ses pensées, Lecuyer semblait absent.

— Si… si… bien sûr ! Je suis d'accord. C'est certain ! La femme doit être le pilier central de la famille, et porter un regard affectueux sur tous, sans pour autant se mettre en avant, et placer son mari dans une situation difficile.

Un large sourire accueillit sa réponse.

— Toujours en retrait, mais toutefois présente.

— Oui, c'est cela ! Ma mère est ainsi. Elle gère la maisonnée tout en demeurant discrète.

— Et que pensez-vous de ces femmes ?

Bellonnière parlait des corps martyrisés.

— Nous avons, depuis la dernière autopsie, la certitude qu'elles ont subi les pires sévices. On les a torturées.

— Vraiment ? Et qu'en est-il de votre piste sur la sorcellerie ?

La tournure de la discussion avait de quoi surprendre, cependant, Bernard n'y attacha pas d'importance. Il était là, avec un homme intelligent, à parler de choses et d'autres. De plus, ce dernier participait plus ou moins à l'enquête, à travers son travail de photographe.

— Nous n'avons encore aucune piste. Seule la première victime avait ce tatouage que Lacassagne et Perrier ont identifié comme une marque distinctive. Les autres dépouilles étaient en trop mauvais état. Quant à la dernière, aucun signe sur elle.

— Et les décès ? Pouvez-vous maintenant les dater ?

Tout en parlant, le photographe s'attardait sur tel ou tel détail d'un des clichés, qu'il appréciait à la faveur de sa loupe. Rien de macabre dans ce geste. Seulement un besoin d'évaluer la qualité de son travail, à n'en pas douter.

— Nous les pensons à environ trois mois d'intervalle. Ce qui ferait remonter le premier meurtre à moins d'un an et demi… mais sans certitude ! Nous avons encore de nombreux éléments prélevés à étudier en laboratoire. De plus, nous devons nous concerter, Perrier, Lacassagne et moi.

Tout en continuant son étude minutieuse, Bellonnière acquiesça.

— Quelle passion remarquable que celle de vouloir faire parler des cadavres !

— Parfois dévorante. Voire même destructrice. Nous nous devons de dévoiler la vérité, comme le dit si bien notre maître. Sans se laisser perturber par elle.

Bernard avait baissé la voix en prononçant sa dernière phrase et son interlocuteur ne put réprimer un geste amical vers lui. D'instinct, il posa sa main sur la sienne, et la laissa un long moment. Par compassion, peut-être. Ou tout simplement par fraternité.

— Depuis que je vous ai rencontré, docteur, j'ai l'étrange sentiment que nous sommes un peu identiques tous les deux. Nous portons en nous les mêmes valeurs. Nous avons la même foi.

Sans enlever sa main, le jeune médecin releva la tête vers Bellonnière et lui sourit.

— Il est bon de connaître des personnes honnêtes et loyales comme vous semblez l'être, avec qui discuter devient un plaisir et non un rapport de force.

— Je partage votre avis, soupira le photographe. Faire confiance à autrui devient difficile, de nos jours. Nous en sommes à ne plus savoir à qui se fier.

Durant le moment d'hésitation qui lui servit de pause, il lâcha son visiteur pour se concentrer à nouveau sur ses épreuves en noir et blanc, qu'il tournait et retournait comme si elles possédaient le pouvoir de lui donner la force de continuer.

— Je ne sais… je n'ose pas vraiment. J'ai peur de vous effrayer.

— Non, je vous en prie. Dites !

— Voilà ! C'est compliqué. Je vous connais peu. Mais je vous fais entièrement confiance. Je ne sais pas pourquoi. C'est ainsi.

L'obscurité douce qui régnait dans la boutique de l'atelier incitait à la confidence. Bellonnière prit un air humble, puis se lança.

— Je fais partie d'un groupe. Des amis plus que des adeptes. Rien à voir avec la franc-maçonnerie dont les loges pullulent dans notre bonne ville de Lyon ! Non, plutôt un cénacle intime. Enfin, ce que je veux dire, c'est… voulez-vous en être ? Nous y défendons des valeurs qui vous sont, j'en suis certain, très chères.

Une belle satisfaction emplit Lecuyer en entendant cette proposition. Enfin, quelqu'un reconnaissait ses qualités ! Quelqu'un regardait dans la même direction que lui ! Il en fut touché au point de bégayer en acceptant son offre.

— J'en serais… tant… tant… et tant heureux…

Dans un élan spontané, une poignée de main vigoureuse scella cette entente, que le photographe conforta d'une accolade virile en contournant à nouveau son comptoir.

— Retrouvons-nous dès ce soir, disons vers vingt et une heures, devant la porte du 19 de la rue de la Bombarde. C'est un petit bouchon[1] où nous avons nos habitudes. Y serez-vous ?

— Mais bien entendu !

— Parfait ! Je vous y attendrai.

1. Restaurant lyonnais.

La discussion fut conclue par une nouvelle tape sur l'épaule valide, que Lecuyer rendit aussitôt à son nouvel ami. Puis il ramassa de sa main libre les clichés épars, les glissa dans l'enveloppe cartonnée qui leur servait de pochette et finit, comme à regret, par prendre congé.

Dehors, un vent brûlant l'accueillit et lui coupa le souffle. La lumière, bien trop vive après l'ambiance feutrée de l'atelier du photographe, lui fit cligner les yeux. Malgré tout cela, en rajustant son canotier sur sa tête, il ne put réprimer un sourire satisfait. Le sourire de l'homme qui, soudain, se sent important et a envie de le crier à la face du monde…

3

La discussion avait été houleuse et les mots employés, judicieusement sélectionnés avant de sortir de sa bouche, avaient dû se parer de la plus grande des flagorneries. Savoir se rendre agréables tout en étant convaincants.

Bien sûr, il avait dû aussi mettre la main à la poche. *Pour les bonnes œuvres de l'asile*, avait été sa phrase. Elle avait fait mouche. Sans doute son don n'arriverait-il jamais jusqu'aux *bonnes œuvres* de l'asile, mais là n'était pas son problème. Ce qu'il avait voulu obtenir – et avait obtenu –, c'était la libération d'Irina.

Au médecin adjoint, campé sur ses certitudes, il avait failli demander de rencontrer le médecin-chef. Mais très vite, en découvrant l'homme, il avait compris qu'une telle sollicitation serait accueillie comme un acte de lèse-majesté, et risquait fort de tout compromettre. Avec l'expérience, il avait appris à tirer parti des sots plutôt qu'à se les mettre à dos. Aussi avait-il usé d'indulgence envers ce comparse qui refusait toute discussion pouvant tenter de le dévier de ses certitudes.

Philémon Ducas était son nom.

— Mais vous rendez-vous compte, bien cher collègue, que la patiente que vous souhaitez remettre en liberté présente une dégénérescence spinale entraînant une déviance sexuelle d'ordre chronique l'encourageant à un tribadisme incurable ? Cela signifie qu'elle est dangereuse pour la société, mais aussi pour elle-même. Nous avons dû, moult fois, avoir recours à la douche glacée et à la compression des ovaires pour calmer ses ardeurs corruptrices, qui la poussaient à détourner du droit chemin bon nombre de ses compagnes d'infortune. Une de nos très jeunes patientes, de surcroît à quelques jours d'enfanter, a dû repousser avec vigueur ses avances et s'en est plainte à notre surveillante-chef du quartier des semi-tranquilles. De plus, il m'a été rapporté qu'elle se serait amourachée d'une toute nouvelle malade, qui nous a été confiée par son mari, celui-ci craignant qu'elle ne mette fin à ses jours. Tout cela nous a d'ailleurs encouragés à placer Irène de Landry en cellule, comme le préconise Pinel, pourtant connu pour son humanisme, et cela afin qu'elle ne perturbe plus, outre mesure, le bon ordre de son secteur. Comme vous le savez pertinemment, dans ce cas extrême seulement, le confinement permet de laisser ce type de malade plongée dans la saleté de son imagination abrutie, sans infecter les autres patientes. C'est ce que son comportement déviant nous a poussés à faire…

Lacassagne, les mains croisées sur sa veste d'été, tourna un regard insistant vers Irina, assise maintenant à ses côtés. Grobon n'avait rien pu faire et l'avait appelé au secours pour sortir la jeune journaliste du guêpier dans lequel elle s'était jetée toute seule.

Et il avait eu raison, car la manœuvre ne s'était pas avérée facile ! Il avait fallu toute la diplomatie d'un maître de chaire reconnu pour atténuer les griefs que le dénommé Philémon Ducas fomentait contre sa patiente.

— Je me porte garant.

Seule cette phrase – et le copieux bakchich versé – avait eu raison de l'obstination bornée du médecin adjoint.

Je me porte garant de cette folle.

Trois jours dans cet asile avaient considérablement amaigri la jeune femme. Les traits de son visage étaient tirés et d'énormes cernes noirâtres ombrageaient ses yeux étrangement enfoncés dans leurs orbites. Elle avait les lèvres sèches, comme si elle était déshydratée, et des marques bleuissaient ses avant-bras, qu'elle avait pudiquement recouverts des manches de sa robe quand elle avait intercepté son regard.

Ainsi, ce docteur pensait qu'un des piliers du trio, qu'il avait formé quelques mois auparavant, n'était en fait qu'une homosexuelle susceptible de semer le trouble autour d'elle, capable d'automutilations graves, voire de suicide ?

Un nouveau regard. Il la sentit frémir contre lui. L'étroitesse de la banquette du fiacre les rendait proches, et il parvenait à percevoir son trouble sans pour autant lui parler. Elle avait fermé les yeux, sans doute bercée par les cahotements de la voiture qui tressautait sur les pavés. Certainement épuisée, comme l'indiquait si bien son état physique.

Lorsqu'elle était apparue, deux surveillantes costaudes l'entouraient. Il frissonna à son tour. Non. La soutenaient. Oui, c'était le bon verbe. La soutenaient. Chacune d'elles la maintenait fortement sous les bras, et ses jambes, pantelantes, traînaient derrière elle, comme l'aurait fait un pantin désarticulé à taille humaine, que l'on aurait voulu déplacer. En pensée, il avait remercié son bon instinct qui lui avait dicté de ne pas venir accompagné de Perrier, comme ce dernier le souhaitait. Celui-ci aurait, en la découvrant, sans aucun doute possible, déclenché un scandale !

— Comprenez bien que si j'interviens en votre faveur – grâce absolument remarquable et à toute fin exceptionnelle –, je ne veux pas entendre parler de ce qui se vit dans cet asile. Nous sommes le meilleur établissement que vous pourrez trouver en France. Autonome, propre et organisé. Votre protégée est journaliste, nous le savons bien. Aussi, promettez-moi qu'aucun article ne viendra ternir notre renommée. Si elle sort, je la place sous votre entière responsabilité.

Ce que Lacassagne ignorait, c'était que son interlocuteur, en ne souhaitant pas attirer l'attention sur lui, espérait garder secret le petit trafic qu'il avait organisé au sein de l'asile, afin de satisfaire les bourgeois en mal d'enfants.

Méconnaissant ce fait, l'anthropologue avait donc promis.

— Un dernier conseil, cher collègue…

Lacassagne s'était arrêté sur le seuil.

— Si vous tenez à votre protégée, mariez-la ! C'est un des remèdes les plus efficaces que je connaisse pour ce genre de femmes qui refusent l'homme. L'acte marital sous la contrainte du serment lui apportera l'apaisement nécessaire. Je vous le promets. Dois-je vous citer notre très grand Virey qui disait que, privée de sperme, la femme reste proche de l'enfant ? Ce même enfant qui, une fois procréé, s'avère un remède souverain pour calmer les âmes les plus fantasques. N'oublions pas que ces dernières sont conçues pour cela. Ne contrarions pas la nature…

Le professeur avait hoché la tête avant de prendre définitivement congé.

— Comment avez-vous fait ?

Irina avait rouvert les yeux et avait tourné la tête vers lui. Doucement, il lui prit la main.

— Fait quoi, ma chère enfant ?

Elle se laissa aller contre le dossier du siège.

— Comment avez-vous fait pour me tirer de ce piège où je m'étais volontairement jetée ? Lorsque je me suis retrouvée dans cette cellule étroite et sombre, à même la paille, j'ai vraiment cru que j'allais mourir là, sans jamais pouvoir sortir.

Elle semblait tellement lasse. Un élan de pitié lui pinça le cœur.

— J'ai promis, murmura-t-il seulement.

— Vous avez promis ?

— Oui, j'ai promis sur mon honneur que vous ne parleriez jamais ni n'écririez quoi que ce soit au sujet de l'asile.

— Comment ?

La révolte, dans un sursaut, la fit se redresser et elle toisa son sauveur, sans se rendre compte, sur l'instant, qu'elle lui devait la liberté.

— C'était ça ou votre enfermement à vie.

Les yeux éperdus, elle le dévisagea, intensément. Entre douleur et reconnaissance. Puis se laissa à nouveau tomber contre le dossier en cuir du fiacre qui la ramenait à la civilisation. Trois jours. Trois longs jours de souffrance pour en arriver à jurer qu'elle garderait le silence !

— Soit, dit-elle seulement.

Puisqu'il en est ainsi…

4

Après l'accident de bicyclette qui lui avait enlevé l'usage de son bras gauche pour certainement un long moment, Bernard avait fait prévenir Félicien qui, fort heureusement, était de retour à la morgue. Un passant, témoin du carambolage, avait servi de coursier.

— Comment allez-vous, ce matin ? demanda Perrier en poussant la porte.

Marie-Victoire tressaillit en voyant entrer son hôte dans sa chambre.

— Bien, grâce à vous, fit-elle en rougissant, esquissant un sourire.

Il fallait admettre qu'il était beau. Oui, beau. Elle osait se l'avouer, là, tout au fond de son cœur. Beau comme un demi-dieu, de ceux qui illustraient les gravures un peu niaises de ces livres pour dames que l'Éducation nationale lui interdisait de lire. Des romans à l'eau de rose qui fleuraient bon les envolées de sentiments, à l'ombre d'un saule au bord d'une rivière, mains emprisonnées l'une dans l'autre, regards éperdument amoureux.

Tout en sentant une vague chaude envahir son corps, la jeune fille remonta pudiquement le drap jusque sous son menton.

Si Lecuyer s'était seulement démis l'épaule, sans doute grâce à sa haute taille et à sa stature athlétique, Marie-Victoire, quant à elle, avait eu beaucoup moins de chance. Une commotion l'avait laissée, quelques instants, inconsciente, ses genoux étaient bien écorchés et elle présentait une méchante blessure sur le côté du crâne. Accouru à son secours, Perrier avait décidé de la garder chez lui, en observation, jusqu'au lendemain afin de prévenir toute complication.

— Une chance que vous ayez eu cet accident avec un médecin, ironisa Félicien en ouvrant grand la fenêtre. Sinon, vous étiez bonne pour un mouroir où l'on vous aurait laissée mariner entre une phtisique et une scrofuleuse.

Marie-Victoire tressaillit à ces mots.

— Jamais je ne pourrai vous montrer l'étendue de ma reconnaissance.

La réponse l'amusa et il la gratifia d'un de ses sourires enjôleurs, presque voraces, dont il avait le secret, et qui la laissa toute frissonnante. De l'amour et de ses secrets, elle n'avait aucune expérience. Aussi était-il très facile, pour lui, de jouer avec elle.

— Je vois que Rose vous a monté un petit déjeuner. Avez-vous mangé au moins ?

D'un coup d'œil qu'il voulut doctoral, il détailla les restes sur le plateau.

— Pas trop sérieux, tout cela ! Il faut que vous preniez des forces !

Il interprétait son rôle à la perfection et elle ne pouvait qu'être séduite.

— J'espère que vous ne m'en voulez pas trop de vous avoir forcée à dormir ici. Mais je craignais que votre commotion ne soit plus grave, et il fallait donc que je vous garde en observation.

Tout en parlant, il avait pris son poignet et tâtait son pouls.

— J'ai aussi recousu votre blessure à la tête. Ne vous inquiétez pas. J'ai travaillé très proprement et la cicatrice disparaîtra vite sous votre chevelure.

Un sourire. Un regard sur les points. Pour parachever son observation qu'il voulait méthodique, il tira sur la paupière inférieure et observa le blanc de son œil. Puis, dans l'élan, lui fit tirer la langue.

— Fort bien. Fort bien. Cela eût été dommage qu'un boucher abîmât un si joli minois.

Il en faisait trop. Emballé dans son jeu comme un cheval dans sa course. La faute à qui ? La veille, Lecuyer avait trouvé la jeune fille agréable. Agréable ? Dans la bouche de son janséniste d'ami, cela frisait presque l'indécence !

— Maintenant que vous allez mieux, je peux vous demander ce que vous faisiez sur la passerelle, de plus à bicyclette, à la nuit tombée ?

Elle militait pour les droits de la femme, mais face à lui elle perdait toute notion d'indépendance. La responsabilité en revenait, sans doute, à toutes ces générations de femmes soumises qui, avant elle, avaient ancré dans ses cellules le concept de l'infériorité et de la révérence face à l'homme souverain. Ah ! Comme elle exécrait ces sentiments qui la portaient à rougir et à se pâmer, alors qu'elle aurait voulu faire face avec aisance !

— Je... je...

Voilà qu'elle bégayait !

Son regard se porta sur une de ses mains qu'il maintenait toujours sur son bras et sur ses doigts qui délicatement effleuraient sa peau. Un courant électrique grimpa le long de son échine, envahit son corps et se perdit dans son ventre où il irradia une douce tiédeur qui la troubla.

Alanguie soudain, elle se sentit stupide, et elle s'éclaircit la voix afin de poursuivre.

— Je revenais d'une réunion après le travail.

— Vous travaillez ?

— Oui. Pourquoi ?

— Comme ça. Je vous imaginais plutôt jeune demoiselle brodant son trousseau en espérant le prince charmant.

— Je n'en ai pas les moyens.

— En auriez-vous l'envie ?

La question, plus qu'étonnante, la troubla.

— Non.

— Belle réponse qui me rassure. Je n'aime pas les brodeuses, et encore moins les princes charmants.

Il avait dit cela en lâchant son poignet et aussitôt elle se sentit orpheline de sa peau.

— Vous n'êtes pas un prince charmant ?

Un haussement d'épaules.

— Plutôt le grand méchant loup.

Dans une sorte de pirouette sur lui-même, il s'éloigna du lit.

— Mais vous, que faites-vous ? Petit chaperon rouge ?

L'étrangeté de son hôte avait de quoi la surprendre. Toutefois, au lieu de l'effrayer, il l'attirait. Comme un papier collant sur lequel la mouche tenait irrésistiblement à venir se poser. Et comme elle, tout la poussait à fuir, pourtant, elle n'arrêtait pas d'approcher. Jusqu'au piège final.

— Je raconte en effet des histoires à de petits enfants heureux de m'écouter.

Un nouveau demi-tour sur lui-même et un cri :

— Vous êtes maîtresse d'école !

— Gagné !

D'enjôleur, le sourire devint carnassier.

— J'adore les femmes maîtresses… et encore plus d'école ! Mais voyons, une institutrice qui fait de la bicyclette à la nuit tombée. Est-ce sérieux ? Lorsqu'il va savoir cela, Lecuyer ne va pas s'en remettre.

— Lecuyer ?

Il rit bruyamment.

— Oui, Lecuyer qui fait de la bicyclette. Ce n'est pas banal, convenez-en ! Mais à voir l'état dans lequel il vous a mise, monture pour monture, la maîtrise n'était pas au rendez-vous !

— Vous parlez de l'homme qui arrivait en face de moi et que j'ai percuté ?

— Tout juste ! Lecuyer. Non pas dompteur de chevaux, mais médecin de son état ! Et cycliste aussi.

Elle hocha de la tête, happée par ce curieux dialogue.

— Il n'y est pour rien. J'ai dérapé sur les pavés humides.

Une grimace accueillit son propos.

— Apprenez une chose, c'est que Lecuyer, qu'il vente, qu'il pleuve, qu'il neige, qu'il fasse beau, a toujours tort.

— Pourquoi donc ?

— C'est ainsi ! Il aime porter sa peine comme un forçat ses chaînes. C'est un idéaliste. Pour lui, tout est blanc ou noir. Ne lui dites surtout pas que vous vous sentez responsable, il en serait courroucé. Et un idéaliste courroucé peut s'avérer dangereux.

Parler pour parler. Il disait n'importe quoi et se plaisait à s'entendre. De longs mois durant lesquels il n'avait pu être lui-même. De longs mois à croupir. À se détériorer. Mais maintenant, il se sentait mieux !

— Ah, j'entends la porte d'entrée s'ouvrir. Ce doit être lui. Reposez-vous encore. Je vous laisse.

Et il sortit, comme au théâtre, la laissant se débattre avec ses sentiments.

Une fois dans le couloir, il fut pris comme d'un vertige. Inexplicable. Douloureux et plaisant. Un peu comme s'il tenait le monde entre ses mains. Il se redressa et dévala l'escalier avec la prestance d'un gymnaste. De ceux que l'on voyait sur les calendriers des Postes et des Télégraphes. La moustache conquérante. Le regard droit. Les cuisses moulées dans un justaucorps à bretelles. Les muscles saillants sous un petit marcel.

— Rhaaa…

Dans le hall, contre toute attente, ce ne fut pas Bernard qu'il découvrit, mais Lacassagne en personne. Il était accompagné de… Petit pincement de cœur.

— Irina !

Elle leva la tête vers lui. Il lui restait quelques marches à descendre, et il eut le même choc que lorsqu'il l'avait aperçue dans cette ruelle puante de Londres. Cependant, ce n'était plus lui qui gisait, agonisant et sale, mais bien elle qui semblait dévastée. Il en fut saisi au point de s'immobiliser un instant.

— Irina…

Lacassagne, pressé de la sortir des griffes du Vinatier, ne lui avait pas laissé le temps de quitter la tenue de l'asile. Celle-ci ne l'avantageait pas. La robe, fripée et trop courte, dévoilait, sous le jupon rouge qui dépassait, ses chevilles sur lesquelles tirebouchonnaient des bas distendus et ses pieds chaussés d'espadrilles éculées. Le tablier, dans lequel elle était enroulée, l'amaigrissait et sa longue natte à moitié défaite la faisait ressembler à une souillon d'auberge. Elle semblait épuisée et, sans nul doute possible, elle l'était.

En deux bonds, il fut sur elle et sans retenue la saisit dans ses bras. Lacassagne, de surprise, en sursauta, cependant que la jeune journaliste ne pouvait réprimer un mouvement de recul.

— Tu as mal ?

Il ne lui laissa pas le loisir de répondre et déjà auscultait ses bras bleuis. Fatiguée, elle se laissa faire et il la conduisit dans le grand salon où il la fit asseoir. Une grande émotion l'étreignait. Comme s'il avait failli la perdre et qu'il se reprochait de l'avoir laissée prendre des risques. Son double. Son alter ego. Et au fur et à mesure qu'il découvrait ses ecchymoses, il savourait le plaisir trouble de la retrouver.

— Je vais te garder là, dit-il. Tu ne peux pas rentrer chez toi.

Tout en parlant, il songeait à Marie-Victoire, en haut dans la chambre. Deux femmes sous son toit ! Il imaginait déjà la tête de Lecuyer en apprenant la nouvelle. Dans un élan fougueux, il tira un cordon dans un coin de la pièce. Au loin, sans doute à l'office, une sonnette tinta. Aussitôt, Rose apparut en bougonnant.

— Pouvez-vous m'apporter une chemise propre et un pantalon, s'il vous plaît ?

Un coup d'œil vers les jambes d'Irina et avec un sourire il ajouta :

— Long, le pantalon.

Loin de comprendre à quoi correspondait la nouvelle lubie de son patron, l'employée de maison se renfrogna et dans un aboiement rauque grommela :

— Vous avez l'intention de vous changer dans le grand salon ?

— Non, c'est pour mademoiselle.

Rose, obstinée, détailla la nouvelle venue.

— Un pantalon ?

— Un pantalon.

— Pour la demoiselle ?

— Pour la demoiselle.

Sans plus de commentaires, elle s'éclipsa pour revenir quelques minutes plus tard avec le linge demandé sur le bras.

— Si vous voulez être tranquille, aboya-t-elle sans regarder Irina, venez plutôt dans le petit salon à côté. Ce sera plus intime que devant ces messieurs.

Et tout en parlant, elle avait ouvert une porte communicante, et s'effaçait pour permettre à la jeune femme de passer.

Avec effort, Irina s'était levée du fauteuil, voûtée comme aurait pu l'être une vieille, percluse de rhumatismes. Elle suivit la bonne de Félicien sans un mot, heureuse toutefois de se débarrasser enfin des oripeaux de l'asile.

— Elle est un peu bourrue au premier abord, expliqua Perrier en s'adressant à Lacassagne, mais en vérité c'est une belle personne.

— C'est souvent sur ce genre de femmes, vaillantes et intègres, que nous pouvons compter, renchérit ce dernier en hochant la tête.

Il n'avait pas fini de parler que déjà Rose passait la tête en râlant.

— C'est pas Dieu permis une chose pareille, marmonna-t-elle en jetant un regard assassin à son patron. Ça se dit médecin, mais ça ne sait même pas soigner. Dans quel état qu'elle est, la petite dame ! Ah, vraiment !

Puis elle disparut comme elle était apparue, avant de se diriger vers le petit salon avec des piats[1], un

1. Chiffons.

nécessaire de couture et une bouteille bleue que Félicien identifia comme étant de la teinture mère d'arnica.

— Je vous jure ! Ça… médecin ?

Un haussement d'épaules courroucé et, une nouvelle fois, elle s'enferma avec Irina.

Lorsque le calme fut revenu, Perrier, en hôte attentif, disposa des verres sur un guéridon et entreprit de servir un cordial à son visiteur. Lacassagne semblait vouloir parler, mais c'était un peu comme si une sorte de pudeur le retenait. Apparemment, ce qu'il avait à dire était délicat et il craignait d'en aborder le sujet.

Un silence un peu lourd s'établit entre les deux hommes, seulement entrecoupé par les bruits qui provenaient de la pièce d'à côté. Soudain, tout en reposant son verre vide, le plus âgé se lança :

— Savez-vous, murmura-t-il sur le ton de la confidence, que le médecin adjoint du Vinatier, un certain Philémon Ducas, considère notre amie Irina comme une déviante sexuelle ?

L'annonce fit frémir Félicien, qui faillit renverser la carafe contenant l'alcool d'un geste maladroit.

— Ce qui signifie ? demanda-t-il d'une voix éteinte.

Le professeur s'accorda un temps avant de répondre. Son éducation lui rendait parfois difficile la prononciation de certains mots.

— Qu'elle présente une propension à des vices contre nature.

Perrier ravala sa salive. Ce que Lacassagne lui annonçait dépassait l'entendement.

— Une…

— … saphiste.

— C'est bien cela.

L'annonce, brusque et inattendue, dévasta Perrier, qui dut se raidir pour ne pas trembler. Ce pouvait-il qu'Irina connaisse, tout comme lui, les affres d'un penchant caché ? Avait-elle dû combattre les inclinations de son corps vers cet autre de son sexe, qui ne lui était pas destiné ?

Non.

C'était impossible ! Lacassagne se trompait. Car l'inverti, c'était lui !

— Ce médecin est une triple buse qui ne sait même pas ce qu'il raconte ! Un aliéniste. Croire un aliéniste ? De ceux qui pensent que toute femme est folle ! Hystérique par nature. Sur quoi se fonde-t-il ? Quel élément avance-t-il pour étayer ses médisances ?

— Un fait certain.

— Quel fait dont je ne connaisse pas l'existence ?

Le ton montait, car cela ne pouvait être.

— Je comprends votre trouble, mon ami. Irina vous est proche et certaines informations sont toujours délicates à entendre. Mais voilà... Elle a... comment vous dire ?

— Dites ! Vite !

La fraîcheur ambiante, entretenue par les persiennes que Rose avait tirées, était propice à la confession. Installé dans une bergère aux arabesques délicates – du pur style nouille, à n'en pas douter –, Lacassagne se mit à tapoter le dessus d'une table basse du même acabit. Il n'aimait pas diffamer, toutefois le sujet était assez sérieux pour qu'on s'y penchât avec gravité.

— Vous connaissez de nom, je suppose, Mathilde de Morny ? La célèbre fille du duc ? Afin de se sentir homme à part entière, celle-ci aurait demandé une ablation de ses seins. Et certains avancent même qu'elle aurait subi une hystérectomie.

— Grand bien me fasse si elle préfère vivre ainsi !

— Oui, j'en conviens. Quoique…

Le *quoique* se perdit dans un soupir, que Félicien ne se permit pas de juger tant entendre la suite lui paraissait plus important que les états d'âme de son mentor.

— Au but, que diantre !

Le regard de chien battu de son interlocuteur lui fit penser que cette fameuse suite n'allait pas lui plaire. Ce en quoi il ne se trompait pas.

— Voilà… Irina aurait, je dis bien *aurait*, car personne ne m'en a apporté la preuve, aurait subi la même ablation des seins. Pour… c'est gênant de parler d'elle en ces termes… sans doute, d'après le médecin adjoint, sans doute dans le but de… de singer les hommes.

Tout à la douleur d'avoir accouché de sa révélation, Lacassagne ravala bruyamment sa salive et épongea son front d'un vaste mouchoir bleu brodé à ses chiffres.

— Impossible !

Presque un cri.

— C'est pourtant ce qu'il m'a confié. Il m'a dit aussi que, dans le cas d'une femme refusant l'homme, le plus simple encore était de la marier. Enfanter pourrait la guérir de ses penchants funestes.

Il baissa la tête pour marmonner :

— Enfin, s'il n'est pas trop tard et que le pire n'a pas été fait.

Il parlait d'une possible ablation de l'utérus.

Comme un coup de massue qui l'aurait laissé chancelant, la révélation outrancière de son voisin tapait dans la tête de Félicien. Son sang battait violemment dans ses tempes. Il en ferma les yeux.

— Irina n'aurait jamais fait une telle chose !

— Qu'en savez-vous ?

Il frémit.

Qu'en savait-il en effet ? Que savait-il d'elle au juste ? Ce qu'elle avait bien voulu dire. Un mélange de vérité et de boniments. Une image frelatée qu'elle affichait, mais qui ne la représentait pas. Son accent polonais du début ? Artifice ! Sa jeunesse ? Invention ! Jusqu'à son nom qui n'était pas le bon ! Et cette sœur, Clarisse, qu'elle leur avait cachée… tromperie !

Un souvenir surgit soudain, sans prévenir. Le nouvel an. Irina était prise à partie par un groupe d'hommes avinés[1]. L'un d'eux la tripotait et elle appelait Félicien au secours. Mais il ne bougeait pas. La peur le tétanisait. Le faisait reculer. Des mains indécentes s'emparaient d'elle. Cette remarque. Que disait un de ces hommes déjà ? Le plus entreprenant. *T'es ben plate !* Il avait cru que c'était un garçon travesti pour faire la fête.

Un garçon…

Et ces vêtements masculins qu'elle s'obstinait à porter, choisissant de séjourner en prison plutôt que de les quitter ? Lui-même trouvait ce geste amusant. Comme un caprice. Tout comme l'idée que quelquefois elle avait pu… préférer la compagnie des femmes. Un jeu. Une sorte de Colette. Une forme de provocation. Quelque chose d'émoustillant. Même pour lui, il devait l'admettre.

Mais se faire opérer ? Risquer sa vie pour ne plus être une femme ?

1. Voir *Les Suppliciées du Rhône.*

Comment, lui, son ami, son proche, avait-il fait pour être autant aveugle ? Pourquoi ne lui avait-elle jamais rien raconté ?

De rage contre lui-même, contre Irina et contre Lacassagne qui colportait des racontars infâmes – c'était certain –, il se leva d'un bond, traversa en trombe le vestibule et s'engouffra dans le petit salon dont il franchit le seuil sans y être invité.

Debout près de Rose qui défaisait l'ourlet d'un pantalon, Irina attendait, vêtue d'une simple chemise blanche. La surprise la figea sur place, lorsque le médecin entra.

— Tu es folle ? Pourquoi avoir fait ça ? Pourquoi ne m'avoir rien dit ?

Les propos tenus par l'intrus auraient pu la terrifier, mais, le premier moment de stupéfaction passé, elle comprit de quoi il voulait parler. Sans un mot, elle planta ses yeux dans ceux de Félicien, le harponnant pour ne pas le perdre. Et ce qu'il y vit le glaça.

Et cependant qu'un étrange sourire naissait sur son visage, dans un geste théâtral, tout en reculant, elle tira sur les pans de son vêtement dont elle fit sauter, un à un, les boutons.

Deux immondes virgules boursouflées apparurent à la place de ses seins, alors qu'une cicatrice grossière s'étirait au-dessus de son pubis, barrant son ventre d'un trait grotesque.

— Tu parles de ça ?

De stupeur, Félicien bondit, comme brûlé. Il ne pouvait plus détacher son regard du corps maltraité de la jeune femme.

— Bon Dieu !

Il cherchait que faire, que dire, comment réagir, mais déjà Rose, telle une harpie, se précipitait sur lui afin de le sortir de la pièce.

— Elle m'a tout raconté. Pensez-vous qu'elle avait besoin d'écouter vos reproches ?

Interdit, le médecin se laissait pousser sans ménagement sur le parquet glissant lorsque Irina intervint.

— Laissez-le, Rose. Autant qu'il entende ce que j'ai à lui dire.

La bonne s'exécuta, non sans grommeler. Comme si elle ne comprenait pas pourquoi la jeune femme voulait se faire du mal. Comme si elle trouvait la situation beaucoup trop indécente pour être supportable.

Doucement, presque avec des gestes de tendresse, elle revint vers la jeune femme meurtrie et la couvrit de la robe qu'un peu auparavant elle avait quittée. Puis elle la tint un instant dans ses bras avant de reculer, gênée par son propre élan.

Libéré de l'étreinte protectrice de la gouvernante, Perrier osa, lui aussi, un pas vers son amie qui ne bougea pas. Bras ballants, elle attendait, l'étoffe du vêtement simplement jeté sur ses épaules masquant, tant bien que mal, les cicatrices dévoilées.

Soudain, un flot de paroles jaillit de sa bouche.

— Tu pensais quoi ? Que j'étais allée sciemment me faire charcuter par un chirurgien qui relevait plus du boucher que de l'homme de l'art ? Que j'avais souhaité vivre ça ? Que j'avais voulu faire de mon corps une chose sans attrait ? Une coquille vide ?

Elle racontait. Et des souvenirs jaillissaient, comme de pauvres témoins, dans l'esprit de Félicien. Le faux avortement qu'elle n'avait pas craint de subir. La manière dont elle avait repoussé Bernard. Son existence monacale seule dans son petit appartement sous les toits. Et cette vie de femme dont elle ne parlait jamais. De ces enfants dont l'idée n'effleurait jamais son esprit.

Il ne l'écoutait plus. Il tremblait.

— Qui ? Qui… t'a fait ça ?

Elle eut un rire moqueur.

— Tu ne m'incrimines plus ? Tu ne me crois plus responsable d'un tel acte de barbarie sur moi-même ?

Il hocha la tête. Obtus.

— Qui ?

Un rire encore. Vibrant. Dérangeant entre les murs de cette pièce intime plus destinée à la discussion courtoise qu'aux cris et aux hurlements.

— Je vais chercher une nouvelle chemise, marmonna Rose.

Et elle s'éclipsa non sans lancer un dernier regard de reproche à son patron.

Irina la suivit des yeux, puis revint à son ami qu'elle gratifia d'un rictus caustique.

— Tu as de la chance de l'avoir.

Ce à quoi il ne répondit pas.

Une des fenêtres avait été ouverte, et le peu d'air qui venait du dehors faisait danser les rideaux tirés, créant des rais de lumière qui se trémoussaient sur le parquet. Irina laissa son attention se perdre, un instant, sur les lames de bois. Puis elle releva brusquement la tête et ce fut comme si une bile acide se déversait, sans plus de retenue, sans plus de pudeur. Un vomi âcre déferlant comme une vague meurtrière. Dégoulinant de sa bouche devenue dégorgeoir.

— J'étais une petite fille blonde, blanche, avec quelque chose d'un ange. Je suis devenue tardivement une jeune fille. Quinze ans. Seize peut-être. Et j'ai grandi. Grandi. Jusqu'à en friser l'indécence. Et plus je grandissais, plus mes yeux se cernaient de noir. Plus je me languissais. Plus je me voûtais. Plus mon caractère devenait tourmenté. À un moment j'étais heureuse, et l'instant d'après j'étais au bord du gouffre, injuriant le monde entier. À crier. J'avais mal dans tout mon corps. Je faisais des convulsions. Je refusais de manger. Je dépérissais. J'ai vu trente-six médecins. Mais au lieu de parler d'anémie, d'anorexie, ceux-ci n'ont vu que vice. Mon mal, ce n'était pas ma croissance fulgurante et ses tourments. Mon mal, ce ne pouvait être que le plaisir qu'impunément je tirais de moi ! En témoignaient ces cernes abjects qui me mangeaient le visage ! Je fus ainsi cataloguée « hystérique malade de mon sexe » ! Tu imagines ?

— Non !

— Tais-toi !

L'ordre qui sortit de sa propre bouche résonna entre les hauts murs de la pièce et la journaliste s'en inquiéta presque. Elle resserra autour d'elle la robe jetée sur ses épaules et recula encore.

— Onanisme. Tous en étaient convaincus ! Ces vicieux. Ces pervers. Ces médicastres. Imaginer une gamine « se grattant le devant », comme ils disaient. Ah ! Ça les faisait jouir, les monstres ! Je voyais bien dans leur regard ce plaisir concupiscent qui naissait de leur imagination. Quelque chose de lubrique. Et cette bave au coin des lèvres ? On m'a forcée à dormir avec des vêtements resserrés en bas, comme des sacs à jambon. J'ai aussi dû mettre des gants. Une bonne a été chargée de me surveiller jusque dans les cabinets d'aisances. Je devais prendre des bains en chemise et ne plus me regarder dans un miroir. Moi qui n'avais encore jamais connu d'homme, j'ai eu des injections de chloroforme directement dans mon utérus avec une sonde, afin de soi-disant me détendre. Mais rien n'y faisait ! Le mal continuait à me ronger ! Et plus je dépérissais, plus les médecins parlaient de mort imminente à mes pauvres parents qui n'y comprenaient rien. J'allais y laisser la vie, c'était certain ! Ne restait que l'internement en asile, avec l'issue fatale qui ne manquerait pas d'en découler… ou l'opération.

— Non !

Un geste. En un bond, Félicien fut vers elle.

— N'approche pas !

Et elle recula encore, jusqu'à se retrouver contre le mur sur lequel elle s'appuya.

— Ne me touche pas !

— Irina…

— Il n'y a pas d'Irina qui vaille ! Tu es comme eux ! Pas mieux qu'eux… Tu ne vois que le vice !

— Irina. Je t'en prie.

Une supplique. Des larmes coulaient sur les joues du médecin.

— Ils ont osé, grommela-t-il pour lui-même.

Ils avaient osé, en effet. Fort de son obscurantisme, un praticien qui se prétendait aliéniste avait expliqué que la masturbation conduisait à la mort. Irrémédiablement. Le cerveau se racornissait. L'esprit s'envolait. Les membres devenaient rachitiques. La vue se brouillait. L'ouïe disparaissait. Les dents se déchaussaient. Jusqu'à la langue, noire comme du charbon. Et puis un jour, après la folie, le trépas. La seule chose à faire pour sauver Irina de l'emprise qui était la sienne, disait-il, était…

— Ils ont dit oui. Ils ont fini par consentir pour ne pas me perdre. Tu imagines ce qu'ils ont ressenti. La douleur qui a dû être la leur. Je ne leur en veux pas. Je ne leur en veux plus…

Sa voix s'était éteinte. Inerte, elle regardait les larmes couler sur les joues de son ami. Des larmes de dépit. Des larmes de détresse. Des larmes qui exprimaient la violence aussi. La médecine était un acte noble et des malotrus, avec des théories improbables d'un autre temps, avaient osé lui nuire. Une rage terrible s'empara du jeune homme, et il laissa son ressenti contre ces charlatans s'amplifier.

— Je te vengerai ! D'eux tous. Tous ceux qui t'ont fait du mal.

Un rire caustique.

— À quoi bon ! Je ne suis qu'une femme.

Et comme si son corps répondait à son verdict, elle baissa les bras, les laissant pendre le long de son torse. Les pans de la robe drapée en châle sur ses épaules s'écartèrent et ses cicatrices réapparurent. Impudiques. Intolérables. Irregardables.

— Mon bourreau s'inspirait des enseignements de Thésée Pouillet et de Pierre Garnier. Il avait même séjourné en Amérique où, disait-il à mes parents, les aliénistes faisaient des miracles en arrachant jusqu'aux dents. Il n'envisageait pas cet extrême, mais, pour me sauver de moi-même et d'une mort certaine, il allait m'ôter, dans un premier temps, ce qui perturbait le plus mon bon développement.

Une nouvelle fois, sa voix s'était perdue.

— Il m'a enlevé les seins et les ovaires et le bourgeon du clitoris… puis il l'a cautérisé au nitrate d'argent.

— Le clitoris ?

— Oui !

Sous la violence de l'annonce, Perrier tangua. Ivre de douleur autant que de rancune. Ainsi c'était cela ? Tout ce secret ?

Perdu, il recula. Autant touché par les tortures endurées par son amie que par le sentiment d'être complice. Complice de tout ce gâchis œuvré par des médecins, tout comme lui.

— Je suis désolé, murmura-t-il, je suis désolé.

Puis il se sauva et claqua la porte derrière lui. Dans le grand salon, il ne supporta pas le regard de Lacassagne et, sans un mot, courut jusqu'à la porte-fenêtre qui menait au jardin, où il vomit.

5

Bernard appréciait la tournure que prenaient les épisodes de sa vie. Et malgré son fâcheux accident, tout lui apparaissait soudain sous un jour lumineux. Un peu à l'image de cette journée radieuse qui le ravissait.

Quoique, en y songeant, même son accident ne parvenait pas à ternir son bonheur. Ne lui avait-il pas permis de croiser une jeune fille délicieuse, institutrice de surcroît ?

Un instant, il se laissa aller, lui le cartésien, à rêver un peu. Avoir une femme qui travaille, est-ce que cela le chagrinerait ? Sûrement pas au début, mais par la suite lorsqu'ils auraient des enfants ? Il faudrait qu'elle reste à la maison. Il ne pouvait en être autrement !

Un doute pernicieux s'insinua en lui. Et si cette demoiselle Marie-Victoire, adepte de bicyclette tout comme lui, ne convenait pas à l'image qu'il se faisait d'un couple marié ? Ce serait dommage, il fallait bien le dire, car son joli minois, son esprit vif et sa passion pour le vélocipède l'avaient conquis !

Un nouveau doute.

Et si cette demoiselle Marie-Victoire faisait partie de ces femmes dont parlait son nouvel ami Constant Bellonnière ? De celles qui ne savaient pas rester à leur place ? De celles qui voulaient prendre les devants afin d'égaler les hommes ?

Un frisson répondit à son angoisse, et il leva les yeux vers l'ombre de l'allée qui desservait l'immeuble dans lequel le photographe avait son atelier. Une ombre souveraine qui le calma dans ses pensées, car, enfin, de cette demoiselle Marie-Victoire, il ne savait rien !

Il se posait des questions sur l'opportunité de cette nouvelle rencontre, lorsque le reflet d'une plaque dorée vissée sur la façade attira son attention :

Maison de Mariages
de Madame Reine D'Est
2e étage
Reçoit de 2 à 7 heures

C'était un signe.

Il regarda sa montre-gousset, cadeau de son père pour ses vingt et un ans. Le temps avait passé sans qu'il s'en rende compte. Il relut la pancarte comme pour confirmer ce qu'il venait de voir. Soupira. Indécis. Dansa d'un pied sur l'autre comme si une envie pressante le saisissait. Secoua la tête, ce qui eut pour effet de déplacer la large mèche rousse qui barrait son front. Hésita encore. Puis, sans que son cerveau ait donné l'ordre à son corps d'avancer, comme ça, presque par instinct, il plongea dans la fraîcheur agréable de ce hall apaisant orné de deux superbes colonnes. Salua le concierge qui se tenait debout devant sa loge : *Jean et Pierrette Ségaud*, disait l'affiche placardée sur la porte vitrée. Et juste avant la cour intérieure, bifurqua vers l'escalier, sur la gauche. Puis il grimpa, quatre à quatre, les deux étages qui le séparaient de l'officine de Mme Reine D'Est, marieuse de son état.

Une seule porte sur le palier. Et à nouveau la même plaque dorée. Il tira le cordon de la sonnette et attendit jusqu'à ce qu'une petite bonne l'invitât à entrer et le conduisît dans l'un des nombreux salons particuliers, discrétion oblige, où il prit place dans un fauteuil confortable qui lui tendait les bras.

Quelques minutes tout au plus à ne pas réfléchir afin de ne pas faire demi-tour. Puis la même jeune personne vint le chercher et le fit pénétrer dans un bureau à la décoration ostentatoire qu'il trouva néanmoins raffinée. Là, une femme d'une beauté à couper le souffle vint à sa rencontre. La quarantaine légère. Tout en finesse et subtilité. Elle portait un simple chignon haut entouré d'un ruban de velours noir, seul signe de son veuvage, et une robe épurée, rose poudré, qui convenait merveilleusement bien à sa carnation et à ses cheveux.

Ce fut comme si Dieu en personne, fait femme pour mieux l'accueillir, lui adressait la parole. Il en rougit. Et s'installa, comme on l'invitait à le faire. Puis il poussa un grand soupir, et murmura presque avec emphase :

— Je viens pour me marier.

Ce qui eut pour effet de faire sourire son hôtesse.

6

Seul dans le souterrain, Félicien se sentait un peu comme dans un ventre. Il le trouvait presque rassurant. Confortable. Il s'y serait bien installé comme dans un refuge.

C'était le second soir qu'il y revenait. Cette fois-ci, il avait besoin de se calmer. De retrouver une forme de sérénité après ce qu'il venait d'apprendre sur Irina.

Sa lampe Marsaut éclairait à grand-peine le devant de ses pieds. Mais cela ne le dérangeait pas. Au contraire, s'il avait connu toutes les embûches de ce labyrinthe étrange, c'est dans l'obscurité totale qu'il aurait progressé ! À l'écoute de la terre. De cette vie des ténèbres palpitante, inquiétante, mais en même temps tellement vaste. Au même titre que l'univers.

Comme la veille, il s'assit dans la même position et éteignit son quinquet[1].

Le noir l'envahit.

Il s'immisça dans ses entrailles et vida son être des douleurs qu'il contenait. Comme une gigantesque vague qui, en refluant, aurait emporté les vicissitudes de l'existence. Tout ce qui provoquait sa souffrance.

Parce qu'il souffrait.

Constamment.

Et tous les Freud de la terre n'y pourraient jamais rien.

Il repoussa sa tête contre la paroi. Son crâne tapa la pierre et un courant glacial, presque animal, glissa de sa nuque à son dos.

— Tu es là. Je le sens.

---

1. Lampe à huile à réservoir.

Sur l'instant, sa voix le surprit tant elle était forte. Elle résonna sur le fond du tunnel et rebondit contre la voûte, pour revenir vers lui, presque étrange.

— Que se passe-t-il dans ta tête lorsque tu traques ta proie ? Parce que tu la traques ? C'est certain. Tu la repères dans son élément naturel, comme le félin surveille la gazelle lorsqu'elle se désaltère. Son point d'eau est-il toujours le même ? Ton lieu de travail ? Ton environnement ? Non. Pas ton environnement. Cinq femmes qui disparaissent, ce n'est pas rien ! Plutôt ton lieu de travail. Parce que tu travailles. Dans la vie de tous les jours, tu es même quelqu'un de très investi. Que fais-tu ? Tu aides ? Tu soignes ? Tu rends service ? Un commerçant ? Tiens, un boulanger. Tu me parais assez fort pour ça ! Ou un boucher.

Une grimace.

— Non, pas un boucher. Tu les dépècerais. Alors ? Réponds-moi, que diantre ! Ne me laisse pas dans le noir.

Il eut un fou rire idiot et répéta :

— Dans le noir. C'est là où tu les laisses, c'est ça ? Le noir t'aide à ne pas regarder la réalité en face. Tu les tortures. Et puis tu les oublies. Et pendant ce temps, ton côté blanc irradie là-haut, à l'air, sur le sol. Les entrailles du monde pour ton côté face. Et la lumière du jour pour ton côté pile. Comme une médaille ! Un côté contre toi. Caché. Un côté face à la société. Ouvert. C'est bien ça ?

Satisfait, Félicien répéta :

— C'est bien ça.

Puis il se recroquevilla sur lui-même et posa la tête contre ses genoux.

Un soupir.

— Tu es intelligent. Je le pense. Tu as réfléchi à tout. Pas d'instinct dans ta démarche, mais bien de la réflexion. Tu es un être réfléchi, oui, c'est certain. Habitué à côtoyer du monde. Cela te donne le choix. Le choix de tes victimes. Tu peux trier. Sélectionner celles qui correspondent. Celles qui ressemblent à cette femme haïe. Mais quelle femme haïe ? Ta mère ? Ah, les dégâts que peuvent faire certaines mères ! Alors, tu te venges ? C'est ça ? Mais pour te venger, tu les trouves où ? Tu les soignes ? Pour mieux les tuer. Tu les magnifies ? Pour mieux les défigurer. Tu leur enseignes quelque chose ? Pour mieux les abrutir. En même temps, la mort, tu connais, sinon tu ne la sublimerais pas autant.

Un bâillement.

— Je te comprends, marmonna-t-il les yeux déjà fermés. Moi, ce sont tous les hommes qui ont fait du mal à Irina que je voudrais faire disparaître.

Un grognement.

— Tous les hommes… tous…

Le noir du labyrinthe l'enveloppait.

Une minute après, il dormait.

Apaisé par sa confession.

Chapitre 6

Jeudi 4 août 1898

1

Comme la discussion avec Irina avait perturbé Félicien, Lacassagne avait pris congé et avait donné rendez-vous au jeune homme pour le lendemain dans la matinée, afin de faire le point sur les nombreux sujets qui les préoccupaient. De Bernard, pas de nouvelles ! Ils avaient donc pris la décision de commencer sans lui.

À dix heures tapantes, Perrier franchissait le seuil du bateau-morgue. Il avait ce regard d'avant. Entre hargne et douleur. Et, à bien l'observer, le professeur n'aurait pas pu certifier qu'il n'avait rien consommé.

— Vous allez bien ?

Pour toute réponse, il n'obtint qu'un grommellement qu'il attribua à une nuit mouvementée et sans grand sommeil. De ce qu'avait subi Irina, il ne savait encore rien. Lorsqu'il avait quitté le domicile de Montchat, celle-ci sortait seulement du bureau. Anéantie. Écrasée par le poids des révélations qu'elle paraissait avoir faites.

— Et Irina ?

Il avait presque chuchoté la question. Pour ne pas blesser. Ou peut-être pour que celle-ci passe inaperçue si son interlocuteur n'éprouvait pas l'envie d'y répondre.

— Je lui ai fait une piqûre pour qu'elle dorme. Lorsque je suis parti tout à l'heure, cela faisait près de vingt heures qu'elle se reposait.

— Fort bien… fort bien…

C'était parler pour ne rien dire. Il en avait conscience. Tout comme il avait conscience que le sujet devait être grave pour que Perrier rechigne autant à l'aborder.

Les corps des quatre dernières femmes autopsiées ayant été conduits, la veille, au cimetière pour y être enterrés dans une fosse commune, l'air, de ce fait, était un peu plus respirable en cette matinée pourtant déjà bien chaude. Quant à la première des femmes, belle pièce de collection dont Lacassagne n'entendait pas se séparer, elle avait été transportée en son laboratoire de médecine légale, qu'il avait installé, en attendant mieux, dans les locaux de la faculté, juste à côté, à l'Hôtel-Dieu.

Bien entendu, tous les prélèvements qui pouvaient encore parler avaient été mis dans des bocaux d'alcool ou à sécher afin de les conserver pour études ultérieures.

L'anthropologue, contrairement à son habitude, transpirait. Et très fréquemment il devait s'éponger le front de son mouchoir. Quant à Félicien, sans plus de procès, il avait quitté veste et gilet et retroussé les manches de sa chemise à fines rayures, dont il avait fait sauter les boutons du haut. Avec son pantalon clair, il ressemblait à ces joueurs de ce nouveau sport, le tennis. Toutefois, sa tenue jugée débraillée, n'était pas du goût de tout le monde ; et il surprit Lacassagne détournant le regard, afin de ne pas s'infliger la vue d'un de ces disciples dans un accoutrement aussi peu catholique, voire négligé.

La consternation du professeur fut vite atténuée par l'arrivée inopinée de Bernard, au mieux de sa forme et, pour l'occasion, cravaté et vêtu d'un complet-veston en tissu fantaisie. En découvrant la mine patibulaire de son collègue et son peu de soin vestimentaire, il ne put se retenir de persifler :

— Ne me dis rien, Félicien ! Tu as consommé une substance qui t'a mis dans un état pas possible ! Freud ne va pas être content !

— Freud est parti.

— Non ? Il a fui de peur !

Mais, n'obtenant pas de riposte, il passa à un autre sujet afin de ne pas s'attirer les foudres de son ami.

— Que vous est-il arrivé ? demanda Lacassagne en découvrant le bras en écharpe de son étudiant.

— Deux fois rien. Un stupide accident de bicyclette. En attendant, j'ai récupéré les photographies des dépouilles, claironna-t-il en brandissant la pochette cartonnée que lui avait remise Bellonnière, la veille, dans son atelier.

— Tu les as développées toi-même ? maugréa Perrier en tentant d'attraper l'enveloppe que le nouvel arrivant tenait bien trop haut pour lui.

— Pourquoi ça ?

— Car, depuis ta visite chez Constant, nous ne t'avons pas revu.

C'était vrai. Mais quelle journée pour autant ! Tout en étalant les clichés sur la table d'autopsie, le jeune médecin y repensa un instant.

Sa visite à l'atelier tout d'abord, et cette amitié naissante avec Bellonnière.

Puis son escapade chez cette charmante dame, marieuse de son état. Totalement imprévue mais tellement agréable ! Le parfum de rose et de lilas de son hôtesse lui revint aux narines et couvrit, un instant, les remugles habituels du vieux rafiot. Comme elle était raffinée ! Et comme il était doux de l'approcher un peu ! Néanmoins, ce n'était pas cette fringante veuve qui était à marier, et Bernard avait dû, consciencieusement, lui fournir tous les renseignements pour remplir sa fiche, afin qu'elle lui trouve, au plus vite, la femme de sa vie.

Cependant, et pour son plus grand plaisir, elle l'avait couvert de compliments. Grâce à elle, il avait appris qu'il avait une chevelure rougeoyante rappelant un coucher de soleil d'été. Que son teint pâle évoquait le marbre de Carrare le plus pur, et que sa haute stature ne pouvait que rassurer l'épouse humble et charmante qu'elle ne manquerait pas de lui présenter. Puis elle avait loué son érudition. Dans ses bras, sa future épouse se sentirait, à n'en point douter, un joyau délicat dont il serait l'écrin protecteur.

Sur ce, il avait payé, enchanté d'être enfin reconnu à sa juste valeur.

Quelle rencontre délicieuse cela avait été !

Sa soirée avait été d'un tout autre registre. Bellonnière l'attendait devant la porte d'un bouchon réputé. De la salle, sur un signe du patron, ils avaient plongé, par un escalier de pierre, dans le ventre de Lyon. Ils s'étaient retrouvés dans une première cave voûtée, qu'ils avaient traversée, avant de s'arrêter dans une seconde pièce, légèrement plus grande mais sans aucun soupirail pour apporter de la ventilation. Heureusement, la fraîcheur y était agréable, et l'odeur du moisi recouverte par la fumée des bougies, qui brûlaient plantées dans de grands candélabres en bronze doré posés sur une table ovale nappée de noir. Celle-ci en occupait le centre et de nombreuses chaises étaient disposées autour. L'ensemble avait quelque chose de très pédant. D'ostentatoire. Toutefois, le lieu charma Bernard.

Le photographe avait déjà parlé de lui. Il avait été accueilli sans surprise et avait serré les mains des hommes qui se présentaient. Un ou deux visages ne lui étaient pas inconnus, les ayant croisés à l'Hôtel-Dieu où ils exerçaient. Que du beau monde, dont le docteur Francis Haugan, celui-là même qui avait vanté les mérites de Bellonnière auprès de Lacassagne !

La fin de journée avait donné lieu à un débat. On y avait parlé des femmes, et de cette nouvelle inclination qu'avaient certaines à vouloir prendre le devant de la scène, en demandant le droit de vote et la reconnaissance de leur état après mariage. Ne plus être sous la tutelle du mari après avoir été sous celle du père relevait, pour les participants, de l'hérésie ! Et sur ce point, il était d'accord.

Le bon repas qui avait suivi, composé de plats de la belle gastronomie lyonnaise – cervelas brioché à la truffe, vol-au-vent de quenelles et son gâteau de foie, poulet Célestine, cervelle de canut[1] et en dessert des œufs à la neige, le tout arrosé d'un beaujolais qui avait de la cuisse – lui avait remis du baume au cœur, classant la dépouille de l'autopsiée et ses comparses au rayon des objets oubliés. Comme mises au clou.

— Bellonnière est un très bon photographe, reconnut Lacassagne en reposant le cliché qu'il tenait

1. Spécialité fromagère de la région lyonnaise.

en main. Il me rappelle Bernoud lorsque je travaillais avec lui, avant son décès.

Lecuyer, tout à ses souvenirs de la veille, sursauta comme si on le réveillait.

— Les détails sont frappants, poursuivit Perrier. De quoi travailler même bien après que les corps ont été enlevés. Regardez cette précision !

Du bout de l'ongle, il attira l'attention de ses collègues sur les viscères étalés d'une des victimes.

— Avec une loupe, je suis sûr que l'on peut encore se faire un avis sur une particularité. Admirable ! On voit que notre photographe maîtrise son art !

— Tout à fait..., admit Lacassagne. Bien, si vous ne voyez pas d'inconvénient à ce que nous faisions un résumé de ce que nous avons découvert. Je suis invité à un congrès à Paris. Je dois partir au train du soir, et je serai donc absent pour quelques jours. Que pouvons-nous déjà ressortir de nos dernières analyses ?

Bernard avait retiré son canotier et avait pris place autour de la table d'autopsie, qui, lorsqu'elle ne servait pas, faisait office de bureau. Avec les conclusions de base inscrites sur les tableaux, il y avait de quoi se faire une première idée et peut-être construire le portrait type des victimes.

— Tout d'abord, leur sexe, commença-t-il en prenant des notes. Des femmes, exclusivement des femmes. Les squelettes nous permettent de donner une fourchette d'âge entre vingt-cinq et trente-cinq ans. Donc, des femmes en pleine maturité. Deux seulement ont eu des enfants. Les plus âgées. Elles ont subi – suivant les éléments que nous avons pu recueillir, les corps n'étant pas tous en état de pouvoir nous apporter des réponses – à peu près les mêmes sévices.

Un regard vers Perrier qui enchaîna :

— Nous avons relevé une brûlure de la main droite ainsi qu'une massive du postérieur. Brûlure s'étendant de la taille jusqu'au bas des cuisses.

— Un peu comme si les victimes avaient été assises sur quelque chose de bouillant.

— Liquide, reprit le premier, ou pourquoi pas feu.

Lacassagne s'installa sur une chaise en soupirant.

— Cela voudrait dire que notre bourreau aurait sciemment poussé nos mortes dans une bassine d'eau chaude par exemple ?

— Tout à fait. L'idée de la bassine est d'ailleurs très bonne puisqu'elle correspond à la zone touchée.

— À une ou deux nuances près, précisa Félicien, notre dernière victime, la plus récente, celle que nous avons autopsiée en dernier avec Bernard, présentait des lésions beaucoup trop intrusives. Les tissus adipeux, les muscles, les nerfs et les os ont été atteints. Je pencherais donc pour une brûlure par le feu, qui provoque des attaques plus massives que l'eau bouillante. Le feu ou un produit chimique violent. Nous garderons, par contre, l'idée de l'eau bouillante pour les mains.

— Le feu… mais comment peut-on imaginer brûler partiellement des femmes au même endroit… et surtout, pourquoi ?

Perrier eut un sourire condescendant.

— Espérons que la suite de notre enquête nous éclairera sur le sujet.

— Et que pouvez-vous m'apporter d'autre ? enchaîna le professeur pour qui le temps pressait.

Son interlocuteur se tourna vers un des tableaux, sur lequel étaient griffonnés des résultats.

— J'ai la certitude que notre dernière victime est morte à la suite d'une noyade.

Un silence suivit son affirmation.

— Après le feu, voici l'eau ?

— Oui. Étrange, n'est-ce pas ? Toutefois, j'ai relevé des signes qui ne trompent pas. Je propose une noyade sèche, phénomène très particulier, rare mais possible.

— Possible, en effet. J'ai eu un cas, jadis, lorsque j'étais médecin militaire.

— Moi de même. Un enfant en Haute-Loire. Si nous résumons, nous avons des brûlures, une noyade, des sévices corporels… cela ne vous rappelle rien ?

Lecuyer ne voulait pas voir. Peut-être parce que sa conscience ne se sentait pas très nette par rapport à sa réunion de la veille au soir. Ce fut donc Lacassagne, montre à gousset en main, qui trancha.

— Inquisition ? Ordalies ?

— Tout juste ! triompha Félicien.

— Inquisition ! s'exclama Bernard presque rassuré. Vous voulez parler des sorcières ? Mais c'est d'une autre époque !

— Peut-être pas, poursuivit son collègue. Nous l'avons dit, les sorcières ne sont pas que des femmes au nez crochu qui volent sur des balais, de celles que l'on voit dans les livres pour faire peur aux enfants. Souvenez-vous de cette marque sur le premier corps.

— Mais cette marque n'était pas sur les autres dépouilles !

— Peut-être… ou peut-être pas. L'état dans lequel nous les avons trouvées peut avoir biaisé notre jugement.

— La dernière des femmes était encore étudiable… et rien !

Le jeune médecin s'obstinait, en témoignaient son air buté et ses sourcils froncés.

— Sauf si le tatouage avait été fait sur l'arrière du corps entre la taille et le haut des genoux, renchérit Lacassagne toujours le nez sur l'heure.

Un nouveau silence s'établit entre eux et l'évidence apparut.

— En effet, reconnut le plus sceptique un peu à contrecœur, je dois admettre que, si le tatouage avait été fait sur le haut de la fesse, par exemple, celui-ci aurait totalement disparu, les chairs étant complètement carbonisées.

Il prit une profonde inspiration avant de poursuivre, pas encore complètement convaincu.

— Vous êtes, si je suis bien votre idée, en train de sous-entendre que là, quelque part dans la ville, un homme referait à lui tout seul le procès que l'Inquisition intentait aux sorcières ?

— Possible.

— Supposition loufoque !

— J'en conviens, admit Perrier. Mais hypothèse à vérifier, comme toute hypothèse, afin de découvrir si elle peut devenir une vérité. De nombreuses pièces nous conduisent vers cette voie. La voie des ordalies.

Élevé dans une famille janséniste, Lecuyer n'avait jamais approfondi ses connaissances sur le monde de la sorcellerie. Dans ses certitudes rigoristes auprès desquelles ne se plaisait aucune supputation fantaisiste, les sorcières étaient des créatures machiavéliques, qui avaient pactisé avec le diable en personne, au cours de cérémonies nommées *sabbats*. L'image de cette pécheresse qui se fourvoyait avec le démon durant des fêtes orgiastiques, si elle lui avait causé de l'émoi lors de sa prime jeunesse, n'en restait pas moins abstraite. Comment faisait-on pour les confondre ? Il n'en savait rien et ne voulait pas le savoir ! Elles avaient péché. Point. Et il fallait les châtier. Tout était simple dans son esprit. Et le résultat nécessitait certainement des moyens.

— L'ordalie de l'eau est la plus connue, expliqua Lacassagne. L'on plongeait de pauvres femmes dans une rivière préalablement bénite. Si elles nageaient, elles étaient condamnées.

— Mais elles devaient toutes couler ! plaisanta Bernard.

— Tout dépendait des bourreaux. Le châtiment consistait parfois à attendre le temps d'une apnée. La femme ficelée sur une chaise était ressortie de l'eau et si elle vivait encore – ce qui était la plupart du temps le cas –, elle était coupable.

— Il y avait aussi l'épreuve de l'eau bouillante, poursuivit Perrier. Le but était d'attraper un caillou au fond d'un chaudron. Et celle, la plus connue, du feu ! Le moment où l'on brûle les sorcières.

Il avait noté les sévices endurés par les victimes et les avait entourés d'un cercle, les reliant les uns aux autres par des flèches censées cadrer avec un ordre chronologique.

— Tout cela correspond très bien aux tortures identifiées, poursuivit-il. Notre tueur tente de purifier les femmes avant leur mort.

— Une chasse aux sorcières, maugréa Lecuyer. Je n'en reviens pas.

Son collègue le regarda en haussant les épaules.

— Reste à déterminer quel homme peut faire ça et à quel genre de femmes.

— De mon côté, poursuivit l'anthropologue pour qui le temps pressait, j'ai effectué, hier au soir, l'analyse des foies prélevés sur les dépouilles. Vous savez que j'ai travaillé sur ce que j'ai appelé la docimasie hépatique, qui permet d'établir si l'agonie a été longue ou courte. Je suis donc en mesure d'affirmer que, quoi qu'elles aient subi, toutes ces femmes ont eu une agonie longue. Je n'ai pas trouvé de glycogène, pas plus que de glucose dans les glandes étudiées. Je pense qu'elles sont mortes de faim.

— Encore un autre fait atroce, soupira Bernard. Je sens que cette affaire ne va nous révéler que des aspects terribles sur la nature humaine.

Lacassagne hocha la tête d'un air sombre, puis consulta sa montre gousset accrochée à son gilet.

— Je n'ai plus que quelques minutes à vous accorder, poursuivit-il avec un sourire d'excuse. Résumons. Si nous parlons d'ordalies, de lieux tenus secrets, de pratiques d'un autre âge, il est, d'après moi, logique de chercher, dans un premier temps, du côté de celles que l'on pourrait assimiler à des sorcières. La question qui nous vient à l'esprit est : reste-t-il des sorcières sur Lyon ?

— Oui, il en reste.

Au son de la voix, les trois hommes s'étaient retournés de concert vers la visiteuse qui venait de parler. Irina, encore pâle mais parfaitement vêtue d'un costume que Rose avait repris à ses mesures, et qui lui allait à merveille, se tenait sur le pas de la porte. Personne ne l'avait entendue entrer.

— Irina ! s'écria Félicien. Tu es folle d'être venue jusqu'ici ! Tu es bien trop faible !

Le ton condescendant et l'inquiétude qui perçait à travers ses exclamations amenèrent un sourire sur le visage de la jeune femme, peu accoutumée à voir son ami et collègue laisser ses sentiments transparaître de la sorte.

— Je ne suis pas morte ! plaisanta-t-elle en approchant de Lacassagne afin de lui serrer la main.

Il n'était pas dans les habitudes de ce dernier d'agir de la sorte avec une dame, préférant le baise-main à la poignée virile, mais il avait appris à s'adapter avec la journaliste et ne se formalisait plus de ce genre d'attitude.

— Content de vous retrouver parmi nous, chère amie.

Tout à sa joie de la voir réapparaître, après ce qu'elle avait supporté à l'asile, il osa l'accolade qui la laissa tout particulièrement émue. Elle le remercia d'une voix sourde où se mêlaient trouble et reconnaissance.

— Bernard…

Elle approcha du médecin, mais ce dernier eut un mouvement de recul.

— Heureux de ne pas te savoir tout à fait folle. Tu m'en vois soulagé.

La journaliste frémit à cet accueil distant, mais refusant de le montrer, hocha la tête avant de se tourner à nouveau vers Lacassagne.

— Je dois vous quitter, reprit ce dernier. Un colloque à Paris. Mais je suis heureux d'avoir pu vous croiser, Irina. Ménagez-vous !

Un coup d'œil en direction de Perrier.

— Mais je vous sais entre de bonnes mains !

Puis, masquant mal son émotion, il prit rapidement congé de la petite troupe à nouveau réunie, remit son chapeau et quitta le bateau-morgue.

Lorsqu'il fut parti, la jeune femme se planta devant les tableaux pour tenter de comprendre le déroulement des meurtres.

— Vous abordiez le sujet des sorcières ?

— Oui, en effet.

En deux mots, Félicien lui expliqua les tenants et les aboutissants de l'affaire. Dans son coin, Bernard boudait toujours.

— Criminel d'instinct ou de pensée ? demanda-t-elle après avoir été mise au fait.

— Tu vas bientôt t'inscrire aux cours de Lacassagne ! plaisanta Perrier.

— Et pourquoi pas ?

Il y avait comme une nouvelle fêlure chez elle. Un quelque chose qui avait changé sans que l'on puisse dire quoi. Sans doute avait-elle surestimé ses forces en se jetant dans les griffes d'un asile d'aliénés ? Cela avait fait resurgir des blessures qu'elle croyait enfouies à jamais, mais que les traitements subis avaient ressuscitées.

Ce qui était certain, c'était que, depuis que Félicien savait, il ne pouvait plus la regarder de la même manière. Et cela aussi, au fond d'elle, elle le percevait et avait tendance à modifier son comportement.

— Je ne veux pas que tu me traites comme une diminuée ! lui avait-elle crié le matin même, quand il était venu lui administrer un calmant. Je ne veux pas voir dans tes yeux de la pitié !

Le médecin avait haussé les épaules avant de la quitter.

— Tu ferais un parfait étudiant-fille ! confirma Bernard, daignant enfin sortir de son mutisme.

— Je te remercie, mais souviens-toi que j'ai fréquenté la Sorbonne.

Lorsqu'il avait eu la suite de son histoire, Perrier avait appris qu'après son opération, son état ne s'était pas amélioré, bien au contraire. C'était une amie de la famille qui avait émis l'idée qu'elle était peut-être anémique. Un nouveau médecin avait conseillé un séjour à la montagne. Elle avait passé plusieurs mois en Suisse, dans un de ces nouveaux hôtels de cure à plus de mille mètres d'altitude. Lorsqu'elle était revenue, la mine fraîche, malgré les sévices subis, et quelques kilos en plus, il avait fallu se rendre à l'évidence : ses parents avaient accepté de la faire mutiler pour rien ! À partir de ce moment-là, son père lui avait accordé des droits que les filles de bonne famille n'obtenaient pas d'habitude. Elle s'était inscrite à la Sorbonne et avait pu étudier, allant même jusqu'à louer un minuscule appartement pour être indépendante. De bien modestes compensations, toutefois, face aux monstruosités subies qui allaient impacter définitivement son existence de femme.

— Mais je vous rassure, fit-elle avec un air amusé, je vous laisse avec vos sciences. Je leur préfère de loin les mots !

Elle releva le menton comme dans un acte de bravoure.

— Alors, instinct ou pensée ? reprit-elle.

— Instinct ! affirma Lecuyer. Cet homme réagit avec son lobe occipital. C'est un animal !

— Félicien ?

— Couche frontale, bien sûr ! Cet individu réfléchit. Il sait ce qu'il fait et pourquoi il le fait. Il ne tue pas pour tuer. Il s'exprime. Il fait passer un message.

— Un message ? s'insurgea Bernard. Comment fait-on passer un message en brûlant le postérieur des femmes ?

— Peut-être en se servant de symboles.

Ils se turent un instant tous les trois. Les crimes commis relevaient autant de la bestialité que de la pensée.

— Lacassagne n'étant plus parmi nous durant toute la fin de semaine, je propose de vaquer chacun à ses occupations. Que diriez-vous si nous nous retrouvions chez moi, à Montchat, disons vers cinq heures ? L'air y est plus sain et les sièges plus confortables.

Lecuyer fit la grimace avec l'impression que tout le monde n'avait plus que l'adresse du nouveau domicile de Perrier à la bouche.

— Bonne idée ! Nous y retrouverons Marie-Victoire ! Pendant ce temps, je me charge du sujet des sorcières. J'ai travaillé là-dessus l'an dernier. Je devais écrire un article. Il y a tellement de légendes qui courent dans le vieux Lyon.

— Fais attention tout de même…, lui glissa Félicien.

Elle eut un regard pour son interlocuteur, un de ces regards qui semblaient demander : *mais que veux-tu que je craigne ?* qui lui fit froid dans le dos. Au jeu des indifférents, faudrait-il maintenant compter aussi sur elle ? Il réagit par un haussement d'épaules avant de conclure de mauvaise grâce :

— Tu agiras bien comme tu en as envie, de toute façon.

2

Atroce.

Atroce était le premier mot qui lui venait à l'esprit lorsqu'elle regardait autour d'elle. Non, elle n'avait pas peur ! Elle s'offusquait simplement que l'on puisse la traiter de la sorte.

Inconsciente ?

Peut-être.

Avec l'énergie de toute personne qui pense que sa place n'est pas là où elle devrait être, elle tira sur les chaînes qui la retenaient prisonnière.

Où se trouvait-elle d'ailleurs ?

Une cellule. C'était bien ça. Une cellule glaciale aux murs lépreux. De ces cellules comme on en décrivait dans les livres. Peu avenante, car là n'était pas le but. Même pas de lit ou de couchette. Simplement une paillasse mangée par les cancrelats sur laquelle un homme masqué l'avait poussée puis attachée. Mais quelle était donc cette mascarade qui voulait faire d'elle une captive ?

Dans son esprit s'échafaudait déjà un article vilipendeur dans lequel elle réglerait, une bonne fois pour toutes, leur compte à tous ces mâles impétueux, belliqueux et belligérants. Mais pour qui se prenaient-ils, grand Dieu ?

Non, elle n'avait pas peur. Elle avait la nausée !

Une nouvelle fois, elle secoua ses entraves dont un côté était scellé au mur. Impossible de se lever. Et à trop forcer, les menottes de métal fixées à ses poignets commençaient à lui lacérer la peau.

Combien de temps allait-elle rester là ? Et pourquoi la retenait-on ?

Rapidement, elle fit le point sur toutes les obligations de sa fin de semaine. Entre les réunions de travail pour son journal *La Fronde*, des enquêtes à mener, son projet de cimetière pour animaux, son fils Jacques d'à peine deux ans à qui elle devait rendre visite chez sa propre mère, et la relecture de l'article de cette toute jeune institutrice prometteuse, Marie-Victoire, elle n'avait que peu de temps. Temps qu'elle était en train de perdre, kidnappée par Dieu sait qui pour Dieu sait quoi !

Encore un fou désireux de lui faire payer ses engagements auprès des femmes !

Ils étaient pléthore à vouloir l'abattre, la faire taire, l'anéantir. Jusqu'au père de son fils qui avait essayé de lui voler son enfant, remettant en question son aptitude à être mère !

Non, elle n'avait pas peur !

Elle rejeta en arrière, d'un mouvement de tête, ses longs cheveux d'un blond cuivré échappés de son chignon dans la bagarre. Parce qu'ils croyaient quoi, tous ces mollusques ? Qu'on pouvait l'enfermer de la sorte ? Comme une renégate ? Ses convictions étaient bien trop fortes pour qu'elle se laisse abattre.

Le collignon[1] avait été payé. Au lieu de la conduire à la gare, en cette fin de journée de mardi, il l'avait déposée à l'écart de la ville où des individus masqués lui avaient sauté dessus. Cinq contre une. Guet-apens plus qu'échauffourée. Même si elle n'était pas mécontente de la manière dont elle s'était défendue. Bec et ongles, avait-on coutume de dire.

En secret, elle se félicita de ne pas avoir trop serré son corset en prévision de son voyage en train vers Paris. Ainsi, elle pourrait agir si l'opportunité se présentait. Son passé de comédienne lui avait inculqué la persévérance, et surtout lui avait appris à se défendre contre l'importun un peu trop pressant. Il allait voir, celui qui oserait venir l'affronter, de quel bois elle se chauffait ! Un coup de pied bien placé entre les

1. Cocher véreux.

jambes de son geôlier et ensuite il lui faudrait agir vite.

Les idiots ! Ils n'avaient pas pensé, dans leur certitude d'être puissants, à la fouiller. Comme si être directrice de journal lorsqu'on était une femme se révélait être un métier sans risques ?

En se tortillant, elle parvint à tâter, du bout de ses doigts, le haut de sa cuisse.

Là, caché dans sa jarretière, elle glissait toujours un petit couteau à l'abri de son intimité. Certaines de ses connaissances y dissimulaient une seringue de morphine. Elle, elle préférait de loin la défense au spleen extatique. Celui qui se mettrait en travers de la route de Marguerite Durand n'était pas encore né !

Un sourire.

Elle ferma les yeux.

Non, elle n'avait pas peur. Elle attendait…

3

Il y avait au 10 de la montée Saint-Sébastien une vieille ouverture dans un mur de pierres. Celle-ci correspondait à une ancienne entrée conduisant au couvent des Bernardines, autrefois installé entre ladite montée, celle de la Grande-Côte, la rue Imbert-Colomès et le boulevard de la Croix-Rousse.

Aujourd'hui, les bâtisseurs de *placards à soyeurs*[1] avaient colonisé un endroit jadis dédié à la vigne et à la prière et grignotaient, petit à petit, les vieux vestiges d'une autre époque. Une surprenante église,

1. Grands immeubles construits par des investisseurs pour y loger les ouvriers travaillant sur les métiers à tisser.

toute neuve, surplombait maintenant le haut de la parcelle et dominait le quartier côté Rhône. Toujours pas finie. Constamment en travaux. Elle était d'ailleurs fermée pour le moment.

Irina hésita. N'était-ce pas grâce à ces dits travaux que les dépouilles de la morgue avaient été découvertes ? Il faudrait qu'elle en ait la confirmation.

En attendant, toujours devant la porte du numéro 10, elle était dans l'indécision. Une profonde inspiration. Elle savait que sa démarche n'était pas anodine et qu'elle allait avoir un certain effet sur elle. Était-ce une bonne idée de revenir là, après ce qu'elle avait vécu à l'asile ?

Le moment d'incertitude passé, elle poussa la porte, gravit les marches et suivit un long corridor extérieur enchâssé dans de hauts murs. Au bout du passage à demi enterré, masqué par les arbres, une autre porte barrait l'accès. Celle-ci était fermée. Elle tira sur un cordon et, au loin, étouffée, une cloche tinta. Quelques minutes plus tard, un surprenant petit homme vint lui ouvrir. Il la dévisagea, incrédule, puis eut un drôle de sourire qui écarta ses lèvres rougies dans un rictus grotesque. Sa peau blanche, outrancièrement fardée comme au siècle passé, craquela sous l'effort, laissant apparaître des rides factices comme autant de fissures dans le plâtre.

— Hermoni !

Irina recula d'un pas. Hésitante à nouveau. Mais déjà le petit homme l'entraînait derrière lui, à l'intérieur du bâtiment qu'ils traversèrent.

— Quelle joie ! Quelle joie, Hermoni ! répétait-il inlassablement en la tirant à sa suite, comme s'il ne voulait pas qu'elle lui échappe.

Ils débouchèrent sur une cour carrée, pavée à l'ancienne, au centre de laquelle il y avait un puits qu'ils longèrent. Juste en face, à l'ombre d'une arcade défraîchie, ils descendirent un escalier moussu qui glissait.

— Toujours aussi dangereux, bougonna la jeune femme, en faisant attention où elle mettait les pieds.

— Toujours.

L'endroit où ils se rendaient n'était accessible qu'aux initiés. La preuve en était aux nombreux dédales qu'ils empruntaient. Au sous-sol, une cave sommaire ne présentant rien de plus exceptionnel que n'importe quelle cave, plafond voûté et murs en pierres disjointes, les fit déboucher, cinq ou six mètres plus loin, sur un second escalier qu'ils gravirent. De là, ils arrivèrent dans une nouvelle cour, pavée tout comme la première. Elle était bordée d'une galerie couverte, comme on en voyait dans les couvents, sauf que de ce déambulatoire il ne restait qu'un seul côté, les autres ayant été détruits, en témoignaient les gravats encore présents qui offraient une image un peu lépreuse des lieux. Toutefois, les bâtiments tenaient encore.

Au-dessus d'eux, en surplomb, sur leur gauche, la stature imposante de l'église Saint-Bernard se dessinait dans le ciel. Sombre témoin d'un changement d'époque où les constructions vétustes et les anciens monastères laissaient la place à des immeubles à étages, rectilignes et froids. Peut-être le lien entre deux mondes. Le passé et le futur. Le visible et l'invisible.

— Viens-tu ?

Irina détacha son regard de l'église et rattrapa le petit homme, qui l'avait distancée, au moment où celui-ci poussait une nouvelle porte, plus ancienne encore et plus lourde, et la faisait pénétrer dans un vestibule obscur et frais, bien agréable en cette saison compte tenu de la température ambiante. Tout au fond, il y avait une pièce. Une sorte d'officine, en témoignaient les étagères remplies de fioles et de manuels. Au centre, devant la fenêtre sur laquelle des tentures noires étaient tirées, une table. Bien qu'il fît encore jour au-dehors, un quinquet d'une autre époque distillait une lumière dorée, presque chaleureuse, qui contrastait avec le décor. L'air empestait la noix et la journaliste en conclut que ce devait être cette huile que la lampe brûlait. D'ailleurs, très vite, elle ressentit le léger engourdissement propre à ce combustible lorsqu'il se consumait. C'était, sans doute, ce que l'occupante des lieux tentait de provoquer en utilisant encore ce carburant obsolète.

Assise dans un fauteuil derrière son bureau massif, celle-ci attendait. Elle se tenait très droite, la tête haute, le menton relevé. Vêtue entièrement de noir, comme l'aurait fait une veuve, boutonnée jusqu'au col, elle avait tiré ses cheveux grisonnants en un chignon austère. Elle était sans âge.

Seul signe ostentatoire, un crucifix en étain suspendu à un sautoir brillait autour de son cou. Néanmoins, une chose frappait. Il était à l'envers.

— Hermoni ! articula-t-elle d'une voix gutturale.

On sentait qu'en découvrant la visiteuse inattendue, elle aurait voulu sourire. Mais elle s'en empêchait. Toutefois, ses yeux, d'un marron profond, s'illuminèrent un peu, bien malgré elle.

— Hermoni…, reprit-elle avec plus de chaleur en tendant cette fois sa main à baiser.

Nullement gênée de se voir interpellée par ce prénom, Irina se pencha dans un geste de soumission et effleura les doigts gantés de sa bouche.

Alors qu'elle s'inclinait, des scènes éclairs jaillirent dans son esprit. Elle ferma les yeux. Fulgurantes, envahissantes, elles venaient lui parler d'un passé pas très lointain, mais qu'elle tenait à enfouir au plus profond de son âme.

Des odeurs aussi. Celle, très forte, de la jusquiame noire, la belle endormeuse, capable de donner l'impression de voler dans les airs lorsqu'on l'associait avec de la datura, l'herbe des fous.

Des lieux. Sous leurs pieds. Dans le ventre de la terre. Par le puits, on atteignait la matrice, là où l'union sacrée avait lieu.

Elle frémit.

— Vas-tu bien, Hermoni, mon très cher toi ?

— Je vais bien, ma Mère.

— Reviens-tu vers nous après t'être égarée dans l'absurdité de l'existence des hommes ?

Irina, tout en se redressant, ne put s'abstenir de sourire. Ses sœurs l'avaient appelée Hermoni, car elle n'avait pas les caractéristiques requises pour s'accoupler avec le diable. Mi-homme, car sans les attributs visibles des femmes ; mi-femme, car sans les attributs visibles des hommes. Elle était devenue *Hermoni*. Âme sans sexe. Sorte de divinité protectrice. Ange déchu voué à la sorcellerie.

— Ma vie est ailleurs, maintenant.

— Comme je te plains…

Il n'y avait toutefois dans le ton aucun reproche. Hermoni était libre de choisir son camp, même si celui pour lequel elle avait opté, celui de la lumière, du jour, de la clarté, n'était pas pour son interlocutrice le plus facile.

— Qu'est-ce qui te ramène parmi nous ?

C'était il y avait bien longtemps, en fait. Dix ans. Peut-être plus. Elle se pensait perdue pour la vie, après son séjour en Suisse, et l'obscur l'avait attirée par ses mystères. Convaincue que, de l'autre côté, personne ne jugeait personne.

Taedium vitae[1].

Des rencontres. Des rencontres de rencontres. Un soir, dans une église désaffectée de Paris, elle avait servi d'autel lors d'une messe noire. C'était alors très à la mode. Huysmans venait de sortir *À rebours*[2].

Elle conservait de cette expérience un souvenir infect qui lui laissait encore un goût de métal dans la bouche. Elle se souvenait très nettement de cette lueur de lubricité dans l'œil de ceux qui avaient découvert son corps offert, exposé, fraîchement mutilé, fragile, dépourvu de pudeur tant elle, sa propriétaire, n'était plus rien. De ce faux prêtre, nu sous sa toge, qui officiait sur elle. Des drogues insufflées pour que les barrières de l'inhibition tombent. De cette débauche décadente, sans loi ni raison.

La Mère l'avait sauvée.

Elle l'avait sortie de cet antre de la dépravation et l'avait conduite à Lyon, ville de l'occulte, ville de la magie où le mysticisme le plus disparate régnait. Elle y était restée deux ans, à l'abri des murs de cet ancien couvent des Bernardines. Témoin passif de cérémonies. Symbole de pouvoirs magiques. Comme un

---

1. Le concept de *taedium vitae* (dégoût, fatigue de la vie) est né de la pensée du philosophe stoïcien Sénèque le Jeune.

2. Joris-Karl Huysmans (1848-1907), auteur d'*À rebours*, paru en 1884. Cet ouvrage est considéré comme un manifeste de l'esprit décadent propre au dernières années du XIXe siècle.

grigri auquel on ne touche pas, mais dont il ne faut pas perdre le soutien.

Grâce à elles toutes, elle avait pu se reconstruire. Comprendre. Accepter.

Devenir une femme pensante et non un être asservi.

Puis un matin, elle les avait quittées pour commencer des études à la Sorbonne. Elle était retournée chez les siens.

Apaisée.

Forte de ce qu'elle avait admis. Forte de ce qu'elle avait appris.

Mais de ce passé trouble, elle n'avait jamais rien dit. À personne.

— Nous avons connu bien des affres après ton départ. Ta protection nous manquait.

— J'en suis désolée.

— Tu n'as pas à l'être. Tu devais te rendre ailleurs. Il en était ainsi.

— Je vous remercie…

Car il en était ainsi. En effet.

— Nous avons trouvé des femmes, reprit-elle. Des corps de femmes. Meurtries. Torturées. Martyrisées. L'une d'elles portait la marque des sorcières.

— Et tu désires savoir si certaines de tes sœurs de jadis ont disparu ?

— Oui.

— Y a-t-il eu des gestes se voulant… de purification ?

— Oui. L'eau. Le feu.

Doucement, celle qu'Irina appelait la Mère se leva. Elle contourna la table qui lui servait de bureau et vint se planter face à la jeune femme, qui frémit. De nombreuses années après, elle exerçait encore sur elle une forme de fascination mêlée de crainte. Car elle était celle qui ordonnait. Mais qui fédérait aussi.

Petite de stature, la taille épaisse moulée dans sa robe noire toute simple, elle était loin de refléter l'image de la sorcière que le quidam véhiculait volontiers. Aucune fioriture. Pas de nez crochu non plus. Ni de pustules et de doigts recourbés. Le tissu de ses jupes, qui frôlaient doucement le sol sans toutefois le toucher, lui donnait un air aérien. On aurait dit qu'elle flottait. Impalpable. Un peu comme ces danseuses russes qui glissaient, immatérielles.

Sans prévenir, elle lui prit les mains et planta son regard dans le sien.

— Tu as eu peur dernièrement. Tu as cru ta fin venue. Enfermée.

— Oui.

— Sotte que tu es ! T'affronter à la violence du dogme médical. Comme si les médecins avaient le pouvoir de savoir. De guérir.

— Je voulais simplement dénoncer.

— Dénoncer quoi ? La société des Hommes ? Mais comme tu es puérile ! Notre enseignement ne t'a pas permis de comprendre que la vérité se cache. Ne se dévoile pas. Qu'elle est seulement digne des adeptes. La société n'a pas à être dénoncée. Elle n'est rien. Des idées mercantiles empilées sur du sable. Elle s'effondrera comme elle s'est construite. Engloutie par les forces occultes auxquelles elle n'a pas voulu croire. Nous, nous sommes le pouvoir. La détermination. La liberté. Nous, nous savons. Nous sommes. Mais elle ? Une conspiration fomentée par les hommes pour les hommes ?

Pour conforter ses dires, elle fit mine de cracher par terre, afin de montrer la répugnance que la vie misogyne du dehors lui inspirait.

— Ne souffre pas pour elle. Elle n'en est pas digne. Ne te laisse pas emporter dans la fureur de ceux qui veulent faire de nous des jouets. Lisses. Sans esprit. Fades. Des mères d'enfants bons pour la guerre. Des conceptrices de chair à canon.

— Je ne concevrai jamais de chair à canon.

— Je sais.

— Alors, je veux qu'elles sachent.

— Encore faudrait-il qu'elles puissent t'entendre.

Puis elle lâcha ses mains et, comme elle était venue, elle repartit.

— Tu peux t'en aller, dit-elle simplement. Et n'oublie pas de nous revenir.

— Mais ma réponse ?

— Tu la connais déjà. Toutefois, pour t'aider, je veux bien me renseigner auprès d'autres. Il y a de nombreux clans sur la ville. Je te ferai connaître les résultats.

— Comment ?

De son siège où elle avait repris place, elle releva la tête et là, une esquisse de sourire se dessina sur son visage impavide.

— Nous ne t'avons jamais perdue de vue. Nous te trouverons.

Puis elle la chassa comme on éloigne une mouche inopportune. Le petit homme réapparut et la guida vers la sortie.

Une fois dehors, Irina s'adossa quelques minutes contre le mur extérieur du bâtiment. Elle ferma un instant les yeux.

Perturbée d'être retournée dans un endroit qu'elle avait quitté depuis fort longtemps, et par les souvenirs que cela avait ravivés, elle choisit de rentrer à pied à

Montchat, où elle avait rendez-vous avec les garçons. Le trajet était long, mais lui ferait du bien.

En redescendant vers la Croix-Paquet, des images d'avant l'assaillaient encore, et il lui fallut retrouver le Rhône pour qu'un peu de sérénité lui revienne. Sur le pont Morand, elle fit une pause et se pencha au-dessus du pilier central, profitant de l'arrondi en surplomb que dessinait la balustrade, pour s'accouder et regarder couler le fleuve. L'eau la calmait et il lui était toujours agréable de rester là, sans penser, à contempler cet élément. Car à l'intérieur d'elle, tout n'était que fracas.

Un passant, se méprenant sans doute sur son geste, l'interpella.

— Hé ! jeune homme ! Pas de bêtise, hein ?

Elle sourit tristement. Cela faisait longtemps qu'elle était sage. Se contentant d'une petite vie monacale, cachée dans sa chambre de bonne. Loin de la foule et des regards. Rien. Elle n'était rien. Même son prétendu article brûlant sur les femmes à l'asile avait avorté !

Elle se retourna vivement.

— Oh ! pardon, mademoiselle !

L'homme qui l'avait apostrophée était toujours là et la contemplait, comprenant son erreur. Grand. Svelte. Très brun. Le regard clair. Il portait une de ces casquettes d'ouvrier que certains dandys avaient mis au goût du jour en l'assortissant à un costume trois-pièces. Son ensemble à lui était à petits carreaux délicats, dans les tons marron glacé strié de jaune, et il l'avait associé à une large cravate à pois très sombre. Le tout était surprenant, mais agréable à l'œil. En une seconde, il était facile de comprendre que cet individu, contrairement à beaucoup d'autres, soignait sa mise, en témoignaient aussi sa barbe et sa moustache impeccables, ainsi que ses cheveux parfaitement lustrés, tirés en arrière sous son couvre-chef.

— Aurélien. Aurélien Gozzo pour vous servir. Prêt à satisfaire tous vos désirs.

Et pour parfaire sa présentation, il ôta sa casquette et s'inclina face à Irina, qui se laissa distraire de ses sombres pensées par cet inconnu si particulier.

— Irina Bergovski… pour vous servir aussi ! Et prête, elle aussi, à satisfaire tous vos désirs.

Et prenant son feutre mou entre deux doigts, elle fit de même pour le saluer.

— Russe ?

— Polonaise.

— Sans accent.

— Je confirme.

— Suicidaire ?

— Pas le moins du monde.

L'échange avait été rapide. Ils avaient dû parler fort, car le bruit des sabots des chevaux sur le bitume faisait résonner les pierres de l'édifice.

Et aussi brusquement, ils se turent.

Ce silence soudain la perturba. Comme une claque, elle avala le regard de l'homme et tout son corps en frémit, pris par une frénésie absurde qui le faisait vibrer de l'intérieur, autant que les piles du pont lui-même. Tout ce qu'elle venait de vivre, tout ce qu'elle avait vécu auparavant exacerbait ses sens au point de la faire frissonner. D'énerver sa peau. De pincer ses nerfs.

Face à elle, il semblait autant surpris. Manquant de souffle. Les bras ballants. N'osant bouger.

Un courant électrique se diffusait autour d'eux, irradiant une sensualité distillée sur la moindre once de vie.

Jamais elle n'avait ressenti cela, outre peut-être lorsqu'elle avait vu Félicien pour la première fois. Cet homme avait quelque chose de magnétique qui captait au point d'en perdre la juste raison.

C'était brusque. Fulgurant. Démesuré.

— Viens…

Elle avait soufflé ce mot. Sans bien comprendre pourquoi. Sans trop savoir où elle allait le conduire. Il la suivit. Leurs pas les menèrent dans le premier hall d'entrée sans concierge. À l'abri des regards, sous un escalier, il la prit sans plus de cérémonie en lui murmurant à l'oreille :

— C'est bien la première fois que je déboutonne un pantalon autre que le mien.

Elle ne releva pas. Il chercha sa bouche qu'elle lui refusa. Dans sa tête, la Mère se mêlait aux surveillantes de l'asile. Tant de choses. Trop de choses accumulées sans jamais les répandre.

Violentes.

— Soit…, dit-il.

D'habitude, il imposait. Ici, le jeu était différent.

Coincée entre le corps de cet inconnu et le mur de cet immeuble discret, jambes de chaque côté des hanches de l'homme qui la soutenait, elle ne voulait plus réfléchir. Seulement être. Sous les assauts répétés de son assaillant de fortune, elle laissait sa tête cogner la paroi. Et à chaque coup d'éperon, elle fermait les yeux puis les rouvrait à nouveau lorsqu'il ressortait, afin d'engloutir l'instant dans sa mémoire. Pour se gaver de l'image de ce visage, face à elle, illuminé soudain par le plaisir. Et elle se plut à le contempler.

Elle s'enflamma de cette beauté irréelle que donnait le spasme de la petite mort à celui qui la ressentait.

Pour le satisfaire, elle poussa un râle qui le transcenda soudain, l'aida à donner le dernier coup de boutoir d'une victoire facile. Deux ou trois dernières charges, tout au fond d'elle, en cambrant les reins, vinrent clore la rencontre rapide, puis il se relâcha un instant, enfouissant le nez dans le cou d'Irina.

Comme il se détendait, elle le sentit glisser, se vidant du lien de chair qui, un instant, les avait réunis. Cela le fit réagir et il s'écarta, un peu penaud d'exhiber à sa vue un sexe pantelant. Toutefois, elle n'y prêta pas attention et put se remettre debout. Reprenant ses esprits, elle sortit de la poche de sa veste un mouchoir avec lequel elle essuya le sperme qui coulait à l'intérieur de ses cuisses, puis, sans un mot, renfila son pantalon qui gisait au sol.

— Tu ne veux pas me revoir, je pense.

Ce n'était pas une question. Elle y répondit tout de même en fuyant son regard.

— Tu penses bien.

— Tu fais ça souvent ?

Cette fois-ci, il l'interrogeait. Elle ne se donna pas la peine de répondre.

— D'accord. Alors… adieu, puisqu'il n'y aura pas d'au revoir.

— Adieu.

Et elle le laissa seul se rajuster. Déjà elle passait la porte cochère, éblouie par le soleil, nauséeuse d'un plaisir qu'elle ne connaîtrait jamais.

4

Lorsque la jeune journaliste poussa la porte de chez Félicien, les deux médecins étaient en train de faire le point sur l'enquête en cours, sous l'œil intéressé de Marie-Victoire qui sirotait un thé dans un fauteuil.

Tout autour d'eux, c'était le grand chambardement ! Lacassagne absent, la morgue et ses miasmes putrides ayant été jugés infréquentables, leur nouveau bureau s'étirait maintenant dans la salle à manger de Perrier. Pour ce faire, ils avaient dégagé la table, poussé les chaises inutiles, installé de nouveaux tableaux noirs sur les murs, à la place des peintures. Ils avaient aussi déménagé des fauteuils trouvés dans le grand salon de réception, afin de pouvoir réfléchir plus confortablement. Tout cela, bien entendu, avait été exécuté sous les récriminations et la réprobation de Rose qui, depuis, marmonnait toute seule, ce qui, finalement, ne changeait pas grand-chose à d'habitude.

— Combien serez-vous ce soir à table ? grogna-t-elle en traversant sciemment la pièce pour se rendre dans le jardin.

— Quatre, nous serons quatre.

— Soit… je vais faire un lapin.

C'était dit.

— Et déterrer des carottes.

On ne la revit pas. Sans doute avait-elle préféré emprunter, comme à l'accoutumée, la porte de service pour rejoindre la cuisine, une fois sa cueillette terminée. Irina en profita pour dire bonjour avant de se rendre dans la chambre qui lui avait été allouée.

— Je peux prendre un bain avant de revenir vers vous ?

La maison, de construction récente, offrait tout le confort moderne. Un cabinet d'aisances, relié à une vaste cuve enterrée, ouvrait, comme les autres pièces, sur l'antichambre, à droite du vestibule. Une salle de toilette, avec baignoire, bidet et lavabo, avait même été aménagée à l'étage, juste au-dessus de la cuisine, dotée elle aussi d'un point d'eau !

Fin limier, Félicien, à sa question, se mit à lui tourner autour comme si la nouvelle victime à autopsier, c'était elle.

— Un bain à l'heure du thé ? Est-ce bien raisonnable ?

Pour toute réponse, elle haussa les épaules.

— Je peux ?

— Tu peux. Sais-tu te servir de la cuve à gaz qui chauffe l'eau de la baignoire ?

— Rose m'a montré.

— Parfait.

— Ça sent le stupre[1] tout cela ! murmura-t-il, plus pour lui-même que pour être entendu, lorsqu'elle eut disparu. Je peux le renifler à des kilomètres.

— Irina ? s'exclama Bernard qui avait l'oreille fine. Mais tu m'as dit…

Il retint la fin de sa phrase par égard pour Marie-Victoire, ce qui amusa son hôte. Il haussa les épaules et revint vers la table afin de rassembler ses pensées, un instant dissipées, sur le problème qui les occupait. Perrier en profita pour s'éclipser un court moment. Il revint, moulin à café à la main, afin de demander si quelqu'un voulait quelque chose.

— Un autre thé, Marie-Victoire ?

— Non, merci ! Cela ira.

---

1. La débauche.

— Lecuyer ?

— Rien de plus.

— Soit !

Durant une bonne demi-heure, souhaitant qu'on le remarque, il fit un peu le pitre, coinça le moulin entre ses cuisses pour en tourner plus aisément la manivelle, puis il disparut comme il était venu, heureux de jouer à la perfection le rôle qu'il s'était attribué. On l'entendit même crier dans la cage d'escalier afin de savoir si tout allait bien pour Irina. Encenser Rose sur l'odeur alléchante qui flottait déjà en cuisine. Parler d'intendance comme si la survie de l'économat lui appartenait. Puis il revint, enfin, s'affala dans son fauteuil fétiche, et touilla son breuvage devenu favori, avant de le laisser reposer pour que le marc tombe au fond. Et tout cela avec des mines de comploteur préparant une bonne farce.

Irina se lavait l'après-midi…

— Le plus fou, soupira Lecuyer au bout d'un long moment de silence religieux, pendant que Félicien sirotait son café sans un mot, c'est que contrairement à notre précédente enquête, ici, nous n'avons aucun visage à faire reconnaître en le diffusant dans le journal. Tous les corps sont beaucoup trop abîmés.

— Il est vrai ! finit par admettre Perrier. Impossible pour nous de remonter une piste en partant d'un nom.

— Rien, nous n'avons rien ! Aucune trace sur les dépouilles. Pas un poil. Pas un cheveu indigène. Pas une empreinte.

Du fond de son fauteuil, Marie-Victoire suivait ce début de conversation. Elle se redressa doucement en grimaçant un peu – ses blessures la faisaient encore souffrir – et demanda :

— À votre avis ? Pourquoi quelqu'un tenterait-il de purifier des femmes avec les ordalies, comme si elles étaient toutes des sorcières ?

Les deux hommes la regardèrent de concert.

— Parce que le meurtrier n'aime pas les sciences occultes, suggéra Lecuyer.

— Parce que le meurtrier n'aime pas les femmes.

La jeune institutrice sourit à la dernière proposition, celle de Perrier.

— Mais des hommes qui n'aiment pas les femmes, il y en a des tonnes ! s'insurgea Irina en entrant dans la pièce.

Elle portait un long peignoir blanc en velours de soie, aux motifs japonisants, que Rose avait prélevé sans autorisation dans l'importante garde-robe de Félicien, sur la chemise de corps donnée à l'asile et qui avait été lavée. Parce qu'ils étaient encore humides, elle n'avait pas pris la peine de rattacher ses cheveux blonds qui pendaient, très raides, dans son dos jusqu'au bas de ses hanches.

Son apparence inédite surprit par son relâchement, mais aussi pour l'allure qu'elle lui conférait.

— Si je dois rester ici quelques jours, il faudra que j'aille chercher des vêtements chez moi, s'excusa-t-elle en se rendant compte qu'elle attirait l'attention des trois personnes présentes dans la salle.

— Mais ça te va très bien ! s'exclama Bernard pour justifier son trouble. Je suis d'ailleurs toujours agréablement surpris que tu aies choisi de ne pas couper ta chevelure.

C'était sorti du cœur. Sans vouloir être méchant. La jeune femme en sourit.

— Peut-être parce que je suis une femme, pas un homme.

Sur l'instant, plus rien ne témoignait de l'ancienne Irina qu'ils avaient connue, et qui soudain semblait lointaine. Depuis sa sortie de l'asile, les signes d'un changement devenaient de plus en plus flagrants.

— Oui, c'est certain ! marmonna son interlocuteur en rougissant.

En deux pas, elle fut devant les photographies.

— Tu as fait vite, s'étonna Félicien en parlant du bain que la jeune femme avait pris. Personnellement, j'y reste des heures !

— Pas moi. Je n'aime pas détremper et voir le bout de mes doigts flétrir. Après tout, je ne suis pas un poisson !

Elle lui fit un clin d'œil et changea de sujet.

— Je vois que vous n'arrivez pas à avancer.

— Qu'ont donné tes investigations du côté… des sorcières ? demanda Bernard.

— L'affaire suit son cours, répondit-elle. J'attends des informations.

— Et comment se fait-il que tu connaisses ces… milieux ?

Son regard se posa sur Lecuyer comme si elle le voyait pour la première fois. Leur grand dadais un peu nigaud, un peu innocent, avait changé lui aussi. À croire que le temps faisait son œuvre sur eux tous et que tous les trois évoluaient. En bien ? Elle n'aurait su le dire. Du moins pour Félicien et elle. Car Bernard paraissait heureux.

— Comme je te l'ai expliqué, j'ai écrit un article l'an dernier sur le sujet.

— Et tu as pu t'y infiltrer sans encombre ?

— Oui, j'avais gardé des contacts. On fantasme tant sur le sujet ! Les sorcières ne sont ni plus ni moins que des femmes qui cherchent à exprimer leurs droits, à vivre leur vie, en employant des chemins détournés.

— Tu vois ça comme ça, toi ?

— Oui, je vois ça comme ça, moi. En effet. Que serait-ce sinon ça ? Tu n'imagines tout de même pas que l'on puisse chevaucher un balai pour se rendre au sabbat ?

La question perturba le jeune médecin qui avoua qu'il ne savait pas, alors que des corps tordus de plaisir jaillissaient dans la mémoire d'Irina. La jouissance sans les hommes. Se sentir possédée par le Malin sous l'effet des drogues. La puissance de l'esprit qui permettait de vivre ce qui n'était pas. L'incube.

La partie obscure qu'elle avait fuie.

— Non, la sorcellerie, ce n'est pas toutes ces images impies que les bien-pensants agitent devant notre nez, déclara-t-elle avec aplomb. Être une sorcière, c'est aussi s'affirmer en se libérant du joug masculin. C'est vouloir être soi sans l'être à travers un autre. C'est avoir le droit de se construire sans subir. Notre tueur ne recherche peut-être pas des sorcières, mais des femmes libres.

Elle se tut.

— Si être une femme libre, c'est être une sorcière, alors je suis une sorcière, déclara Marie-Victoire d'une voix assurée.

5

La nuit venue, Perrier s'était faufilé hors de sa chambre. Il ne voulait pas être surpris, il agissait donc comme un voleur. Tenue sombre. Casquette d'ouvrier enfoncée jusqu'aux yeux. Il portait même ses chaussures à la main pour ne réveiller personne !

— Tu vas où ? lui demanda Irina d'une voix sourde.

Il sursauta en la découvrant sur le pas de sa porte, une lampe à pétrole à la main. Nimbée d'une douce lumière jaune, en chemise, cheveux défaits, on aurait dit une apparition ! Mais apparition bien dérangeante pour son ami qui ne souhaitait pas se faire surprendre.

— J'ai un rendez-vous.

— De quelle nature ?

Il ravala sa salive, outré. Mais comme il ne devait pas élever la voix, il chuchota :

— Je ne vois pas en quoi cela te regarde !

Pour toute réponse, elle haussa les épaules, puis finit par riposter :

— Mais ça me regarde, mon gars !

Elle parlait bas tout comme lui, pour rester discrète. Marie-Victoire partageait la chambre adjacente et les quartiers de Rose n'étaient pas loin.

— Drogue ?

Le regard de la jeune femme s'était fait inquisiteur. Il eut soudain envie de sourire.

— Irina la sainte ! Tu as vu mes yeux ? Je n'ai jamais été dupe. Tu connais bien autant que moi les effets des substances illicites. Je suis *clean* comme un enfant au jour de sa naissance.

L'emploi d'un mot en anglais la transporta dans les bas-fonds de Londres et ce souvenir lui causa un pincement au cœur.

— Un homme, finit-il par lâcher avec une mine carnassière.

Il ne mentait pas et, de ce fait, parvint à l'amadouer.

— Un… homme.

— Oui. Je ne vais pas te faire un dessin ! Tu imagines, si je ramenais chez moi une de mes conquêtes ? La tête que ferait Rose ! Je dois me cacher.

À moitié convaincue, elle accepta tout de même son explication.

— D'accord. Tu ne rentres qu'au matin ?

Il avait passé les deux dernières nuits assis dans le tunnel où l'on avait retrouvé les corps. Il en ressortait ankylosé. Meurtri. Mais à la fois régénéré. Lorsqu'il rentrait, à l'aube, puant et endolori, il prenait un bain puis descendait avec des vêtements propres, comme si de rien n'était.

Mais cette nuit allait être un peu différente.

— Oui. Je m'éclate dans un lupanar. Un endroit sordide. Tu sais, le type de lieux qui ne sont ouverts qu'à des gens de mon genre. Bien glauque. Bien répugnant. C'est ce que tu veux entendre, non ?

— Non.

— Dommage. Parce que c'est vrai. *Le Panier fleuri,* ça se nomme. En apparence, un bordel pour hommes riches et bedonnants. Mais en réalité, au sous-sol, se cache une salle bien spéciale pour les déviants comme moi. Pas besoin de chambre pour les tordus de notre espèce. Une simple cave humide fait l'affaire ! Et des banquettes. Tu veux des détails ?

— Arrête !

— Que j'arrête alors que tu m'espionnes ?

— Je ne t'espionne pas. Je m'inquiète.

— Pour moi ?

— Oui, pour toi, idiot ! Mais à tout prendre, je préfère te savoir en sécurité dans une… maison comme tu le dis…

— Une maison close.

— Oui, si tu veux.
— Un bordel.
— Mais arrête donc !
— Un bobinard.
— Oh !
— Un gros numéro[1] !

Il triomphait.

— Tais-toi donc !
— Tais-toi, toi ! Tu vas réveiller tout le monde.
— Et puis tu m'énerves ! Va au diable !
— Avec ta bénédiction, ce ne sera que du plaisir…

En hochant la tête, elle recula pour rentrer dans sa chambre. Mais, avant de refermer derrière elle, elle eut un petit signe.

— Prends soin de toi tout de même, pauvre sot.

Il lui sourit, amusé par son revirement soudain, et disparut dans l'escalier.

Dehors, le froid le happa. La différence de température entre le jour et la nuit était telle qu'il ne pouvait réprimer des frissons. Il héla un fiacre de nuit moins nombreux et il voyageait toujours en voiture ; ces véhicules étaient fermés, discrétion oblige, et se fit conduire à l'asile du Vinatier. Il avait dit à Irina : « Je te vengerai. » Et ces mots-là, il ne les prononçait jamais à la légère.

Arrivé à destination, il patienta un peu, à l'abri des regards, tapi au fond du fiacre, guettant discrètement le manège de deux hommes, dont l'un, tout de noir vêtu, s'engouffra dans un véhicule hippomobile stationné le long du mur d'enceinte. Il semblait porter

1. Terme désignant une maison close dans le langage populaire. En effet, ces maisons étaient signalées par un gros numéro, afin d'engager les passants à entrer.

quelque chose contre lui, caché sous une large cape. L'autre, plus petit, plus sec, plus nerveux aussi, claqua la portière et fit signe au conducteur de filer. Puis il s'en retourna et rentra en se frottant les mains.

Félicien eut juste le temps de relever le numéro de la plaque sur la gauche lorsque l'attelage passa près du sien, rideaux tirés. Il plissa les yeux dans une grimace de satisfaction.

— Attendez-moi ici ! commanda-t-il au cocher. Je viens récupérer un ami qui ne va pas bien, et j'ai besoin que vous soyez là lorsque nous ressortirons.

Le conducteur détailla sa tenue mais ne dit rien. Il le regarda longer le mur, puis se faufiler par un vasistas resté ouvert. Lorsqu'il ressortit, par la porte, il tenait une autre personne contre lui. Elle titubait. Il la chargea dans l'habitacle puis, cette fois-ci, donna l'adresse de l'Hôtel-Dieu.

— Il lui faut des soins, précisa-t-il pour rassurer l'homme qui ne lui demandait rien.

Arrivés en bordure du Rhône, ils descendirent, lui et son fardeau, et il paya grassement la course, afin d'aider le cocher à oublier ce qu'il avait vu. Lorsque le fiacre se fut éloigné, il traîna, tant bien que mal, sa charge sur les bords du quai et la renversa dans une barque. Il la couvrit d'une bâche et, le plus discrètement possible, rama jusqu'au centre du fleuve. Là, il bascula le corps par-dessus bord.

Plouf.

— Va, petit bateau.

Enlever sa cible avait été chose facile. L'homme venait de vendre un enfant, juste né, à un client et comptait son argent, assis à un bureau de fortune, dans les sous-sols de l'asile. Dans la pièce d'à côté, une fille, sans doute la mère, gémissait encore.

— Ferme-la, Mauricette ! avaient été ses derniers mots.

Perrier l'avait assommé, et était ressorti par une porte de service, en le traînant.

— Et de un ! murmura-t-il avec un sourire. Au revoir, Philémon.

Une horrible crapule sans scrupules qui avait traité Irina comme une paria. Une moins que rien. Irrespectueux des femmes. Qui plus est, à la tête d'un odieux trafic d'enfants. Pour l'occasion, il lui avait permis de faire d'une pierre deux coups !

Il revint doucement à quai. La nuit était calme. Une nappe de brouillard flottait sur le fleuve. Sa rame flattait l'eau sans la rider. Sans faire de bruit. À nouveau à terre, il enleva sa casquette et trouva une nouvelle voiture :

— Au *Panier fleuri* ! commanda-t-il.

Cette nuit, il ne dormirait pas dans le labyrinthe. Cette nuit, il s'oublierait.

Chapitre 7

Dimanche 7 août 1898

1

L'annonce de Marie-Victoire avait stupéfié son auditoire. Tout comme elle l'avait ému. Car, en fait, n'était-ce pas là la clef de tous ces meurtres ? Un homme qui ne voulait pas que des femmes s'expriment ? Mais quelles femmes ? Et comment savoir qui elles étaient sans aucun indice ? Pas de visage. Pas le moindre nom. Pas le moindre témoignage. Même pas de vêtements à exposer et à faire reconnaître par des proches ! Cinq femmes s'étaient volatilisées sans que quiconque réagisse dans cette ville !

Le tour des bureaux de police locaux, dans les quartiers, avait été fait. Personne n'était venu signaler la disparition d'une de ses proches.

Rien.

Le vendredi et le samedi avaient été studieux. Le groupe avait besoin de la police pour explorer le labyrinthe, mais Lacassagne, toujours à Paris, ne pouvait demander les renforts souhaités. Il fallait donc attendre.

Pour faciliter les investigations et rendre les réunions plus agréables que dans le bateau-morgue, il avait été convenu que Bernard viendrait passer, lui aussi, quelques jours à Montchat. La demeure ressemblait à une ruche au sein de laquelle chacun s'activait.

Pour une fois, Rose n'avait pas accueilli la décision de son patron en râlant. En fait, elle aimait bien Lecuyer, qui lui rappelait son fils disparu lors de la dernière épidémie de diphtérie. Peut-être parce qu'il s'appelait Bernard lui aussi.

De son côté, Marie-Victoire allait mieux et avait, fort judicieusement, proposé de poster une annonce dans les journaux. Elle leur avait expliqué qu'elle aimait beaucoup, comme bon nombre de lecteurs, parcourir les avis que les particuliers passaient sur la page prévue à cet effet. Elle-même y avait eu recours lorsqu'elle avait perdu Tobby, un petit chien qu'elle avait depuis l'enfance.

— Un bâtard noir et blanc, au poil long et rugueux. Même pas beau ! Mais je l'aimais, avait-elle déclaré la gorge encore nouée.

Dans les pages des annonces, on trouvait de tout. Des personnes qui souhaitaient se marier. D'autres qui recherchaient leur famille. Des gens qui avaient perdu quelque chose. Même des accostes qui proposaient leurs services, à mots couverts. Et des faiseuses d'anges qui mettaient en avant leur discrétion et leur travail soigné !

En quelques mots décents, ils avaient composé leur requête :

À la suite de la disparition de notre sœur, dans la trentaine, nous recherchons des personnes n'ayant plus de nouvelles d'une proche, dans la même tranche d'âge, depuis quelques mois. Petite récompense si les informations données sont intéressantes.

S'ensuivaient l'adresse et les remerciements d'usage. Puis Bernard avait déposé, contre quelques sous, leur texte dans différents journaux de la ville, afin que leur annonce paraisse le dimanche, jour de repos au cours duquel les lecteurs étaient plus nombreux.

Et on était dimanche. Il n'y avait plus qu'à attendre.

Pendant que les autres se livraient à diverses activités, Félicien était descendu dans son laboratoire au sous-sol. Au bout de quelques heures, Bernard, las de jouer au rami contre Marie-Victoire qui gagnait toujours, était venu le rejoindre.

— Bigre ! Tu ne te mouches pas du coude ! s'était-il esclaffé en débouchant dans la salle souterraine, au bas de l'escalier.

Et en effet, l'endroit était très bien équipé !

Debout devant un plan de travail métallique, Perrier, vêtu d'une longue blouse blanche, était penché sur une fiole. Il avait souri, amusé de constater que son collègue demeurait prévisible en toutes choses.

— Je peux aider ?

Fort diligemment, il lui avait tendu un tablier et depuis, tous les deux effectuaient des essais sur une partie des prélèvements faits sur les cadavres, au moment des autopsies.

Lorsqu'ils remontèrent, la journée touchait à sa fin et Irina discutait avec un homme dans le vestibule. Rose, ne le connaissant pas, n'avait pas daigné le faire entrer, aussi la jeune journaliste avait-elle dû venir à sa rencontre.

Il portait la casquette des ouvriers, qu'il tripotait d'ailleurs entre ses doigts depuis son arrivée, une vareuse noire élimée dont le tissu brillait tant il était usé, ainsi qu'un pantalon côtelé malgré la chaleur au-dehors. Pas de chemise. Un simple tricot de corps pas très net et des bretelles sous la veste ouverte.

Lorsque les deux médecins surgirent au fond du couloir, encore vêtus de leurs blouses, le visiteur recula d'un pas comme s'il s'était trompé d'adresse. Une femme portant pantalon, une bonne revêche et deux olibrius en tablier sortis de nulle part, cela avait de quoi déstabiliser !

Félicien, toujours opportuniste, tenta de le rassurer en lui serrant la main, comme s'il s'agissait d'une vieille connaissance.

— Ce monsieur m'expliquait que sa sœur avait disparu il y a près de huit mois, résuma Irina aux nouveaux arrivants.

— Vraiment ?

— Il a vu notre annonce dans le journal d'aujourd'hui, poursuivait-elle à l'adresse de son hôte, le seul qui intervenait.

— C'est le gone qui y a lu, moi j'sais point lire !

— D'accord… et pouvez-vous nous en dire plus sur elle ?

L'ouvrier dévisagea un peu froidement Perrier, comme s'il ne comprenait pas où il voulait en venir. L'annonce parlait de femmes disparues, et sa sœur avait disparu. Que voulait-il de plus ?

— C'est ma fenotte[1] qui m'y a poussé. Vas-y donc, qu'elle m'y a dit, une fois que le gone y a fini de lire. Si ça y peut les aider ? Et p'is y a une récompense.

Il hésita.

— Y a ben toujours une récompense ou d'aut'es y sont d'jà venus ?

1. Femme.

Bernard, décidant de se mêler lui aussi à la conversation, le rassura sur la question.

— En fait, expliqua-t-il posément, notre… sœur a elle aussi disparu voilà presque un an. Et… comment dire… nous avons appris que, peut-être, il aurait pu lui arriver quelque chose… aussi…

Improviser lui faisait chercher ses mots et Irina le jugea bien mauvais acteur. Face à eux, l'homme triturait toujours sa casquette, un peu perdu et ne comprenant pas trop où voulaient en venir les trois personnes qu'il avait en face de lui.

— Oui, il y a bien une récompense ! trancha la jeune femme avec un sourire. Ce que mon am… mon frère… voulait vous dire, c'est qu'on aimerait savoir les circonstances de sa disparition afin de comparer avec la disparition de notre… sœur… et faire un lien possible. Vous voyez ? On pourrait en parler ainsi à la police.

— Ah fichtre, non ! Pas les pandores !

Les canuts gardaient au fond d'eux, depuis les différentes révoltes qu'avait connues *la montagne qui travaille*[1], une animosité maladive à l'encontre des forces de l'ordre et de l'armée, même si le visiteur présent n'avait pas l'âge de s'en souvenir.

— D'accord ! Pas la police.

Il était maintenant sur la défensive et sa réaction vive permit aux jeunes gens de comprendre pourquoi si peu de personnes déclaraient une disparition, surtout si elle avait lieu dans le milieu ouvrier lyonnais.

---

1. Expression de Michelet pour désigner les travailleurs du tissage industriel installés sur la colline de la Croix-Rousse. Plusieurs révoltes des canuts (1831, 1834 et 1848) sont restées célèbres.

— Mais dites-moi, quel est son prénom à votre sœur ? reprit Irina en changeant de sujet.

— Son p'tit nom, c'est Bertille, murmura-t-il toujours méfiant.

— Bertille. Très bien. Et elle… travaillait ?

L'homme roula de gros yeux. Quelle question !

— Ah, c'était pas une gothon[1], la Bertille ! Elle avait de l'honneur !

— Je n'en doute pas une seconde, rassura-t-elle en tapotant doucement l'épaule de son interlocuteur. Notre sœur non plus ne faisait pas la vie. Elle était institutrice.

— Ah ! Voilà ben une gache qu'y lui plaisait ben à la Bertille ! Mais le père y a pas voulu qu'elle reste à la public. Y avait à faire à la maison ! Les études, c'est pour les bambanes[2], y disait le père ! Elle est devenue soyeuse, comme nous.

— Et son nom de famille, c'est quoi ?

— Elle avait des enfants ? renchérit Félicien que cette histoire qui traînait en longueur commençait à irriter.

— Bertille Lacroix. Tout comme moi. Elle avait vingt-six ans et elle avait pas de gones. L'était pas mariée.

— Très bien. Et vous habitez la Croix-Rousse ?

— Pour sûr !

— À quelle adresse ?

Un silence.

— Et qu'est-ce ça peut-y ben vous y faire ?

Puis se reprenant soudain, il tenta un sourire un peu niais, se souvenant qu'il y avait une récompense

1. Prostituée.

2. Paresseux.

à la clef et que ce n'était pas le moment de la laisser filer.

— Toutes mes excuses, ma bonne dame. J'y voulais point vous faire offense.

— Ce n'est rien…

Il se remit à triturer sa casquette, signe que quelque chose le dérangeait.

— C'est tout bon ? J'peux y aller ?

— Juste une dernière chose, intervint Perrier en glissant les mains dans les poches de sa blouse. Si nous vous montrions une photographie… disons… d'un corps. Seriez-vous en mesure de la regarder ?

— Pour sûr !

— Attention. Il s'agit d'une photographie de cadavre, précisa Irina que l'idée de son collègue dérangeait.

L'homme haussa les épaules et soupira.

— Suis pas une mauviette. Des choses, j'en ai t'y vu dans ma chienne de vie.

— Peut-être… mais j'insiste. Il s'agit d'un cadavre en mauvais état. Vous comprenez ?

— Ben, pourquoi me l'y faire voir alors ?

La question était logique, mais Félicien, encore plus impatient, trancha.

— Parce qu'elle pourrait vous rappeler quelqu'un !

Et tout en parlant, il lui mit sous le nez les clichés pris par Bellonnière.

Son interlocuteur eut un mouvement de recul qui lui fit tripoter sa casquette avec encore plus d'acharnement.

— Crédieu !

— On vous avait prévenu.

— Oui-da ! Ben là, y a ben *quéque* chose de la Bertille. J'l'ai point jamais vu comme ça. Sans rien. Mais y a *quéque* chose.

Il recula un peu plus et détourna son regard des photographies.

— C'est tout bon cette fois-ci ? Je peux y aller ?

— Vous pouvez, grommela le médecin. Nous vous remercions.

Mais au lieu de sortir, le dénommé Lacroix se dandinait sur place, comme s'il espérait quelque chose.

— Félicien !

Ce dernier sursauta.

— Oui ?

— La récompense. Monsieur attend sa récompense…

Il fronça les sourcils, prêt à objecter que l'individu ne leur avait rien appris de probant.

— Félicien… s'il te plaît.

Tout en bougonnant, ce dernier farfouilla au fond de sa poche et sortit quelques pièces qu'il déposa au creux de la main de leur visiteur, qui remercia avec chaleur avant de prendre congé.

— Nous voilà bien avancés, grommela-t-il lorsque la porte se fut refermée. Bertille Lacroix, soyeuse, vingt-six ans. Même pas sûr que ce soit elle sur le cliché !

— Tu es injuste. La femme qu'il a montrée est bien morte depuis huit à neuf mois, non ?

— Peut-être ! Cette bêtise m'a tout de même coûté deux francs !

— Oui, mais tu as fait un heureux.

— Il est venu pour la récompense, oui ! Sa sœur, il n'en a rien à faire !

— Tu es trop dur envers cet homme !

Lecuyer, qui n'avait plus rien dit depuis un long moment, haussa les épaules en pénétrant dans la salle à manger transformée en quartier général.

— Cela peut être une piste, admit-il. Demain, il faut aller à la mairie de la Croix-Rousse et demander à voir l'acte de naissance de cette Bertille Lacroix. Si elle est morte sans que son frère le sache, ce sera inscrit en marge. Idem si elle s'est mariée depuis son départ. Nous aurons aussi peut-être, avec un peu de chance, l'adresse de ses parents… s'ils sont encore en vie.

— Bonne idée !

— Je peux m'en charger, si vous le voulez bien, proposa Marie-Victoire qui avait entendu la fin de la discussion. J'ai l'habitude des documents.

Les trois autres se concertèrent du regard.

— Pourquoi pas ? trancha Irina. Mais seulement si tu vas mieux.

— Je vais mieux ! Et pour vous remercier, je veux me rendre utile.

— C'est sympathique à toi, reconnut Félicien. J'ai toutefois des doutes sur cette information, mais bon… Ne négligeons rien… surtout lorsque l'indice coûte deux francs.

Il tentait de garder un visage impassible afin que la jeune journaliste réagisse. Mais elle ne fut pas dupe et préféra ignorer la pointe.

— Par contre, renchérit Bernard en quittant sa blouse, nous avons une nouvelle précision importante à ajouter à notre enquête. Nous avons analysé l'eau trouvée dans les poumons de la dernière dépouille. Et nous avons eu une drôle de surprise.

— Laquelle ?

Les deux femmes s'étaient assises. Lecuyer s'approcha d'un des tableaux noirs.

— C'est une eau salée contenant un peu de sable.

— Une eau salée ? s'étonna Marie-Victoire, décidément très impliquée. Mais il n'y a pas de mer à Lyon !

— Pas d'eau salée, en effet ! D'autant plus que la composition de celle que nous avons trouvée n'a rien de comparable avec une eau naturelle. Elle a été créée de toutes pièces.

— Du bon vieux sel jeté dans un peu d'eau d'une fontaine, renchérit Félicien en se laissant tomber dans un des fauteuils clubs en cuir. Je boirais bien un café. Pas vous ?

Le café, très fort, avec le marc au fond de la tasse, à la turque, était sa nouvelle lubie. Il y ajoutait de la cardamome et le savourait, par petites gorgées, avec un plaisir non dissimulé.

L'idée parut faire son chemin dans sa tête, car il se releva d'un bond et fila à la cuisine, pendant que Lecuyer expliquait quelle teneur en sel avait le liquide trouvé dans les poumons de la dernière dépouille.

— Pourquoi le meurtrier aurait-il salé de l'eau avant d'y plonger la tête de sa victime ? s'étonna Irina. Il faisait chauffer une marmite pour y cuire des légumes et s'est dit : *Tiens, pourquoi ne pas y plonger cette femme ?* C'est idiot !

— Oui… sauf si cette eau est…

— … de l'eau bénite ! s'exclama-t-elle.

— Gagné !

Un silence se fit. Soudain, Marie-Victoire s'esclaffa :

— Parce que l'eau bénite est salée ?

En deux mots, elle dut reconnaître que la fréquentation des églises n'était pas l'activité favorite de sa famille. Et qu'elle-même n'avait pas dérogé à la règle qui faisait que les curés ne faisaient pas partie des personnes invitées à la table du dimanche midi.

— Je ne suis pas baptisée, confessa-t-elle en souriant. Alors, l'eau bénite… vous voyez ce que je veux dire !

Ils voyaient. Et en rirent, sauf Bernard que l'idée chagrina. Impossible pour lui d'épouser une jeune fille qui ne partagerait pas ses convictions ! Et tout en s'en faisant la remarque, il se félicita, une nouvelle fois, de sa démarche chez Reine D'Est.

— Finalement, si nous faisons le point, reprit Marie-Victoire en retrouvant une méthode de synthèse très professorale, nous avons une ou des filles brûlées aux mains peut-être par un liquide, brûlées à l'arrière-train sans doute par le feu et… la tête plongée dans de l'eau bénite. Cela ne serait pas si triste, j'en rirais presque.

À l'évidence, le protocole meurtrier du tueur avait quelque chose d'étrange, surtout pour le commun des mortels non rodé aux dérives des criminels.

— C'est bien cela, confirma Félicien qui revenait de la cuisine en sirotant son café brûlant et bien sucré.

— Je ne comprends pas comment tu peux boire cette chose épouvantablement âcre, grommela Irina en le voyant poser sa tasse presque avec tendresse.

— Tu préférais lorsque je me gavais de fumée d'opium ou que je me piquais à la morphine ?

Il eut un rire sardonique qui résonna dans toute la pièce, et auquel la jeune femme répondit par un haussement d'épaules. Sans bien comprendre, l'institutrice laissa son regard aller de l'un à l'autre, les détaillant comme si elle voulait les sonder de l'intérieur. Puis elle finit par sourire, contente, au fond d'elle, de la rencontre qu'elle venait de faire et qui, elle en était certaine, lui apporterait beaucoup.

— Mais comment pouvez-vous être sûrs qu'il s'agit bien d'eau bénite ? poursuivit-elle en faisant fi de l'aparté mordant de ses deux nouveaux amis.

— C'est très simple, intervint Bernard qui avait de l'expérience dans le domaine, ce que nous avons analysé, Félicien et moi, se révèle être de la bonne eau de source, sans doute prise à une fontaine de campagne ou à un captage en dehors de la ville. Par contre, la concentration de gros sel que nous avons trouvée à l'intérieur n'a rien de normal pour ce type d'eau naturelle. Quant à l'analyse du sable, il était mélangé à de la chaux et pourrait fort bien provenir d'une construction… disons type église. D'où notre déduction…

— Je comprends mieux ! Mais aucune certitude ?

— Aucune certitude, en effet.

L'heure avançant, ils décidèrent de ranger leurs dossiers, afin de ne pas subir les foudres de Rose, et de préparer la pièce pour le repas du soir. Tout en planifiant les tâches à venir, ils convinrent de l'organisation pour le lendemain. Marie-Victoire se rendrait au bureau de l'état civil afin d'en savoir plus sur la dénommée Bertille Lacroix. Irina irait récupérer des vêtements chez elle.

Malgré ce programme bien ordonné, ils étaient toutefois tous certains d'une chose : trouver le coupable ne serait pas chose facile ! Les indices étaient bien minces et les preuves inexistantes.

2

Le dimanche tirait à sa fin. Dimanche tranquille comme cela l'était souvent lorsque la chaleur de l'été mettait la ville dans une torpeur languissante. Même les passants, dans les rues, marchaient au ralenti. Les femmes sous leurs ombrelles peinaient à avancer, corsetées et étouffées sous des couches d'étoffes. Les hommes, en noir, n'en menaient pas large non plus, fort heureusement à l'ombre sous leur melon ou leur haut-de-forme.

Il fallait vraiment avoir une obligation importante pour sortir, alors que le thermomètre menaçait d'exploser !

Cette obligation, Aurélien Gozzo l'avait. Du moins, c'était ce qu'il se racontait. Et racontait à son épouse.

Il avait passé la fin d'après-midi au lit avec une très belle dame. Petite trentaine bien conservée. Étroite, car vierge d'enfants. Sans doute stérile, car mal nourrie.

Une de ces rousses comme il y en avait peu. Le teint pâle. Le poil luisant. Une beauté fragile à peine capable de se mouvoir lorsqu'elle n'avait pas son corset pour tenir sa colonne vertébrale. Le résultat parfait d'une société qui souhaitait modeler la femme à son image. Un délice de corps en S, une nuque longue sanglée par un col montant de dentelle. Sage mais en même temps tellement aguicheur. Prometteur d'une gorge pigeonnante dans son carcan de baleines. Une taille… ah ! cette taille ! À encercler de ses deux mains à peine. Offrant un pouvoir presque maléfique à l'homme qui l'entourait. Possession.

Et il l'avait possédée. Elle. Sa taille fine. Sa poitrine offerte. Son cou gracile. Ses hanches prometteuses. Et son corps déformé au point que, dénudé, il gardait le maintien que des années de servitude lui avaient imposé.

Un cinq à sept.

Grivois.

Rentré chez lui, se gargarisant du souvenir de ses agapes, il tournait en rond comme un ours en cage, dans sa longue robe de chambre d'un beau rouge écarlate. Ah ! Il avait du panache ainsi vêtu ! Un conquistador des temps modernes. Tellement triomphateur qu'il s'était fait peindre en pied dans cette tenue.

Depuis, il trônait bien en place, sur un mur de la chambre de sa femme, victorieux, éclatant, histoire que de son lit, le soir au coucher, elle n'oublie pas, en fermant les yeux, qu'il était son époux.

— Mais cessez donc, mon ami, de bouger ainsi. Vous me mettez la lourde[1].

Rosemonde n'était pas laide. Grand Dieu ! Même en matière d'épousailles, il avait bon goût ! Une brune qui avait su être piquante lorsqu'il lui faisait la cour, sous le regard aimable de ses parents. Ses seuls défauts, outre le fait d'être stéphanoise d'origine, étaient d'avoir trente-cinq ans et de lui avoir fait cinq beaux bambins.

À partir du moment où elle avait été grosse, il ne l'avait plus considérée de la même façon. Diantre ! Elle n'était plus femme, mais mère ! Il ne pouvait plus l'inciter à certains petits plaisirs, alors que de son ventre étaient sortis ses descendants, alors que ses mains caressaient leurs cheveux d'enfant, alors que sa bouche les embrassait[2], alors… non !

Il eut un frisson que sa compagne commenta :

---

1. Vous me donnez le tournis.
2. Clin d'œil au film *Mafia Blues* (1999).

— Comment faites-vous pour avoir froid avec ce temps… et avec votre…

Elle considéra, d'un œil critique, le vêtement criard qu'il portait et qu'elle ne paraissait pas trouver à son goût.

— Je n'ai pas froid ! Je pense.

— Vous pensez à l'après-midi passé avec votre maîtresse.

Rosemonde, en plus de ne pas être laide, était intelligente. Un trait de son caractère dont il se serait passé.

— Est-elle jeune au moins ?

— Un peu plus que vous.

— Vous satisfait-elle ?

Aurélien posa un regard amusé sur son interlocutrice.

— Encore une que vous délaisserez vite, poursuivit-elle.

— Sans doute.

— Pauvre femme.

— Elle n'est pas à plaindre. Je l'ai, je pense, comblée.

— Goujat !

— C'est vous, ma chère, qui m'entraînez vers des sommets que je ne saurais habituellement franchir en votre présence.

— Mais pourquoi me trompez-vous ?

L'homme parut savourer l'instant et prit un long moment avant de répondre. Il tourna la pointe gauche de sa moustache brune entre ses deux doigts et lissa sa barbiche de l'autre main.

— Mais avec toutes ces femmes, je ne vous trompe pas, ma mie… je vous complète.

Chapitre 8

Lundi 8 août 1898

1

Quand Marie-Victoire avait poussé la porte du bureau de l'état civil, la journée commençait à peine. L'air avait encore cette fraîcheur particulière de certains matins d'été, lorsque l'ombre est encore pure, simplement parfumée d'un léger soupçon d'humidité.

Derrière le guichet en bois, large et haut, le secrétaire ne semblait pas commode. Il avait le cheveu rare avec une raie sur le côté droit qui ramenait quelques mèches collées sur son crâne luisant, le teint blafard du gratte-papier qui ne prend jamais l'air, et pour ne pas tacher sa chemise avec l'encre, il portait les surmanches bouffantes des employés en écriture. Le tout assorti d'un petit nœud papillon étriqué et d'une chemise grisâtre élimée au col.

Lorsqu'elle entra, il recopiait d'anciens documents sur un gros registre encore vierge avec l'application de celui qui se pense indispensable.

— Bonjour, monsieur. Veuillez m'excuser…

À peine prit-il le temps de lui jeter un coup d'œil par-dessus les verres épais de ses binocles que déjà il reprenait son travail.

— Je vous prie de bien vouloir m'excuser…, reprit-elle en y mettant les formes. J'aimerais avoir accès au registre des naissances. Celui de 1872.

À la suite de sa demande, rien ne vint rompre le silence, sinon le bruit lointain d'une mouche et le grattement de sa plume Sergent-Major sur le papier. Il ne releva pas la tête.

— C'est de la plus haute importance, insista-t-elle.

— Les bulletins ne sont pas accessibles aux particuliers, sauf s'ils sont de la famille. Vous êtes de la famille ?

— Non.

— Vous ne pouvez donc pas consulter ce registre.

— Mais…

— Il n'y a pas de mais… adieu, mademoiselle.

— Ben voyons !

Au lieu de partir comme l'employé le lui conseillait, la jeune institutrice resta plantée devant le comptoir, sans bouger d'un pouce. L'atmosphère, déjà lourde, le devint encore plus lorsque le sous-fifre se leva, visiblement excédé. Il entraîna avec lui toute une cohorte d'exhalaisons plus ou moins flatteuses, allant de l'eau de Cologne bon marché à la sueur émanant de ses aisselles, du gras de ses cheveux à une fragrance d'humidité moite et de papier moisi, ainsi qu'une dernière, moins définissable, qui laissait à penser que l'homme n'était pas soigneux de son hygiène intime. L'ensemble n'était pas engageant, aussi Marie-Victoire ne put-elle réprimer un pas en arrière.

Son interlocuteur se méprit sur son geste et, pressentant son succès proche, grommela en brandissant un doigt noueux, déformé par le porte-plume en métal.

— Dehors ! La porte !

Mais Marie-Victoire, au cours de sa courte mais tumultueuse carrière, en avait vu d'autres. Et ce n'était pas un rond-de-cuir arrogant qui allait l'intimider ! Son inspecteur d'Académie était beaucoup plus hautain et certainement plus dangereux pour elle.

— Mais non, je ne partirai pas ! affirma-t-elle en lui tenant tête. Je travaille pour le professeur Lacassagne en personne et nous sommes délégués pour aider scientifiquement la police ! Vous croyez que je n'ai que ça à faire ? Attendre ? Et me faire insulter ? Vous voulez que je dépose une plainte contre vous et que vos supérieurs vous demandent des comptes ?

Face à elle, l'homme chancela et blêmit. Il n'aimait pas les ennuis et sûrement pas les remontrances de ses employeurs. Sans un mot, il s'éclipsa, tout en traînant les pieds, vers l'arrière-salle qui contenait les livres de l'état civil, et revint avec un gros registre qu'il tenait serré contre lui, comme si c'était un bien précieux qu'il se devait de défendre.

— Quel nom ? aboya-t-il avec une mimique sirupeuse.

— Bertille Lacroix.

— Lacroix… 1872.

— Je pense.

— Vous pensez ou vous êtes sûre ?

Elle leva le regard vers lui et haussa les épaules.

— Elle a vingt-six ans.

— Et vous la cherchez pourquoi ?

— Parce qu'elle est sans doute morte. Elle a disparu.

Sa précision parut émouvoir le secrétaire, qui, au fond, n'était peut-être pas un mauvais bougre, mais aimait faire son travail dans les règles établies, sans y déroger.

— Je comprends.

Il feuilleta les pages à la recherche du nom donné, puis finit par poser lourdement le registre sur le comptoir.

— Bertille Lacroix. Née le 25 février 1872 au 6, montée des Carmélites. De Jean-Baptiste Lacroix, tisseur, et de Julie Marpas, tisseuse. Est-ce que c'est la vôtre ?

— Je pense.

En bonne professionnelle, elle avait sorti un calepin de sa sacoche d'institutrice et notait les informations données avec un crayon de bois.

— Pas de notes en marge ?

— Aucune.

— Elle ne s'est donc pas mariée ni n'a été déclarée décédée.

— C'est juste.

— Je vous remercie.

Sur ce, elle prit congé et trouva plaisant de revenir à l'air libre, même si dehors la température commençait à monter.

2

Irina n'eut pas besoin de se rendre à nouveau à l'emplacement de l'ancien couvent des Bernardines, juste sous l'église consacrée au saint du même nom, pour glaner de nouvelles informations. En passant chez elle pour prendre quelques affaires, elle trouva un mot glissé sous sa porte. Elle fut étonnée lorsqu'elle en découvrit le contenu. Ainsi, ces personnes qu'elle avait fréquentées jadis connaissaient sa nouvelle adresse ? En même temps, la Mère l'avait prévenue.

Elle fut parcourue d'un frisson étrange, entre plaisir de ne pas être oubliée et inquiétude de découvrir qu'elle ne serait jamais tout à fait libre. Si l'on veillait sur elle, on cherchait aussi à tout savoir de sa vie.

Cette épée de Damoclès au-dessus de sa tête avait de quoi l'angoisser. Que lui arriverait-il si elle dérogeait un jour à la règle de silence à laquelle elle s'était astreinte en les quittant ?

Tout en relisant le pli – *quelqu'un va te contacter, écoute bien ses instructions* –, elle se souvint des nombreuses fois où elle avait été tentée de parler de ce passé à Félicien, de s'alléger de tous ces souvenirs qui marquaient son existence. Comme une flétrissure.

Un peu fébrile, elle emplit une sacoche de vêtements de première nécessité, puis referma derrière elle et descendit l'escalier quatre à quatre, en priant le ciel de ne pas croiser en chemin son chef Grobon, voire son épouse.

Elle était encore épuisée moralement et physiquement depuis son séjour à l'asile, si bien que tout prenait dans son esprit des dimensions disproportionnées. Comme si n'importe qui pouvait devenir un agresseur potentiel. Elle s'en rendait compte et avait du mal à relativiser. Dans sa poitrine, son cœur palpitait à tout rompre. Pourtant, ce message, à bien y réfléchir, était anodin. On lui annonçait seulement qu'une personne allait prendre contact avec elle, voilà tout !

Devant la porte de l'immeuble, elle tenta de recouvrer son calme en se répétant que tout cela n'était rien. Puis elle se dirigea tranquillement en direction de l'arrêt de tramway afin de retourner à Montchat.

Sur le trottoir, elle frôla une femme qui fit tomber son sac. Elle se pencha pour le ramasser, mais celle-ci se précipita au même moment qu'elle afin de l'aider. Sur l'instant, heureuse qu'on l'assiste, elle ne regarda pas son visage. Elle sentit seulement un parfum. Étrange.

— 9, montée des Carmélites. Ça traboule[1] avec la rue Neyret. Tu rentres dans le jardin. Quelqu'un t'y attendra. Tu diras « Yggdrasil ». Tu as bien compris ? Yggdrasil.

Puis la passante disparut comme elle était venue, sans qu'Irina ait eu le temps de réagir et de lui poser des questions. Elle ne vit qu'une silhouette voilée qui s'éloignait à grands pas et s'évanouissait au premier croisement de rues.

Ahurie, elle resta sur place quelques secondes. Vide soudain. Surprise par cette seconde intrusion dans sa vie. Un peu comme si quelqu'un la surveillait en permanence et qu'elle ne s'en était jamais rendu compte.

Le même courant froid que précédemment la parcourut, encore plus violent, encore plus perturbant.

Sorcière. Sorcière.

— Allez-vous bien ? Voulez-vous de l'aide ?

Elle devait être pâle à faire peur, car un nouvel inconnu l'examinait en se tenant face à elle. Elle le dévisagea, un peu perdue, puis murmura un :

— Non… non…

Avant de partir en courant.

L'homme demeura un long moment à la regarder s'éloigner. En s'enfuyant, la peur d'être poursuivie

---

1. Les traboules sont des passages à travers les cours d'immeuble, d'où le verbe pour signifier qu'une allée relie deux rues.

demeurait présente. Incontrôlable. Elle fonça droit devant elle. Telle une bête pourchassée, elle sentait ses battements de cœur dans ses tempes. Sa gorge se serrait. Sa tête, prise dans un étau, menaçait d'exploser.

Un peu hagarde, elle se jeta dans le premier tramway et ne s'accorda un répit que lorsqu'elle fut assise sur une banquette et qu'elle put s'assurer que personne ne la suivait. Là, elle ferma un instant les yeux. Reprit une respiration régulière. Et fit le calme en elle. Sans chercher à comprendre. Sans analyser. Seulement apprivoiser ses angoisses.

Un bout d'un moment, consciente à nouveau des choses et des gens, elle s'aperçut que, si elle décidait de se rendre à ce rendez-vous, elle allait en sens inverse de la Croix-Rousse. Elle descendit donc et récupéra une ligne qui la conduisait dans la direction souhaitée. Puis elle finit à pied. Dix heures sonnaient déjà au clocher de l'église du Bon Pasteur, et un soleil de plomb commençait à étouffer la ville sous une chape oppressante, lorsqu'elle arriva, un peu essoufflée d'avoir grimpé la côte abrupte, devant l'adresse que l'inconnue lui avait indiquée.

L'immeuble était cossu et ouvrait par une porte massive à deux battants surmontée d'un fronton circulaire vitré. Elle la poussa et pénétra dans le hall. La fraîcheur l'accueillit et l'apaisa un instant. Le temps de se reprendre. Puis elle traboula, comme on le lui avait dit, en direction de la rue Neyret.

À peine dans la cour intérieure, une jeune femme coiffée d'un bonnet qui lui mangeait la moitié du visage, toute simple dans sa robe de servante, l'accosta sans pour autant lui adresser la parole. De la main, elle implorait, espérant un signal qui ne venait pas. Sur l'instant, Irina se méprit et crut avoir affaire à une mendiante. Mais un nouveau coup d'œil sur sa tenue lui indiqua que tel n'était pas le cas. Elle se ressaisit et elle murmura :

— Yggdrasil.

Un peu bête de devoir dire un mot de passe comme dans les sociétés secrètes. Un peu irritée contre elle-même de se prêter au jeu.

Toutefois, face à elle, la personne réagit et, toujours sans un mot, tête courbée, elle la conduisit vers un passage bas, auquel on accédait par trois marches, ce qui donnait l'impression de descendre dans une cave.

Et l'endroit dans lequel elle fut invitée à entrer ressemblait effectivement à une cave. Une de ces salles voûtées, tout en pierres jointées à la chaux, fraîche et tellement obscure que les yeux devaient mettre un long moment avant de distinguer les détails. Sur la droite, des braises au sol, entre quelques pierres, finissaient de se consumer.

— Où allons-nous ?

Son guide se retourna vers elle, mais ne lui dit rien. Elle se contenta de jeter dans le feu, en passant, une poignée de fleurs mauves et de lui indiquer, d'un geste large, une ouverture dans le mur du fond, sorte de moucharabieh à travers lequel un courant d'air bienfaisant passait.

— Merci…

L'autre inclina la tête et Irina comprit qu'elle devait être muette. Elle lui frôla l'épaule de la paume. Dans un sourire que la fille ne vit pas tant il faisait sombre, elle la quitta avec un signe pour lui dire au revoir. Puis elle posa son sac de voyage et approcha de l'étrange claustra sculpté, attendant sans toutefois parvenir à voir au travers.

Au bout d'un moment, elle perçut un mouvement discret et ce fut plus l'absence soudaine de brise que la présence de quelqu'un qui la fit réagir. Elle appuya son visage contre la paroi, essayant de distinguer quelque chose dans le noir, mais le souffle qu'elle reçut en pleine figure la fit reculer. Un souffle glacé de mort. Fétide. Qui la fit larmoyer.

— N'approche pas, lui dit une voix sourde, sépulcrale. Ne parle pas. Écoute.

Un silence.

— J'ai su que tu recherchais des femmes ayant disparu au cours des mois passés. Une de nos sœurs nous a quittées. Sans raison. Nous ne sortons pourtant jamais. Notre existence étant vouée à Yggdrasil, l'Arbre Monde. Un matin, elle n'était plus là. Cela fait plus d'un an et nous ne l'avons jamais revue.

— Vous êtes les trois Nornes[1] ?

— J'ai dit : ne parle pas !

— Oui, mais j'ai besoin d'indices !

— Ne parle pas, sinon je pars.

— Non !

Un cri. Elle savait qu'un culte viking existait. Mais elle ne savait pas où se trouvait leur fief.

— Comment était-elle ?

— Tais-toi !

— Juste une question ?

Un silence se fit. Long. Froid. Ses yeux piquaient toujours. Cependant, s'habituant peu à peu à l'endroit, Irina parvint à distinguer, entre les entrelacs de

1. Les trois déesses de la mythologie nordique qui décident de la destinée des hommes. Elles vivent sous la protection de l'Arbre Monde Yggdrasil, qu'elles arrosent avec l'eau du puits du destin.

bois, une haute silhouette diaphane vêtue de longs voiles vaporeux. On aurait dit qu'elle était immatérielle.

À en croire le souffle qui l'avait touchée, peut-être l'était-elle vraiment…

— Elle avait une marque noirâtre au bras. Un signe.

— La marque des sorcières…

Elle avait parlé pour elle-même. La forme derrière la grille avait déjà disparu. Repartie comme elle était venue.

La jeune femme resta un long moment sans bouger. Surprise autant que stimulée par ce qu'elle venait d'apprendre. Puis elle traversa, dans l'autre sens, la pièce où elle était entrée et ressortit dans la cour, sans que plus personne intervienne.

Dehors, le soleil la saisit. L'éblouissant au point de lui faire perdre un instant la réalité des choses. Avait-elle rêvé ? Avait-elle vraiment aperçu cette étrange créature, derrière ce claustra ?

Elle avait soudain sommeil. Elle chercha un appui, car la tête lui tournait, et elle se souvint de la brassée de fleurs que son accompagnante avait jetée dans le chaudron à son arrivée dans la salle. De la lobélie ! Une plante sédative utilisée couramment pour les cérémonies. Elle s'était fait duper comme une novice !

À l'ombre de l'allée, dos au mur, elle tenta de garder l'équilibre : son corps ne demandait qu'à sombrer dans une sorte de coma bienheureux. Elle connaissait bien les effets de toutes ces drogues naturelles employées à des fins hallucinogènes. Elle se souvenait comme cela l'avait amusée, au début de leur rencontre, lorsqu'elle avait compris que Félicien consommait de l'opium.

Ces yeux sans iris ! Il ne l'avait pas trompée longtemps. Elle n'avait jamais été dupe.

Par plaisir, elle se repassa la séquence de leur rencontre, tout en se laissant glisser jusqu'à s'accroupir. Entre torpeur et bien-être. Bienfait et angoisse. Elle souriait un peu béatement. Presque heureuse. Oublieuse de ce qu'elle venait de vivre et d'entendre.

Tranquille.

Soudain, de la traboule de la rue de Neyret surgit un homme entièrement vêtu de noir. Il portait un chapeau à large bord qui masquait son visage et une grande houppelande, un peu trop chaude pour la saison.

À son pas, elle comprit, plus par intuition que par discernement, qu'il venait sur elle. Sans l'appréhender vraiment, l'approche de ce danger soudain la fit se redresser comme un diable jaillissant de sa boîte. En deux pas, elle fut dans l'allée de la montée des Carmélites. Une seconde après, elle en franchissait la porte et courait sans se retourner.

Vite.

Pour distancer ce nouveau danger dont elle ne comprenait pas l'origine.

Comme une folle, elle dévala la pente. Courir. Toujours plus vite. Elle ne pensait plus. Elle fuyait. Sans regarder.

Le choc fut brusque. Elle percuta de plein fouet une jeune femme qui venait dans l'autre sens. Les deux faillirent tomber et se rattrapèrent l'une à l'autre.

— Irina ?

La passante la saisit par les épaules et la bloqua dans sa fuite.

— Irina ! répéta-t-elle en la serrant encore plus fort.

L'inquiétude empêcha la journaliste, l'espace de quelques secondes, de réaliser ce qui lui arrivait. Lorsqu'elle reprit pied, Marie-Victoire lui faisait face et souriait.

— Que fais-tu là ? s'exclama-t-elle, heureuse de cette rencontre imprévue.

Sur l'instant, la jeune femme ne réagit toutefois pas comme l'espérait la nouvelle arrivante. Encore trop inquiète, surprise par les derniers événements qu'elle venait de vivre, elle voyait sans comprendre. Regardait sans ressentir.

— Irina, c'est moi... J'ai appris que Bertille Lacroix vivait ici et je suis venue visiter ses parents. Irina, tu...

Elle n'eut pas le temps de terminer sa phrase. L'homme en noir, qui avait surgi dans la cour de la traboule, était sur elles. Il ceintura Irina qui se débattit, cherchant à l'attirer vers la voiture légère qui venait de se positionner à côté des deux jeunes femmes, portière ouverte. Il la serrait fort et elle sentait le souffle lui manquer. Elle se débattait, mais elle commençait cependant à fléchir, étouffée par l'emprise de son agresseur qui, maintenant, lui appliquait un chiffon contre le nez.

L'odeur l'écœura et, déjà privée de ses forces, elle se sentit totalement défaillir. Ce fut Marie-Victoire qui, comprenant ce qui se passait, réagit. Elle se servit de sa sacoche d'institutrice, qui ne la quittait jamais, et se mit à frapper sur la tête de l'individu qui menaçait sa nouvelle amie.

L'altercation fut brève. À peine quelques secondes. Même pas le temps pour un passant de réagir. Irina, privée de l'étreinte qui la maintenait, chuta violemment au sol. Ses bras battirent l'air à la recherche d'un point d'appui. En vain. Son front cogna le rebord du trottoir. Son esprit se troubla aussitôt sous le choc.

Pas même le temps de pousser un cri.

Au loin, une portière claqua. Les sabots d'un cheval impatient heurtèrent la chaussée comme si la bête dansait soudain de plaisir à l'idée de s'enfuir dans un galop furieux.

Puis plus rien. Rien, sinon la chaleur brûlante du soleil et une commerçante qui sortait de sa boutique en hurlant.

3

Lorsque Lacassagne entra chez Perrier, il ne put réprimer un sourire amusé. Ainsi, durant son absence, sa troupe avait changé de domicile et installé son QG à Montchat ? Loin de l'ennuyer, cela le réjouissait. Comme si, soudain, cette petite équipe sans importance, tout juste bonne à soutenir la police dans ses enquêtes, devenait plus professionnelle. Plus organisée. Plus réactive, peut-être.

Bien sûr, dans l'affaire actuelle, son trio piétinait. Mais comment progresser avec si peu d'indices ? Sans eux, le procureur, n'ayant pas de flagrant délit, aurait sans doute déjà classé l'affaire faute de preuves et de suspects !

— Le corps d'un noyé pas très frais est rentré hier à la morgue, raconta Félicien pour expliquer ce déménagement soudain. Delaigue l'a exposé avec ses effets personnels et, toute la journée d'hier, les badauds se sont succédé derrière la vitrine pour tenter de le reconnaître. Sans parler du bruit occasionné, mais avec la chaleur l'odeur est vite devenue insupportable.

— Je sais. J'y suis passé en vous cherchant.

— À croire que ça plaît aux gens de renifler la mort de près, renchérit Lecuyer. Pourtant, mon Dieu que ça pue dans ce bateau ! Je ne comprends pas comment le vieux fait pour tenir le coup.

— Il a l'habitude, trancha le professeur en serrant les mains qui se tendaient. C'est un dur à cuire. Plus rien ne le dérange.

Il eut un sourire un peu taquin.

— Vous ne le direz à personne, poursuivit-il en entrant dans la salle à manger, mais, en plus de perdre l'ouïe, je le soupçonne d'avoir aussi perdu l'odorat. Son grand âge, sans doute.

Puis, sans y être invité, il tira une chaise et prit place autour de la longue table transformée en bureau.

— Je ne reste pas. Je passais dans le quartier, aussi je me suis dit qu'une petite visite serait la bienvenue.

Il sourit humblement.

— Vous voilà bien installés, poursuivit-il en tirant à lui les notes prises pendant les dernières analyses. Bien mieux que sur la plate. Pas de roulis ici. Cela me ravit.

— C'est vrai ? Nous craignions…

— Et que craigniez-vous ? s'amusa-t-il en coupant la parole à Bernard.

— Je ne sais pas… que vous en preniez ombrage.

Très détendu, il se laissa aller en arrière et croisa les mains sur son estomac, juste à la limite de son gilet impeccablement boutonné sur lequel brillait la chaîne en or de sa montre.

— Pensez-vous sérieusement qu'il me plaît de vous voir travailler dans une atmosphère emplie de miasmes, sur une table de pierre servant aussi pour des autopsies, sans même une bonne chaise pour s'asseoir ? S'il n'était que de moi, vous bénéficieriez d'une vaste salle de réunion et de travail, complétée d'un laboratoire d'analyses à la pointe. D'ailleurs, je suis sûr que notre cher Perrier a pensé à tout cela… N'avez-vous point un laboratoire en ces lieux ?

— Si, je l'avoue. Au sous-sol. Je l'ai aménagé dans la cave.

— Merveilleux ! Que demander de plus ! Bien sûr, cela me dérange que ce ne soit pas organisé aux frais de l'État, mais qu'y pouvons-nous ? Nos avancements n'intéressent pas assez la Justice. Elle nous sollicite parfois, étonnée que nous puissions lui apporter une réponse. Surprise que des preuves relevées prouvent une culpabilité. Notre temps viendra. Très bientôt, la société ne pourra plus se passer de nous. Toutefois, pour l'instant, il nous faut patienter et faire avec les moyens du bord.

Il avait dit sa dernière phrase en se redressant. Il l'assortit d'un profond soupir tout en replongeant dans les notes étalées devant lui.

— Eau bénite. Pourquoi eau bénite ?

En deux mots, Lecuyer lui expliqua comment ils en étaient arrivés à cette étrange déduction. Puis il lui raconta aussi l'annonce passée et comment ils avaient recruté une nouvelle aspirante experte en la personne de Marie-Victoire.

— Fort bien… fort bien… Vous avez donc avancé ? Et où sont ces demoiselles ?

Les deux jeunes médecins se regardèrent. Midi était en effet passé et aucune des deux filles n'était encore revenue.

— Marie-Victoire devait se rendre au bureau de l'état civil afin de voir si une note en marge avait été inscrite sur l'acte de naissance de notre Bertille Lacroix.

— Très bonne idée !

— Quant à Irina, elle est partie ce matin prendre quelques affaires à son domicile.

— Ce matin ?

Nouveaux regards et nouvelle gêne.

— Oui, ce matin, murmura Bernard en découvrant que la jeune femme aurait déjà dû revenir depuis longtemps. J'étais en train de travailler au laboratoire, et Félicien avait une course à faire. Nous n'avons pas vu le temps passer. Félicien ? Tu n'en sais pas plus ?

Ce dernier n'avait pas d'informations sur le sujet.

— Elle enquête sur le milieu de la sorcellerie à Lyon. Peut-être aura-t-elle suivi une piste ?

— J'aimerais que vous en ayez le cœur net, demanda Lacassagne que cette absence prolongée inquiétait soudain. Irina a vécu une période difficile à l'asile et elle est encore fragile. Je veux être certain que tout se passe bien.

C'était la première fois qu'il appelait la jeune journaliste par son prénom, gardant habituellement plus de distance dans sa façon de s'exprimer.

— Je vais aller chez elle. Je sais où elle habite, proposa Félicien.

— Très bien. Je vous remercie. De mon côté, j'ai réfléchi à quelque chose qui pourrait orienter notre enquête. Vous allez me dire ce que vous en pensez.

— Dites.

— Il me semble, en regroupant les informations que nous avons, que ces meurtres ne peuvent avoir été commis par un seul homme. Trop de manipulations. Une organisation trop lourde pour un individu. J'ai pensé à un groupe.

— Un groupe d'extrémistes ? s'inquiéta Lecuyer en songeant à la réunion où il s'était rendu mercredi.

— Tout à fait… Des gens qui cibleraient certaines personnes. Je ne sais pas encore sur quels critères.

— Marie-Victoire propose que cela pourrait être des hommes qui n'aiment pas certaines femmes.

— Comme les inverties ?

Félicien rougit.

— Certainement pas ! s'insurgea-t-il avec peut-être un peu trop de véhémence pour que cela passe inaperçu. Par contre, je ne cautionne pas l'idée du groupe. J'ai fait ce que j'appelle un profil rapide de notre meurtrier.

Le jeune médecin se servit un café. Le sucra. Le touilla. Puis porta sa tasse à ses lèvres avant de continuer.

— En voulez-vous un ?

Lacassagne refusa.

— J'ai tenté d'en boire quelquefois après un bon repas, comme beaucoup le font maintenant. Mais l'expérience n'a pas été convaincante. Ce breuvage m'occasionne des brûlures d'estomac fort désagréables. Mais revenons plutôt à ce que vous appelez un…

— … profil.

— Oui ! Un profil ! Quel mot bien choisi pour définir les caractéristiques d'une personne !

Perrier hocha la tête de satisfaction.

— Homme moins de cinquante ans, car il doit être suffisamment fort pour porter ses victimes, en sachant que certains passages du souterrain sont malaisés.

— Disons alors moins de la quarantaine, car je me vois mal faire ce dont vous parlez, intervint Lacassagne avec humour.

— D'accord. Donc encore jeune et surtout bien charpenté. Il est comme une médaille. Un côté sombre contre la peau et un côté lumineux face au monde. Il n'aime que les femmes asservies. Les autres, il les méprise au point de vouloir les purifier.

— Tu nous parles là de la gente masculine dans son intégralité ! persifla Bernard.

— Oui, mais chez lui l'irrespect atteint son paroxysme. Pour en arriver là où il est, il a dû être opprimé dans sa jeunesse. Ou traumatisé. Peut-être une mère trop influente. Il en garde une crainte qui fait qu'il ne peut s'attacher aux femmes, et celles qu'il consomme, s'il en consomme, j'imagine bien qu'il les jette très vite.

— Un coureur ? reprit son collègue.

— Peut-être. Ou un abstinent, c'est au choix.

— Une nouvelle fois, tu nous ouvres un champ des possibles énorme. Nous voilà fin prêts à rechercher dans Lyon, ou ailleurs, car il peut venir d'ailleurs, un homme bien de sa personne, costaud, aimant les femmes… ou ne les aimant pas. Grand Dieu ! Quel panel !

— C'est mieux que rien, soupira Lacassagne. Nous savons ainsi vers quoi ne pas nous orienter.

— Il est organisé, reprit Félicien. Il suit un protocole défini : en témoignent les sévices commis sur ses victimes qui semblent respecter une sorte de cérémonie. Quelqu'un qui se doit sans doute d'être méticuleux dans son travail.

— Un gratte-papier ? osa le professeur.

— Pourquoi pas ? Travaillant dans l'administration. Répondant à un ordre logique. Un acte devant être fait avant le suivant pour que tout s'emboîte sans problème.

— Ce descriptif correspond aussi à un ouvrier, fit remarquer Bernard. Un soyeux, par exemple, suit un protocole établi pour parvenir à la fin de sa tâche.

— Non, pas possible ! trancha son collègue. Notre homme aime le pouvoir. Il a besoin de se faire remarquer. Un ouvrier se perd trop dans la masse.

— Si je suis votre raisonnement, reprit Lacassagne, notre tueur pourrait très bien être médecin ? Pouvant donner la vie ou la mort.

— Tout à fait !

— Fonctionnaire. Médecin. Et puis quoi d'autre encore ? se moqua Lecuyer en se renversant sur sa chaise.

— Manipulateur. Il peut berner son auditoire.

— Alors, là, on parle de toi !

Félicien fustigea son ami du regard.

— Charmeur. Agréable. Sympathique.

— Oh, grand Dieu ! Dois-je appeler la police ? enchaîna son comparse en cachant son visage derrière ses bras repliés, comme si la vue de son hôte lui faisait soudain peur.

— Messieurs ! Voyons ! Un peu de sérieux. Nous parlons de quelqu'un qui tue des femmes.

L'intervention du doyen ramena un semblant de calme. Toutefois, Bernard ne pouvait s'abstenir de rire un peu bêtement, tant il trouvait que le descriptif que faisait Perrier de l'homme qu'ils recherchaient correspondait en tout point à lui-même.

— Nous devons donc nous concentrer, d'après vous, sur un homme d'apparence agréable, bien inséré dans la société. Intelligent. Cherchant la reconnaissance de ses pairs.

— C'est bien cela… Tout son comportement me pousse à le penser. Cet amas de squelettes installé comme un reposoir. « Tenez ! Je vous présente mon œuvre ! » Il faut être pédant pour agir de la sorte. « Je vous cache mes meurtres pour que vous mettiez du temps à les découvrir. » Ce qui rend le tableau, d'avance, très cruel. Violent. Et parallèlement « je vous offre ce que j'ai fait de plus beau ! ».

— Ses crimes, soupira Lacassagne.

— En effet, admit Perrier. Ses crimes. Sa plus belle réalisation, dont il est fier. Car si ce n'était pas le cas, c'est au fond d'un puits qu'il aurait jeté ses victimes avec la certitude que jamais personne ne les retrouverait.

— Je vous suis dans l'idée.

Seul Bernard ne semblait pas adhérer aux déductions de son ami. Il hochait la tête en faisant la grimace, comme si ce qu'il entendait dépassait l'entendement.

— Très amusant tout cela, finit-il par dire. Mais, ce que vous me contez là, c'est l'histoire d'un homme bien sous tous rapports et qui vit sa petite vie sans souci. Moi, lorsque je descends dans le souterrain, je ne me souviens que de la vision apocalyptique d'un charnier. Rien de charmant là-dedans. Rien de cohérent ! Cela ne peut être que l'œuvre d'un fou, d'un malade. Je l'imagine plutôt hagard, errant dans la ville à la recherche d'une proie facile. Les cheveux en bataille. Les doigts crochus. Le teint gris. La lippe baveuse. Le front bas. Le dos voûté ! Alors que vous, vous êtes en train de m'en faire un héros de conte de fées !

Lacassagne et Perrier échangèrent un long regard et ce fut le professeur qui reprit la parole. Contrairement à son étudiant préféré, il savait avoir les mots qui calment. Les paroles qui expliquent sans choquer.

— Je comprends très bien votre point de vue, mon très cher Lecuyer, mais il faut se rendre à l'évidence. Ce nouveau type de tueurs, que votre collègue est en train de cerner précisément, ne ressemble en rien à notre criminel d'instinct, tant connu jusqu'alors. Celui-ci est réfléchi. Intelligent. Donc, encore plus difficile à piéger.

— Et pourquoi s'est-il mis à tuer, *votre homme bien sous tous rapports* ?

— Sans doute un choc. Un changement dans sa vie. La mort de sa mère par exemple.

— Ha ! Ha ! Vais-je devenir un criminel, lorsque je mènerai ma mère en terre ?

Félicien baissa la tête.

— Tu n'as pas un traumatisme sous-jacent. Du moins, je ne le pense pas !

Un silence se fit. Bernard ruminait.

— Insinuerais-tu que tout homme perturbé deviendrait un criminel lorsqu'il perd sa mère ?

Son collègue haussa les épaules et se leva. Il saisit la cafetière posée sur un guéridon, la secoua puis maugréa :

— Morbleu ! Il est froid !

Il parlait du café.

Cela parut beaucoup le contrarier. Bien plus que ce que venait de suggérer son collègue.

— Vous savez très bien, cher ami, que votre déduction est un peu simpliste. Avec une pointe de provocation, il me semble.

Lacassagne s'était levé aussi et avait saisi Bernard par les épaules. Il souriait. De ce sourire plein d'affabilité qui apaisait. Sous ses mains, il sentit le corps de son voisin se détendre, comme si ses tensions s'envolaient.

— Nous le trouverons, Bernard. Rassurez-vous. Nous le trouverons.

Il se voulait rassurant et, de ce fait, il rassura. Le jeune médecin hocha la tête et sourit.

— J'ai tant à cœur de venger ces pauvres femmes que j'en deviens excessif, s'excusa-t-il.

— C'est humain, admit son mentor. C'est humain.

Puis il lâcha dans un soupir :

— Je ne faisais que passer, et voilà que je m'éternise ! Je vous laisse, mes amis. Je vous laisse. À très vite pour de nouvelles informations. Et bravo, Félicien, pour votre profil très pertinent.

4

La réunion du lundi avait lieu en comité réduit. Constant y avait entraîné Bernard, réussissant à le faire admettre dans le cercle très fermé des initiés, et cela après avoir prêté serment sur la Bible.

Ce dernier, venu le saluer après un passage chez Reine D'Est, avait un peu traîné les pieds pour s'y rendre, mais la demande pressante de son nouvel ami l'avait encouragé à y aller.

Ce jour-là, on ne mangeait pas. On revêtait, avant d'entrer dans la salle souterraine, de larges toges et on se couvrait la tête de capuches en pointe percées d'orifices pour les yeux, un peu à la manière de cette secte qui œuvrait en Amérique depuis quelques années déjà, le Ku Klux Klan. Lui était en blanc. Certains, dont Bellonnière, étaient en rouge, et seulement trois des membres portaient du noir.

Lecuyer avait trouvé ce genre d'accoutrement franchement clownesque, à la limite de la bouffonnerie. De plus, là-dessous, on ne voyait rien ! Toutefois, le but n'était pas de voir, mais d'entendre. Et de voter aussi.

En résumé, au bout de quelques minutes, sous l'obscurité de son masque, il s'ennuyait ferme. Les discussions tournaient en rond. Ceux qui paraissaient diriger le cénacle revenaient sans cesse sur l'outrecuidance de certaines « femelles » qui revendiquaient des droits que Dieu lui-même ne leur accordait pas. Les incriminations frôlaient le vulgaire. Soit, il était de ceux qui souhaitaient ardemment que les filles d'Ève restent au foyer, à veiller sur la famille. Mais de là à vouloir attenter à leur liberté ? Il n'était pas d'accord.

Lorsque le nom de Marguerite Durand avait été prononcé, il avait tressailli, songeant aux dépouilles décomposées des victimes trouvées dans le souterrain sous la Croix-Rousse. Le groupe dans lequel Constant l'avait fait admettre avait-il un lien avec ces meurtres ?

D'après les dires de Perrier, c'était l'œuvre d'une seule personne. Lacassagne au contraire pensait, avant la révélation abracadabrantesque de son collègue, que c'était un groupe de plusieurs personnes qui opérait. Qui croire ?

Son nouvel ami n'était de toute façon pas de ceux qui pouvaient tuer des femmes. Même en réunion. Son émotion en découvrant le charnier en témoignait.

Son émotion ?

Il avait quitté le photographe devant sa boutique, place des Jacobins, presque avec soulagement, sans bien arriver à comprendre pourquoi ; soudain, il sentait qu'une distance venait de s'instaurer entre eux.

Fort heureusement, son passage chez la marieuse la plus célèbre de Lyon, quelques heures plus tôt, avait été prometteur. Dans un salon douillet, elle lui avait présenté une jeune fille lumineuse et douce, à l'image de la pièce dans laquelle ils se trouvaient.

D'elle, il ne savait que peu de chose, sinon qu'elle s'appelait Élise. Et depuis, son prénom flottait sur ses lèvres comme une tendre promesse. Il se sentait prêt à le prononcer jusqu'à la fin de ses jours.

Élise.

Un sourire. Elle avait un charmant petit bibi adorable sur lequel des oiseaux en velours roucoulaient. Il en frissonna de plaisir et continua sa route en sifflotant.

5

Félicien s'était rendu, en fin de journée, chez Irina. Comme elle ne répondait pas, il avait tenté d'avoir des nouvelles auprès de son chef, M. Grobon. Il avait frappé chez lui. Mais ce dernier ne savait rien et disait ne pas l'avoir vue depuis son départ à l'asile. Il avait la clef de la chambre de bonne qu'elle occupait, aussi avait-il consenti à lui en ouvrir la porte.

À l'intérieur de l'appartement, rien n'indiquait que quelque chose d'inquiétant avait pu se produire. Seul un message sur la table laissait entendre que quelqu'un allait contacter Irina. Mais qui était ce quelqu'un, et quelles instructions avait-il données à la jeune femme ?

Les commerçants interrogés alentour n'avaient pas été plus bavards. Seul le boucher, souvent sur le pas de son magasin à fumer, pensait avoir reconnu Irina en la personne bousculée par une passante voilée.

Mais rien de plus. Chacune était partie de son côté. Irina semblait pressée, car elle courait.

De plus en plus soucieux, il s'était dirigé vers le premier arrêt de tramway afin de glaner quelques informations. La journaliste, avec sa tenue équivoque, ne passait pas inaperçue. Mais il était trop tard pour parler à quelqu'un. Il fallait remettre les recherches au lendemain.

À la Croix-Rousse, le bureau d'état civil était fermé lui aussi. Il put tout de même apprendre, par une mendiante qui ne quittait pas les abords, que Marie-Victoire était venue le matin même. Depuis, on perdait sa trace, car la pauvre vieille avait été incapable de lui dire dans quelle direction elle était partie. Elle se souvenait seulement de sa longue natte brune et de son sourire satisfait. Marie-Victoire lui avait mis dix sous dans la main qu'elle s'était empressée d'aller boire au café du coin, en se sifflant un pot de vin.

Mais quelle mouche avait bien pu piquer les deux jeunes femmes pour disparaître de la sorte, sans donner de nouvelles ? Un mauvais pressentiment l'avait parcouru et, pour la première fois de sa vie, il s'était senti démuni.

Pour tenter de calmer son inquiétude grandissante, il avait décidé de filer Bernard, qui sortait beaucoup trop le soir, à son goût, depuis quelque temps !

Caché derrière la fontaine, place des Jacobins, il avait donc épié Constant Bellonnière, lorsque Bernard l'avait retrouvé devant son atelier. Discrètement, il avait suivi les deux hommes jusqu'à leur lieu de rendez-vous où il avait tenté, en vain, de se faufiler dans la cave. Un garde-chiourme veillait, large comme une armoire et haut comme un lutteur, aussi n'avait-il pas trop traîné. Dans quelle galère son ami s'était-il donc mis ? Pour en avoir le cœur net, il avait fait son enquête. Il voulait être certain qu'il ne craignait rien.

Il avait appris, en graissant quelques pattes, que ce cénacle avait ses habitudes les mercredis et les lundis. Les lundis étant destinés à des sujets plus délicats, tous les membres n'y avaient pas accès. On y portait la cagoule. De ce fait, il en avait conclu que le photographe, sous ses airs discrets, devait en être un membre influent. Lorsqu'il avait réussi à comprendre le but de ces petites sauteries, il avait beaucoup moins aimé la plaisanterie.

Des hommes qui n'aimaient pas les femmes.

Cette idée lui semblait inconcevable ! Se sentir fort jusqu'à vouloir affirmer sa suprématie aux dépens de la liberté d'autrui ? Quelle notion impensable !

Le plus simple aurait été de faire le beau devant Bellonnière et d'intégrer le groupe pour découvrir ce qu'ils tramaient avec leurs singeries. Mais comment y parvenir ? Ce branque de Lecuyer y jouait déjà les conspirateurs masqués ! Il lui fallait donc procéder autrement.

Tout de même, ce Constant Bellonnière ! Il cachait bien son jeu ! En glanant des informations sur lui, il avait découvert que de retour comme reporter à l'étranger, ce dernier s'était installé, à la quarantaine bien sonnée, dans l'atelier où il travaillait toujours. Il le louait à une riche héritière déjà âgée, à qui appartenait tout l'immeuble. Il avait d'ailleurs fini par l'épouser. Il n'avait pas eu, de ce fait, d'enfants, la dame n'étant déjà plus, au moment des noces, en âge de procréer. En revanche, il avait un chat. Un énorme matou fauve qui répondait au patronyme de Nadar, en référence au photographe lyonnais du même nom et à sa chevelure flamboyante. Il aimait la marche à pied, les pruneaux d'Agen – peut-être était-il de nature constipée – et la tête de veau sauce gribiche que leur bonne ne manquait pas de lui préparer le dimanche à midi – le boucher du coin pouvait l'attester. Son épouse sortait peu. De son côté, deux fois par semaine, Monsieur se rendait à ses réunions qu'il devait imaginer sulfureuses, car il y allait toujours avec un léger air de conspirateur. Il allait aussi régulièrement au bordel.

C'était à ce genre d'ineptie que participait Lecuyer qui, comme le grand dadais qu'il était, n'avait pu s'empêcher de suivre le photographe.

Lorsque l'assemblée s'était séparée, chacun partant de son côté, tête basse, sa cagoule sous le bras, Perrier avait dû choisir entre suivre un des protagonistes ou pister Bellonnière. Mais à voir filer ce dernier, après un bref salut à Lecuyer, il avait vite compris que la soirée du photographe ne devait pas s'arrêter là.

Il avait souri.

Le jeudi précédent, alors que lui-même se rendait discrètement au *Panier fleuri* après l'épisode Philémon, quel bonheur avait-il eu d'y découvrir Bellonnière en personne qui en sortait ! Le photographe ne l'avait pas vu. La porte franchie, il avait hélé un fiacre, un peu plus loin. Discrètement. Comme tout un chacun désirant rentrer chez lui après une petite soirée friponne passée à s'encanailler.

Sa main à couper qu'il retournait au même endroit pour terminer la journée en beauté !

Félicien avait donc choisi de suivre le prétendu cerveau de cette mascarade puérile.

Il avait déjà croisé le meneur. Un médecin qui œuvrait à l'Hôtel-Dieu, mais dont il ne connaissait pas le nom. Cela le surprenait toujours de découvrir que des personnes qui avaient prêté le serment d'Hippocrate pouvaient s'en prendre aux femmes. Il y avait toujours quelque chose de déplaisant dans l'idée que l'on pouvait sélectionner les gens selon leur sexe, mais aussi selon leur couleur, leur aspect, leurs mœurs ou leur religion. Ne vouloir trouver des qualités qu'à ceux qui vous ressemblaient s'apparentait bigrement à de l'eugénisme !

L'homme qu'il filait l'avait conduit, sans difficulté, du côté des Sarrazinières, anciens souterrains sur les bords du Rhône, détruits en partie lors de la construction du chemin de fer, mais qui renfermaient encore quelques tronçons utilisables. On y progressait avec peine et il fallait bien savoir où l'on se rendait pour se risquer entre les éboulis, les gravats et les miséreux en guenilles, regroupés qui autour d'une loupiote, qui autour d'une bougie.

Ayant relevé mentalement le chemin à emprunter, et fort de ces nouveaux renseignements instructifs, il avait abandonné la piste, se promettant de revenir au petit jour, n'ayant pas de lampe sur lui.

Il s'était ensuite dirigé, en sifflotant, vers le premier fiacre libre et s'était fait déposer en ce lieu trouble où il aimait se divertir. Certain d'y croiser à nouveau son nouvel ami Constant.

6

Lorsque Irina ouvrit les yeux, tout était blanc autour d'elle. Un instant, elle se crut morte et reposant au paradis. Et, dans la confusion de son esprit embrumé, il lui fallut une bonne minute pour admettre que, primo, elle n'était pas croyante, et que, secundo, la femme voilée penchée au-dessus d'elle n'était pas un ange gardien, mais bel et bien une servante[1] d'hôpital.

— Voilà que vous ouvrez les yeux ! C'est magnifique !

Magnifique, ce n'était pas le mot juste pour résumer ce qu'elle ressentait. Un peu trop excessif à son goût. Tout d'abord, il y avait cette barre terrible qui lui transperçait la tête, comme si un ennemi invisible avait troué son cerveau avec son épée. Puis cette douleur à la mâchoire, conséquence, sans aucun doute possible, d'un uppercut bien placé.

— Une commerçante vous a relevée sur le trottoir ? Quelqu'un vous avait bousculée. Vous vous souvenez ?

Elle ne se souvenait pas et le dit d'une voix éteinte.

— C'est bien dommage… nous aurions pu ainsi comprendre ce que vous voulait cet homme. Vous n'aviez pas de sac. Peut-être vous l'a-t-il volé ? Nous ne connaissons même pas votre nom.

Son nom ?

Elle frémit.

Qui était-elle ?

Rien n'arrivait à sa mémoire. Ses souvenirs étaient vides.

Elle ferma les yeux et tenta de se concentrer.

— Marie-Victoire…, souffla-t-elle avec effort.

Et toujours ce mal de crâne lancinant qui ne lui permettait pas de réfléchir !

— Vous vous appelez Marie-Victoire ?

---

1. Nom donné à l'époque aux infirmières.

La journaliste fit un effort pour comprendre. Si ce prénom lui était venu, peut-être était-ce parce que c'était le sien ?

— Je ne sais pas.

— Ce doit être le vôtre, sinon pourquoi le dire ?

L'infirmière avait la logique des personnes qui ne se posent pas trop de questions. Pour lui plaire, Irina hocha la tête. Mal lui en prit, car cela déclencha une secousse électrique qui irradia tout le haut de son corps.

— Vous vous êtes assommée contre le trottoir, expliqua la soignante en réponse à sa grimace. Un coup violent augmenté par la poussée de l'homme auquel vous vouliez échapper. Votre mari ?

Son mari ? Était-elle mariée ? Doucement, elle porta sa main gauche à hauteur de ses yeux. Aucune alliance. Elle devait être célibataire. Toutefois, un nouveau prénom venait de surgir sans prévenir. *Félicien*. Elle le dit, ce qui parut satisfaire la personne à son chevet.

— Nous progressons ! s'exclama-t-elle en employant le *nous* infantilisant. Nous voilà ainsi avec votre prénom : Marie-Victoire et sans doute celui de votre mari : Félicien.

— Je ne suis pas mariée, fit remarquer la jeune femme en montrant son annulaire.

— Peu importe ! Probablement votre fiancé. Vous vous serez disputés et il aura voulu vous faire entendre raison.

Irina contempla le frais minois de l'infirmière. Une gamine encore. Spontanée. Agréable physiquement. Pas encore marquée par les horreurs qu'elle allait voir au sein de l'hôpital où elle travaillait. Pour elle, tout paraissait simple. Blanc ou noir.

— Vous ? C'est quoi votre prénom ?

— Hum… Si je vous parle de moi, vous allez tout mélanger ! Mais bon… allez, je vous le dis. Je m'appelle Calista.

Calista. Elle hocha une nouvelle fois la tête, avec plus de retenue. Si bien qu'elle put même décrocher un sourire à son interlocutrice.

Ainsi donc, elle serait fiancée et son futur n'aurait rien trouvé de mieux que de lui fracasser la tête contre le rebord du trottoir ? Et comme on ne connaissait pas son identité, sans doute avait-il filé sans laisser d'adresse ! Malgré ses difficultés à raisonner, Irina se dit toutefois que cette scène de vie conjugale paraissait tout à fait normale à son interlocutrice, qui s'enthousiasmait en la reconstituant ! Grand Dieu ! Mais qu'avaient donc certaines femmes dans le cerveau pour ne pas s'offusquer de ce genre de déduction ?

Elle ferma les yeux, ce qui permit à son ange gardien d'interpeller un médecin qui passait dans le couloir central. Celui-ci jetait de temps en temps un coup d'œil à un patient en tirant rapidement son rideau, s'il était fermé, et poursuivait sa route au pas de course, un peu comme s'il avait une meute de chiens à ses trousses, ce qui était un peu le cas puisque quelques étudiants et l'infirmière-chef le suivaient tant bien que mal. Il fallait admettre que la salle était immense et les malades nombreux. Aussi ne pouvait-il pas donner à tous le peu de temps qu'il avait à consacrer à ses visites.

— Docteur ? héla-t-elle afin d'attirer l'attention du praticien. Nous avons là un bon résultat. Notre patiente commence à se souvenir de quelques bribes.

— C'est parfait ! claironna-t-il sans poser plus de questions.

Il allait filer, mais son interlocutrice ne l'entendait pas de cette oreille. Satisfaite des progrès de sa patiente, elle tenait à les partager avec son chef afin que, tout comme elle, il s'émerveille de l'évolution enregistrée.

— Elle se nomme Marie-Victoire. Et son fiancé Félicien. Il l'aura molestée après une dispute d'amoureux et l'aura laissée sur le pavé.

Sa bonne humeur pour raconter un fait divers aussi sordide faisait plaisir à entendre.

— Venez voir ! Elle est réveillée !

Dans son lit, Irina frémit. Non seulement la fille qui la soignait ne s'inquiétait pas trop du sort des femmes, mais encore elle enjolivait à sa guise une histoire qui ne lui avait pas été contée, et sur laquelle elle brodait allègrement !

— Je n'ai pas dit ça ! réussit-elle à lancer, assez fort pour se faire entendre.

Pour toute réponse, le rideau blanc qui l'isolait du reste de la chambrée fut tiré prestement. Les anneaux de métal coulissèrent dans un chuintement réprobateur. Devant elle, l'ombre d'un homme de haute stature se découpa en contre-jour, masquant la lampe accrochée au plafond.

— Irina ! s'exclama-t-il en retenant un fou rire. Irina Bergoski !… Pour vous servir !

À ces mots, et malgré la douleur qui lui fendait le crâne en deux, la journaliste se redressa dans son lit. Face à elle se tenait Aurélien Gozzo, tout de blanc vêtu. Un Aurélien Gozzo hilare, qui se moquait d'elle en contemplant sa tête enrubannée avec des bandes Velpeau.

Un trouble l'envahit sans trop comprendre pourquoi. De son côté, l'arrivant jubilait comme s'il venait de faire une bonne blague à quelqu'un, et qu'il n'était pas mécontent du résultat occasionné. On voyait à son œil soudain réjoui qu'il devait être, mentalement, en train de revivre la scène qui les avait réunis l'espace d'un instant.

— Vous vous connaissez ? s'informa la petite voix surprise de la servante d'hôpital.

— Oui ! lança le médecin.

Il faillit dire *intimement*, mais il garda ce détail secret, s'en gargarisant au point d'en éprouver un certain plaisir. Sans comprendre pourquoi, et contre toute attente, cette fille hors du commun l'attirait.

Quant à Irina, elle ne restait pas de marbre. Il y avait chez ce grand type arrogant comme un magnétisme auquel elle ne pouvait se soustraire. Elle ressentit comme un pincement au cœur.

Bousculé par sa troupe, celui-ci poursuivit son chemin, et ce ne fut qu'une fois dans son bureau qu'il se laissa aller à fantasmer, comme un adolescent, sur ce qu'il pourrait encore se passer avec elle.

7

Il existait donc, au 9, rue de l'Épée, une maison que l'on disait *de société*, puisque bon nombre de belles personnes s'y rendaient fréquemment. On y allait discrètement, à l'abri des regards dans un fiacre aux rideaux tirés, et on en ressortait, son affaire faite, tout aussi prestement. Un lumignon rouge en éclairait la façade juste au-dessus du numéro de taille disproportionnée.

Le Panier fleuri était son petit nom.

Félicien en poussa la lourde porte grillagée et emprunta le long corridor qui s'enfonçait dans les entrailles des immeubles. Devant la banque d'accueil en faux marbre, où officiait une mère maquerelle décorée comme un sapin de Noël, le sol était recouvert d'une grille ajourée. Au travers, on pouvait voir les ébats orgiastiques de couples licencieux, qui avaient choisi de s'épancher en réunion au sous-sol, plutôt que dans une chambre au décor intimiste.

C'était une des spécificités de cette maison qui comblait ainsi tous les voyeurs lubriques que comptait la bonne ville de Lyon.

Tout sourires, la patronne contourna son comptoir, en se dandinant, afin de claquer deux bises bien senties sur les joues de Félicien. Mais déjà une gamine l'entraînait vers la pièce où se tenaient les filles de Mme Renée, prêtes à satisfaire tous les désirs des clients.

— Tu t'es enfin décidé, mon chou ? minauda sa compagne en se collant à lui. Tu viens enfin me tringler comme un beau mâle digne de ce nom ?

Autour d'eux, des prostituées d'âges et d'allures différents prenaient des poses suggestives chaque fois qu'un homme entrait.

— Ce ne sera pas encore pour cette fois-ci, lui répondit-il en enserrant sa taille. Je suis désolé pour toi, mais j'ai bien mieux à faire ailleurs.

— Ah ! Tu ne sais pas ce que tu perds, râla-t-elle pour la forme.

Et elle lui dévora la bouche à la recherche de sa langue qu'elle harponna sans plus de formalités.

— N'oublie pas ! C'est vers moi qu'il faudra venir le jour où tu changeras de bord.

Puis elle éclata de rire et le laissa filer.

Il connaissait bien les lieux pour les avoir souvent les fréquentés. Toutefois, il parut hésiter et fit demi-tour.

— Oh ! Changement de bord, claironna la prostituée qu'il venait de quitter. Tu te décides enfin à marcher à voile et à vapeur[1] ?

Elle riait à gorge déployée, laissant apparaître le mamelon de ses seins par-dessus son corset rouge, unique pièce de son costume.

— Pas vraiment. Désolé. Je voudrais simplement savoir, Fanfan, si tu aurais aperçu l'homme que je recherche ?

La donzelle prit un air outré et posa les poings sur ses hanches maigrelettes.

— Hé ! J'suis pas le bureau des renseignements pour tous les truqueurs[2] qui se gringuent dans Lyon.

— Fanfan…

Ses yeux se portèrent sur la pièce qu'il lui tendait. Elle la glissa dans son décolleté et se radoucit.

— Ouais… bon, d'accord… mais j'te préviens, j'étais avec un client, alors, j'ai pas tout vu qui y venait là.

— C'est un homme mûr. Bien de sa personne. Les cheveux qui ondulent. La barbe soignée. Il porte des lunettes rondes.

— Avec tous les mômes[3] qui courent là-dessous, tu veux te faire un vieux ?

— Fanfan…

— Ouais… bon… Après tout, qui tu tringles, ça m'regarde pas !

---

1. Se disait d'une personne bisexuelle.
2. Homosexuels en argot.
3. À l'époque, mot désignant un jeune homosexuel.

— C'est ça.

Elle haussa les épaules, mais parut se résigner au souvenir de la pièce d'argent qu'elle avait cachée sous son sein.

— Muguette ? Un demandeur avec des lunettes rondes. Sans doute un inverti. T'y as pas vu ?

La dénommée Muguette, femme d'un âge certain qui montait moins et donc qui voyait plus, approcha.

— L'est en dessous, ton vaurien. Pas un œil pour nous.

— Merci, la Muguette !

Puis elle se retourna vers Félicien qui déjà avançait dans le couloir menant aux chambres.

— Ben, dis pas merci ou merde ! l'apostropha-t-elle en le voyant déjà s'éloigner. J'vous jure !

Pour toute réponse, il lui fit un doigt d'honneur et éclata de rire.

Ainsi, comme il le pressentait, Bellonnière était un inverti qui cachait sa déviance à la société bien-pensante derrière un mariage arrangé ?

Au lieu de grimper vers le ciel promis, Perrier se faufila derrière un lourd rideau de velours d'un noir profond, presque funèbre, et ouvrit la porte qu'il masquait. D'un pas alerte, il dévala l'escalier et atteignit ainsi une cave, différente de celle destinée aux orgies que l'on apercevait du comptoir.

L'ambiance de celle-ci était particulière. Pas de lumières criardes. Ni de décors de pacotille. Pas non plus de canapés moelleux. La salle voûtée avait conservé son atmosphère originale. Les pierres y étaient apparentes et des colonnes de gros moellons taillés soutenaient les voûtes, un peu comme si l'on s'était trouvé dans une ancienne réserve d'eau souterraine. Même si on n'y voyait pas à deux mètres, le lieu avait quelque chose de magique, et l'on devinait, grâce aux loupiotes savamment disposées dans des verres de couleurs différentes, que l'endroit était vaste et suffisamment haut pour que l'on s'y sente bien.

Au fur et à mesure que l'œil s'habituait à l'obscurité, de drôles de scènes apparaissaient un peu partout. Dans les coins reculés, on distinguait des corps allongés sur les banquettes de cuir ou pâmés contre les murs. Plus loin, un pianiste, tout juste éclairé par les bougies fichées dans des candélabres en laiton fixés à son piano, égrenait des notes lascives.

Félicien, dans son élément, se dirigea vers le musicien et se pencha vers lui pour lui parler à l'oreille. Celui-ci lui répondit d'un geste de la main pour désigner un couple en retrait, caché par un pilier.

— Ton homme est là. C'est un habitué de Léo.

En effet, le dénommé Léo, un giton[1] attaché au bordel, s'activait à genoux devant un client, en remuant la tête comme un possédé. À la vue du couple en pleine action, le médecin sourit. Satisfait.

C'était bien ce qu'il cherchait !

Il approcha, comme s'il voulait se joindre au duo, tellement près que le jeune prostitué parvint à lui caresser les fesses de sa main libre. Mais ce n'était certainement pas ce que Perrier souhaitait. Il se dégagea doucement mais fermement, puis murmura en s'inclinant près du visage du client extatique.

— Voilà donc là les plaisirs coupables auxquels notre noble photographe aime à s'abandonner…

La phrase eut l'effet d'une douche froide sur l'habitué. Il s'ébroua, comme réveillé en sursaut, et bondit effaré, envoyant promener son partenaire du

---

1. Jeune homosexuel.

moment. Sous la violence de la réaction, celui-ci se retrouva assis sur le sol, alors que l'interpellé tentait piteusement de prendre la fuite tout en se rajustant.

— Tout doux ! le rassura Félicien en le retenant par le bras. Où veux-tu aller ? Ton charmant compagnon n'a pas fini de te satisfaire.

Autour d'eux, personne n'avait réagi, pensant, pour ceux qui le pouvaient encore, qu'il s'agissait d'un jeu. Le médecin tendit une main au jeune éphèbe qui, avec un sourire, se releva et se frotta contre lui.

— Tu veux te joindre à nous ?

— Plus tard, mon mignon... plus tard... Je dois tout d'abord dire deux mots à ton adorable client.

Puis, se tournant vers Bellonnière, puisque c'était lui, il eut un de ces sourires carnassiers dont il avait le secret, et le détailla des pieds à la tête, alors que celui-ci, toujours pas présentable, tentait de refermer les boutons de sa braguette.

— Ainsi donc, Madame n'est pas au foyer pour combler tes désirs ? Je me disais bien aussi ! Un grand bonhomme comme toi ! Sans enfants et marié depuis peu à une dame d'un âge certain, si ce n'est d'un certain âge... tsss... tsss... Ce n'est pas à un Félicien Perrier que l'on apprend à faire le mariole ! Dès que j'ai su, j'ai senti le coup fourré ! Un mariage de convenance ! Et deux ou trois fois par semaine, après ses petites réunions tendancieuses, Monsieur va se faire tutoyer le pontif dans les caves de Madame Renée, par des gitons tout juste en âge de communier ! Ah ! C'est du joli ! Outré, je suis !

Face à lui, le photographe semblait perdu. Sans compter qu'il venait d'être surpris en pleine action par Perrier, celui-ci se moquait ouvertement de lui.

— Qu'allez-vous faire ? éructa-t-il lorsque ses pensées commencèrent à se remettre en place.

— Ce que je vais faire ? Mais te dénoncer, mon bonhomme !

— Non !

— Si !

— Vous n'oserez pas !

— Ce serait mal me connaître.

— Mais vous-même ?

— Quoi moi-même ?

— Vous êtes là ?

— Je t'ai suivi… tout bonnement.

Avec naïveté, Bellonnière ne se posa pas plus de questions et baissa la tête.

— Mon Dieu…

— Ah ! Il est bien temps de l'implorer celui-là ! Il fallait réfléchir avant, mon brave !

— Et pourquoi feriez-vous ça ? Me dénoncer.

— Pour te nuire… Toi qui n'aimes pas les femmes libres.

— Me nuire ? Mais je n'ai rien fait…

— Facile à dire… mais difficile à prouver.

À son regard, Perrier comprit qu'il cherchait une sortie de secours. Peut-être de l'argent. Sa femme en avait. Il pouvait lui en donner.

— Je pourrais peut-être…

— Marot ! Comment oses-tu ? grogna-t-il en se prenant pour Molière.

— Mais…

— Pas de mais…

— Alors ?

— Alors…

Il fit une pause. Comme si ce qu'il allait lui proposer méritait réflexion.

— Si tu veux que je me taise, tu me donnes les noms et adresses de ta fine équipe du lundi soir. Et tu me jures que tu n'entraîneras plus cet abruti de Lecuyer dans tes réunions de branquignols, avec des gens tout juste bons à baver sur ce qu'ils appellent le sexe faible.

Il se gratta la tête.

— Tu me jures aussi de ne plus y mettre les pieds.

— Sinon ?

— Triple buse ! Sinon je dis tout à Madame et aussi aux voisins et à tes clients. Dame ! Un photographe inverti ! Méfiants comme sont les gens, j'en connais qui s'y reprendront à deux fois avant de te confier leurs chères têtes blondes à immortaliser en portrait !

La réflexion fut de courte durée et laissa sur sa faim Perrier, qui s'attendait à des joutes plus héroïques.

— Soit !

— Soit ? Tu jures ?

— Je jure…

— D'accord !

Victoire facile. Le médecin s'en trouva presque insatisfait.

— Je peux partir ?

— File ! Et que je ne te revoie plus.

Le sourire aux lèvres, il le regarda décamper comme un lapin et, lorsqu'il eut grimpé l'escalier au fond de la salle, il se retourna vers l'éphèbe, beau comme un dieu de l'Olympe, qui n'avait pas bougé.

— Hum… Je dois reconnaître que ce coquin de Constant n'a pas mauvais goût en la matière. Mais tu es un peu jeune pour moi, mon joli. J'ai des principes.

Et il repoussa le garçon pour se concentrer sur ses cibles plus habituelles.

8

La dernière visite de nuit ayant eut lieu, le silence était revenu dans la grande salle de l'hôpital. Les lumières avaient été baissées et rien ne troublait plus la quiétude des lieux, sinon des ronflements et quelques gémissements de douleur qu'on ne savait calmer. Aurélien avait beaucoup songé à Irina au cours de cette garde de nuit qui étirait ses heures lentement. Plusieurs fois, il avait pensé la rejoindre et à se glisser contre elle, dans son dos, afin de la posséder encore, à l'abri des rideaux qui entouraient son lit. Mais était-elle femme à tolérer ce genre d'assaut non consenti, à la faveur du sommeil ? Il ne le pensait pas.

En soupirant, il poussa la porte de son bureau, bien décidé à s'accorder quelque temps de repos sur la méridienne de velours qu'il y avait fait disposer dans ce but.

Jambes croisées sous sa chemise de patiente et sa robe de chambre prêtée par l'hôpital, Irina l'y attendait.

Chapitre 9

Mardi 9 août 1898

1

Constant Bellonnière avait passé la nuit à trembler. Il lui semblait avoir de la température tant l'intervention de Perrier l'avait choqué ! Heureusement qu'il dormait seul !

Le voir surgir ainsi ! Tel un prédateur ! Il en vacillait rien qu'au souvenir de la scène. Mais comment avait-il su pour son… pour son goût pour les jeunes garçons ?

En fait, il n'avait jamais réussi à mettre un mot sur son penchant, cette déviance qu'il tenait soigneusement cachée tant il en avait honte. À l'étranger, il s'en accommodait avec des autochtones toujours prompts à s'exécuter contre un peu de nourriture, une babiole, ou même en échange d'un portrait photographique. La vie en Afrique était beaucoup plus laxiste ! Les enfants étaient précoces, et personne ne s'offusquait lorsqu'on en prenait soin. Mais à Lyon ! Il lui avait fallu trouver ce bordel discret pour assouvir son goût pour ces plaisirs troubles, que les gens bien-pensants disaient désaxés. Le jugeant bon pour l'asile.

Il se souvint du dégoût qu'il avait eu en découvrant le corps flasque de sa femme, le soir de leur mariage.

Une envie de vomir l'avait pris. Il avait dû mettre en cause le repas de noces et son bouquet d'écrevisses pour se réfugier dans le salon !

— Grand Dieu…, souffla-t-il au bord de la syncope.

Depuis, ils faisaient chambre à part.

Son épouse. Dans sa robe de chambre en pilou rose. Elle le scrutait de ses petits yeux inquisiteurs. Cela l'angoissait et l'idée lui fit tourner, encore plus vite, sa cuillère dans son bol de café, penaud comme s'il avait commis une faute grave.

Elle le questionnait constamment aussi.

— *Vous parlez seul ? Un souci ?*

— Une simple préoccupation. Une histoire de délai pour livrer des épreuves.

Il mentait souvent quand elle l'interrogeait. Parfois. Un peu. Toujours, en fait.

— *Un client mécontent ?*

Sur la défensive. Elle était perpétuellement sur la défensive. Élevée dans une famille qui avait des principes, elle ne supportait pas l'idée que quiconque, en ce monde, puisse médire d'elle et de ses proches. Dans sa vie linéaire et sans anicroche, tout se devait d'être parfait. Du ménage qu'elle faisait elle-même, ayant renvoyé la bonne qui, selon elle, était une tire-au-flanc qu'il fallait payer beaucoup trop cher, jusqu'à la conduite irréprochable de son époux.

— Non, non ! Des délais, vous dis-je. On m'accordait plus de temps pour livrer mon travail, et voilà que maintenant les choses pressent.

Elle ne souriait jamais.

— *Eh bien ! Travaillez donc la nuit, mon brave ! Que penseraient les gens de vous si vous ne pouviez produire un résultat parfait ? Je vous le demande ?*

En fait, elle ne lui demandait jamais rien. Elle affirmait toujours. Pour avoir la paix, il se gardait de lui répondre. Attendant que la remontrance passe.

— *Et arrêtez de vous goinfrer de la sorte.*

Car elle n'était pas qu'économe, elle était radin. S'il n'y avait pris garde, c'était du saindoux qu'il aurait dû étendre sur sa tartine, plutôt que du bon beurre !

Bellonnière contempla son épaisse tranche de pain et y glissa, comme un vernis, une longue coulée de confiture de fraises. Croqua dedans avec une mine de gamin désobéissant. Puis sortit un carnet et un crayon de bois de sa poche.

Un soupir.

Il mouilla la mine de plomb du bout de la langue, puis se mit à écrire la liste demandée par Perrier, le plus scrupuleusement possible, avec un regard en coin vers la robe de chambre en pilou rose de sa terrible compagne.

2

Dès l'aurore, toujours sans nouvelle des deux filles, Lecuyer était parti à la recherche de Marie-Victoire et Félicien sur les traces d'Irina.

Au bout de quelques heures d'une enquête minutieuse auprès des locaux et des commerçants, ils avaient, chacun, reconstitué le parcours de leurs amies et s'étaient, coïncidence surprenante, retrouvés nez à nez, au bas de la montée des Carmélites, devant la boutique d'une épicière. Cette dernière, très en verve, leur avait confirmé qu'elle avait vu – « de ses yeux vu » – les deux femmes la veille avant midi.

— Une grande blonde habillée en homme, ça ne s'invente pas ! avait-elle affirmé très fière d'être un témoin privilégié. Quant à l'autre, jolie, elle était plus classique et portait une longue natte brune.

Félicien et Bernard s'étaient regardés, reconnaissant dans cette description la jeune institutrice. Ainsi, parties chacune de son côté, tout comme les deux médecins, elles s'étaient retrouvées elles aussi au même endroit ? Comment avaient-elles fait ?

— J'ai secouru la blonde ! Elle était blessée. En fait, elle ne bougeait plus. On l'y a chargée dans un fiacre, et hop ! À l'Hôtel-Dieu ! La pauvrette en voulant aider l'autre fille y est tombée sur le rebord du trottoir.

— Aider l'autre fille ?

— Oui… un type y voulait la forcer à le suivre.

— La brune ?

— Oui, la brune.

— Vous ne vous trompez pas ?

— Non… non… c'était-y bien la brune ! D'ailleurs, y est montée dans la voiture qui attendait porte ouverte.

Les deux hommes avaient échangé un long regard sans bien comprendre. Ainsi, Irina et Marie-Victoire étaient sur le trottoir lorsqu'un type dans un fiacre les avait accostées. Il voulait faire monter Marie-Victoire avec lui et avait poussé violemment Irina pour pouvoir arriver à ses fins ? C'était insensé !

— Insensé ? Cela n'est pas certain ! commenta Lecuyer une fois sorti de chez la commerçante. De Marie-Victoire, nous ne savons rien. Peut-être a-t-elle un amoureux jaloux qui aura voulu l'obliger à revenir vers lui ?

— Marie-Victoire ? Tu parles bien de la même Marie-Victoire que moi ? Celle qui fréquente les réunions féministes et qui milite pour le droit de vote des femmes ? Tu es sérieux ?

— Tant de gens cachent des secrets…

Tout en prononçant ces mots, Bernard devint tout rouge, songeant au fait que l'hiver dernier, il avait fortuitement *oublié* de donner son véritable nom à ses collègues. Perrier le regarda en coin, amusé, mais c'était à Bellonnière qu'il pensait à l'instant précis. Bellonnière et ses deux soirées par semaine au *Panier fleuri*, loin de la surveillance de sa femme. Pauvre Bellonnière… même pas un mauvais bougre ! Seulement un type empêtré entre sa vie sociale policée et ses pulsions réelles. Ah ! Il avait dû lui foutre une sacrée frousse en surgissant comme il l'avait fait ! Franchement, il n'en était pas peu fier !

— Quelle que soit la partie de sa vie que Marie-Victoire nous cache, une chose est sûre, elle a suivi un homme, en laissant Irina inconsciente sur le trottoir. Tu trouves ça normal, toi ?

Bernard dut admettre que non.

— Nous en concluons quoi ? demanda-t-il.

— Que Marie-Victoire a suivi ce type contre son gré… ce qui peut laisser imaginer qu'elle est en danger. Et que notre Irina nationale doit se trouver, grâce aux bons soins de Madame l'Épicière, à l'heure actuelle, au fond d'un lit à l'Hôtel-Dieu.

— En vie, j'espère !

Félicien eut une mimique ironique.

— Une fille morte sans papiers sur elle, elle serait déjà chez nous à la morgue, mon gars !

Lecuyer frémit à cette idée et envoya un coup de poing bien senti, de sa main libre, dans l'épaule de son ami, histoire de le punir d'avoir eu une déduction pareille !

— Tu n'as pas le droit de dire des choses comme ça ! maugréa-t-il en suivant à grandes enjambées son collègue, déjà parti au pas de course à la recherche d'un attelage libre.

— C'est toi qui imagines. Moi, je ne fais qu'être objectif. Descendons. La rue est peu fréquentée par les fiacres. La montée des Carmélites est trop dure pour les chevaux.

Une fois au bas de la côte, il barra quasiment le passage à une voiture et se jeta à l'intérieur, suivi par Lecuyer qui, plus posément, bras en écharpe oblige, s'installa sur la banquette.

— Hôtel-Dieu ! indiqua-t-il au cocher.

Le soleil était toujours de la partie en ce mois d'août et, s'ils n'avaient pas été inquiets pour leurs deux amies, ils auraient apprécié la descente vers le Rhône et les quais surpeuplés sur lesquels flânaient les dames sous leurs ombrelles, et les nourrices poussant des landaus à grandes roues ou surveillant des enfants qui couraient après leurs cerceaux.

— L'été est ma saison préférée, fit toutefois Bernard en se penchant à la portière. Les femmes y sont belles et les jours paisibles.

Sur le fleuve lisse comme une mer d'huile glissaient quelques bateaux qui laissaient derrière eux des traînées à peine mouvantes, comme s'ils avaient creusé des sillons soyeux. Tous les cent pas, un marchand de glaces interpellait les passants, créant l'animation autour de sa charrette à bras quand un attroupement pressé de se rafraîchir se formait.

— Si je n'avais pas fait médecine, poursuivit-il presque avec nostalgie, j'aurais aimé vendre des glaces. Faire plaisir aux gens et voir les yeux des enfants pétiller. C'est beau de faire plaisir aux enfants !

Il bougea sur son siège.

— Moi, je choisissais vanille-chocolat. Et toi, que prenais-tu ? Fraise. Je suis certain que tu prenais fraise !

Sans bouger, Félicien l'observa en coin. Ses jacasseries soudaines le fatiguaient et l'empêchaient de penser. Quelle mouche avait donc bien pu piquer son voisin pour qu'il se laisse aller tout à coup à des souvenirs grotesques ? Et pire ! À solliciter les siens ! Était-ce la crainte de trouver Irina grièvement blessée, au point de ne pas avoir pu les prévenir ?

Il soupira.

Dieu que les êtres humains étaient facilement perturbables ! Un rien, et ils s'épanchaient jusqu'à se remémorer le parfum de leur glace préférée !

— Fraise, trancha Lecuyer avec un sourire bonhomme.

En fait, s'il ne s'était pas agi du sort d'Irina et de Marie-Victoire, il aurait été heureux. Mlle Élise acceptait de le revoir chez Reine D'Est dès ce soir. Cela paraissait plutôt bon signe !

Devait-il se confier à son collègue ? Un coup d'œil vers Perrier perdu dans ses réflexions lui confirma que non.

— Hôtel-Dieu ! annonça le cocher en tirant sur les rênes de ses deux chevaux.

Les occupants descendirent et réglèrent la course avant de pénétrer dans l'hôpital. Dès le parvis, l'odeur d'éther sautait aux narines et saisissait au point de compresser la tête et de donner le tournis pour les plus sensibles.

— Si elle est accidentée, nous trouverons Irina au second étage du Grand Dôme.

Par acquit de conscience, ils demandèrent à l'interne qui consultait à l'entrée. Il leur confirma qu'en effet une femme habillée en homme avait été admise la veille. Il était déjà de service et s'en souvenait. Elle présentait une vilaine plaie à la tête et avait des troubles de la mémoire. Il l'avait fait installer sur une civière et conduire au médecin de garde qui avait dû recoudre sa blessure.

— Une blessure à la tête ? Grave ?

— Inquiétante. Qui demandait une surveillance active.

Dans son dos, Lecuyer croisa les doigts et implora le ciel pour que leur amie se soit remise durant la nuit… et non l'inverse. Ils grimpèrent les deux étages en silence et, depuis le Grand Dôme, s'orientèrent vers la salle des femmes blessées.

Lorsqu'ils débouchèrent dans la grande galerie aménagée en immense chambre commune, ils durent lire tous les écriteaux fixés au pied des lits alignés sur trois rangées, et scruter tous les malades pour trouver Irina. Eux, pourtant habitués aux morts, éprouvaient presque une crainte de déambuler entre ces vivants qui souvent gémissaient et que rien ne venait soulager.

— Irina !

Ses rideaux de lit avaient été tirés le long de l'armature en fer, signe qu'elle allait bien. Assise entre ses draps blancs, la tête entourée d'un lourd bandage qui couvrait son menton, la jeune femme souriait.

— Oh, Irina ! Je suis tellement heureux…

Tout à son bonheur, Bernard pressa l'accidentée contre sa poitrine, ce qui la fit grimacer.

— Tu ne vois pas que tu lui fais mal ! grommela Félicien qui voulait masquer, derrière sa remarque bourrue, la joie qu'il éprouvait de découvrir leur collègue intacte et en relative bonne forme.

— Nous avons tellement eu peur lorsque nous avons appris ton accident par l'épicière ! renchérit le premier sans tenir compte de la réflexion acerbe de son collègue.

— L'épicière ?

Reconnaître dans le médecin de garde l'homme qu'elle avait embarqué à sa suite sous un escalier près du pont Morand avait ravivé la plupart de ses souvenirs. En revanche, il restait encore quelques détails flous qu'elle n'arrivait pas à retrouver, par exemple ce qu'elle faisait sur ce trottoir de la montée des Carmélites.

— Oui ! L'épicière ! La brave femme qui t'a secourue lorsque tu as été agressée.

Ainsi, elle avait été agressée…

Elle hocha tristement la tête en regardant droit dans les yeux Bernard, dont le visage se décomposait au fur et à mesure qu'il comprenait que la jeune femme présentait des troubles de la mémoire.

— Irina ! A-t-on au moins procédé sur toi à des tests ? Peut-être de l'hypnose.

— Des tests ? De l'hypnose ?

— Oui, pour voir où en sont tes souvenirs ! Tiens, ton âge, par exemple ?

— Bernard, tu te moques de moi !

— Non, non ! Ton âge, te dis-je ?

— Vingt-neuf ans à la fin du mois.

— Bien… le prénom de ta sœur ?

— Clarisse.

— Ton véritable nom ?

— Irène de Landry.

— Ton métier ?

— Journaliste au *Progrès*.

— Pourquoi étais-tu, hier, montée des Carmélites ?

Un silence.

Lecuyer, très perspicace, avait voulu provoquer sa mémoire en l'entraînant dans un flot de réponses. Mais cela n'avait pas fonctionné.

— Pourquoi y étais-tu avec Marie-Victoire ? poursuivit-il sans se décourager.

Un nouveau silence.

— Marie-Victoire…, soupira Irina en fronçant les sourcils, comme si elle cherchait au plus profond de ses souvenirs.

— Oui. Marie-Victoire.

Perrier écoutait sans un mot. Il s'était assis au pied du lit et laissait faire Bernard, qui avait l'air de prendre son rôle très à cœur.

— Marie-Victoire…

Soudain, le visage jusqu'alors impassible de la jeune femme se tordit dans un rictus de frayeur. Quelque chose semblait avoir surgi dans son esprit à l'évocation de l'institutrice.

— J'ai eu un message, raconta-t-elle brusquement. Il me disait de me rendre à une adresse. Dans la traboule avec la rue Neyret. Là, une femme m'a dit qu'une des leurs avait disparu et qu'elle avait une marque sur le bras.

— La marque des sorcières ! coupa le médecin enthousiaste.

— Mais tais-toi donc, bougonna Perrier. Ne l'interromps pas alors qu'elle se souvient.

— Là-bas, j'ai respiré des plantes qui brûlaient au sol. Des plantes qui m'ont assoupie. Je me suis reposée dans l'allée et un homme bizarre a surgi. Il portait une grande houppelande et je me suis dit que c'était étrange en cette saison et par cette chaleur. J'ai eu peur et je suis partie en courant en oubliant le sac dans lequel j'avais mis quelques affaires. Il m'a poursuivie. Je ne regardais pas où j'allais. Tout à coup, j'ai percuté quelqu'un. C'était Marie-Victoire.

— Marie-Victoire ?

— Chut…

— Oui, Marie-Victoire ! J'ai tout juste eu le temps de la reconnaître que l'homme m'a bondi dessus. J'ai tenté de me défendre et là, il me semble que Marie-Victoire est venue à mon secours. J'ai été poussée. Fort. Très fort. Je suis tombée. Puis plus rien que du noir… Je me suis réveillée ici sans comprendre ce que je faisais là.

Elle oublia sciemment l'épisode Aurélien Gozzo et regarda tour à tour ses deux amis, leur signifiant que c'était tout ce dont elle se souvenait.

— Et le fiacre ? questionna Lecuyer.

— Le fiacre ?

— Le fiacre qui était à côté de toi ?

Elle parut chercher, mais hocha la tête.

— Je ne vois pas…

Ainsi, suivant les dires de la jeune femme, ce n'était pas Marie-Victoire qui était visée par cette voie de fait, comme le soutenait l'épicière qui n'avait sans doute pas tout vu, mais bien Irina. Irina que l'institutrice avait sauvée en intervenant avec vigueur.

Si ce n'était pas elle que l'on voulait, qu'était-elle devenue ? Et qui était cet homme à la houppelande qui voulait enlever Irina ?

— Selon la commerçante, l'homme en voulait à Marie-Victoire et l'aurait emmenée.

— Non ! Mon Dieu !

Elle avait mis la main devant sa bouche et semblait horrifiée.

— Non… non… C'était bien à moi qu'en voulait l'homme. Mais alors… cela voudrait dire que, ne pouvant m'avoir… il a enlevé… oh, non !

Elle venait de comprendre et les deux hommes aussi par la même occasion.

— Marie-Victoire…

Félicien avait soufflé le prénom et tous le regardèrent, atterrés.

Marie-Victoire avait été enlevée à la place d'Irina.

— Mais que pouvait bien te vouloir cet homme ?

— Je ne sais pas.

— Est-ce en lien avec le message que tu as reçu ?

La journaliste parut réfléchir et hocha la tête, non sans une grimace de douleur.

— Pas de souci de ce côté-là.

— Tu en es sûre ?

— Certaine ! Je réponds de la personne qui me l'a fait parvenir. Elle a toute ma confiance.

Ses collègues la détaillèrent, suspicieux.

— Comment répondre ainsi de quelqu'un ? interrogea Félicien.

— Peut-être parce qu'un jour il vous a sauvé la vie.

Perrier, depuis qu'il avait fait sa connaissance, savait qu'une part d'ombre régnait dans l'existence de la jeune femme. Elle portait en elle un vécu que peu de ses congénères pouvaient afficher à leur époque. Une douleur aussi. Qui la rendait tantôt violente, tantôt dépressive. Il s'était reconnu en elle, comme rarement il avait pu le faire avec une autre personne. Et maintenant qu'il savait ce qu'elle avait subi, il comprenait mieux pourquoi leurs réactions étaient similaires. Il savait aussi qu'elle enjolivait *l'après*, parlant d'une cure de repos en Suisse souveraine, alors que ça n'avait en fait pas dû être simple à gérer.

Il prit donc le parti de ne pas poser plus de questions et intima l'ordre à Bernard, d'un regard explicite, de faire de même.

— Comment a-t-il su où tu te trouvais ?

— Il devait me suivre.

— Et pourquoi toi ? Une vieille histoire ? Une enquête pour un article ? Tu ne dois pas d'argent à quelqu'un ?

— Non !

Presque un cri.

— Cela a peut-être un lien avec ce que nous recherchons ? Il ne voulait peut-être pas que je divulgue les informations que je venais d'obtenir.

— Oui… c'est sans doute ça ! jubila Lecuyer qui se taisait depuis trop longtemps à son goût. Que sais-tu sur cette femme disparue ?

D'un coup d'œil rapide, Irina vérifia que personne alentour ne pouvait s'intéresser à leur conversation. La vieille à moitié gâteuse sur sa gauche et la fille dans le coma sur sa droite, dont les rideaux avaient été tirés lors de la dernière visite, la rassurèrent.

— Elle faisait partie de la secte des trois nornes. Les trois nornes surveillent l'arbre Yggdrasil qu'elle arrose avec le puits du Destin.

— Tout un programme, persifla Félicien d'un ton goguenard.

— Tu crois ou tu ne crois pas. Mais elles existent. C'est un fait ! L'une lit le passé, l'autre le présent et la troisième l'avenir.

— Et elles n'ont pas vu qu'on voulait kidnapper l'une d'entre elles ?

Il persiflait.

— Gratuit…, soupira son interlocutrice en haussant les épaules. Ce n'est heureusement pas une des trois qui a disparu, mais une de leurs suivantes. Elles forment un groupe. Un peu comme des sœurs catholiques, mais à la manière des croyances nordiques. Tu ne remets pas systématiquement en question le fait que la Vierge Marie était vierge ? Pourtant, c'est un peu farfelu comme concept !

Perrier fut pris d'un grand rire qui attira l'attention de la vieille dame d'à côté.

— Ah, moi si, ma grande ! Tu es mal tombée. Je suis parpaillot d'origine !

Ce qui provoqua un nouveau haussement d'épaules de la part de la jeune femme.

— Enfin, baste… le fait est là. Nous avons trouvé notre victime au tatouage. Mais la question est : comment enquêter plus dans un milieu aussi fermé ?

— Peut-être en laissant la police faire son boulot, proposa Bernard en se levant du lit.

— La police ? s'insurgea Félicien. Tu parles de ces personnes qui ne croient encore qu'aux flagrants délits ? Qui n'aiment que prendre les voyous la main dans le sac ? Ce sont d'eux que tu parles, vraiment ?

Ce dernier ne présentait pas un profond respect pour les forces de l'ordre, les accusant, souvent à raison, de ne pas enquêter, mais de se contenter d'appréhender les coupables lorsque ceux-ci étaient encore sur les lieux de leur forfait.

— Dès que cela devient plus compliqué et que l'on a affaire à des gens intelligents et non plus à de fieffés coquins… pfft… plus personne ! Incapables de se poser des questions un sou logiques ! Incapables d'observer, de chercher le détail. Et tu voudrais que ces pieds-plats bons à faire des gaffes se rendent dans un groupe sectaire pour mener leur enquête ? Imagine la tête de ces blaireaux devant des walkyries dignes de Wagner !

Irina eut un regard en coin en direction du médecin, qui une nouvelle fois cachait sous une carapace d'indifférence le savoir qu'il ne voulait pas afficher.

— Personnellement, la question que je me pose, reprit Lecuyer, c'est quel rapport peut-il y avoir entre une norne nordique, Bertille, une soyeuse de la Croix-Rousse, et Irina, journaliste au *Progrès* et troisième membre de notre groupe ?

— La norne représente une croyance où les femmes sont fortes. Irina s'habille en homme. Ce qu'il faudrait maintenant, c'est arriver à savoir ce que faisait notre soyeuse… lorsqu'elle ne *soyait* pas…, s'amusa Félicien en se levant à son tour.

Un silence se fit, seulement ponctué par les discussions assourdies des autres visiteurs et les gémissements de certaines patientes.

— Tu as peut-être raison, admit Bernard. En découvrant quelles étaient les occupations de Bertille, peut-être parviendrons-nous à établir le lien.

— Si Bertille a bien un rapport avec notre affaire, trancha Irina, et si j'ai bien été agressée par un de leurs protagonistes. Car reconnaissez que, pour le moment, nous n'en savons rien.

Soudain, telle une midinette à son premier rendez-vous, son visage s'empourpra, alors qu'au bout de la salle apparaissaient Aurélien Gozzo et sa troupe, pour la visite du matin.

— Vous devriez me laisser maintenant, poursuivit-elle un peu vivement. Je me sens fatiguée. Si vous voulez que je vous rejoigne bientôt, il faut que je me repose !

Ce besoin soudain de rester seule surprit Bernard qui, toutefois, obtempéra, désireux de respecter le bon vouloir de son amie. Il posa un baiser léger sur son front et fit mine de s'éloigner.

— Nous pourrions peut-être obtenir un bilan de la part du médecin de garde ? reprit-il en faisant demi-tour.

Il venait lui aussi d'apercevoir les soignants.

— Non, non ! Ne vous mêlez pas de ça ! C'est ma vie !

Le jeune homme fronça les sourcils, mais s'apprêtait cependant à reprendre le chemin de la sortie lorsqu'il reconnut le praticien.

— Mais n'est-ce pas Gozzo que nous voyons là ! s'exclama-t-il en identifiant l'homme qui approchait. Perrier !

L'interpellé, jusqu'alors muet, amusé par le comportement de la jeune femme, sourit.

— Mais si ! s'exclama-t-il en surjouant. Notre grand ami Gozzo !

Le cœur d'Irina bondit dans sa poitrine et ses battements s'accélérèrent lorsqu'elle se rendit compte que les deux compères connaissaient bien le nouvel arrivant. Ce dernier, d'ailleurs, heureux de revoir des collègues rencontrés sur les bancs de la faculté de médecine, hâtait le pas, laissant aux internes de sa suite le devoir d'ausculter les malades délaissés.

À cet instant précis, la journaliste aurait rêvé d'être une souris et de disparaître de la vue de tous. Mais comme tel n'était pas le cas, elle dut subir le regard appuyé, et de Gozzo, et de Félicien qui bien entendu n'était pas dupe, essayant de contrôler sa respiration en feignant l'indifférence.

Bon Dieu ! Pourquoi cet homme lui faisait-il tant d'effet ? Elle était bien incapable de le dire ! Avec lui, le mental était si fort, bien plus fort que tout ce qu'elle avait pu vivre, qu'elle avait l'impression de jouir, même si la nature ne le lui permettait pas. De ce fait, elle s'en retrouvait émue, comme si soudain un monde méconnu lui ouvrait ses portes, lui offrant une forme de quiétude sensuelle.

Elle ferma les yeux et attendit. Priant le ciel, elle qui ne croyait plus, pour que la discussion s'évade sur des souvenirs de potaches plutôt que sur son état de santé.

3

Au petit matin, Félicien avait dû mettre de l'ordre dans ses priorités. Suivre la piste d'Irina, celle de Marie-Victoire ou se rendre aux Sarrazinières ?

Son instinct lui dictait de se rendre aux Sarrazinières. Toutefois, il avait opté pour Irina, ne supportant plus de ne pas avoir de nouvelles.

Maintenant qu'il était de retour de l'hôpital, il pouvait se permettre de reprendre son enquête là où il l'avait laissée. D'autant plus que Lecuyer, en partance pour un rendez-vous mystérieux, n'était plus dans ses pattes, ce qui lui éviterait d'avoir à lui expliquer comment il était arrivé à avoir les informations qu'il détenait.

Équipé cette fois-ci d'une lampe, il avait suivi le chemin emprunté par l'homme la veille au soir. Au fond de ce qui paraissait être un cul-de-sac, il avait déniché un passage étroit – tout juste assez large pour que quelqu'un s'y faufile de profil – et s'y était glissé. En quelques pas, il était sur une stalle aménagée, fermée par une grille qui, facilement, avait cédé.

La donzelle qui occupait la geôle n'était pas du genre facile. Il venait la sauver, mais elle lui avait bondi dessus, et lui avait sauté à la gorge armée d'un canif sorti de Dieu sait où. Il avait eu du mal à la maîtriser, car elle était tonique et savait se battre.

Une fois désarmée et couchée sur le dos dans la paille crasseuse qui lui avait servi de gîte pendant plusieurs jours, il avait réussi à mettre un nom sur la captive.

Marguerite Durand.

Il l'avait vue jouer à la Comédie-Française, il y avait une dizaine d'années de cela. Elle interprétait Chérubin dans *Le Mariage de Figaro*, et il avait été touché par son personnage androgyne. Depuis, il avait suivi sa progression dans les milieux féministes, jusqu'à la création de son journal, *La Fronde*, en décembre dernier. Drôle de bonne femme, comme il les aimait. De celles qui avaient dit qu'elles ne voulaient pas lutter contre l'homme, pas plus que déclarer une guerre des sexes, mais bien devenir leur égale en n'étant plus traitées comme accessoires ni comme subordonnées.

— Lâchez-moi ! Vous me faites mal !

L'enfermement avait creusé de profonds cernes sous ses yeux et son chignon n'était plus qu'un vaste champ de bataille où subsistaient encore quelques épingles que ses geôliers n'avaient pas cru bon de lui ôter. Sacrée équipe qui n'avait même pas trouvé son couteau dans sa jarretière !

— Promettez-moi de vous calmer.

— Je promets.

Il relâcha sa prise et ce fut un déluge de coups qui s'abattit sur lui.

— Suffit ! hurla-t-il. Je viens vous délivrer !

L'annonce parut l'adoucir et elle consentit à s'asseoir sans se débattre.

— Me délivrer ? Je pensais que vous veniez pour me nourrir.

— Depuis combien de temps n'avez-vous pas mangé ?

— Bien trois jours, je pense. J'ai perdu la notion du temps. Il y a plusieurs heures, un homme m'a apporté de l'eau. Je n'ai pas pu l'attaquer, car il a déposé une gourde à travers les barreaux de la grille.

En promenant sa lampe devant elle, Perrier découvrit tous les signes de la privation sur son visage. Sa peau était cireuse et ses joues creusées. Elle, d'habitude si fière, faisait peine à voir.

— Savez-vous pourquoi on vous a kidnappée ?

— Pas du tout ! On ne m'a rien dit. Le fiacre qui me conduisait à la gare a été détourné et je me suis retrouvée ici sans rien y comprendre.

— Venez… ne restons pas ici. Vous y êtes en danger.

Il l'aida à se relever et, en la prenant par la main, l'entraîna à travers les méandres des galeries éboulées. Lorsqu'ils furent dehors, les yeux fermés tant la lumière l'aveuglait, elle huma, le nez en l'air, les effluves qui venaient du Rhône comme s'il s'était agi du meilleur des parfums. Celui de la liberté.

— Tant de jours dans le noir. J'ai cru devenir folle.

— Je comprends. Et je vous jure que je mettrai la main sur les criminels qui vous ont fait subir ce tourment.

Elle regardait autour d'elle et eut un doux sourire lorsqu'elle le regarda.

— Merci ! Oh, merci ! Je ne saurai jamais vous dire à quel point je suis heureuse de revenir à la vie. Je vous suis reconnaissante et je ne l'oublierai pas. Monsieur… ?

— Félicien Perrier. Détaché auprès du professeur Lacassagne pour mener des enquêtes scientifiques.

— Rien que ça ! Je suis sauvée par un génie moderne !

— N'exagérons rien.

— Mais si… mais si… je ferai un article sur vous.

Elle passa la main dans ses cheveux emmêlés.

— Oh, mon Dieu ! L'enfermement m'a ôté tout sens de la politesse. Où avais-je la tête ! Je ne me suis pas présentée !

Apparemment remise de ses émotions, la captive reprenait des attitudes de mondaine, ce qui amusa le médecin.

— Je vous connais déjà, la rassura-t-il.

— On me recherchait ?

— Malheureusement, non. Je pense que vos proches parisiens vous pensaient encore à Lyon et vos amis lyonnais déjà à Paris. Je vous connais de renom. Et aussi parce que je vous ai vue jouer jadis.

— Vous m'avez vue jouer et vous vous souvenez de moi ! Mais c'est impossible ! Même mon premier mari ne se rappelait plus les rôles que j'avais interprétés !

— Si… si… je vous promets. C'était Chérubin dans *Le Mariage de Figaro*. Vous m'aviez ému.

— Comme vous êtes mignon !

Et dans un geste théâtral, elle lui caressa la joue de la paume de la main en inclinant la tête sur le côté avec délicatesse.

Ils étaient revenus vers une rue plus passante, et Perrier put héler un landau décapoté qu'il fit fermer pour plus d'intimité. Ils s'installèrent tous les deux sur les banquettes.

— Si vous n'y voyez pas d'inconvénient, je fais un petit détour par la place des Jacobins, pour voir un ami, puis nous irons chez moi. Vous y serez en sécurité.

Il fit arrêter le cocher dans la rue Centrale[1], à l'angle de l'atelier de Bellonnière. Il y récupéra sa liste sans difficulté, puis revint vers la voiture et donna son adresse. Quelques minutes plus tard, ils étaient à Montchat et il l'aidait à descendre de la voiture. À l'intérieur, il n'y avait que Rose, qui regarda avec dédain cette nouvelle venue décoiffée et dépenaillée.

— On va bientôt ouvrir un hôtel, maugréa-t-elle, alors que Félicien lui demandait de bien vouloir préparer une chambre pour la nouvelle arrivante.

— Je dois aussi lui rallonger un pantalon ? ajouta-t-elle.

Marguerite ne comprit pas l'allusion, mais Perrier, bien au fait, lui décocha un regard furibond qui la fit se retrancher dans sa cuisine avec des gloussements de poule en colère.

— Pas commode, votre bonne ! s'amusa la journaliste en pénétrant dans le vestibule.

— Oui, mais très efficace !

À l'étage, dans la chambre de Marie-Victoire, il dénicha une tenue qui pouvait provisoirement convenir à la visiteuse. Une chemise, un jupon, une jupe et un chemisier qui feraient certainement l'affaire. En hôte parfait, il lui fit couler un bain qu'il agrémenta de sels odorants aux senteurs de lavande.

1. Actuellement rue de Brest.

Il allait bien falloir ça pour lui ôter la puanteur qui l'avait accompagnée ces derniers temps ! Puis il alla chercher des serviettes.

Lorsqu'il revint avec tout le nécessaire, elle était en chemise et se débattait avec son corset. Il l'aida et, alors qu'il prenait congé, elle lui lança une œillade suggestive qui le fit sourire.

— Viendrez-vous me frotter le dos ?

La dame reprenait vite ses esprits, c'était certain, et, en femme libre, elle s'offrait le luxe de choisir, selon ses instincts, les proies qu'elle voulait chasser.

— Malheureusement non, soupira-t-il en refermant la porte sur son air attristé. J'ai en la matière des goûts qui ne correspondent pas à ce que vous m'offrez.

— Dommage..., l'entendit-il déplorer avec dépit.

Doucement, il entrebâilla à nouveau la porte et lui chuchota avec un clin d'œil :

— Mais vous êtes très belle, madame. Et c'est bien la première fois que je regrette le fait que votre sexe ne me fasse pas d'effet.

Ce qui la mit en joie et la fit éclater de rire, cependant que, nue, elle entrait dans la baignoire.

4

Lacassagne, prévenu par téléphone – Perrier venait de faire installer chez lui ce tout nouveau moyen de communication –, avait informé la police de ce que celui-ci avait découvert aux Sarrazinières. Sur les indications de l'anthropologue, un guet-apens avait été tendu sur les lieux, afin de cueillir celui qui viendrait rendre visite à Marguerite Durand dans sa geôle.

Y avait-il un lien entre cette affaire et la découverte des corps dans ces mystérieux souterrains de la Croix-Rousse ? Le ou les criminels pouvaient-ils enfermer leurs victimes dans les galeries des Sarrazinières, avant de les transporter ailleurs une fois torturées ?

Il était encore trop tôt pour le dire, toutefois le professeur l'espérait grandement. Il n'aimait pas que les crimes restent impunis, tout comme il n'appréciait pas de voir un corps mis en terre, à la fosse commune, sans identification. Pour lui, tout être avait droit au respect, aussi bien dans la vie que dans la mort.

Cette affaire se révélait beaucoup trop complexe et y trouver une solution serait un merveilleux soulagement.

Lorsque Perrier frappa à la porte de son laboratoire, il était déjà tard. Celui-ci avait une mine soucieuse et cet air renfrogné n'était pas sans laisser augurer de mauvaises nouvelles, voire des ennuis.

— Que se passe-t-il ? lui demanda Lacassagne après l'avoir salué.

Félicien lui donna plus de précisions sur la petite enquête qu'il avait menée en solitaire. Il lui expliqua comment il en était arrivé à suivre Bernard et Bellonnière, et comment il avait découvert le but de leurs réunions *encapuchonnées*. Il cacha la manière cavalière qu'il avait eue de soutirer des informations au photographe, parlant de repenti, ce que Lacassagne trouva louable.

— Mais pourquoi ces deux hommes charmants ont-ils eu besoin de suivre de fieffés coquins ? Et notre Lecuyer ? Quelqu'un d'aussi probe !

— C'est là où surgit le problème, maugréa Perrier.

— Et ce qui vous donne cette mine de déterré ?

— Tout à fait…

— Venez-en au fait.

Pour toute réponse, le médecin sortit de sa poche la liste remise par Constant quelques heures auparavant. Un bout de papier griffonné d'une main nerveuse. Et pour cause, car ce bout de papier valait de l'or. Il le tendit à son interlocuteur, qui se figea comme s'il venait d'apprendre une terrible information.

— Dieu du ciel !

— Vous l'avez bien dit…

En effet, comment ne pas s'en remettre à de hautes instances lorsqu'on découvrait les noms alignés… Que des personnages prestigieux, hommes politiques, avocats, médecins – surtout médecins –, enseignants ! On y croisait même un juge au milieu d'autres personnes moins illustres comme Bellonnière ou Lecuyer.

— Mais qu'allons-nous faire de ça ?

Presque une plainte. Comme si soudain quelque chose de trop lourd interférait dans sa vie somme toute très classique, voire embourgeoisée.

— C'est une bombe digne des anarchistes que vous me confiez là ! reprit-il en s'asseyant lourdement.

— J'en conviens.

Comment dénoncer à la police des hommes honnêtes passant pour jouer un rôle de premier ordre dans la vie de la cité ?

— Pensez-vous que l'enlèvement et la séquestration de Mme Durand soient de leur fait ?

— J'en suis certain.

— Pensez-vous… que la police dépêchée… aux Sarrazinières… va découvrir quelqu'un… une personne… enfin, oui… un nom de cette liste ?

Il bégayait.

— J'en suis certain aussi.

— Pensez-vous enfin… que les meurtres soient en lien avec… tous ces gens ?

Une pause. Un soupir.

— Là, je n'en sais rien.

Brusquement, Lacassagne découvrit que ce qu'il avait si ardemment souhaité quelques minutes auparavant, il le redoutait soudain.

— Que savez-vous d'eux ?

Félicien revit un instant le visage de Bellonnière, lorsqu'il lui avait remis la liste. Sa lèvre inférieure qui tremblait et ses mains moites au point de laisser des traces papillaires sur la feuille qu'il lui tendait. Et ces derniers renseignements soutirés comme si on lui arrachait le cœur.

— Ils se nomment eux-mêmes des Trouveurs de Sorcières, du nom des Inquisiteurs laïques qui dénonçaient les femmes afin de les faire juger.

— Les Trouveurs de Sorcières ?

— C'est cela même. Presque un trop joli nom pour de bien vilaines gens. Leur but avoué est de faire peur à celles qui souhaitent obtenir des droits et font parler d'elles. En fait, ils prônent la conservation d'une société misogyne, patriarcale, dans laquelle les femmes ne pourront que faire valoir leur rôle de mères et d'épouses soumises. Des êtres sous tutelle. Écartées de toute fonction.

— D'où l'analogie à la sorcière ?

— Tout à fait ! La sorcière représente pour eux tout ce qu'ils exècrent, à savoir la connaissance, l'affirmation de soi, l'indépendance. Ils sont certains que si l'on accorde tous ces droits aux femmes, cela les conduira irrémédiablement, comme pour les sorcières, au lucre, au stupre… à la fornication. Dans leur délire un peu trop fertile, une femme qui sait, qui ose, ne peut que se dépraver. Pour rester une oie blanche, un être soumis sans désir que celui de faire le bien, celle-ci doit demeurer dans l'ignorance, sinon son cerveau entre en démence et la conduit au pire.

Lacassagne, toujours assis, croisa les mains sur son ventre, comme il le faisait souvent lorsqu'il réfléchissait.

— Et certains sont des médecins. J'ai honte pour eux.

Perrier n'en connaissait aucun, sinon de nom, mais il devait avouer qu'un tel obscurantisme de la part de scientifiques qui avaient prêté le serment d'Hippocrate le révoltait.

— Le premier de la liste, sans doute le meneur du groupe, est médecin-major à l'Hôtel-Dieu.

— Je le connais très bien, soupira l'anthropologue, c'est lui qui m'a recommandé Bellonnière.

Et pour cause…

— Francis Haugan, précisa-t-il le regard un peu dans le vague. Une fréquentation de longue date. Je n'ose imaginer… Henri Truquet de Hauterive, un futur député.

Le front soucieux, Lacassagne passait de Perrier à la liste qu'il tenait entre les mains. Pour la première fois de sa vie, il tremblait. Pour lier ce cénacle extrémiste aux corps découverts dans le souterrain de la Croix-Rousse, il n'y avait qu'un pas à faire. Tellement simple à franchir. Ces hommes séquestraient leur victime après l'avoir fait enlever. Ils l'affamaient, ne lui donnant que de l'eau à boire, puis, une fois morte, l'exposaient comme un trophée.

Ainsi, la théorie du meurtrier solitaire tombait à nouveau et le groupe revenait sur l'avant de la scène !

Il avait réfléchi tout haut sans y prendre garde.

— Vous oubliez une chose importante, professeur. Les tortures.

— Les tortures ?

— Oui. Il faut avoir une hargne terrible pour commettre ce genre d'atrocités. Un groupe ? J'en doute, comme je vous l'ai déjà dit. Cela ne correspond pas à mon profil.

Lacassagne leva vers son étudiant un regard las dans lequel se lisait l'incompréhension.

— Voyons, Perrier. Que faites-vous des tribunaux d'Inquisition ? N'était-ce pas un groupe qui jugeait ? Un groupe qui torturait ? Un groupe qui condamnait ?

— Certes, oui. Mais ce groupe avait un bourreau pour la sale besogne.

L'attention de Félicien se porta sur le bureau de son mentor. Le portrait de sa mère à qui ce dernier vouait une admiration sans bornes. Puis ses yeux glissèrent sur la main moulée à partir de celle d'une morte que le professeur avait autopsiée, et qu'il trouvait tellement belle et parfaite que le plâtre lui servait maintenant de presse-papiers. Tous ces petits objets qui créaient l'univers si particulier de Lacassagne. Quelque chose de presque glauque qui avait fait naître l'attachement que Perrier lui portait. Comme un père dont il était admiratif. Car toute sa vie, il avait osé. Toute sa vie, il avait vu clair. Aussi son obstination pour chercher un groupe le surprenait. Pour la première fois, il avait le sentiment que son maître spirituel avait tort.

— Cela voudrait dire que seul un meneur était au courant ? se mit-il à murmurer pourtant. Que ce cercle d'initiés n'était qu'une façade dont le meurtrier se servait pour trouver ses victimes ?

Le fait que son interlocuteur revienne à des déductions pour lui plus logiques ramena le sourire sur le visage de Perrier.

— Je le pense ! affirma-t-il avec force.

— De ce fait, cela sous-entendrait aussi que…

Le plus âgé prit une profonde inspiration, comme si ce qu'il allait dire le dérangeait.

— Cela sous-entend, continua-t-il d'une voix plus stable, que la personne qui va se présenter aux Sarrazinières et qui va tomber dans le guet-apens des policiers pourrait être LE tueur. Celui que nous recherchons.

— C'est possible.

Lacassagne reçut cette réponse avec soulagement.

— Cela signifie que, quel qu'il soit, connu ou non, ce désaxé va être prochainement arrêté.

— Oui.

— C'est parfait. Je vais donc remettre cette liste au procureur afin qu'il décide lui-même de ce qu'il doit en faire.

5

Bernard, en cette fin de journée, était d'humeur joyeuse. La disparition de Marie-Victoire le chagrinait, mais il n'en restait pas moins qu'ils avaient, avec Perrier, retrouvé Irina saine et sauve, et cela n'avait pas de prix !

De plus, alors qu'il arrivait aux abords de l'immeuble cossu, richement orné de détails architecturaux, du numéro un de la place des Jacobins, il ne pouvait qu'avoir le cœur transporté par l'idée de revoir la douce amie que Reine D'Est avait sélectionnée pour lui. Une fine fleur docile qui ferait une mère parfaite pour ses futurs enfants !

Il en était déjà à choisir les prénoms de ses descendants lorsqu'il passa devant l'atelier de Bellonnière – d'ailleurs fermé. Il ne lui accorda pas même un regard. Il n'avait pas aimé la dernière réunion à laquelle il avait assisté, pas plus que la manière dont le photographe l'avait laissé tombé. Un froncement de sourcils. Il chassa ce souvenir de sa mémoire. La soirée était bien trop belle pour qu'il se permette de la gâcher avec des futilités !

Sautillant comme un jeune galant à son premier rendez-vous, il franchit le porche aux colonnades, s'engouffra dans l'allée et grimpa les deux étages avec la rapidité d'un gymnaste. Devant la porte de la marieuse, il fit une pause, rectifia sa cravate – d'un très joli mauve chatoyant –, remit son chapeau droit sur sa tête, lustra ses manches d'un revers de main, redressa les pointes du col de sa chemise et, pour finir, tira sur les pans de son veston afin de l'aligner convenablement. Prêt à affronter son destin, il toqua enfin en agitant le heurtoir, jusqu'à ce que la petite bonne surgisse et le fasse entrer.

— Monsieur Bernard Lecuyer, lança-t-elle.

Reine D'Est avait bien insisté, en l'embauchant, sur le fait qu'elle devait reconnaître les clients de l'agence sans que ceux-ci aient à s'identifier. Cette petite politesse charmante faisait partie du service, et ceux qui fréquentaient les lieux appréciaient de se voir annoncés comme des princes. Envers les femmes, elle devait montrer plus de discrétion, car celles-ci prisaient moins qu'on claironne leurs noms dans le couloir. Anonymat oblige. Aussi les saluait-elle en les interpellant tout bas et les conduisait-elle dans un salon indépendant et discret.

Ce fut dans un de ces endroits que Lecuyer fut introduit. Élise, sa ravissante Élise, l'attendait, à moitié installée sur la banquette, une fesse sur l'assise et l'autre en dehors. Elle tenait ses jambes serrées ainsi que ses mains jointes sur ses cuisses. Sagement, elle baissait les yeux, ne lui offrant à la vue que ses petits oiseaux multicolores s'ébattant gaiement sur le dessus de son chapeau.

Devant un si charmant tableau, le jeune homme fut pris d'un tel ravissement qu'il en resta bouche bée.

Mais déjà Reine D'Est venait de surgir, rompant le charme.

— Mademoiselle Dequen, pensez-vous pouvoir supporter une discussion plus intime avec votre beau chevalier ici présent ? Ou souhaitez-vous encore la venue d'un chaperon ?

La première rencontre ne se faisait jamais sans la présence de la marieuse. Elle voulait ainsi confirmer la bonne réputation de sa maison, en ne laissant pas de jeunes proies timides à l'appétit parfois vorace de mâles en pâmoison. Pour le second rendez-vous, elle donnait le choix à la demoiselle. À elle de décider si elle se sentait apte à affronter son futur en tête en tête, ou si cette confrontation intime était encore trop prématurée pour sa pudeur.

Contre toute attente, Élise releva la tête, rougissante, et accepta l'offre qui lui permettait de demeurer seule avec son promis. Lecuyer crut en défaillir et exécuta une révérence un peu grotesque en remerciement, ce que la jeune fille trouva aimable.

En souriant, certaine de marier ce couple si bien assorti, Reine D'Est s'éclipsa.

Les premières minutes dans le boudoir furent longues, le jeune médecin ne sachant trop s'il devait s'asseoir auprès d'elle, ou rester debout par respect. Au bout d'un certain temps, il se pencha et murmura :

— Puis-je ?

Question qui provoqua un hochement de tête affirmatif de sa voisine.

Ainsi, il prit place sur la banquette, triturant le rebord de son chapeau qu'il avait enlevé en entrant. Les mots ne venaient pas dans sa bouche. Il les cherchait désespérément et ne trouvait rien d'agréable à lui dire.

Parler du temps peut-être ?

Ou de sa tenue ?

De son chapeau ?

Son chapeau !

Il le détailla à nouveau et le trouva une nouvelle fois très beau. Devait-il lui en faire part ? N'était-ce pas un peu trop cavalier que de parler de son chapeau à une dame ? Peut-être allait-elle considérer le sujet comme trop personnel et s'en offusquer ?

Il tournait et retournait ses idées, cherchant la bonne formule, imaginant une phrase capable de la subjuguer, lorsque, soudain, sans que lui-même puisse le prévoir, sans même l'avoir auparavant réfléchi, il lança :

— Mademoiselle Élise, voulez-vous m'épouser ?

Lorsqu'il s'entendit prononcer cela, il se choqua lui-même.

Trop tard ! C'était dit !

Miraculeusement, si l'on pouvait parler de miracle en ce lieu, Élise releva la tête et osa affronter son regard. Un sourire. Un sourire discret. Presque amusé. Puis un soupir. Et alors, elle dit ce mot merveilleux, qui alluma l'âme de Lecuyer comme la fougue de la passion. Elle murmura :

— Oui.

6

Il faisait nuit noire lorsque la portière du fiacre s'ouvrit : une silhouette pliée en deux s'y engouffra. Elle était entièrement enveloppée dans une cape bien trop grande pour son corps menu. La capuche tombait sur son visage, si bien qu'on ne distinguait pas ses traits.

— Pressez-vous, Madeleine !

Ce n'était même pas un conseil. Plutôt une injonction.

La jeune femme obtempéra sans un mot.

Philémon Ducas ayant disparu sans plus donner signe de vie, le soir même où il lui avait remis l'enfant, il avait fallu attendre qu'un nouveau médecin soit nommé pour qu'il puisse signer les papiers pour sa sortie de l'asile.

— Je vous conduis à la campagne, lui expliqua l'homme qui n'était autre que son mari. L'enfant y est déjà. Je vous laisse quelques jours pour vous rendre plus présentable, puis nous annoncerons que François est né.

La jeune femme ne dit rien. Elle baissa encore davantage la tête et se glissa sur la banquette en faisant en sorte de tenir le moins de place possible.

Chapitre 10

Mercredi 10 août 1898

1

Le coin était agréable. En pleine campagne. La ramure des arbres couchés avec élégance, comme dans une révérence courtoise au-dessus de lui, donnait l'image d'un arceau reposant, d'une voûte de verdure sous laquelle il faisait bon s'abandonner. Surtout lorsqu'il faisait chaud comme aujourd'hui.

Rien ne bougeait. Même le vent se taisait, afin de ne pas rompre le paisible tableau offert au regard. Seul un oiseau, de temps en temps, osait un chant léger. Diffus. En accord avec le murmure de l'eau.

Ce lieu, il le tenait secret. Comme un bien légué de père en fils, qu'il ne fallait surtout pas dévoiler. Car le dévoiler, c'était le perdre. Le livrer aux mains de tous ces pescaires[1] sans foi ni loi qui viendraient le gangrener. L'avilir. Le souiller par leur présence.

Cet endroit, c'était *son* endroit.

Tôt le matin, il y lâchait sa ligne, assis sur un tapis d'herbe encore humide, apaisé par le parfum suave de la feuille morte offerte à la terre. Là, en osmose

1. Pêcheurs. À la fin du XIXe siècle, le nom était en provençal.

avec les éléments, il oubliait tant d'années au moulin, à trimer sang et eau. À voir sa femme mourir. Ses enfants le quitter pour la ville, à Montélimar ou à Orange. Il oubliait la douleur d'un corps trop tôt sollicité. Il oubliait la révolte. Les cris. La violence. La souffrance.

Il redevenait autre. Il redevenait lui. Il redevenait vivant.

Dans sa musette de pêche en osier, accrochée à une branche, le fond encore dans le courant, déjà deux poissons frétillaient. Il les regardait parfois, satisfait. Il ne lui en fallait pas plus. De quoi manger pour lui. Le reste, c'était pour le plaisir. Et il les rejetait au fleuve une fois attrapés.

De lui, de ce fleuve nourricier, il ne savait rien. Sinon qu'il venait de très loin et partait vers la mer. La mer qu'il ne connaissait pas non plus. Toutefois, le fleuve, il le craignait. Pour ses crues meurtrières. De ces crises sournoises pendant lesquelles il charriait l'eau en grosses vagues, la jetant dans les maisons et les champs. Mais il l'aimait aussi. Car de ces crises venait le limon qui permettait aux légumes de pousser malgré le soleil qui tapait fort dans sa région.

Il sourit en voyant son bouchon disparaître. Une nouvelle touche. Sans doute un beau spécimen à voir le flotteur bien enfoncé dans l'onde. Ou bien une mousse, une de ces foutues mousses qui pouvaient vous casser votre ligne en un rien de temps !

Pour y voir plus clair et juger la chose *de visu*, il se releva en soutenant sa hanche droite de sa main posée à plat sur la large ceinture de tissu, enroulée autour de sa taille. Ah ! Elle le faisait souffrir, celle-là ! Peut-être bien plus que l'avait fait le moulin ! Mais il faisait avec et finirait en sa compagnie. La douleur et lui.

À quelques mètres, le bout de sa ligne refusait toujours de bouger.

— Suis accroché ! bougonna-t-il. Pestoulentsi[1] d'algue !

Une seule solution pour ne pas perdre son hameçon et son flotteur, rentrer dans le fleuve pour résoudre le problème ! Il releva le bas de son pantalon, un bleu de travail qui lui faisait sa semaine et même son dimanche depuis que sa Louise s'en était allée, ôta ses godillots et quitta ses chaussettes de laine. Des pieds d'un blanc laiteux apparurent, marbrés de veines noirâtres, et il agita ses orteils comme pour les dégourdir. Ils n'avaient jamais pris le soleil, ceux-là ! Pas le temps ! Ni l'envie d'ailleurs. Et il s'aventura doucement dans l'eau comme il redoutait toujours de devoir le faire.

Les cailloux du lit, ronds et inégaux, étaient glissants et il fallait faire attention, car très vite on pouvait ne plus avoir pied. Il avançait en se dandinant, un peu comme un homme ivre qui cherche son équilibre. Claudicant suivant les aspérités. Entre ses mains, il tenait sa ligne qui lui servait un peu de fil d'Ariane pour ne pas perdre sa cible.

Arrivé sur le lieu, il se pencha et, à tâtons, essaya de décrocher l'hameçon. Mais celui-ci était bien ancré. En maugréant, il souleva la grosse branche posée au fond de l'eau, résidu de la dernière crue, et qui retenait sans doute son flotteur. Il dut y mettre les deux bras. Et lorsque ce qui retenait son fil céda, il ne put

1. Juron provençal.

retenir un cri de joie. Soulagé de ne pas être entraîné par l'obstacle parti à la dérive.

Il s'apprêtait à rebrousser chemin quand quelque chose de long surgit violemment devant lui. À la manière d'un bouchon retenu trop longtemps, avec force, au fond de l'eau, et qui brusquement jaillissait en bondissant.

La chose fit de même et l'éclaboussa.

Il recula et manqua de perdre l'équilibre. Mais déjà, la *chose* glissait sur le courant, comme un esquif à la dérive. Il n'eut que peu de temps pour la voir. Étrangement déroutante. Elle ressemblait à quelque chose de connu que l'on ne parvenait toutefois pas à identifier.

Il haussa les épaules. Heureux d'avoir récupéré sa ligne. Et retourna vers la rive, sans plus se préoccuper de ce surprenant déchet lâché dans le Rhône.

Quelques heures plus tard, un gamin, moins chanceux que le pêcheur, reconnaissait l'objet échoué contre une barque, sur le quai Bonnefoy-Sibour de Pont-Saint-Esprit, vers le port. Il s'agissait des restes non identifiables de ce qui avait dû être un homme.

Pas de papiers sur lui.

Seulement une montre, étonnamment encore en place dans la poche déchirée de ce qui avait été un gilet. Sur le dessus, des initiales : *DP*. Et une dédicace gravée au dos du couvercle :

À mon petit-fils Philémon Ducas, son grand-père attentionné.

2

— Vous voilà célèbre ! plaisanta Lacassagne, en jetant le journal du matin sur la grande table de la salle à manger de Montchat.

Rose lui avait ouvert, le gratifiant même d'un bonjour. Ce serait donc un bon jour qui s'annonçait là. Du moins l'espérait-il.

En gros titre racoleur, sur la première page, s'étalait le nom de Perrier.

La science au service de la police !
Félicien Perrier résout l'affaire des femmes trouvées
dans le labyrinthe de la Croix-Rousse.
Un groupuscule nommé les Trouveurs de Sorcières impliqué !

Encore en veste d'intérieur, ce dernier leva la tête de son café. Et posa un regard furieux sur l'article publié.

— C'est quoi, ce bordel ?

Puis il se reprit :

— Veuillez excuser mon écart de langage, cher Maître.

Face à lui, le professeur sourit.

— Je comprends votre mécontentement.

— Il y a de quoi !

— Tout à fait.

— Je me demande d'où provient l'information.

— Moi aussi.

Bernard, qui avait dormi à Montchat, était entré dans la pièce et avait suivi l'échange comme un spectateur d'une partie de tennis. Le regard tantôt à droite, tantôt à gauche.

— Que se passe-t-il ? interrogea-t-il en serrant la main de Lacassagne.

— Ça ! lâcha son hôte en lui jetant le journal devant le nez.

Contrairement à lui, il était d'humeur joyeuse ce matin, et rien ni personne ne pourrait changer cela. Aussi eut-il un sourire lorsqu'il découvrit ce qui provoquait le mécontentement de son ami.

— Et ça te fait rire ? grogna-t-il en reprenant le quotidien que Lecuyer avait eu à peine le temps de lire.

— Pas du tout ! Mais cela va te rendre célèbre.

— Décidément… En attendant, je me demande bien qui a pu raconter cet épisode aux journalistes de ce torchon merdeux !

— Pas Irina en tout cas ! Elle est toujours à l'hôpital.

— Toutefois, reprit le professeur, il faut admettre que celui qui est à l'origine de ce tapage n'a pas tout à fait tort. Vous êtes bien le héros du jour !

— Pourquoi donc ?

— Parce que la police a mis la main sur celui qui venait rendre visite à Marguerite Durand dans sa geôle et qui la retenait prisonnière.

— Vraiment ? s'exclama Lecuyer. Un lien avec notre affaire ? Et on connaît son nom ?

— Un lien avec notre affaire, sans nul doute possible. Quant au nom, nous ne pourrons le divulguer, même si avec Perrier nous en avons une idée précise. J'ai eu ce matin un appel téléphonique du procureur de la République qui m'a instamment fait savoir que parler de cette enquête en impliquant quelqu'un me ferait perdre ma place au sein de la faculté. Ordre direct du ministre.

— Rien que ça ! Ils ont osé ! s'insurgea Perrier.

— Oui ! Nous voilà réduits au silence et écartés des recherches. Il m'a affirmé que la police pouvait maintenant se passer de nous. Qu'elle avait toutes les cartes en main.

— Les cartes en main ? La police ? Je rêve ! grommela leur hôte en vidant sa tasse de café d'un trait.

— C'est donc une personnalité connue ? reprit Bernard.

— C'en est une. Lorsqu'on regarde la liste remise par Bellonnière à notre ami Perrier, on ne peut en douter. L'instigateur de ce cénacle est chirurgien-major à l'Hôtel-Dieu.

— Cénacle ? Liste ?

Occupé sous d'autres sphères, le jeune médecin n'avait pas été mis au courant de ce que ses collègues avaient découvert. Et pour cause ! Son nom figurait sur le document !

En deux mots, il fallut lui expliquer et cela le laissa sans voix. Ainsi, Perrier l'avait suivi ? Ainsi, il avait fait des recherches sur le groupe auquel il avait adhéré, sans même lui en parler ? Ainsi, il avait impressionné Bellonnière afin d'obtenir les noms de tous les participants ?

Impressionner Bellonnière.

Connaissant cet olibrius de Félicien et ses manières peu catholiques d'agir, il se permettait tout juste de réfléchir aux moyens employés !

— Tu l'as menacé de trucider sa femme ? de mettre le feu à son atelier ?

— Pire..., jubila Félicien, que les questionnements de Lecuyer remettaient soudain de bonne humeur.

— Je n'ose imaginer...

— Ne le fais pas, cela te dérangerait beaucoup trop !

Puis il partit dans un grand éclat de rire, comme s'il avait volé la bonne humeur de Bernard et l'avait faite sienne.

— En attendant, tu l'as échappé belle, mon ami ! poursuivit-il en recouvrant son sérieux. Un peu plus et on te retrouvait au cachot sous le motif de complicité de meurtres !

Lecuyer eut un regard dur pour son hôte. Oh ! Comme il le haïssait sur l'instant ! Et pourtant, comme il avait raison ! En adhérant à cette société secrète, il avait bien failli se jeter dans une histoire sordide qu'il ne cautionnait pas. Retenir une femme dans un cul-de-basse-fosse ? Quelle infamie !

Comprenant son erreur, son attitude changea.

— Ce qui signifie donc que tous ces gens que j'ai côtoyés… enfin, certains seulement… seraient… je veux dire… les meurtriers de nos victimes ?

La réponse tarda à venir et ce fut Lacassagne qui s'y risqua :

— On ne peut être formel. Des éléments manquent encore. Mais comment ne pas regrouper les deux enquêtes sachant que Marguerite Durand était détenue et qu'on la privait de nourriture ? N'était-elle pas destinée à subir les mêmes sévices que ses consœurs une fois suffisamment affaiblie ? Le procureur en est certain.

Lecuyer hocha la tête et baissa les yeux.

— Une question, reprit le professeur, au cours de ces deux réunions auxquelles vous avez participé, avez-vous entendu prononcer son nom ?

Le jeune médecin rougit violemment, et cette réaction énerva son collègue qui persifla :

— Mais bien évidemment qu'il l'a entendu, son nom ! Regardez sa tête ! On dirait un gamin qui a volé un bonbon !

Et en effet, Bernard n'en menait pas large.

— Oui, souffla-t-il avec le faux espoir de ne pas être entendu.

— Oui ? s'insurgea Perrier.

— Oui…, murmura plus posément Lacassagne. Mon Dieu… Et vous n'avez rien fait ?

— Non… mais je n'étais pas au courant pour le… pour le…

— L'enlèvement !

— Oui, pour l'enlèvement. Ils ne parlaient que de l'impressionner avec une lettre d'intimidation, histoire qu'elle se calme, disaient-ils.

À côté de lui, Félicien fulminait.

— Et tu étais d'accord pour qu'ils fassent ce genre de choses !

— Non…

— Et tu l'as dit ?

— Non… On ne m'a pas demandé mon avis. Cela ne m'a pas plu. Toutefois, j'ai pensé que Marguerite Durand, en gérant un journal féministe, devait avoir l'habitude de ce style de provocation.

— Mais bien sûr !

Au bord de l'asphyxie, s'il n'avait pas été son ami, il lui aurait bien écrasé la tête sur le plat de la table afin de l'aider à réfléchir.

— Triple buse !

Dans le cœur de Bernard, le bonheur d'avoir demandé la main d'Élise s'était envolé. Comment leur annoncer la nouvelle, après cette discussion, en sachant qu'il avait cautionné l'enlèvement d'une femme ? Il frémit. Heureusement que Perrier l'avait suivi, sinon il aurait pu se retrouver mêlé à cette triste histoire !

— Notre enquête est donc résolue ? demanda-t-il dans un murmure.

— Je le pense sérieusement, admit Lacassagne. Mais cela ne nous empêche pas de rechercher l'identité de ces femmes.

— Je n'en sais rien, enchaîna Perrier. Mais de toute façon, pas grâce à toi ! Et puis surtout n'oublions pas que nous n'avons toujours pas retrouvé Marie-Victoire !

Un froid glacial envahit Lecuyer. Il chercha le regard de Félicien, que celui-ci sur l'instant lui refusa, et des larmes se mirent à couler sur ses joues.

— Je suis un idiot, je l'admets ! Comment ai-je fait pour ne pas comprendre ? Comment ai-je pu trouver agréable de participer à ces réunions contre les femmes ? Je ne me le pardonnerai jamais… mais tu as raison, il faut retrouver Marie-Victoire !

3

Nue, sale, enchaînée par une main à la paroi rocheuse, la femme ferma les yeux. Presque heureuse. Délivrée. Elle laissa sa tête retomber sur sa poitrine et, sans bruit, sans secousse ni résistance expira dans son dernier souffle.

En paix.

Enfin.

4

Perrier n'avait pas souhaité que Lecuyer l'accompagne. Sur l'instant, il exécrait tout ce qu'il représentait. Cette veulerie qui était la sienne ! Mélange d'indolence et de pleutrerie. Il allait même jusqu'à lui trouver un manque d'intelligence, ce qui, dans son esprit, était purement rédhibitoire !

Il avait fallu qu'il prenne sur lui pour ne pas l'écraser comme une mouche. Lui défoncer la tête. Le réduire en bouillie !

Dans la hiérarchie des actions de dernier recours, on pouvait tuer un cancrelat comme ce Philémon Ducas, mais certainement pas cautionner l'intimidation d'une femme comme Marguerite Durand. Et quelle femme !

Il souffla.

Bon Dieu, qu'il était devenu sociable ! Le Perrier d'hier n'aurait pas mis plus de deux minutes pour passer à exécution ! Même s'il était son ami… parce qu'il était son ami !

Lorsqu'il poussa la porte du 6, montée des Carmélites, il fulminait encore. La vieille dame qui lui ouvrit la porte dut le ressentir, car elle recula de deux pas, comme souffletée par une gifle imaginaire. Elle tenta de lui refermer la porte au nez, mais il anticipa son geste et bloqua l'ouverture avec le pied.

— Julie Marpas ?

— Lacroix. Julie Lacroix. Le Jean-Baptiste, y a beau y êt'e dans le trou, j'y en reste pas moins sa légitime.

C'était dit. Son interlocutrice pouvait être édentée, rabougrie et usée par des années de tissage, elle n'en gardait pas moins un caractère bien trempé.

Lorsque Lecuyer avait enquêté sur la disparition de Marie-Victoire, il avait obtenu les mêmes informations qu'elle lorsqu'il s'était rendu au bureau de l'état civil. Souhaitant continuer ses recherches sur l'identité des mortes, Félicien avait décidé, malgré le fait que l'enquête paraissait résolue, de rencontrer les parents de la disparue afin de récolter des informations sur elle.

Sur l'instant, il se faisait l'effet d'un vieux chien sans dents qui ne veut pas lâcher son os. Tout comme lui, il s'acharnait. Sans doute était-ce Lacassagne qui avait déteint, le poussant à découvrir l'identité des inconnues par respect pour elles.

— Je fais une enquête sur des filles disparues. Votre fils est venu nous dire que Bertille n'avait plus donné signe de vie. Vous confirmez ?

Le regard de la vieille femme le détailla de haut en bas, comme si elle le déshabillait.

— T'y es qui, toi ? Un condé[1] ?

— Non… non… je suis médecin.

— Un carabin ? Qui y cherche ma Bertille ? Mais pou'quoi y faire ?

— Pour savoir ce qu'elle est devenue.

— Et qu'est-ce que c'est t'y que ça peut bien t'y faire à toi ?

L'affaire n'était pas gagnée. La dame se révélait coriace. Comment lui expliquer ? Il pensa à ses deux francs dépensés pour les donner au fils, et se dit qu'en usant de la même stratégie auprès de la mère, peut-être parviendrait-il à l'amadouer.

— Il y a une récompense.

---

1. Commissaire de police, en argot.

— Ah ? Une récompense pour l'y retrouver, la Bertille ? Eh ben, qui s'est-y qui peut ben y donner des sous pour elle ? Cette gueuse !

— Cette gueuse ?

Au fond de sa poche, Félicien tâta les pièces qui s'y trouvaient. Le frère avait-il menti pour avoir son argent en ne dévoilant pas tout ce qu'il savait sur sa sœur ? Une prostituée ? Une simple et sordide histoire de souteneur ayant puni une de ses filles ?

— Elle tapinait ?

— Qui ça ?

— Ben, votre Bertille ?

Si la femme avait eu un revolver, elle lui aurait sans doute déchargé tout le barillet dans la poitrine.

— Ma Bertille, une accoste ?

Toujours sur le pas de la porte, pour la première fois de sa vie, il en perdait son latin. Mais qui était donc cette furie qui le tenait en respect avec autant d'arrogance ?

— Vous l'avez traitée de gueuse.

— Ah ben, oui. Moi, j'y ai le droit ! Mais pas toi !

— D'accord. Et pourquoi dire ça d'elle ?

Posément, elle essuya ses mains sur son sarrau déjà tout taché et, malgré sa petite taille, toisa le visiteur en le regardant de ses yeux noirs comme des boutons de culotte. De l'unique pièce qui lui servait tout à la fois de chambre, de cuisine, de débarras et de salle de bains lui parvenait le parfum sympathique d'un ragoût de pommes de terre. Et le charme de l'odeur caramélisée du bouillon qui mijotait sur le fourneau lui rappela qu'il n'avait pas mangé depuis au moins une bonne journée. Son ventre s'en émut et se mit à émettre des borborygmes qui firent sourire son interlocutrice.

— J'sais pas si t'es t'y un bourge de clebs[1], mais t'as faim, comme qui dirait l'autre ! Ent'e !

Surpris par ce revirement soudain, Perrier ne se fit toutefois pas prier.

Quinze minutes plus tard, rassasié par une assiette copieuse de barboton[2] aux carottes, il souriait aux anges face à une ménagère prévenante.

— J't'y offririons bi'n un quina, mais j'en ai point ! Un coup de rouge ? demanda-t-elle en sortant un pot[3] du placard près du lit.

— Volontiers.

Elle prit un verre épais sur la pierre creuse qui lui servait d'évier, versa dessus une rasade de l'eau contenue dans un broc, puis l'essuya avec un coin de son tablier douteux. Le médecin réprima une grimace. Pas question de braquer son hôtesse, brusquement plus sympathique !

— Et Bertille ? lança-t-il en buvant un peu de vin.

Elle trinqua avec lui et avala un large gorgeon qu'elle assortit d'un hoquet.

— Un peu plus ?

— C'est pas de refus.

Il fallait tout de même qu'il se méfie. La femme avait l'air d'avoir une bonne descente. Ne cherchait-elle pas à le saouler ? Soudain, il eut un doute. Et si tel était son but ?

— Alors, la Bertille ?

Un nouveau pot vint compléter le premier. Au fur et à mesure que le vin coulait, le visage de sa voisine

1. Médecin.
2. Ragoût de pommes de terre souvent avec des carottes.
3. Bouteille de quarante-six centilitres à fond très épais.

devenait plus taquin. Une moue mutine déformait maintenant sa figure, exagérant la proéminence de son nez.

— T'es-t-y pas vilain avec ta p'tite gueule d'ange, soupira-t-elle soudain. T'es un engueuseur[1], toi ! Et mon chéri le Baptistou, ça fait déjà bi'n longtemps qui y mange les barabans[2] par la racine.

Une dure vie de labeur se lisait sur son visage, mais, à bien calculer, elle ne devait pas avoir plus de cinquante ans. Peut-être moins.

Certainement moins.

Au lieu de s'insurger contre la proposition grivoise qu'il voyait poindre sous les allusions de la dame, Perrier se sentait révolté devant les conditions de vie des ouvriers de son époque. Rien n'était fait pour eux. Et ils crevaient, après avoir engraissé des patrons, dans l'indifférence de tous et le dénuement le plus complet.

Cette femme en était la preuve.

— Vos compliments me touchent, affirma-t-il en prenant sa main, mais je ne suis pas attirée par la gent féminine. Vous comprenez ?

Étonnamment, elle comprenait et le lui dit avec ses mots à elle.

— Un sodomite ? Bon Dieu du ciel ! J'y en ai point jamais vu ! C'est-y ben tant ma veine ! Pour une fois qu'un beau mâle y vi'nt de par chez moi !

Cela le fit sourire et il reposa son dos contre le dossier de la chaise branlante, unique siège confortable de l'appartement, elle-même s'étant contentée d'un tabouret. Il ferma les yeux.

---

1. Séducteur.
2. Pissenlits.

— La Bertille, reprit-elle sans qu'il le lui demande, c'était-y bien une drôle. C'est qu'elle nous en a fait voir… Elle y avait le feu de la guerre dans le sang. Une Rouge ! Une de celles qui y auraient dû être là pour les Voraces[1]. Si j'ai dit la gueuse, tantôt, c'est ben pa'ce qu'elle nous a fait perd'e not'e boulot à moi et au Baptistou. Ça l'a tué, mon homme ! À cha peu, y est devenu tout ganais, une bambane[2]. Et pi un jour, ça y a été comme un coup de massue. Y est tombé tout droit. Paf ! sur le carreau. Et y est allé au ciel comme une bugne[3] !

Sous l'émotion, Julie essuya ses yeux d'un coin de son sarrau, puis ravala sa morve d'un revers de manche sur son nez.

— Je comprends… et depuis, vous vivez comment ?

— Comment qu'ça j'y vis ? Ben, ch'uis journalière à l'usine de tissage. Parfois, oui. Parfois, non. Aut'ement le gone, c'ui que vous y avez connu, y m'donne à manger qu'quefois.

— Et… Bertille ?

— Pffou… Bertille y est partie un matin. Comme ça sans rien y dire… p'us de nouvelles. C'tait y a pas un an, just' après la mort de mon Jean-Baptiste.

Un soupir.

— Bi'n, c'est-y pas que je te chasse mon p'tit boson, reprit-elle avec un entrain soudain, mais ça va jaser dans l'coin si t'y restes de trop ! Faut que tu prennes du souci. Une bell' canant comm' moi avec un engueuseur comm' toi… y en a qui vont dire des

---

1. Les Lyonnais appellent les « Voraces » une révolte des canuts.

2. En peu de temps, il est devenu idiot, tout paresseux.

3. Un beignet qui se mange à carnaval.

choses. Les gens, tu sais, c'est tous des gnolus. On se fait péter le *miaille*[1] avant que tu t'en vas ?

Et elle contourna la table à petits pas et fit claquer deux bises bien sonores sur les joues de Perrier, qui en rougit presque. Cette femme avait quelque chose de touchant et, étrangement, malgré l'approche difficile du début, il se sentait bien auprès d'elle.

— Puisque tu le dis, la Julie ! soupira-t-il en adoptant un phrasé local.

Et il la prit dans ses bras en se relevant.

— Hé ! Oh, mon belin ! rigola-t-elle. J'suis pas une poutrone ! Un peu de tenue ! On va pas chougner pareil que des mottets[2] !

Puis elle le mit dehors autre forme de procès, un peu comme si ce qu'elle ressentait était trop fort pour le laisser paraître.

— J'aurais bi'n aimer avoir un gone comme toi ! lui lança-t-elle toutefois sur le pas de sa porte.

Déjà il redescendait la rue et lui fit un signe de la main.

— Si t'veux y en savoir plus sur la Bertille, va voir le Celou à l'usine. Y t'y en dira plus. Y la fréquentait.

Quelques jours plus tard, Félicien envoya Rose porter un panier de provisions à la pauvre vieille afin d'améliorer son ordinaire. Mais celle-ci trouva porte close. La voisine lui dit que la veille, alors que la Julie avait un peu trop picolé et qu'elle titubait au milieu de la rue en chantant des chansons paillardes, deux chevaux d'une carriole s'étaient emballés en prenant

---

1. Se faire la bise. *Boson* : chéri ; *canant* : jolie femme ; *gnolus* : méchants.

2. *Belin* : chéri, agneau ; *poutrone* : prostituée ; *chougner* : pleurer ; *mottets* : enfants.

la descente comme ça arrivait souvent dans cette rue en forte pente. Le conducteur de la charrette n'avait pas pu les arrêter. Il avait chopé de plein fouet la Julie qui était morte avant même d'atteindre l'hôpital de la Croix-Rousse.

Elle était partie rejoindre son Baptistou, en montant au ciel tout comme une bugne.

5

Marguerite Durand, remise de ses émotions, était repartie à Paris. Irina à l'hôpital. Marie-Victoire toujours introuvable. La maison de Montchat commençait à perdre sa fonction d'hôtel. Même Bernard avait plié bagage, sans qu'on le lui demande, bien trop honteux de ce qu'il avait fait pour affronter le regard de Félicien.

Ce dernier, seul depuis le début de l'après-midi, griffonnait sur un des tableaux noirs accrochés au mur de la salle à manger. Tentant de faire le point sur une affaire bien compliquée.

Ainsi, Bertille était ce qu'on a coutume d'appeler une meneuse ? Elle fustigeait le patronat, allant jusqu'à conduire des grèves et mener des hommes à s'insurger. Suivant la description physique qu'en avait fait sa mère, elle pouvait totalement correspondre à l'avant-dernier cadavre, dans l'ordre présumé des meurtres, trouvé dans le souterrain.

Quant à Marcel Pilard, dit le Celou, celui-ci avait confirmé les dires de Julie. Il avait vécu un temps avec la jeune femme, juste avant sa disparition, et la décrivait lui aussi comme une jolie fille brune, pleine de vie, qui n'avait qu'un seul désir : amener le prolétariat au pouvoir et assassiner les patrons ! Il n'y avait pas eu de scène entre eux. Simplement, un soir, après l'usine, elle n'était pas rentrée pour le souper. Un ouvrier avait dit l'avoir vue grimper, de son plein gré, dans un fiacre. Depuis, il n'avait plus de nouvelles.

Lorsque Rose surgit derrière Perrier, il était tellement concentré qu'il ne l'entendit pas. Ce fut son long regard appuyé dans son dos qui le fit se retourner.

Elle était là, derrière lui, les poings sur les hanches et, pour une fois, elle se taisait. Il respecta son silence et revint vers les tableaux, sans lui demander ce qu'elle voulait.

— En fait, ce que vous devez chercher, ce sont des femmes qui veulent prendre la place des hommes. Et des hommes qui ne veulent pas qu'elles le fassent.

Il sourit.

— C'est certain. Mais voyez-vous, Rose, ces hommes, nous les avons trouvés. Ce que nous recherchons maintenant n'est que pure gratification. Arriver à mettre un nom sur ces corps anonymes. Et surtout, retrouver notre amie Marie-Victoire. Si elle a été enlevée par le groupe que nous avons identifié, elle doit être en danger. Sans eau et sans nourriture.

— Mon Dieu ! C'est affreux !

— Affreux, oui. Vous l'avez dit ! C'est pour cette raison que le temps presse.

Rose semblait émue.

— Et vous êtes bien certain de les avoir trouvés… ces hommes ?

— Oui, je le pense. Pourquoi me posez-vous cette question ?

Elle était étrangement calme. Comme si ce qu'elle voyait la poussait à réfléchir, elle, la cuisinière toujours prête à ronchonner.

— Parce que je ne pense pas qu'un groupe puisse commettre ce genre de forfait.

Perrier sursauta et se tourna tout à fait face à elle.

— Que me dites-vous là ? demanda-t-il en avançant d'un pas en sa direction.

Sans le savoir, elle rejoignait son intime conviction.

— Une simple logique de base. Si je dois cultiver mon jardin, je préfère le faire seule. Si j'invite toute une troupe d'amis, ceux-ci ne vont pas agir comme moi, vont piétiner mes plates-bandes et vont finir par trop parler autour d'eux de la méthode si particulière que j'ai de faire pousser mes légumes. Les hommes sont ainsi…

Dans un soupir, elle croisa les bras sous sa généreuse poitrine.

— Ne croyez-vous pas ?

Elle allait faire demi-tour et regagner ses quartiers, mais il la retint.

— Rose… restez, s'il vous plaît… et dites-m'en plus.

— Plus que quoi ? Il me semble que ce que je raconte est tout simple. Je ne suis qu'une bonne, pas une de ces femmes qui font des enquêtes sur des crimes. Mais je connais bien les gens. Et je sais, par expérience, que l'on ne peut pas mettre dans la confidence toute une troupe, surtout constituée de clampins tout juste bons à se faire des frayeurs en mettant des cagoules. L'un d'eux risque de parler, cela est évident !

Comme elle avait raison ! D'elle, Félicien ne savait presque rien. Sinon qu'elle avait de bons états de service et que les recommandations de ses autres places étaient excellentes. Son seul point noir : son caractère. Et c'est ce qui avait plu au médecin. Il ne voulait pas que quelqu'un d'obséquieux vive à ses côtés. Il était donc ravi ! Mais de là à supposer que la femme qu'il avait embauchée partagerait sa façon de voir ? Ça, non ! Il ne l'aurait jamais pensé !

— Pour vous, il n'y a qu'un seul homme ? Ces Trouveurs de Sorcières n'y sont pour rien ? Nous nous sommes trompés de cible ?

— Ou femme…

— Femme ? Ce n'est pas possible !

— Couple alors… qu'y a-t-il de plus soudé qu'un couple ?

Le médecin eut une moue dubitative.

— Vous pensez les couples solides ?

Il ne partageait pas ce point de vue.

— Certains, oui. Soit liés par un amour indéfectible. Soit liés par la folie. Les premiers construisent de grandes choses, les seconds détruisent.

— Rose ! Mais d'où savez-vous tout ça ? Qui vous l'a appris ?

— Mais la vie, mon bon Monsieur… la vie… qui m'a amenée à côtoyer tant de gens différents. Oh ! J'en ai vu des choses ! Et j'en ai compris aussi.

Pour la première fois depuis qu'il la connaissait, il la voyait sourire.

Ainsi, le profil qu'il avait échafaudé pourrait être enrichi d'une complice ? Une amoureuse soumise qui était folle de lui ?

Pour la seconde fois de la journée, il serra une femme dans ses bras, avec chaleur et spontanéité. Et pour la seconde fois de la journée, cette femme en gloussa, ravie, en s'exclamant :

— Ah, voyons, Monsieur ! Pour qui me prenez-vous ? On pourrait nous voir ! Je ne suis pas une fille facile, moi !

6

L'idée même de son mariage avec Élise Dequen n'arrivait plus à faire sourire Bernard. Un peu perdu depuis qu'il avait quitté le domicile de Perrier, il errait, son sac de voyage au bout de son bras valide, comme un pauvre sans-logis chassé de son abri de fortune.

Il se sentait misérable. Tellement au-dessous de tout ce que l'on aurait pu attendre de lui. Espérer de lui.

Mais pourquoi avait-il suivi Bellonnière et participé à ces réunions minables ? Et pourquoi Bellonnière y allait-il aussi ? Pourquoi l'avait-il entraîné à sa suite ? Savait-il pour les meurtres ?

À force de se poser des questions, sa tête lui faisait mal. Il lui semblait qu'elle allait éclater cependant que dans son esprit tournaient et retournaient toujours les mêmes évidences. Un, il était idiot. Deux, il était crédule. Trois, il détruisait tout ce qu'il touchait. Quatre, il ne méritait pas l'intérêt d'autrui. Cinq…

Cinq.

Machinalement, il était arrivé devant l'Hôtel-Dieu. L'idée lui vint de poser ses affaires dans le bateau-morgue. Il ne voulait pas retrouver sa chambre insalubre, là-haut sous les toits. Grâce à sa mère qu'il avait contactée après son inscription chez Reine D'Est, il pouvait disposer d'un petit pécule, qu'elle prenait sur sa dot, afin d'installer son ménage. Il avait songé à rechercher un bel appartement pour sa promise.

Mais maintenant, à quoi bon ?

La jeune fille ne voudrait jamais épouser un raté comme lui !

Il avait besoin de pleurer sur l'épaule de quelqu'un. Mais de qui ? Perrier le regardait de haut. Marie-Victoire ne réapparaissait pas. Quant à Irina…

Irina.

Pourquoi pas Irina ?

Elle avait toujours su le comprendre. Une nouvelle fois, elle le comprendrait !

Il jeta son sac de voyage dans l'entrée de l'ancienne salle d'autopsie et fit aussitôt demi-tour.

Irina ! Voilà bien la personne qu'il aurait plaisir à voir !

En deux pas, il fut sur le perron de l'hôpital. Comme lors de sa précédente visite, il grimpa les deux étages et se dirigea vers la salle des femmes accidentées. Très vite, il fut auprès du lit de son amie.

Celle-ci ne paraissait pas bien. Elle avait les yeux plissés, comme quelqu'un qui souffre. Il s'en inquiéta aussitôt.

— Irina ? murmura-t-il en se penchant vers elle.

Une nouvelle bande avait été posée autour de sa tête, moins volumineuse que la précédente. Néanmoins, son état de santé semblait s'aggraver. Comment était-ce possible ? Une infection cachée qui aurait échappé aux médecins ?

Il posa la main sur son front, mais celui-ci était frais.

— Irina ? Tu m'entends ?

Dans le cas d'accident, Lecuyer savait qu'il fallait toujours être vigilant. Une chute pouvait entraîner une commotion du cerveau ou une hémorragie interne et, dans ce cas, la mort était l'issue fatale assurée. Il frissonna à l'idée qu'il pouvait perdre son amie !

Il se tourna vers sa voisine de lit. La malade précédente, dans le coma, avait été remplacée par une dame d'une bonne quarantaine d'années, tombée du tramway alors qu'il démarrait sans qu'elle ait eu le temps de monter tout à fait. Elle avait la jambe cassée, ce qui l'obligeait à rester alitée encore quelques jours. Toutefois, elle était bien lucide. Tout en s'excusant, il lui demanda si elle avait pu noter un changement récent dans l'attitude d'Irina. Celle-ci lui confirma qu'elle paraissait aller bien ce matin.

— Elle s'est même levée pour se promener un peu, et, lorsqu'elle est revenue, un des docteurs de l'hôpital l'accompagnait. Je me suis dit en les voyant, vous allez penser que je suis une grande langue, mais c'est l'impression que j'ai eue, que ces deux-là se connaissaient bien. Bien ? Vous voyez ce que je veux dire ?

Sur l'instant, Lecuyer ne vit pas. Irina, debout, qui revenait en compagnie d'un médecin ? Est-ce que Perrier pouvait être passé par là ?

— Comment était-il ? Petit, élégant, bien de sa personne avec une barbichette et une moustache ?

— Oui, pour la barbichette et la moustache. Et aussi pour le fait qu'il est élégant et vraiment bien de sa personne… pour ça, oui ! Par contre, il est très grand.

— Très grand ?

Bernard hocha la tête. Le seul qui correspondait à cette description, c'était leur copain de faculté, Gozzo. Mais qu'est-ce qu'Irina pouvait bien ficher avec ce type qu'elle ne connaissait pas ?

— Vous en êtes certaine ?

— Ah, ça, oui ! Même que je me suis dit qu'elle en avait de la chance de fricoter avec un engueuseur pareil !

Irina et Aurélien ? C'était à ne plus rien y comprendre !

— Et depuis quand elle est comme ça ?

Son interlocutrice se souleva légèrement sur un coude, non sans réprimer une grimace, et regarda sa voisine.

— Je ne sais pas. Je croyais qu'elle dormait. Un peu trop de folie du corps, ça fatigue, mon p'tit monsieur, surtout quand on est pas encore très fraîche !

La logique de la malade le dépita. Il remercia d'un sourire contrit et se retourna vers Irina dont il saisit le pouls. Celui-ci était trop rapide à son goût. Il la secoua pour la réveiller, mais elle eut du mal à réagir. En revanche, elle poussa un cri de douleur qui lui fit présager le pire.

— Irina ? Que se passe-t-il ? Où as-tu mal ? Réponds-moi !

— A-t-elle mangé ? reprit-il à l'adresse de la voisine toujours attentive à ce qu'il se passait.

— Oui ! Tout comme moi. Du chou, des pommes de terre et du saucisson cuit. Et elle a bu une tisane aussi.

Rien ne paraissait anormal. À quoi correspondait donc cette crise qui était en train de conduire son amie vers un coma certain, voire le trépas ?

— J'ai mal aux jambes, murmura-t-elle soudain entre deux spasmes. Je ne sens plus mes pieds. C'est horrible… j'ai mal…

— Tes jambes ?

D'un geste brusque, il rejeta le drap et la couverture et l'examina. Il pinça son mollet et, comme il n'obtenait pas de réaction, un courant froid l'envahit. Quel pouvait être ce mal qui gagnait son amie au point de la paralyser ? Rien à voir avec une commotion !

Oh ! Comme il aurait aimé pouvoir joindre Perrier. Lui saurait. Il savait toujours tout ! Alors qu'entre ses mains, Irina risquait de périr.

La perdre ?

Dans un élan douloureux, il la prit à bras-le-corps et la serra contre lui. Cette brusquerie soudaine la fit gémir. Il palpa ses chevilles, les frappa du plat de la main au point que sa voisine de lit s'en insurgea. Mais il n'en avait cure ! Il fallait qu'il trouve ! Même sans Perrier, il allait trouver !

— Elle a bu une tisane, m'avez-vous dit ?

— Oui, tout comme moi. C'est pour nous guérir.

— Quelle tisane ?

— Je ne sais pas…

Tout en lui s'agitait et des alarmes imaginaires clignotaient dans sa tête au point de bousculer ses pensées.

— Votre tasse ? Vous avez encore votre tasse ?

— Oui… elle est là sur le chevet.

Chaque lit en métal disposait d'une table haute et large comme un tabouret. Le tiroir du haut servait pour contenir les menus objets des patients, et le placard du dessous renfermait un bassin pour les urines. Il saisit la tasse de la malade et la renifla. Au nez, il trouva de la valériane et de la fleur d'oranger. De quoi bien la calmer !

— Celle d'Irina ? Où est celle d'Irina ?

— Je ne sais pas…

Bernard finit par la découvrir, cassée au sol. Il en saisit le fond, encore intact, et pratiqua dessus le même exercice que sur le récipient précédent.

— Bon Dieu !

Ce qu'il trouva n'avait rien à voir avec la tisane de la voisine. Ici, une forte odeur de pisse de souris lui fit froncer le nez lorsqu'il l'approcha de ses narines !

Conine.

Conine, fut la première idée qui lui vint à l'esprit. Conine, c'était certain ! Macérat huileux obtenu avec de la grande ciguë. Socrate en était mort.

On avait empoisonné son amie !

D'un coup d'œil circulaire, il chercha désespérément une aide qui ne vint pas. Irina allait mourir. Cette seule idée l'obsédait et battait ses tempes comme un roulement de tambour funèbre.

Irina allait mourir.

Il tenta de faire le calme en lui afin de retrouver, dans ses souvenirs, les symptômes de cet empoisonnement. Son père était pharmacien. Que racontait-il déjà sur la condamnation de Socrate ? Et qu'en disait Xénophon ?

— Les cuisines ? Où se trouvent les cuisines ?

— Je ne sais pas…

— Mais vous ne savez rien !

Un regard pour la jeune journaliste.

— Pourvu qu'elle soit encore en vie lorsque je reviendrai.

Et il bondit dans l'allée, bouscula une malade et dévala, avec autant de célérité que le lui permettaient ses grandes jambes, l'escalier du Grand Dôme. À l'entrée, il interpella l'interne de service, qui lui indiqua l'aile qui abritait le grand réfectoire du personnel.

Comme un fou, il s'y précipita. Tout en courant, il faisait le point sur ce qui lui était revenu à l'esprit.

Oxymel.

Il lui fallait fabriquer de l'oxymel !

Le bâtiment était vaste et, comme l'heure des repas était passée, il était très difficile d'y croiser quelqu'un. Il renversa des chariots, faisant éclater derrière lui des piles d'assiettes en faïence, bascula des tables qui le gênaient sur son passage. Certainement, quelqu'un qui l'aurait vu à ce moment-là l'aurait jugé bon pour l'asile. Enfin, il déboucha sur ce qui ressemblait à une réserve. Un homme s'y trouvait. Il y comptait les denrées et notait sur un carnet ce qu'il manquait.

— Du miel, hurla Lecuyer comme si son interlocuteur était sourd. Du miel et du vinaigre.

L'employé voulut poser des questions, mais un grand : « Ta gueule ! Donne-moi ce que je te demande ou je te tue… » parut calmer sa curiosité.

Un peu tremblant devant ce grand énergumène aux yeux exorbités, qui lui demandait des produits somme toute très basiques, il lui tendit ce dont il avait besoin, et s'enfuit à toutes jambes quémander de l'aide.

Mais Bernard était déjà ressorti. Armé d'une grande cuillère en bois, il touillait dans un broc le miel et le vinaigre obtenus. Il transvasa le tout dans une bouteille et refit, aussi vite qu'à l'aller, le chemin en sens inverse.

Lorsqu'il parvint à nouveau à rejoindre Irina, celle-ci se tordait de douleur sur son lit.

— J'ai mal, hurla-t-elle en le voyant.

Sans un mot, il se pencha sur elle et lui releva la tête.

— Bois ! ordonna-t-il avec une autorité qu'il ne se connaissait pas.

Celle-ci fit la grimace et tourna la tête.

— Bois, Bon Dieu ! Bois !

La stupeur d'entendre son ami parler de la sorte lui fit ouvrir la bouche. Il en profita pour approcher le goulot de ses lèvres et lui vida un peu du contenu dans la gorge. Mais rien n'y faisait. Le liquide coulait de part et d'autre sans être avalé. Il vit une sœur qui, attirée par le bruit qu'il faisait, approchait.

— Passez-moi un clystère propre, commanda-t-il d'un ton qui ne supportait pas le refus.

Surprise, elle disparut au trot pour s'exécuter, comme si elle avait compris, instinctivement, que l'ordre cachait une urgence. Puis elle revint avec l'objet antique, une grosse seringue à piston en cuivre utile pour les purges, qui devait servir déjà à l'époque de la construction de l'hôpital.

— Que voulez-vous en faire, mon fils ?

Il ne répondit pas et bondit sur la bouteille. Il en vida le contenu dans le cylindre servant de réceptacle. Puis, sans attendre, il emmancha le poussoir et mit la pointe de l'appareil, en général conçue pour s'infiltrer dans un autre orifice, dans la gorge d'Irina. Puis, tant bien que mal, vida doucement sa préparation au fond de son gosier.

À côté de lui, la voisine de lit poussait de grands cris de cayon[1]. Quant à la sœur, sans bien comprendre pourquoi cet homme agissait de la sorte, elle lui vint en aide. Elle releva la jeune femme et lui inclina la tête en arrière.

— Je suis médecin, lui expliqua-t-il sans la regarder. Cette femme a été empoisonnée à la ciguë.

— Vous lui administrez de l'oxymel ?

— Oui !

1. « Cochon » en parler lyonnais.

La nonne parut soulagée, et se mit à frotter la gorge d'Irina afin de l'aider à déglutir pour mieux avaler. La jeune femme toussait, s'étouffait, sur le point de défaillir. Soudain, sans prévenir, elle eut des soubresauts inquiétants. Aidée par l'assistante improvisée de Bernard qui la bascula sur le côté pour lui dégager le nez, Irina se mit à vomir par grands jets répétés dans le bassin à urine qu'on lui tendait.

— C'est bien... c'est très bien..., lui murmurait la nouvelle venue en lui caressant le front.

Elle vomit longtemps. Ressortant tout ce que son estomac pouvait contenir. Lorsque ce fut fini, la sœur la réinstalla confortablement sur son lit, tapa l'oreiller, remonta le drap, puis se mit en devoir de nettoyer les souillures qui maculaient le sol.

— Vous comprenez bien que je dois prévenir le médecin-chef, dit-elle posément à l'adresse de Lecuyer lorsqu'elle eut terminé.

— Je comprends. De plus, c'est un ami. Nous avons fait médecine ensemble.

La sœur hocha la tête avec un sourire, puis, comme elle était venue, s'éclipsa.

Sans qu'il s'en rende compte, trop occupé à soigner son amie, Bernard avait créé dans la salle un grand émoi. Les patientes qui le pouvaient étaient debout, quant aux autres, elles cherchaient à obtenir des renseignements des plus alertes, et s'impatientaient de ne pas en savoir plus.

— Pourquoi avez-vous fait ça ? demanda la voisine sur un ton de reproche.

— Pour la sauver.

— Et maintenant ?

— Maintenant, il n'y a plus qu'à attendre pour voir si le poison n'était pas déjà dans les organes en un point de non-retour.

Celle-ci eut un frémissement désagréable, en songeant qu'elle l'avait peut-être échappé belle en n'ingurgitant pas le même breuvage.

— Comment avez-vous su ?

— L'odeur de sa tisane.

Mais déjà l'officiante revenait accompagnée de Gozzo.

— Alors ? Il paraît que tu as fait des tiennes avec mes patientes ? se moqua-t-il en lui serrant la main.

Puis, découvrant Irina inconsciente, il se pencha sur elle et s'inquiéta :

— Que lui est-il arrivé ? Elle allait tellement bien tout à l'heure !

Bernard ne put retenir un coup d'œil en coin sur son collègue. Ainsi, la malade du lit d'à côté avait raison ? Il se passait quelque chose entre Gozzo et Irina ? Un doute l'assaillit, lui le janséniste… N'était-il pas marié ?

— Elle a été empoisonnée.

— Par qui ?

— On ne sait pas. C'était dans sa tisane.

— Sa tisane ?

Il parut troublé.

— Par quoi ?

— Grande ciguë.

— Grande ciguë ? Tu lui as fait avaler quoi ? De l'oxymel ?

— Oui… mais tu sais, tout comme moi, que si les terminaisons nerveuses sont atteintes, il est déjà trop tard.

Le visage du médecin se décomposa et Lecuyer n'eut pas pitié de lui pour autant. Sans savoir pourquoi – ou en le sachant trop bien –, il avait envie de lui faire mal. De le voir souffrir.

— Il faut attendre, soupira-t-il en prenant la main de la jeune femme.

Ce geste ne passa pas inaperçu de Gozzo. Il glissa du visage d'Irina à celui de Bernard. On voyait, à son expression, que l'homme se posait des questions.

— Vous vous connaissez bien ?

— Nous travaillons ensemble.

— Mais Irina est journaliste, pas médecin.

— Elle fait partie de l'équipe qu'a montée le professeur Lacassagne, cet hiver.

— Je ne savais pas.

— Eh bien ! Maintenant, tu sais.

L'homme dévisagea son collègue, non sans surprise.

— Jaloux..., murmura-t-il tout bas, en faisant en sorte de n'être entendu de personne d'autre que de celui à qui ses paroles s'adressaient.

Lecuyer se redressa, piqué au vif. Non, il n'était pas jaloux ! Il aimait ailleurs ! Il s'inquiétait pour son amie, voilà tout !

Toutefois, il ne donna pas ces explications à son interlocuteur et se contenta de hausser les épaules avec mépris.

— Il va falloir que tu trouves qui a administré ce poison à Irina ? maugréa-t-il un peu sèchement.

— Cela va de soi...

— Tu veux que je t'aide à enquêter ?

— Non, je parviendrai bien à y arriver sans toi. Je connais tout le monde, ici.

Tout en répondant, il toisa son collègue, lui signifiant, par son attitude, qu'il était bien assez grand pour gérer les problèmes de son service tout seul.

— Moi, je sais qui nous a donné les tisanes, aujourd'hui.

Aurélien Gozzo se retourna brusquement vers la voisine de lit et lui envoya un regard noir, qui un instant lui coupa l'envie de poursuivre. Mais comme elle n'était pas femme à se laisser impressionner – des hommes, elle en avait maté dans sa vie, et des plus durs à cuire –, elle enchaîna avec un agréable sourire :

— Il s'agit de la jeune fille. Une blondinette, toute fine qu'on dirait qu'elle va tomber. Calista qu'elle se nomme. C'est bien ça ! Calista. Même que je me suis dit que c'était pas un petit nom courant que c'lui-ci !

— Oui, je vois, grommela le médecin-chef bien à contrecœur. Et je crois comprendre ce qu'il s'est passé. Cette jeune fille est nouvelle, elle vient tout juste d'être formée. Cette vieille personne que tu vois, Lecuyer, de l'autre côté du lit de ton amie, a une dyspnée sévère. Pour la stimuler, j'ai recommandé quelques gouttes de conine.

Il soupira, un brin théâtral.

— La soignante se sera trompée…

7

— Bernard ! s'écria Perrier en regardant son ami pénétrer dans la salle à manger. Tu viens faire amende honorable et reconnaître que tu es un ganais[1] ?

— Un ganais ?

1. Idiot.

Félicien eut un geste ample du bras, signifiant que si son visiteur ne comprenait pas, cela n'avait aucune importance. De son côté, Lecuyer, en subissant cet accueil tout particulier, aurait bien fait demi-tour. Mais ce qu'il avait à dire était urgent, aussi accepta-t-il d'entendre les galéjades de son hôte sans paraître indisposé.

— Je viens surtout te dire qu'Irina a été empoisonnée.

Sur l'instant, l'homme qu'il avait en face de lui, toujours prompt à commenter, ne trouva rien à dire. Il laissa tomber sa craie au sol, puis son corps sur la première chaise à sa portée.

— Elle est… elle est morte ? souffla-t-il, la respiration hésitante.

Bernard l'aurait volontiers laissé dans cet état. Mais c'était trouver une bien piètre vengeance avec un sujet qui les touchait tous les deux. Il eut pitié du visage décomposé qu'il lui présentait, et murmura un « non » qui raviva instantanément son interlocuteur.

— Non ? Grand Dieu du ciel ! Et tu ne pouvais pas me le dire tout de suite !

Voilà qu'il recommençait ! Lecuyer en resta pantois. Mais déjà, il le harcelait de questions.

— Que lui est-il arrivé ? À l'hôpital ? Qui a fait ça ? Pourquoi ? Comment ? Que lui a-t-on administré ? Qui l'a sauvée et comment ?

— Tout doux… tout doux…

— Tout doux ? Tu en as de bonnes ! Je veux savoir !

— Mais tu vas savoir. Laisse-moi simplement le temps de m'installer.

En quelques mots, il le mit au courant. Face à lui, Perrier buvait ses paroles, s'extasiait devant un geste, exultait sur la rapidité avec laquelle son visiteur avait agi. Pour la première fois de sa vie, mis en avant, Bernard se sentait important. Il en irradiait d'une joie tellement puissante qu'en se combinant avec le bonheur d'avoir rencontré Élise, celle-ci le transformait au fur et à mesure qu'il racontait. Fini l'humeur chagrine de la matinée !

Rose, en entrant, en fut la première surprise. Elle le scruta comme si elle le découvrait. Puis sourit en lui demandant s'il serait là pour le souper.

— Oui ! décida Perrier dans un grand cri, ce qui amplifia le sourire de sa domestique.

— Lorsque je suis parti, expliqua le jeune homme pour clore son histoire, elle avait ouvert les yeux et commençait à retrouver la sensation de ses pieds.

— Elle est donc sauve !

— Je le pense. Gozzo est à son chevet. Elle est en sécurité.

Une question brûlait ses lèvres. Dans un soupir, il la posa.

— Tu savais pour elle et Gozzo ?

— Je m'en doutais.

— Comment ça, tu t'en doutais ?

— Des regards qui ne trompent pas. Par exemple, je peux te dire que toi, tu es amoureux.

— Moi ? Amoureux ?

— Oui. Et que tu as demandé ta belle en mariage.

La stupeur lui cloua le bec.

— Tes yeux très vite dans le vague. Ce sourire béat dès que tu pars dans tes pensées. Cette… plume orangée que tu traînes sur ton veston. Là, sur ton épaule. Elle s'accroche. Ne s'envole pas grâce à ses barbules. Je dirais : plume de perruche. D'un usage coutumier pour la confection des chapeaux bas de gamme des demoiselles de condition moyenne, l'aigrette étant l'apanage des classes supérieures. Pour être aussi proche d'une femme, je dirais même d'une jeune fille, toi le janséniste affirmé, il faut donc qu'il y ait entre vous autre chose que de la simple courtoisie. Je la vois qui sourit et se penche rougissante jusqu'à déposer cette... preuve colorée sur ton habit. Tu lui as fait ta demande. Elle l'a acceptée. Vive les mariés ! Et voilà ! Paf ! Tu es foutu, mon ami ! Tu es foutu !

Ce qui avait bien commencé se terminait, comme à l'habitude de Perrier, en eau de boudin. Il lui décocha un coup d'œil rageur, mais cela n'entacha pas pour autant sa bonne humeur.

— Je vais me marier, en effet. J'allais vous l'annoncer à Irina et toi.

— Magnifique ! Enfin, pour toi qui aimes les carcans et les obligations... Son petit nom ?

— Élise.

— Élise ? Que c'est charmant ! Guilleret, musical, beethovenien comme *La Lettre à*...

Il se tut et réprima une grimace. Il en faisait trop. Tellement heureux qu'Irina soit saine et sauve. Excité aussi par ce qu'il pensait avoir découvert.

— Tu nous la présenteras ?

— Bien sûr !

Surpris par cet enfièvrement, Lecuyer l'observa en détail.

— Tu as consommé quelque chose ? demanda-t-il sur un ton suspicieux.

— Diantre, non ! Je suis heureux que tu sois heureux, voilà tout !

Bernard en doutait. Connaissant son ami, il savait que le bonheur des autres n'avait que peu d'effets sur son humeur. Il le lui dit.

— J'ai dû boire un peu trop de café. D'ailleurs, en veux-tu ?

Le jeune homme ne prisait guère cette boisson à la mode, dite stimulante. Chez lui, on buvait de la chicorée, le café étant jugé trop cher et inutile à la santé. Donc, il refusa. De son côté, Perrier aurait voulu lui parler de Rose. De l'analogie avec son jardin qui ne correspondait pas aux fameux Trouveurs de Sorcières, des gens tout juste bons à se masquer pour se procurer des sensations fortes. Pas plus qu'au profil qu'il avait défini, et qui pouvait s'enrichir maintenant d'une complice. Toutefois, il sentait bien que ce n'était pas le moment. Il allait poursuivre seul.

— Je retourne à l'hôpital. Viens-tu ?

Félicien sursauta et regarda son ami un peu comme s'il ne l'avait jamais vu. Tellement différent de lui. Pourraient-ils tous continuer à travailler ensemble une fois que Bernard serait marié ?

— Attends-moi ! J'arrive ! répondit-il en sortant de sa torpeur.

8

Aurélien Gozzo faisait les cent pas dans son bureau, comme un ours en cage. Lorsque Calista entra, recroquevillée sous son voile de soignante, son humeur sanguine prit le dessus et il la saisit par les épaules.

Sans un mot, il la secoua jusqu'à avoir l'impression que les os de son dos se disloquaient.

Un pantin. Elle lui fit l'effet d'un pantin désarticulé dans ses mains.

— Mais bon Dieu ! Qu'est-ce qu'il t'a pris d'inverser les potions de deux malades ? Tu as failli tuer Irina !

Irina.

Le prénom était dit.

La jeune fille, malgré la violence de son geste, parvint à relever la tête… qui bringuebalait sur son cou, mais cela ne l'empêcha pas de planter un regard triomphant dans les yeux du médecin.

— Mais tu l'aimes ! Tu l'aimes donc !

Il la lâcha, comme brûlé.

— Non ! Tu n'as pas osé !

Ce n'était pas une question. Il avait la réponse devant lui.

— Tu as voulu la tuer !

Elle ne répondit pas, mais se lova contre le torse large de son amant. Elle était si petite contre lui. Tellement fragile. D'un coup de poing, il aurait pu la réduire à néant. Et c'était ce qu'elle aimait chez cet homme. Sa puissance. Tout comme il aimait l'avoir à sa merci.

Et comme elle ne pouvait se passer de sa brutalité, lui ne pouvait vivre sans la domination qu'il exerçait sur elle.

— Tu me dégoûtes.

— En es-tu certain ?

— Arrête ! Arrête…

Déjà le cri était plus faible et son gémissement à elle plus dolent.

— Aime-moi, moi… Je suis ta chose… rien ne peut nous désunir. Dis-le. Je veux l'entendre. Dis-le-moi… Dis-moi que je ne suis rien sinon ton jouet. Oh ! que j'aime tes désirs ! Dis-le-moi…

Et au fur et à mesure qu'elle insistait, sa main, sous la blouse, cherchait le lieu de son plaisir. Puis elle tomba à genoux, toujours en implorant.

— Tu n'es rien qu'une catin. Un déchet. Une chose puante tout juste bonne à se traîner à mes pieds, gronda-t-il en déboutonnant son pantalon et en appuyant la paume de sa main sur la tête de la femme à ses pieds.

— Oui ! Tu es mon dieu.

Et alors qu'il se rengorgeait avec fierté, elle le prit dans sa bouche avec empressement.

9

— Quelles sont donc tes pensées intimes lorsque tu viens ici ? Peut-être ressens-tu une forme de jouissance ? Tu détiens le pouvoir. Tu es invincible. Comme si tu violais un lieu pour y déposer tes offrandes. Avec ces corps, tu le possèdes. Il t'appartient. Oui, tu t'enivres de ta victoire ! Tu deviens le maître !

Le mot « jouissance » fit sourire Félicien. Pour la troisième fois, il était revenu dans le tunnel avec la sombre crainte d'y découvrir Marie-Victoire. Mais le charnier était vide, aussi poursuivait-il son monologue. Il en était certain maintenant, ils n'avaient pas découvert le tueur. Celui-ci courait toujours.

— Oui. Tu cours toujours. Mais qui es-tu vraiment ?

L'homme auquel il avait affaire cachait une frustration. Il ne violait pas ces femmes. Pourtant, il attentait physiquement à leurs corps. Si l'on considérait que les ordalies étaient pratiquées afin de les purifier, on pouvait supposer qu'il les trouvait *sales*. Indignes de lui.

En droit, ce terme qualifiait une personne qui avait manqué à quelque devoir essentiel envers une autre. À quel devoir ces femmes avaient-elles bien pu manquer pour qu'il s'attaque à elles avec tant de violence ?

La soumission ? Les sorcières n'étaient pas des femmes soumises. Ces femmes, dans son esprit, étaient donc des sorcières. Et si elles étaient pour lui des sorcières, c'était bien parce qu'elles ne respectaient pas certaines règles établies. Logique.

Il sauvait leurs âmes en les purifiant, puis il les déposait sur un autel. Sous une voûte rappelant celle d'une église. Et une fois qu'elles étaient devenues *propres*, alors il pouvait spirituellement les ensemencer.

L'endroit était secret. Personne ne le connaissait. Il avait dû le découvrir par hasard. Il y était seul, comme à l'intérieur d'un étroit conduit protecteur.

— Si j'étais toi, je ressentirais un plaisir indicible une fois mon devoir accompli.

Perrier attrapa dans son sac une lampe que l'on disait de poche. Un nouvel engin venu tout droit d'Angleterre et connu seulement des initiés. Elle fonctionnait grâce à une énergie emmagasinée dans des réceptacles hermétiques que l'on nommait piles. Sa particularité était sa puissance. Elle était bien plus forte que de nombreux quinquets. Presque identique aux ampoules alimentées par l'électricité.

Sur le devant, il avait collé des morceaux de vitraux prélevés sur une ouverture cassée de l'église par laquelle il accédait au labyrinthe. Deux bleus et un violet. Il n'était pas certain du résultat, mais, en fabriquant son prototype, il s'était dit qu'il ne risquait rien à essayer. Si ce qu'il présageait se produisait, il aurait sa réponse. La substance recherchée était luminescente, en l'éclairant avec ce qu'il avait confectionné, des traces blanches devraient apparaître au milieu de la lumière diffusée.

Il étreignit sa lampe à huile, et attendit un peu que l'atmosphère se stabilise. Puis il fit fonctionner son nouvel appareil, en pressant le bouton qui enclenchait le système d'allumage.

Instantanément, le noir se dissipa sous un faisceau bleu et, dans ce faisceau, ce qu'il vit le ravit. Des traces sous forme de gouttes ou de coulures, comme des projections, sur les os du charnier !

Du sperme.

C'était bien ça ! Même s'il disposait d'une complice qui rabattait les proies – ce qui n'était pas encore certain –, leur meurtrier agissait seul, puisque, une fois son forfait commis, il se donnait du plaisir et répandait sa semence ! Le liquide séminal perceptible avec une lumière bleue en était la preuve !

Il ne violait pas les femmes. *Il violait l'endroit où il les déposait lorsqu'elles étaient à nouveau pures*.

La déduction était tordue, toutefois ce que Perrier découvrait de l'homme, puisque homme il était, correspondait parfaitement à l'idée qu'il se faisait de lui. Un homme qui n'aimait chez les femmes que leur asservissement.

Il sortit un crayon de sa poche et, avec application, entoura les taches qu'il découvrait sur les os. Lorsqu'elles étaient trop petites, il mettait une croix dessus. Ce qu'il voulait, c'était figer la scène de manière à ce que tout changement opéré soit perceptible.

Satisfait, il ralluma sa lampe Marsaut avec une allumette, et remballa son matériel. Puis il saisit un plumeau, dont il avait pris la peine de s'équiper, et balaya minutieusement le sol à reculons.

Il avait bien avancé. Cette nuit, il ne dormirait pas ici. Irina était de retour. Il devait rentrer.

Chapitre 11

Jeudi 11 août 1898

1

Rose refusait catégoriquement de répondre au téléphone. L'idée que sa voix pouvait se promener dans des fils suspendus dans les airs la terrorisait. Comme si quelqu'un risquait d'intercepter ses paroles en se promenant dans la rue, et de lui voler un peu d'elle-même. C'était donc à Félicien qu'incombait l'obligation, depuis son installation récente, de répondre lorsque la sonnette retentissait.

Quand il raccrocha l'écouteur sur son support en bois, fixé contre le mur du vestibule, il laissa tomber ses bras le long du corps et revint dans la salle à manger, le visage défait. Il était atterré.

— Une mauvaise nouvelle ? demanda Irina.

D'un commun accord, ils avaient décidé de ramener la jeune femme à Montchat. Après tout, ils étaient médecins et sauraient lui prodiguer, aussi bien qu'à l'hôpital, les soins qui lui étaient nécessaires. Et puis, ici, au moins, elle ne risquait pas d'ingérer la tisane destinée à une autre !

Depuis la veille au soir, elle était donc de nouveau parmi eux, à la grande satisfaction de Rose qui commençait à trouver tout ce remue-ménage quelque peu distrayant. Pour qu'elle se repose, les garçons avaient transporté, du bureau de Félicien à la salle à manger, la banquette sur laquelle s'installait Freud durant ses séances d'hypnose. Elle y était allongée, entourée de coussins moelleux, et couverte d'une courtepointe brodée, qu'elle rabattait fréquemment, car elle avait chaud… au grand dam de Bernard qui voulait la maintenir dans un cocon rassurant.

En quelques heures, elle avait retrouvé toutes ses sensations, et aurait pu marcher si ses médecins personnels n'en avaient pas décidé autrement !

— Oui… terrible…

— Dis-nous… des nouvelles de Marie-Victoire ?

C'était le premier nom qui était venu à l'esprit de la jeune femme. Il fallait dire que le dernier souvenir qu'elle conservait de l'institutrice était celui de leur rencontre sur le trottoir, montée des Carmélites. Depuis, plus personne n'avait eu de ses nouvelles ! Pas plus ses proches – que Perrier était allé voir – que le directeur de son école. Elle s'était volatilisée.

— Non, malheureusement.

Il pensa aussitôt qu'il n'en savait rien, puisqu'il n'avait pas plus de précisions sur l'identité de la personne découverte. Mais il voulait tellement que tel ne fût pas le cas qu'il ne pouvait même pas l'envisager.

— Le procureur a demandé la suspension des recherches dans le labyrinthe sous la Croix-Rousse. La dernière équipe est descendue ce matin.

— Et alors ?

Réagissant à l'information, Irina s'était levée, ignorant les protestations de Bernard. Elle était inquiète. Sans pouvoir contrôler son impatience ni contenir ses craintes, elle sentait que quelque chose de grave s'était passé.

— Marie-Victoire ! Elle est morte !

— Non… enfin, je ne pense pas.

— Tu ne penses pas ?

Il tenta de s'éclaircir la voix.

— Un corps vient d'être retrouvé sur le charnier qui servait d'autel aux cinq dépouilles.

— Un nouveau crime ?

— Je le crois.

Il releva la tête. La douleur et le remords creusaient ses traits. Soit, il n'aurait pas pu redonner vie à la femme torturée qui avait été déposée dans le tunnel. Mais s'il y avait dormi, comme les fois précédentes quand il était descendu, au moins aurait-il peut-être été en mesure de surprendre le tueur ?

Comme il s'en voulait ! La consternation l'abattait. Il se sentait fautif. Presque coupable ! Dire qu'il avait sans doute manqué l'assassin de peu ! Cette pensée le ravageait. Lui broyait le ventre. Le sidérait.

— Lecuyer, tu avais raison, lâcha-t-il le plus sobrement possible. Il se passe bien un meurtre tous les trois mois, mais Marguerite Durand n'était pas la prochaine cible.

2

Bellonnière n'était plus en odeur de sainteté depuis la découverte de Marguerite Durand dans sa geôle et, quant à Irina, elle s'était imposée au groupe.

— Tu es trop faible pour supporter ce que tu vas voir.

— À d'autres, Bernard !

En fait, elle n'était pas mécontente de se dégourdir un peu les jambes en quittant le nid douillet dans lequel les garçons avaient décidé de la garder. De son début d'empoisonnement, elle n'avait plus aucune séquelle. Quant à son accident, il n'était plus qu'un mauvais souvenir. Elle avait remis sa tenue favorite et avait enfoncé son feutre mou sur le pansement un peu plus discret que Félicien lui avait fait le matin même.

— Me voilà prête ! dit-elle en les précédant pour grimper dans le fiacre.

Dans son sac en bandoulière, un carnet à dessin et des crayons allaient remplacer l'appareil photographique de Constant.

Lorsqu'ils arrivèrent sur place, elle ne put s'empêcher de poser un regard sur les ruines du couvent, que l'on devinait en contrebas de l'église Saint-Bernard. Il avait plu pendant la nuit, et cette humidité subite et bienfaisante avait fait se lever un voile de brume qui baignait le lieu et le rendait plus mystérieux encore.

Hermoni.

Combien de matins avait-elle vus se lever sur le Rhône ?

Elle se secoua, comme on s'ébroue, et, sortant de sa torpeur, rattrapa ses deux amis déjà à l'intérieur de l'édifice.

— Tu faisais quoi ? s'inquiéta Lecuyer toujours soucieux de son état de santé. J'ai cru que tu ne te sentais pas bien.

Elle sourit. Jamais elle ne pourrait expliquer à son ami ce qui la rattachait à ces restes de construction d'une autre époque. Pas même à Félicien, d'ailleurs.

Ce dernier, s'étant dispensé du signe de croix et de la génuflexion, était déjà devant le puits. Avec les allées et venues incessantes de la police, l'endroit ressemblait plus à un terrain de jeux qu'à un lieu de culte. Les uns, remontant des entrailles de la Terre, s'interpellaient. Les autres grommelaient de devoir y retourner. Mais cela n'empêchait pas le jeune médecin de poursuivre les gestes que ses parents lui avaient appris et qu'il tenait à conserver.

— Cette grenouille de bénitier nous fait perdre du temps ! marmonna-t-il en équipant Irina venue le rejoindre.

— Sois gentil avec lui.

La remarque le fit sourire.

— Mais je suis toujours gentil avec lui. Je l'adore ! Sinon, cela ferait longtemps que je l'aurais envoyé promener, lui et toutes ses bigoteries !

Pour toute réponse, elle lui pressa la main.

— Heureusement qu'il s'est abîmé le bras gauche, sinon il ne pourrait plus se signer qu'avec la main du Malin si cela avait été l'inverse. Bouh !

— Quel malin ? demanda ce dernier en surgissant près d'eux.

— Rien… des bêtises de Félicien ! Nous y allons ?

Équipée d'une lampe, elle jaugeait déjà le trou, cherchant à en estimer la profondeur.

— Tu t'accroches bien aux barreaux de l'échelle, conseilla Bernard en se mettant contre elle. Ensuite, tu vas avoir des échelons en métal. Ils sont rouillés. Fais bien attention…

On aurait dit une mère poule lâchant pour la première fois ses poussins dans la nature.

— Je suis grande, tu sais. Mais merci toutefois pour ta sollicitude. Par contre, avec ton bras, c'est à toi de faire attention.

— Pas de souci ! Je vais mieux. J'arrive à m'en servir en le sortant de l'écharpe.

— Oui, mais tout de même…

Près d'eux, Perrier s'impatientait.

— Bon, on y va ou on papote comme des mégères sur le marché du samedi matin ?

— On y va.

Et elle enjamba le parapet sans se faire prier.

Une fois en bas, gagnée par la surprise, elle ne put retenir son émotion.

— Mais c'est magnifique !

Regardant de toutes parts à la lumière de son quinquet, elle les suivait comme une visiteuse faisant du tourisme et découvrant une merveille architecturale.

Quand ils bifurquèrent dans l'artère, une légère odeur de mort la prit soudain… Lorsqu'elle la vit.

Fragile, alanguie, comme dans une mauvaise mise en scène macabre. Elle avait le bas du dos cambré, les jambes offertes. Un de ses bras avait été posé par-dessus sa tête, comme l'aurait fait une naïade dans un geste gracieux. L'autre était replié sous sa nuque.

— Bordel ! siffla Perrier.

Bien plus dérangeante encore que les dépouilles très abîmées qu'ils avaient trouvées la semaine précédente, celle-ci était installée sur l'autel fait d'os, avec une recherche d'esthétisme perturbante. Pire, elle paraissait les attendre.

Sous le coup de l'émotion, la journaliste ne pouvait la quitter du regard. À tâtons, elle attrapa son carnet et un crayon dans son sac, et tenta de reproduire le plus fidèlement possible ce qu'elle voyait à la lumière des lampes.

La victime était nue et rasée de la tête aux pieds, mais tous les détails apportés à sa pose la transformaient, de loin, en une sculpture d'une beauté incroyable.

— C'est pas vrai…

Lecuyer, lui non plus, ne bougeait pas. Happé par le spectacle cruel dont il était le voyeur involontaire. Une chose, toutefois, choquait presque le regard des initiés.

— Elle n'a pas été torturée, souffla-t-il. Et elle est propre. Comme maquillée.

— Un imitateur ? risqua Irina.

— Je ne crois pas. De toute façon, notre meurtrier est cuit. Il a commis le crime de trop. On le tient ! poursuivit Félicien après quelques minutes d'un silence respectueux.

— Pourquoi dis-tu ça ? demanda son collègue, la voix cassée par l'émotion.

Il tourna la tête vers lui.

— Parce que notre homme a été beaucoup trop présomptueux en nous provoquant de la sorte. Il vient de nous offrir une dépouille toute fraîche qui, bien gentiment, va nous conter en détail sa très belle vie de cadavre !

3

Perrier avait le sentiment d'avoir mis le doigt dans un engrenage. Soudain, tout s'accélérait.

— Je veux savoir où était le chirurgien Francis Haugan cette nuit.

» Je veux aussi les empreintes de godillots des policiers qui ont trouvé le nouveau corps !

Surexcité, il gesticulait au milieu de la salle d'autopsie de la morgue. Un peu plus et le bateau en aurait tangué !

— Et si ce n'est pas possible, je veux le dessin de leurs semelles et la longueur de leurs pieds. Compris ?

» Je veux aussi leurs faits et gestes là-bas dans le labyrinthe. Ils doivent tout consigner par écrit.

» Je veux leurs empreintes digitales. Bien faites, hein ! Pas un de ces trucs tout mâchouillé, baveux d'encre, que les emballeurs[1] ont tendance à nous rendre ! Et la couleur de leurs poils et cheveux.

Il enchaînait les phrases sans laisser le temps à quiconque de l'interrompre.

— En fait, ce que tu aimerais, c'est pouvoir cuisiner les deux pauvres types qui ont découvert le corps ?

Bernard avait prononcé sa phrase presque avec nonchalance, ce qui n'était pas difficile face à un collègue qui bougeait dans tous les sens. De sa poche, il sortit une blague japonaise plate, très raffinée, qu'il ouvrit, et de laquelle il tira une feuille de papier qu'il emplit de tabac. Il entreprit ensuite de rouler le tout, encore avec un peu de maladresse, puis referma la cigarette d'un coup de langue, satisfait, en apparence, de son travail.

— Tu fumes ? s'insurgea son collègue soudain en arrêt, en regardant Lecuyer sortir une allumette et la gratter sur le mur. C'est nouveau !

— Oui, ça fait très chic. Et puis Élise m'a offert ce cadeau, il faut bien que je m'en serve !

Son interlocuteur haussa les épaules, comme s'il trouvait cette nouvelle lubie stupide, puis reprit ses allers-retours sans se soucier de la fumée qui commençait à envahir la salle.

— Reconnais qu'en plus ça parfume, fit remarquer son acolyte sur un ton bon enfant. Ce qui n'est pas désagréable en ce lieu.

---

1. Policiers.

Autant surprise que Perrier pouvait l'être, Irina n'avait toutefois rien dit et continuait à noter toutes les exigences de son ami.

— C'est tout ? dit-elle à son adresse.

Comme elle n'était pas médecin, elle avait été chargée de se rendre auprès de Lacassagne, retenu à la Faculté, afin de faire le lien entre l'équipe et lui ; le bateau-morgue ne disposant pas, bien évidemment, du téléphone.

— Non ! Je veux aussi qu'on me donne l'accord de l'autopsier. Tout de suite ! Plus on perd de temps et plus des preuves disparaissent.

Tout en parlant, il jeta un coup d'œil au cadavre qui reposait sous un drap blanc au beau milieu de la pièce. Il avait refusé que quiconque touche au corps et n'avait même pas souhaité qu'il soit exposé, comme il était de coutume de le faire, afin de le faire reconnaître.

— On verra l'identification plus tard, avait-il dit d'une voix qui ne supportait pas la contradiction. Moi, ce que je veux, c'est le faire parler et vite ! Et plus il y aura de monde qui tourne autour, plus il sera pollué !

— J'y vais, annonça la journaliste en se levant.

Elle enfila son veston et cala son chapeau sur sa tête. En oubliant son sac de voyage dans la traboule, elle avait perdu presque tous ses vêtements. Mais, fort heureusement, Rose avait mis ses doigts de fée à sa disposition, en piochant, sans sa permission, dans la garde-robe gigantesque de ce coquet de Félicien qui, depuis son retour d'Angleterre, avait décidé de prendre soin de lui, et n'arrêtait pas de se faire tailler de nouvelles tenues.

— Il n'y verra que du feu ! s'était-elle exclamée avec un clin d'œil.

Ni l'une ni l'autre n'étaient, bien entendu, certaines du fait. Quant à Perrier, il n'était pas dupe mais laissait faire.

— Attends ! Il faut retrouver aussi les deux brancardiers qui ont sorti la dépouille. Même traitement que pour les agents !

Lecuyer, tout en soufflant de la fumée avec des airs de grand seigneur, trouvait tout de même que le collègue exagérait. Mais il s'abstint de le lui dire, ne voulant certainement pas provoquer d'esclandre. Aussi continua-t-il à le regarder s'agiter sans rien dire.

Celui-ci avait soulevé délicatement le linceul et commençait à tourner autour de la dépouille, en la humant comme si ses effluves pouvaient être révélateurs et lui apporter des réponses. La mort devait être récente, si l'on tenait compte du fait que l'assassin se débarrassait des corps sitôt leur trépas. L'odeur, encore peu envahissante, en témoignait aussi. Les policiers avaient trouvé la dépouille vers six heures du matin. Lui-même était encore dans les souterrains à deux heures. C'était donc quatre heures. Quatre petites heures qui lui avaient permis de revenir sur les lieux avec son fardeau. Seulement quatre heures !

Avait-elle perdu la vie durant la journée ?

Armé d'une loupe, il se pencha sur la victime et commença à la détailler de près.

— Tu notes ?

Bernard écrasa son mégot au sol avec sa chaussure, puis le regarda avec une certaine nostalgie.

— Hé ! Oh ! Tu viens ?

Le jeune homme sursauta. Chaque fois qu'il fumait une cigarette, il pensait au doux minois de sa fiancée. Déjà, il l'imaginait s'activant dans la douceur d'un foyer. Son ventre était rond et elle souriait.

— Oh ?

Nouveau tressautement.

— Oui…

Un soupir.

Ce fieffé Perrier ne connaîtrait jamais le plaisir de rentrer chez lui le soir, et d'y trouver une épouse douce et attachante, prête à lui donner ses chaussons et à lui servir à manger.

— Je note, ronchonna-t-il.

Puis il se plaça devant un tableau et prit une craie.

— Femme. Je dirais quarante ans. Peut-être plus. Race blanche. Taille…

— Un mètre soixante-six, précisa Félicien en positionnant la toise le long du corps.

— Poids ?

Les deux hommes se turent un instant. À la lumière du jour, le cadavre étalé sur la table de pierre paraissait décharné. Il avait perdu de sa superbe, et n'avait plus l'aspect d'une œuvre d'art, comme ils en avaient eu le sentiment en le découvrant. Loin de sa mise en scène macabre, il était redevenu un macchabée, avec toute la violence que cela représentait. Maigre. Inquiétant.

— Je dirais pas plus de trente-cinq kilos.

— Et moi, je dirais moins, soupira Lecuyer.

— On l'aura privée de nourriture.

— C'est bien ça. Je ne pense pas me tromper en affirmant qu'elle est morte de faim.

Un silence respectueux s'établit un instant entre eux. Ils étaient conscients du calvaire qu'avait dû subir cette pauvre femme en agonisant pendant de longs jours.

— Pas de torture. Pourquoi aurait-il changé de méthode ? s'inquiéta Perrier en la regardant.

— Manque de temps.

— Tu plaisantes ? On ne laisse pas quelqu'un mourir de faim lorsqu'on est pressé. On lui plante un couteau dans le ventre. On l'empoisonne. On lui fracasse la tête. Mais le priver de nourriture !

Son ami dut admettre qu'il avait raison.

— Donc, il ne manque pas de temps, mais ne pratique pas de tortures sur elle. Pourquoi ?

Nouveau silence.

— Quelles sont les causes qui poussent un individu à respecter un corps ?

— Il aime la personne ?

— Oui.

— Il la connaît bien.

— Aussi.

— Une maîtresse ?

— Possible.

— Une voisine.

— Pourquoi pas ? Mais un peu vague.

Lecuyer hésita.

— Oui ? interrogea Félicien en plongeant ses yeux dans les siens. Tu y es presque. Réfléchis. S'il la laisse mourir de faim, c'est peut-être parce qu'il ne peut pas assumer son geste. Il l'abandonne à son destin. Et lorsqu'elle est morte, la met en scène pour qu'elle soit belle quand elle sera découverte. Par respect.

— Sa… sa femme… sa… sa sœur…

Il avait soufflé le dernier mot, comme si le prononcer était inadmissible.

— Sa sœur ! Oui ! Ou sa fille. Ou sa femme. Quelqu'un de très proche.

— Marie, mère de Dieu ! C'est abject !

— Tout meurtre peut paraître abject à celui qui n'en connaît pas les raisons.

Bernard lui lança un regard noir et des souvenirs de leur précédente enquête, durant l'hiver, lui revinrent à la mémoire. Il grimaça.

— Tu sais de quoi tu parles.

Loin de se vexer, son interlocuteur confirma.

— Je sais de quoi je parle, en effet.

Mais ce fut le cadavre de Philémon Ducas, mort noyé comme Irina avait failli l'être dans le confessionnal, qui surgit dans son esprit. Il faudrait qu'il pense à prévenir Lacassagne qu'il avait, sans le vouloir, mis fin à un trafic d'enfants…

— Donc, je résume, reprit-il. Femme, la quarantaine, voire plus, morte de faim, non torturée. Pas la fille du tueur, car celui-ci serait trop vieux pour gérer ces mises en scène.

— Sa sœur ou sa femme. Cela me semble une bonne piste. Ou sa mère, aussi.

Lecuyer eut un nouveau regard réprobateur en direction de son interlocuteur. Cette suggestion n'était pas sans lui rappeler une autre histoire.

— Partons pour sa sœur ! admit-il, même si cette idée lui répugnait aussi. Parce que sa mère, non ! Quant à sa femme…

Il eut une nouvelle pensée pour Élise.

— Elle ne paraît pas avoir eu d'enfants, reprit-il. Certaines dents sont cariées. Deux manquent. Des molaires. En dehors des outrages, sans doute dus à la détention forcée, je dirais qu'elle devait bien présenter. Plutôt grande. De corpulence assez fine. Hautaine.

— Classe moyenne bien installée.

— Je confirme. Les mains ne laissent deviner aucune callosité et le corps n'a pas de déformations professionnelles. Par contre, certaines traces dans les stries papillaires, comme des piqûres, pourraient signifier que cette personne faisait de petits travaux d'aiguille, coutumiers chez les femmes dont les maris ont suffisamment de revenus pour les entretenir à la maison, mais pas assez pour que du personnel se charge totalement de la gestion domestique.

Lorsqu'il eut terminé sa tirade, Perrier ne put retenir un sifflement admiratif. Ce genre d'attitude avait pour effet d'énerver son collègue, mais allez savoir pourquoi, celui-ci parut accepter sa réaction avec un certain désintérêt.

— Le mariage te rend intelligent.

Bernard haussa simplement les épaules. Dans sa tête, Élise, au coin du feu, reprisait des vêtements que, par souci d'économie, elle ne voulait pas jeter.

Douce Élise.

— Pas de cicatrices, enchaîna-t-il en souriant aux anges.

— Je ne savais pas que la vue d'un cadavre te mettait autant en joie.

— Pardon ?

— Je disais... non... rien, en fait !

Il paraissait tellement heureux que Félicien rechignait soudain à le malmener.

— Un autre point ne te choque pas ?

— Non.

Perrier releva la tête.

— Notre première impression, lorsque nous l'avons trouvée, était bien la bonne ! Notre morte est entièrement maquillée.

— Maquillée ?

— Oui. Regarde cette peau patinée. Légèrement collante au toucher. Du fond de teint, dirait-on. Je finis mes observations et je vais la laver. Nous verrons après coup le résultat.

4

Depuis que Constant Bellonnière avait donné sa liste à Perrier, plus aucun membre de l'équipe ne l'avait revu. Il avait fermé son atelier et paraissait se terrer.

Sur la porte vitrée, derrière laquelle un drap avait été tendu, une pancarte en carton était suspendue :

Fermé cause maladie

Ainsi, Bellonnière était malade ? Mais quel pouvait bien être ce mal subit qui ne lui permettait plus de tirer le portrait de ses clients ? Félicien aurait bien aimé le savoir ! Car, enfin, un homme en si bonne santé !

Il sourit, goguenard.

Assis sur la margelle de la fontaine de la place des Jacobins, il attendait. La soirée était douce et les terrasses des cafés proches affichaient tout ce que Lyon connaissait comme noctambules. Au milieu de cette agitation estivale foisonnante, il passait inaperçu.

Au premier étage, les lumières étaient allumées derrière les persiennes, signe d'une activité dans l'appartement du photographe. Ce choix du premier niveau, dès le départ, avait surpris le médecin. Habituellement, un propriétaire d'immeuble se réservait toujours le second, plus ensoleillé, plus éloigné du bruit de la rue et surtout avec balcon. Or, dans le cas présent, c'était la Reine D'Est, la marieuse, qui occupait le plus bel espace ! Mme Bellonnière était-elle pingre ? Préférant louer l'étage que, par convenance, elle aurait dû habiter ?

Pauvre Bellonnière !

Dans un soupir, Perrier se leva. Le photographe venait justement d'apparaître sous le porche de son immeuble pour sa promenade du soir. Où se rendait-il d'un pas pressé ? Le cénacle qu'il fréquentait deux fois par semaine avait été dissous. *Le Panier fleuri* peut-être et ses gitons tout juste pubères ? La frousse qu'il avait eue la dernière fois qu'il y avait mis les pieds devait lui avoir servi de leçon. Alors ?

Une certitude : il semblait bien portant.

Déjà il tournait sur la gauche, afin de remonter la rue de l'Hôtel-de-Ville[1]. Un dernier coup d'œil à l'étage. Une pièce s'était éteinte, mais une autre s'était allumée au moment de son départ. Madame devait veiller dans sa chambre.

Il rattrapa discrètement son homme. Le bougre marchait vite pour un convalescent ! Il traversa la place des Terreaux, animée elle aussi, au point que Félicien faillit le perdre de vue. Mais il identifia sa silhouette dans la rue Romarin.

Cette dernière grimpait ferme, mais cela ne ralentissait pas le promeneur. S'il s'agissait d'une balade digestive d'après repas, elle ressemblait plus à la course d'un marathonien qu'à un tour rapide du pâté de maisons !

— Heureusement que tu n'as pas un chien, murmura Félicien avec un sourire. Sinon tu l'épuiserais !

---

1. Actuelle rue du Président-Édouard-Herriot.

Avant la Croix-Paquet, le médecin comprit que celui qu'il filait le conduisait sur la colline de la Croix-Rousse. Il eut un frisson en imaginant qu'il pourrait pénétrer dans l'église Saint-Bernard et descendre dans le souterrain. Quel beau flagrant délit il aurait là !

Toutefois, le choix du photographe le déçut. Car, au lieu de poursuivre son chemin en direction de la montée Saint-Sébastien, comme il le supposait, ce dernier bifurqua vers la rue des Fantasques. Que pouvait-il bien aller faire par là ? Il fit une pause, afin de ne pas se faire remarquer, et observa son manège. L'homme venait de s'arrêter à l'angle de la rue Pierre-Adamoli.

Pour pouvoir l'épier plus à son aise, Félicien tenta une approche et, caché derrière un arbre, le vit fouiller dans sa poche. Il en retira un trousseau de clefs. Surpris, le médecin approcha encore, assez pour voir le photographe ouvrir le portail d'un hall d'immeuble. Il s'engouffra dans le couloir et referma derrière lui.

Quelques secondes après, une lumière s'allumait au second étage.

La première idée qui vint à l'esprit de Perrier fut que Bellonnière avait une maîtresse. Mais l'individu ne lui avait pas apporté la preuve, par le passé, que ses orientations sexuelles allaient dans ce sens.

Rejoindre un amant de cette manière aurait été un acte bien trop dangereux pour un commerçant connu ! Braver la morale d'un Lyon bienséant représentait une prise de risques insensée ! Même lui, Perrier, ne l'aurait pas tenté !

Alors ? Que venait-il faire ici ?

Il était trop tard pour entreprendre une enquête de voisinage. À cette heure déjà avancée pour un quartier ouvrier, personne ne lui aurait ouvert.

Il resta encore quelques minutes à faire le guet. Mais, comme rien ne bougeait dans la maison, il décida de redescendre et de rentrer chez lui.

Chapitre 12

Vendredi 12 août 1898

1

La une du journal du matin titrait :

Le coupable n'était pas le bon !
Nouvelle découverte macabre dans le labyrinthe mystérieux sous la Croix-Rousse !
Tremblez, mesdames ! Le tueur est encore parmi nous !
Appel à témoins :
La photographie de la morte en première page !

— Toujours aussi racoleurs, ces journalistes ! maugréa Lacassagne en étalant le quotidien sur la table de la salle à manger de Montchat. J'ai toujours une pensée pour les petits vendeurs de journaux qui doivent crier des insanités pareilles à longueur de journée.

Et, en effet, le portrait promis apparaissait en quart de page, macabre à souhait, les traits accentués par le tirage noir et blanc et la pixellisation de l'épreuve imprimée sur du papier bas de gamme.

— Dieu, qu'elle est laide ! s'écria Félicien en se penchant par-dessus l'épaule du professeur. Ce serait ma sœur ou ma femme, je n'oserais pas le dire !

— Perrier... s'il vous plaît... il s'agit d'une victime, tout de même.

L'interpellé se mit à rire et saisit une tasse de café qu'il porta à ses lèvres, tout en s'éloignant.

— Reconnaissez qu'elle n'est pas à son avantage... Vous en voulez un ?

Il parlait du café. Le visiteur ne put retenir un sourire.

— Non, merci. Toujours pas. Il faut admettre que notre ami... enfin, que Bellonnière était plus doué pour mettre en valeur les cadavres.

— Je confirme. Et ce postiche brun posé sur le sommet de son crâne comme un scalp ? Qui a eu l'idée ?

Il avait fallu trouver d'urgence une personne propriétaire d'une chambre photographique, capable d'appuyer sur la poire et susceptible de développer son cliché. Quelqu'un venu du *Progrès* avait fait l'affaire.

— Le journaliste qui a pris l'épreuve, précisa Lacassagne en soupirant. Il trouvait qu'une femme chauve à la une pouvait choquer le lecteur.

— Pour une fois que nous avons affaire à un baveux scrupuleux. C'est bien notre veine ! Irina aurait dû nous faire un croquis, le résultat serait plus probant. Il va falloir l'initier à la photographie, d'ailleurs. Ce serait, je pense, une bonne chose pour notre groupe.

Le professeur acquiesça d'un signe de tête et replia le journal.

— Le résultat de votre travail d'hier ? Que donne-t-il ?

Comme à son habitude, le médecin se posta devant un des tableaux noirs et l'essuya, pendant que son mentor prenait place sur une chaise. Avec une craie, il commença à griffonner, puis se mit à expliquer.

— Avec Lecuyer, nous avons procédé, dès que l'autorisation du procureur nous a été transmise par Irina, à l'autopsie du corps. Nous avons eu la confirmation sordide que notre victime est bien morte de faim. Le peu d'eau qu'on lui fournissait lui aura permis de tenir le temps qu'il fallait avant d'expirer.

— C'est sinistre.

— En effet.

— Cela n'est pas sans nous rappeler le sort qui attendait Mme Durand lorsque vous l'avez délivrée. Le mode opératoire est le même.

Perrier avait déjà fait le rapprochement dans sa tête. Toutefois, son intime conviction lui dictait que les deux affaires étaient différentes, et il s'en confia à son supérieur.

— Objectivement, je ne vois pas pourquoi vous vous obstinez à ne pas lier les séquestrations, lui fit-il remarquer avec justesse. Son geôlier n'apportait que de l'eau à sa victime, comme dans notre cas présent.

Il fallait bien admettre que, dans leur déroulement, les séquestrations avaient des points qui convergeaient. Perrier croisa les bras, fit quelques pas nerveux devant le tableau, puis se servit à nouveau un café. Une idée fusa soudain dans son esprit.

— Combien de temps pour mourir de faim ?

— Trois mois avec de l'eau. Tout dépend de la corpulence de base de la victime et de sa résistance à la privation.

— Trois mois ! Mais c'est bien sûr !

Lacassagne, encore mal réveillé sans doute, ne voyait pas, sur l'instant, ce qui pouvait être si évident pour Perrier.

— Nous avons établi que le meurtrier déposait un corps environ tous les trois mois ?

— Oui. Mon Dieu ! Le temps de faire périr de faim sa victime ! s'exclama le professeur en se levant brusquement.

Sur la cheminée en marbre blanc, une étrange pendule de style Majorelle – un entrelacement végétal en résine dorée surmonté d'un buste de femme en ivoire – annonçait qu'il était près de neuf heures.

Lacassagne paraissait avoir pris ses habitudes en se présentant le matin chez Perrier, avec le journal. Même Rose ne s'en formalisait plus. Elle avait admis que, le temps de l'enquête, la maison dans laquelle elle officiait ressemblerait à un hôtel de passe, comme elle le marmonnait assez fort pour être bien entendue. On y entrait, on faisait ce qu'on avait à y faire, et on en ressortait sans plus de manières.

— C'est bien ça !

— Ainsi donc, Mme Marguerite Durand aurait pu être, selon toute vraisemblance, la prochaine victime qui, affamée, aurait péri dans le temps imparti ?

— Cela semble logique, même si cette logique, comme vous le savez, n'arrive pas à me convaincre.

— Que vous faut-il de plus ?

— Peut-être un lieu ? Cette geôle aux Sarrazinières, anciens souterrains très connus et fréquentés par toute une faune d'indigents, ne correspond pas au mental du tueur. Notre homme se cache pour faire ce qu'il a à faire. Il se terre. Pourquoi exposer ses trophées dans un lieu ignoré de tous, si c'est pour affamer des femmes dans un endroit très connu de tout un monde interlope ? Dans le cas de Marguerite, notre homme est un opportuniste qui mène un jeu plutôt qu'un combat. Il se moque que l'on trouve ou non sa victime. Il est assez influent pour n'avoir cure de ce détail ! Ce qu'il veut, c'est provoquer. Faire peur. Par contre, celui que j'imagine souffre intérieurement. Il ne peut prendre de risques. Ce qu'il fait, c'est toute sa vie. Il ne veut pas faire peur. Il veut éradiquer de la Terre tout ce qui pour lui représente le mal.

— Vous ne parviendrez pas à me faire changer d'avis. Cette affaire est liée à notre cénacle encapuchonné, comme vous le dites si bien ! Je veux bien admettre l'idée du meneur qui aura tramé seul d'autres méfaits, sans tenir ses compagnons au courant, mais imaginer un autre responsable indépendant de ce groupe…

Perrier eut une hésitation et but une gorgée de café. Ce breuvage addictif ne parvenait tout de même pas à lui apporter la clairvoyance que lui donnait jadis l'opium. Souvent, il regrettait ce temps où entendre grésiller le chandoo lui procurait déjà un bien-être psychique incomparable. Tout lui semblait alors tellement logique lorsqu'il tirait sur le bambou. Tout apparaissait évident.

— Même si je vous dis que j'ai retrouvé des traces de sperme sur l'ossuaire qui servait d'autel aux victimes ? lança-t-il d'un trait sans regarder son interlocuteur.

Le silence qui suivit ne laissa place qu'à une porte qui claquait à l'étage – Irina ou Bernard qui se levait – et au tic-tac régulier de l'horloge.

— Comment avez-vous fait ? lâcha Lacassagne en se rasseyant.

Félicien, en deux mots, lui expliqua la manière dont il avait procédé. Sa déduction au sujet de la lumière noire sur les traces luminescentes.

— Je me suis servi des recherches de Robert Wood, un Américain très en avance sur le sujet.

— Merveilleux, s'extasia son mentor avec une forme de respect dans la voix. Cette invention peut conduire à des utilisations infinies en criminologie. Vous me montrerez ?

— Bien entendu ! Mais, pour en revenir au sujet qui nous occupe, imaginez-vous un de vos hauts responsables se livrer à un tel acte au fond de ce tunnel ?

— Cela se pourrait fort bien. Les hommes sont ainsi.

— Sans doute. Mais votre intime conviction ne vous guide-t-elle pas, après ma révélation, vers un personnage plus trouble qui joue un double jeu ?

— Certes, mais... Convainquez-moi avec plus de preuves !

Perrier eut un rire nerveux. La partie était difficile et il savait depuis le début que rien ne serait gagné d'avance.

— Et si je vous expliquais que notre dernière victime était maquillée... et vierge.

Des deux affirmations, sur l'instant, Lacassagne ne sut pas laquelle était la plus perturbante. Il opta pour le maquillage, surprenant dans le cas présent.

— Maquillée ?

— Entièrement. Des pieds à la tête. Lorsque j'ai eu fini de la laver, celle-ci avait pris un sacré coup de vieux ! J'ai découvert une peau décharnée, un corps sale, et surtout, en l'autopsiant, des articulations arthrosiques qui m'ont confirmé que notre défunte affichait bien sa soixantaine de printemps. J'ai même trouvé une belle cicatrice en haut de sa cuisse gauche, que nous n'avions pas vue au premier abord. C'est dire si la couche de fond de teint était épaisse !

— Vraiment ? Rien à voir avec nos dépouilles précédentes ?

— Rien, en effet… d'autant plus, second point, comme je vous le disais, que cette femme, malgré son âge certain, était encore vierge.

— Pas sa femme, donc ?

— Pas sa femme, en effet, reprit Perrier. En fait, avec cette nouvelle morte, notre meurtrier nous a préparé un petit spectacle, rien que pour nous, afin de nous – osons le verbe – satisfaire. En mettant le corps en place, je suis certain qu'il a imaginé notre réaction. Notre stupeur. Notre admiration aussi, lorsque le faisceau de nos lampes a rencontré cette dépouille savamment installée.

— C'est un fou !

— Non, un frustré. *Ah !* s'est-il dit. *Vous m'avez pris pour un destructeur, un malade incapable d'aimer les femmes ? Voilà ce que je vous offre ! Mon chef-d'œuvre !*

— Son chef-d'œuvre ? Vous espérez que ce sera son dernier crime ?

— Je ne le pense pas.

— Vous songez à Marie-Vic… à Mlle Étienne ? Sérieusement, elle pourrait être la prochaine victime ?

— J'en ai de fortes craintes. N'oublions pas qu'elle a été enlevée à la place d'Irina, et alors que la femme que nous avons trouvée agonisait.

— … et que Marguerite Durand était sauvée…

Un nouveau silence s'installa entre les deux hommes. Dans le couloir, les bruits du quotidien reprenaient le dessus. La jeune journaliste qui disait bonjour à Rose. Lecuyer qui dévalait l'escalier. Très vite, tous les deux allaient surgir dans la pièce, suivis de la bonne qui servirait le petit déjeuner. Tout ce mouvement perturberait le duo dans sa réflexion.

— Et pour le reste ? reprit Lacassagne qui s'accrochait à l'enlèvement de Marguerite avec un peu trop d'acharnement au goût de Perrier.

— J'ai le relevé des chaussures des policiers et des brancardiers, ainsi que les nôtres sur un sol que j'avais pris soin de balayer. Comme il avait plu, j'ai pu isoler, dans le souterrain, une marque de pied inconnu. J'en ai fait un moulage. Il mesure un peu plus de vingt-neuf centimètres, ce qui signifierait, suivant le point de Paris établi par les cordonniers français, que notre homme chausserait du 44. De grande taille, donc. En partant du principe que je ne fais que du 41.

— Et moi du 42.

— J'ai aussi trouvé des traces papillaires sur un os du charnier. Un peu comme si notre inconnu s'était appuyé dessus par mégarde. Cela pourra nous servir à le confondre en temps voulu.

— Parfait.

— Par contre, pas d'indices sur le corps. Outre le maquillage, rien à relever. Seulement des poils de pinceau, martre d'après mon analyse, comme il est facile de s'en procurer un peu partout.

— Et le maquillage ?

— De théâtre, je pense.

— Une piste de ce côté-là ?

— Pas évident. Ce serait aux policiers de mener une enquête. Notre rôle n'est pas de courir après toutes les comédiennes.

Le professeur se leva un peu lourdement de sa chaise, signifiant à son étudiant qu'il souhaitait prendre congé.

— Donc, vous en êtes à rechercher un homme qui chausse du 44. C'est bien ça ?

— C'est un des premiers indices tangibles que nous ayons. Cela va nous permettre d'éliminer bon nombre de personnes.

— C'est certain ! Et ce dernier point vous permet aussi d'abandonner la thèse du groupe que je m'obstinais à défendre. Je comprends pourquoi vous insistiez tant !

Ne souhaitant pas froisser son mentor, Félicien s'abstint de répondre. L'anthropologue était un être intelligent sachant, sans l'aide de quiconque, reconnaître ses erreurs lorsqu'une preuve évidente lui était proposée !

— Vous avez fait du bon travail avec Lecuyer, affirma-t-il.

Justement, ce dernier entrait dans la salle à manger. Il portait un lourd plateau garni de confitures diverses, de gâteaux et de brioches. À sa suite, Irina arrivait avec des tasses. Rose suivait avec théière et cafetière. Un véritable défilé gustatif !

— Je vais vous laisser vous sustenter. J'ai un cours à la faculté à dix heures. Il faut que je me presse.

Il était déjà debout. Il salua de la tête et se dirigea vers le couloir.

Une fois dans le fiacre, il posa la tête contre les coussins de la banquette. Sa petite troupe, à laquelle il ne croyait pas vraiment lui-même lorsqu'elle s'était formée, avait, par certains côtés, de quoi le surprendre. Chacun y avait sa place et tous étaient complémentaires. Il n'avait qu'un seul souhait : qu'aucun événement ne vienne la perturber dans les mois à venir. Ainsi, il pourrait la faire reconnaître avec encore plus de légitimité, et peut-être obtenir des droits plus étendus.

Il ferma les yeux et se laissa bercer par le trot des chevaux jusqu'à ce que le fiacre arrive à destination. Là, il descendit. Secoua sa redingote d'été qu'il gardait ouverte, rajusta son haut-de-forme et se dirigea, l'esprit confiant, le pas alerte, en direction de la faculté de médecine où l'attendaient ses étudiants.

2

Félicien et Irina arpentaient, côte à côte, le quai de l'Hôtel-Dieu comme un couple tranquille, bien que mal assorti, qui, après le déjeuner, se promenait à l'ombre sous les arbres. En réalité, la jeune femme avait passé une grande partie de la nuit dehors et son interlocuteur le lui faisait âprement remarquer.

— Tu es folle de prendre de tels risques ! As-tu déjà oublié que Marie-Victoire a disparu et que quelqu'un a essayé de t'enlever ? As-tu oublié qu'une folle a sans doute inversé sciemment la tisane de ta voisine avec la tienne ? Mais quelle mouche te pique ?

Cette mouche s'appelait Gozzo et elle l'avait salement piquée, en effet !

— Je suis libre, se défendit-elle sans grande conviction.

— Libre de mourir ? Oui ! Si tu y tiens ! Mais peut-être n'est-il pas nécessaire que cela soit de mort lente, en crevant de faim dans le noir. Ou dans des douleurs atroces, tes nerfs paralysés par la ciguë !

La dernière remarque de son ami la toucha et elle frémit. Sa relation avec le médecin de l'Hôtel-Dieu dépassait l'entendement, et elle le savait bien. C'était un coureur, de plus il était marié. Mais sa présence la happait à un point tel qu'elle ne pouvait plus se passer de lui. De son côté, il ressentait, soi-disant, la même émotion en sa compagnie et le lui avait confié.

— Ben, voyons ! On dirait une midinette à son premier rendez-vous, persifla Perrier en ricanant. Au bord de l'évanouissement, la donzelle ! Tiens, tu me fais de la peine ! Heureusement que tu ne portes pas de corset, sinon je serais en train de te réanimer avec des sels ammoniaqués en te soutenant dans mes bras !

Irina haussa les épaules, consciente toutefois qu'elle ne s'était jamais laissé, jusqu'alors, emporter par une telle exaltation. Elle ne se reconnaissait pas. Mais peut-être que tel était son but ? Ne plus se reconnaître, afin de pouvoir évoluer. Changer. Ce plaisir nouveau qu'elle ressentait avec son amant, malgré sa mutilation, était comme un événement presque magique auquel elle ne croyait plus depuis longtemps. Il avait su trouver les bons gestes, lui dire les bons mots. Il avait réussi à éveiller, dans son esprit, le droit de jouir. Et cette permission, qu'elle s'accordait pour la première fois de son existence de femme, lui ouvrait des perspectives insoupçonnées.

— Te rends-tu compte que, grâce à lui, je me découvre ? Ce que je croyais mort, il m'aide à le ressusciter.

— Ressusciter un clitoris brûlé ? Tu es folle ! Cela fait des siècles que nous, médecins, nous savons qu'il est la base de toutes les sensations. Et on vous fait croire le contraire ! On se moque de vous depuis des lustres. Par ce savoir jalousement gardé, nous avons pu devenir les propriétaires de vos corps. Nous avons réussi à vous museler afin de vous soumettre. Nous sommes parvenus à vous faire croire que vous n'étiez rien, au point de ne plus être représentées dans les sociétés modernes.

Imagine, dans la tête de ces pauvres types personnifiant le savoir, ce que cela aurait pu provoquer que d'ouvrir la connaissance d'elles-mêmes à ces pauvres femelles ignares ? Imagine Dieu dans tout ça, de là-haut, qui aurait grondé comme un beau diable, en rappelant aux simples mâles mortels que vous aviez forcé l'homme à commettre le péché originel et que, de ce fait, vous étiez condamnables ? Condamnées à ne plus jouir. Condamnées à enfanter dans la souffrance. Oh, le beau tableau ! Depuis, nous préférons vous interdire l'onanisme, ou vous dire que vous êtes hystériques et vous enlever tout le bastringue pour que vous nous foutiez la paix, une bonne fois pour toutes !

Il avait lâché sa hargne comme dans un prêche et Irina s'était arrêtée et le regardait, plantée face à lui.

— Tu veux dire que je ne pourrai pas redevenir normale ?

— Non ! Te faire croire le contraire est une pure hérésie !

— Mais pourtant...

— Pourtant quoi ? Cet homme t'a embringuée dans son délire et tu es prête à croire que ce que tu ressens, c'est du plaisir. Mais c'est dans ta tête, c'est tout !

— Félicien ! Pourquoi me fais-tu tant de mal ?

— Pour ne pas laisser *l'autre* t'en faire. Jamais tu ne retrouveras les terminaisons nerveuses qui ont été brûlées. Tiens-le-toi pour dit !

Et comme un gamin buté, il croisa les bras.

— Oh, tu es jaloux ! s'exclama la journaliste.

— Jaloux de quoi ? Je n'aime pas les femmes physiquement. Par contre, je les respecte et j'aime leur compagnie. Tu le sais bien ! Tu es bien prétentieuse d'imaginer que je pourrais ressentir une quelconque forme d'attachement amoureux pour toi !

Ses paroles lui faisaient soudain l'effet d'une gifle monumentale. Irina en aurait presque reculé la tête pour l'éviter, comme s'il s'était agi d'une véritable agression corporelle. Mais, sans savoir pourquoi, elle tint bon.

— Tu es jaloux, sinon tu ne t'acharnerais pas contre moi. Tu me dirais que ce que je vis est magnifique. Que même si ce n'est pas une sexualité parfaite, cela représente déjà beaucoup pour moi, qui m'interdisais toute relation depuis des années ! Que je ne retrouverai jamais mes seins, que je n'aurai jamais d'enfants, que je ne pourrai jamais reconquérir cette intimité que l'on m'a volée, mais que je peux encore être une femme et avoir des réactions merveilleuses parce qu'un homme aime mon corps.

Sans un mot, il la détailla des pieds à la tête avec cette envie irraisonnée de la prendre dans ses bras. Mais il réprima son geste et, au contraire, persifla :

— Commence donc par te mettre en robe si tu veux ressembler à tes congénères.

C'était mesquin. Malsain. Il en frissonna en s'entendant proférer ces paroles absurdes. Face à lui, elle ne bougeait pas et il n'osait plus la regarder. Peut-être pleurait-elle ?

Contre toute attente, elle partit dans un grand éclat de rire et il se demanda s'il ne rêvait pas. Il avait voulu sciemment la blesser, mais cela ne la touchait pas ! Quelle était cette volonté démoniaque qui avait envahi l'âme de son amie au point que ce qu'il lui jetait au visage ne la torturait plus ?

— Vous me faites de la peine, Félicien Perrier. Car je vous sens seul. Seul avec vos tourments. Seul à devoir affronter votre être secret. Seul avec vos peurs. Avec vos angoisses. Seul vous êtes, et seul vous finirez. Et tous les Freud de la Terre n'y pourront jamais rien !

— Tais-toi !

— Me taire ? Pour te permettre de me jeter au visage toute la hargne que tu abrites en toi ? Jamais ! Je suis libre, Félicien ! La douleur, la souffrance, la violence des hommes ont fait de moi ce que tu vois. Et ce n'est certainement pas un pleutre comme toi qui viendras me donner des leçons de conduite ! Tu entends ?

Il entendait. Et contre toute attente, il s'excusa.

— Pardon…

L'entendre faire amende honorable radoucit un peu la jeune femme. Elle soupira et posa sa main sur la joue de son interlocuteur.

— Je ne t'en veux pas. Je sais que tu souffres toi aussi.

Puis elle se tut un instant avant de reprendre sur un ton quasiment jovial :

— Et si nous parlions de notre enquête ? Ne serait-ce pas plus intelligent ?

Il haussa les épaules. Elle connaissait ses faiblesses bien plus que quiconque au monde. Avec elle, il ne faisait pas semblant. Il ne lui était pas nécessaire d'offrir un visage différent de celui qu'il avait vraiment.

— Ne te fie pas à lui, maugréa-t-il toutefois, peut-être pour avoir le dernier mot. Ce n'est pas quelqu'un de bien.

La jeune femme se troubla et une chair de poule dérangeante envahit ses avant-bras.

— Tu le soupçonnes ? Pourtant, il est ton ami ?

Sans répondre sur l'instant, il reprit sa promenade en apparence tranquille avant de bifurquer sur la passerelle conduisant au bateau-morgue. De là où ils se trouvaient, ils pouvaient entendre la pompe que le vieux Delaigue avait mise en route afin de refroidir, par aspersion avec l'eau du Rhône, les cadavres présents dans la salle d'exposition.

— Dieu du ciel, l'odeur est de plus en plus intenable et vous prend maintenant dès le pied posé sur la plate-forme ! râla Irina en précédant son compagnon sur le passage suspendu. Tu es sûr que nous devons entrer ?

Perrier sourit à cette remarque.

— Oui, j'aimerais que tu dessines le portrait de la morte du labyrinthe de la Croix-Rousse avec quelques rondeurs en plus.

— Reconstruire son visage en quelque sorte ?

— C'est bien cela ! J'ai eu cette idée cette nuit, et j'ai pensé que tu en étais capable.

Le compliment l'amusa et la fit sourire.

— Je veux bien essayer. Mais je ne garantis rien.

— Il s'agit de lui gonfler un peu les joues. De la rendre… plus humaine.

Alors qu'il parlait, il se dit qu'il serait peut-être intéressant, un jour, de réussir à remodeler une tête à partir d'un crâne. Quelle avancée fantastique cela serait pour le monde des enquêtes criminologiques ! Il le lui expliqua.

— Tu as raison ! Comme un sculpteur avec de la glaise.

— Oui ! Tout à fait !

Ils avaient franchi la porte restée ouverte pour ventiler l'intérieur, et la jeune femme attacha le foulard qu'elle avait dans sa poche autour de son nez.

— C'est atroce !

Perrier avait tiré le grand rideau de velours noir, afin qu'apparaisse la pièce dédiée aux morts. Derrière la vitre, la femme, maintenant démaquillée, couchée sur une table, attendait sous un drap blanc replié à hauteur de nombril. Une pulvérisation d'eau, actionnée par la pompe, l'humidifiait pour la maintenir en bon état de conservation. Mais ces mesures étaient médiocres et ne suffisaient pas à sauvegarder les corps. Une odeur de cadavre, creuse et entêtante, se répandait dans tout le bateau, au point qu'on avait le sentiment de porter la mort en soi.

— Il faut vraiment que je rentre là-dedans ?

Du doigt, elle montrait la salle et Félicien eut pitié d'elle.

— Je vais approcher la femme près du carreau. Crois-tu que tu la verras assez ?

— Ce sera toujours mieux que de défaillir de l'autre côté !

Il ne put retenir un sourire tant Irina semblait terrorisée à l'idée de devoir pénétrer dans l'espace renfermant les dépouilles – les effluves devaient y être encore plus intenses que du côté visiteurs.

Lorsqu'il eut suffisamment rapproché le cadavre de la devanture qui séparait l'espace de la morgue en deux, elle sortit son carnet et ses fusains et commença à tracer, à grands coups rapides, une ébauche de visage suivant ce qu'elle voyait. Puis, en étudiant les traits existants, elle entreprit de les amplifier. Elle se servait de son crayon tenu à bout de bras pour prendre des mesures et les reporter sur sa feuille.

Très vite, sous le regard de Félicien, tout autant admiratif qu'ahuri, apparaissait une autre personne, aux joues plus pleines, au regard vif, au menton plus enrobé, à l'expression enjouée.

— Ne force pas trop sur le sourire, conseilla-t-il en se penchant par-dessus son épaule, si nous avons affaire à une mégère revêche et taciturne, trop de générosité pourrait fausser la donne !

Elle hocha la tête en signe d'acquiescement et modifia le sourire qui disparut dans une expression sobre et déterminée.

— Voilà qui est mieux ! Magnifique ! Vraiment magnifique !

Les cheveux tirés en chignon vinrent compléter le portrait. De simple, il devint saisissant.

— J'adore !

— Et que vas-tu en faire ?

— Déjà le faire paraître dans le journal à la place de l'affreuse photographie qu'on nous a proposée. Je pense que les gens qui côtoyaient notre inconnue auront beaucoup plus de facilités à lui donner un nom. Et puis, peut-être diffuser ton dessin auprès des hôpitaux. Notre victime a eu un accident qui a, avec un peu de chance, été soigné à Lyon. Qui sait ? Une sœur, une infirmière ou un médecin pourraient s'en souvenir.

La journaliste avait terminé, aussi rangea-t-elle son matériel. Puis elle tendit son dessin à Félicien, non sans l'avoir auparavant recouvert d'un morceau de papier de soie, qu'elle prenait toujours soin d'avoir dans son sac.

— N'y pose pas tes doigts, sinon tu vas le salir et même y déposer tes empreintes !

Puis soudain, la mine plus sombre, elle posa la main sur le bras de son ami.

— Tu n'as pas répondu à ma question, tout à l'heure. Tu étais sérieux lorsque tu parlais de Gozzo ? Tu le soupçonnes vraiment ?

Perrier hocha la tête. Il ne voulait pas parler sans avoir toutes les cartes maîtresses dans son jeu. Toutefois, Irina était sa collègue et il se devait d'être sincère avec elle.

— Tout d'abord, ce n'est pas mon ami. Nous avons fait médecine ensemble et il y a de cela déjà longtemps. Ensuite, je ne l'apprécie pas particulièrement. C'est un flambeur. Un narcissique qui frôle la perversion.

— Cela ne fait pas de lui un criminel. Tu me parles de tes sentiments, là ! Tu mélanges tout.

— Je l'admets. Mais reconnais que ce type est malsain.

— Non !

— Comment ça, non ?

— Pas avec moi. Avec moi, c'est un être attentionné qui me respecte.

Il fit une grimace.

— Viens. Sortons. L'odeur devient de plus en plus insupportable !

Déjà, il l'entraînait par la main loin des miasmes et des exhalaisons putrides du bateau-morgue accroché à son quai. Les Lyonnais lui attribuaient toutes sortes de sobriquets. La monstrueuse de Lyon. La Merdoduc. Et d'autres surnoms très imagés ! Il fallait admettre qu'il y avait de quoi ! Alors en plein développement, la ville n'arrivait pas à installer une morgue digne de ce terme à l'aube du XXe siècle ! C'était déplorable ! Déplorable pour ceux qui devaient y travailler, qui y vivaient, comme le père Delaigue, son gardien. Mais aussi pour les visiteurs venus reconnaître les corps. Et les riverains obligés de subir les remontées infâmes au point de ne pouvoir ouvrir leurs fenêtres en été !

Irina le suivit sans rechigner, bien trop heureuse de quitter enfin ce lieu répugnant.

— Il est marié et il trompe sa femme.

— Je sais. Je n'attends pas non plus qu'il m'épouse.

Elle eut un petit rire forcé et il se demanda s'il devait continuer sa litanie ou s'abstenir de lui révéler la suite. Tant pis ! Il fallait qu'elle sache ! Lui-même n'aurait pas supporté qu'on lui cache quelque chose au sujet d'une personne dont il pensait être amoureux.

— Il entretient avec une servante d'hôpital une relation un peu trouble.

— Calista ?

— Oui. Je me suis renseigné à la suite de ton… empoisonnement fortuit.

— Elle ne l'a pas fait exprès.

Le visage de Félicien s'illumina d'une joie non feinte.

— Tu le penses vraiment ?

— Oui.

Un silence et il poursuivit :

— Imagines-tu valable l'excuse qu'elle a fournie ? Se tromper de tisane ? Tout d'abord, pardonne-moi de te le dire, mais avec la dose qu'elle t'a fait ingurgiter, ta voisine serait morte certainement. La posologie n'est pas la même entre un soin et un…

Il retint le mot avec une jouissance flagrante.

— … meurtre.

La surprise saisit Irina et la figea au beau milieu du quai.

— Je ne te crois pas !

— Je sais ! Tout comme tu ne penses pas qu'elle soit sa maîtresse ?

— Non. Elle lui tourne autour. Il me l'a dit. Et puis, leur relation ne me regarde pas ! Je ne demande pas d'exclusivité !

— Oui, mais de là à te faire tuer…

— Arrête ! Je te le dis, tu es jaloux !

— Si tu veux…

Le fait qu'il prenne maintenant cette supposition à la légère la déstabilisa.

— Comment as-tu rencontré Gozzo ?

En rougissant un peu, elle revit la scène et sourit en se souvenant que leur histoire avait bien mal commencé entre eux.

— J'enquêtais sur les sorcières et je me suis penchée au-dessus du pont Morand. En plaisantant, il m'a dit de ne pas sauter. Voilà…

— Voilà ?

— Oui, voilà ! La suite ne te regarde pas.

— Tu l'as revu ?

— Pas avant mon accident.

— Tu veux dire que tu as…

— Oui.

Perrier fronça les sourcils en découvrant une Irina inconnue.

— Chez lui ?

— Non. Sous un escalier, si tu veux les détails.

— Comme ça ?

— Oui. Pas autrement.

— C'est lui qui t'a entraînée ?

— Non, c'est moi.

— Toi ?

— Oui, moi ! Mais que cherches-tu à la fin ?

Le médecin arrêta son déferlement de questions, comme s'il s'agissait d'un interrogatoire, et détailla son amie, plantée bien droite face à lui. Presque arrogante.

— La vérité.

Pour toute réponse, elle haussa les épaules et reprit sa marche le long du quai.

— Tu ne me crois pas ?

— Non. Je pense que tu veux des informations croustillantes, parce que tu ne me penses pas capable d'agir comme bon me semble.

Elle avait démarré trop vite, il la rattrapa dans un galop.

— Oh, que si ! Mais je cherche à comprendre pourquoi toi.

— Comment ça, pourquoi moi ?

Elle l'écoutait et commençait à suivre le cheminement de sa pensée.

— Ce qui t'inquiète, c'est d'arriver à trouver si c'est lui qui m'a abordée. Ou si c'est moi qui lui ai parlé la première ? Je te rassure, tout vient de moi !

— Tu en es sûre ?

Elle se revit penchée au-dessus du parapet. Elle était de dos. Elle regardait l'eau et elle… non… il… il lui disait : *Hé ! jeune homme ! Pas de bêtise, hein ?*

— Oui.

Félicien, quant à lui, s'était arrêté. Et aussi brusquement qu'il avait cessé de marcher, il reprit sa route, mais en sens inverse en direction de l'Hôtel-Dieu qu'ils avaient dépassé, plantant là Irina et ses doutes.

— Seize heures.

— Où vas-tu ?

— Vérifier quelque chose.

— Je peux venir ?

— Non.

Elle le rejoignit tout de même.

— Tu te moques de moi.

— Non.

— Je viens.

— Non.

Elle ne répondit pas et le suivit en trottinant. Le hall du Grand Dôme. Puis l'escalier au pas de course. Au second étage, il se jeta plus qu'il n'aborda le médecin qui faisait sa tournée.

— Toujours précis ! claironna-t-il en serrant la main qui se tendait.

— Toujours !

Irina, derrière Félicien, rougit en reconnaissant Aurélien. Celui-ci lui décocha un long regard appuyé puis sourit.

— Mademoiselle.

— Tu peux l'appeler Irina, je suis au courant.

— Au courant ?

Ignorant sa question, Perrier sortit de sa poche le portrait au fusain qu'il avait roulé, enleva le papier de soie et le lui tendit.

— Très joli coup de crayon ! siffla Gozzo admiratif. Qui en est l'auteur ?

— C'est moi.

Il eut un nouveau sourire, plus enjôleur, puis revint vers la feuille qu'il tenait tendue par les coins opposés.

Non loin d'eux, les internes et l'infirmière en chef s'impatientaient : il leur signifia, d'un signe de tête, de poursuivre sans lui.

— Je ne savais pas que je fréquentais une artiste.

Révéler de la sorte leur relation était presque impudique. Irina en rougit une nouvelle fois, se sentant un peu comme une chose dont on dispose et dont on admet être le propriétaire.

— Qui est-ce ? reprit-il en scrutant le visage avec concentration.

— C'est ce que nous sommes venus te demander.

— Je ne comprends pas.

Doucement, il releva la tête et son attention glissa de Perrier, impassible, à Irina plus agitée.

— Je devrais la connaître ?

Le criminologue, tout en demeurant imperturbable, étudiait la moindre des expressions du médecin. Mais celui-ci affichait de la surprise. Il nota simplement un petit tressautement, comme un tic nerveux, du bord ciliaire de son œil droit.

— Elle a peut-être été soignée ici. Une accidentée à la jambe il y a deux ou trois ans. Je dirais la bonne cinquantaine. Sans doute à la suite d'une chute. Cassure entre le trochanter et la tête de l'os. Typique des personnes présentant de l'ostéoporose. Toujours rien ?

Une moue dubitative.

— Non, je ne vois pas.

— Réfléchis.

Gozzo sursauta et fixa son collègue avec humeur.

— Ce que je peux te dire, mais tu le sais déjà, c'est que cette patiente a dû en garder des séquelles. Elle doit boiter. En tout cas, elle ne me dit rien et on m'attend ! Si quelque chose me revient à l'esprit, je fais prévenir Lacassagne.

— Ce ne sera pas nécessaire. J'ai le téléphone chez moi. Tiens, voici ma carte.

Alors qu'il reprenait le dessin et le repliait, son collègue saisit le bristol et le glissa dans la poche de son tablier. Puis il inspecta ses doigts avec un regard réprobateur et les essuya sur un mouchoir.

— Je ne manquerai pas de t'appeler.

Déjà il s'éloignait avec un clin d'œil en direction de la journaliste.

— On se voit comme prévu.

Comme ce n'était pas une question, il n'attendit pas la réponse, et rejoignit la troupe de soignants penchée sur une malade.

— Oh ! Tu chausses du combien ?

— Tu veux m'offrir des chaussures ?

— Du combien ?

— 45 ! cria Gozzo en rigolant.

Puis il fit mine de s'affairer et ne jeta plus un regard en leur direction.

— Je suis sûr qu'il ment ! maugréa Félicien.

— Pour sa pointure ?

— Mais non, il ment pour la patiente. Mais ce n'est pas grave, j'ai ma preuve !

— Comment ça, tu as ta preuve ?

— Une preuve ! Oui, ma douce amie ! jubila-t-il.

Le plaisir de berner les gens le rendait exubérant. Tout à son bonheur, il posa une bise enthousiaste sur la joue d'Irina. Le rapide coup d'œil de Gozzo dans leur direction ne lui échappa pas et il s'en gargarisa.

— Ne m'as-tu pas dit que le fusain tachait ?

Ébahie, elle s'arrêta au bord de l'escalier, devant la première marche.

— Non ? s'exclama la jeune femme.

— Si… chaque être humain laisse des traces de son passage. J'ai deux magnifiques pouces dans deux des coins de ton dessin. Dans peu de temps, nous serons fixés sur ton tendre amant !

Puis il fit un entrechat en se tenant à la rampe et dévala les deux étages en sifflotant.

3

Parvenir à résoudre des enquêtes criminelles grâce à la science était pour Lacassagne la plus inexprimable des récompenses.

— Nous allons y arriver, j'en suis maintenant certain.

Il avait, une nouvelle fois, étudié le corps de la première victime qu'il détenait jalousement, celle transformée en cire, et avait fini par trouver des marques incrustées sous la peau.

— Il revient sur le lieu, et pas seulement pour y déposer une nouvelle martyre, décréta-t-il, alors que Félicien et Irina le rejoignaient autour de la dépouille, dans son laboratoire, à l'Hôtel-Dieu ; endroit qui lui était personnel et dans lequel il entassait tout ce qui faisait sa vie d'expert en criminologie. Félicien, vous aviez raison !

— Que voulez-vous dire ?

— Il admire son œuvre. S'en gargarise. S'en emplit. Tout à fait comme vous me l'avez suggéré. Il touche les corps bien après leur mort.

— Et qu'est-ce qui vous a fait changer d'avis aussi subitement ?

Après leur passage au second étage de l'Hôtel-Dieu, ils avaient pensé que le plus simple, pour croiser les indices qu'ils venaient de récolter avec les preuves qu'ils avaient pu relever sur le lieu du crime, serait de se rendre directement au laboratoire de Lacassagne, où, en ce début d'après-midi, l'anthropologue avait ses habitudes. Et ils l'avaient en effet trouvé là.

Ce dernier était content. Tout comme eux, il avait une nouvelle qu'il jugeait de la plus haute importance.

— Des preuves, mon ami ! Des preuves !

Lacassagne n'était pas un metteur en scène. Il avait un esprit cartésien et allait droit au but. Aussi, sans plus attendre, il saisit un morceau d'argile rouge sur son bureau.

— En étudiant méticuleusement le corps de notre première défunte, deux marques ont attiré mon attention sous la peau durcie. Difficile à identifier. Deux cratères dans la cire graisseuse. J'ai ôté le morceau de peau. Dessous, il y avait bien deux trous ! J'ai versé dedans un peu de plâtre, ce qui m'a donné un relevé en négatif. J'ai moulé, par-dessus, l'argile. Et voilà le résultat !

Il fit passer la matrice. Les deux trous étaient en fait des empreintes bien marquées et faciles à identifier. Le majeur et l'annulaire de quelqu'un qui avait palpé la victime, alors que l'adipocire était à un stade avancé.

— Peut-être en déposant une nouvelle femme ? suggéra la journaliste que cette idée rassurait.

— Peut-être, en effet. Mais j'ai l'intime conviction que celui que nous recherchons admire son travail. Comme un artiste.

— Un artiste ?

— Oui. Un peintre ou un sculpteur.

— Ou un médecin, lança Perrier en relevant la tête du microscope sous lequel il avait glissé un coin du dessin d'Irina. Il n'y a personne de plus imbu de lui-même qu'un médecin.

— Tu parles pour toi, bougonna Irina en haussant les épaules.

Ce à quoi il répondit par un grand sourire angélique.

Il avait isolé les crêtes papillaires laissées par Aurélien Gozzo dans le noir du fusain. Lacassagne avait fait de même avec sa plaque d'argile et ainsi, passant de l'un à l'autre des oculaires, ils purent comparer les dactylogrammes bien nets en leur possession.

Ils se redressèrent, déçus. Les minuties[1] des deux marques étaient tellement différentes qu'il ne pouvait y avoir de doute. Aucune concordance entre elles !

— À qui appartient cette empreinte ? interrogea le professeur en relevant la tête de son microscope.

— Aurélien Gozzo.

— Le médecin-chef de l'Hôtel-Dieu ? Mais vous êtes fou, Perrier ! En plus, il ne figurait même pas sur notre liste !

Irina eut un regard triomphant qui n'échappa pas à Lacassagne.

— Maintenant que nous avons des traces papillaires tangibles, je vais demander une comparaison avec le fichier d'anthropométrie, poursuivit-il. On ne sait jamais ! Autant ne pas écarter le possible acte d'un meurtrier récidiviste.

Puis il se pencha vers le dessin qu'Irina s'apprêtait à rouler de nouveau, maintenant qu'il n'était plus utile.

— C'est vous qui avez fait ça ? lança le professeur.

— Oui.

— Belle maîtrise ! Et ressemblant.

— Pourquoi ressemblant ?

C'était au tour de Perrier de s'intéresser au croquis. Lacassagne eut un haussement d'épaules.

— Un jour que je passais à l'atelier de Bellonnière, afin de découvrir son travail et peut-être de lui

1. Les éléments qui permettent de différencier deux empreintes digitales sont les minuties. Une minutie est un point qui se situe sur le changement de continuité des lignes papillaires.

commander un portrait de mes enfants, j'ai vu la photographie d'une femme qui avait un peu le même visage.

— Vraiment ?

Une lueur de joie s'était rallumée dans les yeux de Félicien. Il croisa le regard d'Irina qui lui sourit, avec le sentiment que quelque chose de tangible, enfin, se profilait.

— Merci, Maître ! Merci beaucoup !

Ils allaient partir.

— Ah ! Perrier ! Encore une chose.

— Oui ?

Le professeur avait pris un air mystérieux qui intrigua les deux jeunes visiteurs.

— J'ai reçu, pas plus tard que tout à l'heure, cette lettre. Elle m'était adressée et c'est le secrétariat de l'université de Médecine qui me l'a remise en mains propres. Elle avait été déposée par un petit coursier. Un de ces gamins des rues qui peuvent courir pour vous dans toute la ville pour quelques sous.

— Nous concerne-t-elle aussi ?

Bien droit sur ses jambes, pieds solidement ancrés dans le sol, mains dans les poches de son pantalon, Félicien tentait de donner une image de décontraction. Il souriait. Et à force de le côtoyer, Lacassagne savait qu'il fallait se méfier de ces sourires un rien enjôleurs, qui masquaient forcément quelque chose. Il n'était pas dupe. L'expérience lui avait appris que, si son étudiant pouvait se révéler intuitif, il pouvait aussi avoir des pulsions que la morale et la société réprouvaient. Mais il faisait avec. Espérant qu'avec le temps, le bien prendrait le pas sur le mal. Essayant de ne penser qu'au bien.

— Tenez. Lisez, Irina, s'il vous plaît.

Il avait tendu le document à la journaliste sans pour autant lâcher Perrier du regard. Comme si lui faire ciller les yeux pouvait représenter une preuve de sa culpabilité. Mais sur le visage de son voisin, rien ne bougeait.

— Je commence.

Et la journaliste s'éclaircit la gorge.

Le dénommé Philémon Ducas a organisé, durant de longues années, au sein de l'asile du Vinatier, un trafic consistant à fournir en enfants nouveau-nés des couples de bourgeois lyonnais qui n'arrivaient pas à fonder une famille.

Pour ce faire, il se servait de jeunes folles et les faisait engrosser par les futurs pères, lorsque ceux-ci pouvaient procréer. Les bébés naissaient à l'asile et, comme le spécifie le règlement, ils étaient enlevés aux mères. Toutefois, au lieu d'aller à l'orphelinat, comme il se doit, ceux-ci partaient dans les foyers demandeurs, et cela après une substantielle indemnité versée à l'organisateur.

Quoi de plus banal, en effet, que des folles vivant dans la rue et arrivant grosses à l'asile ?

De nombreux enfants ont été vendus, de la sorte, au fil des années. Ils vivent maintenant dans des foyers honorables, ce qui en soi est un moindre mal.

Néanmoins, l'enrichissement du médecin, lui, n'est pas louable.

J'ai réussi à convaincre cet homme vil, et il a généreusement accepté de faire un appréciable versement aux bonnes œuvres liées à l'enfance. Puis de prendre sa retraite dans sa région d'origine, les Cévennes, où il coule maintenant des jours que nous espérons sous l'emprise des remords.

Cependant, par un ami dans la police, j'ai appris qu'un bébé avait été retrouvé dans le Rhône. Avant son départ, Philémon Ducas m'a avoué, spontanément, qu'il était à l'origine de ce crime, l'enfant né n'étant pas conforme au désir des futurs parents.

Voilà tout ce que j'ai pu découvrir sur l'affaire. J'espère que ces informations vous aideront à dormir plus tranquillement, vous qui appréciez de connaître le fin mot d'une histoire.

Avec mes plus honorables sentiments.

Irina se racla une nouvelle fois la gorge.

— … et ce n'est pas signé.

Un silence un peu lourd s'établit à la suite de sa lecture. Lacassagne attendait. Sans aucun espoir, mais il attendait. D'ailleurs, souhaitait-il, au plus profond de lui, découvrir l'expéditeur de cette missive ? Il n'en était pas certain.

— Ainsi donc, voilà pourquoi Mauricette ne connaissait pas le père de son enfant…, murmura la jeune journaliste soudain préoccupée.

Et tout en parlant, elle revoyait la gamine enceinte. Naïvement, elle avait cru que si le nom de l'homme coupable de sa grossesse lui était inconnu, c'était parce qu'elle en avait fréquenté plusieurs au même moment.

— Pauvre gosse.

— Pardon ?

Interpellée, elle releva la tête tout en rendant le courrier à son destinataire.

— Il y avait, à l'asile, expliqua-t-elle sans se faire prier, une fille à terme. Et une autre qui venait d'accoucher. Je les soupçonne maintenant d'avoir été des victimes dans cette poignante histoire.

Tout en reprenant la feuille qu'Irina lui tendait, le professeur acquiesça.

— Cela pourrait être fort possible. Je vais en parler au procureur.

Il fit une pause.

— Mais en même temps, si le protagoniste a choisi de quitter le secteur et d'arrêter son activité lucrative, je ne vois pas vraiment ce qu'il va être en mesure de faire.

Il adressa un long regard à son étudiant.

— Si au moins le lieu où se trouve actuellement ce forban était dénoncé dans la lettre… mais non…

— De plus, les Cévennes sont bien vastes, soupira Félicien, songeur.

Le numéro sur le fiacre, le soir où il avait enlevé Ducas. C'était une voiture privée. Il avait pu obtenir l'adresse du propriétaire auprès de l'administration. Celle qui figurait aussi sur la plaque, mais qu'il n'avait pas pu lire de loin. Elle appartenait à un homme influent, négociant, à la suite de son père, en commerce de gros de la soie. On racontait qu'il visait une place de député. Son nom figurait sur la liste des Trouveurs de Sorcières fournie par Bellonnière…

Le couple qu'il formait avec sa femme Madeleine depuis bientôt dix ans ne connaissait pas de descendance. Toutefois, on la disait miraculeusement enceinte. Les cures, les ex-voto, les pèlerinages avaient eu raison de sa stérilité. Elle vivait, depuis plusieurs semaines déjà, à la campagne, afin de profiter du grand air.

Trouver toutes ces informations lui avait été facile ; la future nourrice se laissant aisément délier la langue contre un généreux pourboire.

— Je dois nourrir mon fils au pays, avaient été ses mots.

Perrier avait été ému par l'idée que, sans doute, elle ne le reverrait jamais, mal entretenu par la paysanne à qui elle l'avait confié, là-bas, dans son lointain Morvan.

— Mon cher Maître, force est de constater que grâce à cette missive bien opportune, nous venons de résoudre, en quelques secondes, une affaire désolante. L'enfant que nous avons autopsié, atteint du syndrome de Down comme nous avons pu l'attester, n'est autre qu'une victime collatérale d'un trafic déplorable, dont l'argent est le principal moteur. Je me réjouis à l'idée qu'aucun autre petit martyr ne viendra se rajouter à la liste, l'affaire étant close.

Le discours était ampoulé. Mais pas trop. La raideur de son maintien figé dans une sorte de salut de circonstance. Mais pas trop. Lacassagne le détailla, tiraillé par l'envie de s'amuser de la scène, et celle de déplorer que son disciple en soit encore à régler ses comptes seul. Et de quelle façon ?

Il poussa un profond soupir.

— Je m'en réjouis aussi, laissa-t-il tomber sans pour autant serrer la main que le jeune médecin lui tendait. Je vous souhaite une bonne fin de journée.

Et il referma la porte sur le couple.

— Quelle histoire ! souffla Irina une fois dans le couloir qui menait au laboratoire. Dire que j'ai connu une de ces filles sans savoir ce qu'il se tramait.

Perrier acquiesça par politesse.

— Hum… J'aurais toutefois bien aimé que les empreintes appartiennent à Gozzo, grommela-t-il en parlant d'autre chose.

Elle le suivait à grand-peine tant il avançait vite.

— Pourquoi Lacassagne ne t'a pas serré la main ?

— Je l'ignore, une lubie.

— Une lubie ? Et pourquoi t'acharner de la sorte sur Gozzo ?

— Je ne sais pas… une lubie.

Elle haussa les épaules tout en le rejoignant.

— Une lubie ! Mon œil ! Tu es jaloux. Eh oui ! Gozzo n'est pas le monstre que tu imaginais !

Le médecin eut un regard en coin en sa direction, mais ne releva pas la remarque.

Oh, que si, pensa-t-il seulement en son for intérieur. Oh, que si !

— Et pour le portrait dans l'atelier de Bellonnière ? reprit la jeune femme.

— Pas de souci. Je m'en charge.

4

La jeune femme releva son bras replié devant ses yeux afin de masquer la lumière du soleil qui l'éblouissait. Elle venait d'ouvrir les yeux, à moitié allongée sur un talus, et ne comprenait pas vraiment ce qu'elle faisait là.

Elle s'assit avec difficulté. Puis finit par se lever en titubant. Devant l'effort nécessaire qu'il allait falloir qu'elle fournisse pour avancer, elle hésita entre se rasseoir et poursuivre. Et finit par se décider à longer la route, sans trop savoir où cela allait la mener.

Elle ne connaissait pas cet endroit. Autour d'elle, des champs jaunis par l'été et des bosquets d'arbres apaisants. Une ville en contrebas. Grande. Longue. Groupée autour de deux fils d'eau qui serpentaient entre les amas de maisons. Et des montagnes brumeuses encore plus loin.

D'un revers de main, elle s'essuya le front et découvrit, en passant les doigts sur ses yeux, qu'elle était sale. Terriblement sale.

Elle se pencha et inspecta sa tenue. Une simple chemise de corps, pleine de taches diverses, dont elle préférait ne pas connaître l'origine. Elle palpa ses joues creuses et se souvint qu'elle avait faim. Faim et soif.

Un soupir.

Et soudain, la douleur réapparut. Brutale et envahissante au fur et à mesure qu'elle revenait à la vie. À la lumière. Elle releva son autre main, celle dont elle ne s'était pas encore servie, car elle la trouvait lourde. Elle l'inspecta. Un bandage de fortune, tout maculé, l'entourait.

Sur l'instant, elle le regarda, un peu vide. Puis, brusquement, tout resurgit dans sa mémoire et elle hurla.

La salle, haute et large. Et sa voûte de pierre dorée. Tellement belle à contempler lorsqu'il venait avec sa lampe.

La paille humide au sol.

Et l'ordalie par l'eau bouillante.

Un chaudron rempli. L'homme cagoulé qui la force à attraper au fond un caillou.

— Attrape-le, hurle-t-il. Attrape-le et je saurai si tu es une sorcière !

Il la menaçait d'une arme. Elle avait plongé sa main.

Le choc avait été tellement violent que, de stupeur, elle n'avait rien senti et avait ressorti la pierre, la présentant triomphalement à son geôlier de sa paume desquamée. Une belle pierre polie d'une couleur dorée. Dorée comme la voûte au-dessus d'elle lorsque sa lumière à lui l'éclairait.

Presque fière.

— Tu es une sorcière !

— Oui, avait-elle crié au bord de la jubilation.

— Tu seras purifiée !

Après. Après, il y avait eu le gouffre béant qui avait ouvert ses entrailles à ses pieds. L'évanouissement bienvenu qui l'avait emportée.

Elle s'était réveillée dans le noir, brûlante de température, grelottante, son membre torturé enroulé dans un tissu épais.

L'homme avec sa lumière n'était plus là. Le feu était éteint.

Il ne restait plus qu'elle. Elle et le silence.

5

La fin était proche. Il le savait.

En relâchant sa dernière victime, il avait entendu sonner son hallali. Très bientôt, il serait là, sur le pavé, sanguinolent, les yeux exorbités, la langue pendante, à agoniser sous le coup de ses pourchasseurs.

Pourtant, comme il avait su feindre ! Comme il s'était joué d'eux !

Et là, alors qu'arrivait la débâcle, alors que se profilait la défaite, il s'en trouvait presque serein.

Durant deux longues années, il avait déchargé sa hargne contre celles qui envahissaient son existence.

Un homme qui n'aimait pas les femmes.

Oh, bien sûr, physiquement, c'était certain ! Cette chair blanche et molle lui répugnait. Ces courbes trop accentuées. Ces mines de conspiratrices.

Mais intellectuellement aussi ! De leurs regards enjôleurs, elles dévoraient les hommes. S'en repaissaient. Pour se défendre, il avait volé leur âme. Avait kidnappé leur essence. Et en les présentant devant son tribunal suprême, en les jugeant, il s'était comblé de leur agonie. Et elles avaient avoué. Avoué toujours et encore, jusqu'à ce qu'elles ne soient plus rien. Plus rien que des corps domptés, des esprits vides. Des dépouilles enfin ! Inoffensives. Qu'il ne craignait plus. Des êtres purifiés qui lui devaient le salut. Qu'il pouvait regarder sans avoir peur.

Et il n'avait plus peur.

6

Félicien n'avait pas attendu la nuit pour se rendre rue Pierre-Adamoli. Discrètement, il avait repéré l'endroit, puis était allé voir des voisins de l'immeuble dans lequel Bellonnière était entré la veille, lorsqu'il le suivait.

Il avait appris très facilement, sans trop d'efforts, que les parents du photographe habitaient la maison depuis des dizaines d'années. Lui-même y avait été élevé, courant les ruelles de la Croix-Rousse comme tous les gones de la colline.

— Ah ! Quel beau gamin c'était là ! s'était exclamée une commerçante déjà âgée, de la rue des Fantasques. Bien amiteux[1], en plus. Il ne voulait pas être tisseur. Il est entré à l'usine Lumière à Montplaisir.

1. Se dit de quelqu'un d'affectueux en parler lyonnais et stéphanois (parler gaga).

Elle lui avait raconté que c'était ainsi qu'il était devenu photographe.

Mais le sort en avait décidé autrement. Il n'avait pas tiré le bon numéro et était parti faire son service militaire. Et puis la guerre de 1870. On ne l'avait pas revu de longtemps, car il avait été fait prisonnier chez les Prussiens.

Elle avait écrasé une larme en se souvenant.

— Oh ! Le pauvre belin…

Après, il était devenu *fou de guerre* comme elle disait, et s'était engagé comme photographe pour couvrir tout ce qu'il y avait de plus violent dans le monde.

— On aurait dit qu'il avait besoin de ça. Comme si là-haut, dans sa tête, y avait eu que'que chose qui avait cassé. Comme un pichet qu'on recolle et qui continue à fuir quand on lui met de l'eau dedans. Ah ! C'est qu'il l'a fait pleurer, la Clémentine, sa mère… leur seul fils ! Elle en est morte. Et son père a suivi. Après, il est revenu ici. Croyez-moi si vous l'voulez… la peine qu'ils ont eue, ces gens !

La suite, Perrier la connaissait. L'atelier place des Jacobins. Son mariage avec une demoiselle Granier. Marie-Louise de son petit nom, de dix ans son aînée.

Et tout le reste.

Il avait remercié.

— Une dernière question avant de partir, avait-il dit en rebroussant chemin.

Il faisait frais dans la boutique de la dame. Une petite bonne femme toute fripée, ridée comme une pomme, qui souriait de sa dent unique sur le devant. Elle vendait de l'épicerie, et son magasin sentait l'enfance. Un mélange étrange de pâte de framboises, de réglisse, de cumin, d'humidité, de plancher ciré et de latrines.

— Savez-vous pourquoi il a gardé l'appartement de ses parents ?

— Ah ! ça, non… mais il y vient souvent. Surtout le soir…

— Et sa mère, elle était comment ?

— Une brave femme. On raconte qu'un jour, elle y avait trouvé son gone avec un de ses jupons sur lui. Elle l'y avait même pas mis une rouste. Seulement placé à l'école chez les frères… Une brave femme, je vous dis. Une brave femme.

Chapitre 13

Samedi 13 août 1898

1

— Monsieur Henri ne reçoit pas ! Je vous dis que Monsieur Henri ne reçoit pas !

La bonne, coiffe blanche amidonnée, robe noire, résistait bec et ongles à l'assaut de Perrier qui tentait de franchir le seuil de la maison, coûte que coûte.

— Et moi, je vous dis que je veux le voir !

— Ce n'est pas possible ! Il est rentré tard et il dort encore ! Madame a eu un fils cette nuit, à leur maison de campagne, aussi il s'y est rendu dès qu'il a su que le travail commençait. Il est revenu tôt ce matin.

— Quelle heureuse nouvelle ! J'en profiterai pour le féliciter !

— Mais il ne reçoit pas !

Sans y mettre plus de formes, le médecin venait de pousser, doucement mais sûrement, le garde-chiourme en jupon qui lui barrait le passage et s'engouffrait déjà dans le vestibule.

— Je vais appeler la police !

— Eh bien, appelez !

À tout hasard, il s'était dirigé vers l'escalier majestueux et commençait à en grimper les marches. En général, les chambres se trouvaient à l'étage, il finirait bien par débusquer celui qu'il venait voir.

Henri Truquet de Hauterive.

De noblesse récente. De celle tant prisée par la Troisième République, encore plus friande du petit *de* que sa sœur impérialiste.

L'apparition d'un homme de haute stature, sur le palier au-dessus de lui, ne l'impressionna nullement. Pourtant, Dieu qu'il était grand, serré dans sa veste d'intérieur en soie bordeaux imprimée d'arabesques ! Et Dieu que Perrier était petit, en contrebas, tête relevée, la jambe droite pliée, prête à l'aider à poursuivre sa course !

David et Goliath peut-être ?

Félicien en sourit.

— Monsieur Henri Truquet, je présume.

En laissant sciemment de côté la particule toute reluisante, il savait, en toute connaissance de cause, qu'il allait s'attirer les foudres de son interlocuteur. L'autre en pâlit.

— Savez-vous que vous venez de forcer l'entrée d'une propriété privée ?

— Mais bien sûr ! Je le sais.

— Et de quel droit ?

— Du droit que vous êtes un malfrat, un voleur d'enfants.

— Que me chantez-vous là ?

Perrier en était certain, l'homme avait chancelé. Oh ! Presque rien ! Toutefois, cette attaque matinale et imprévisible semblait ébranler sa belle assurance.

— Que ce fils que vous pourrez nommer Désiré, ce rejeton pointant le bout de son nez au bon moment, n'est pas celui de Madame votre épouse.

— Et alors ?

Au lieu de s'affoler, son interlocuteur gardait la tête haute. Pire, il admettait ! Félicien en fut déstabilisé.

— Dites-moi ce que cela peut bien vous faire que Madeleine ait enfanté ou non cette nuit ? J'en suis le père ! De ce fait, il est de mon sang. Il peut ainsi prétendre à prendre ma succession, comme je l'ai fait avec mon propre père !

La riposte surprit Perrier qui s'arrêta sur une marche. L'autre, sentant qu'il reprenait la main, jubila :

— Ah ! Vous voilà moins vindicatif soudain ! Je viens de mettre un coup de pied dans votre château de sable ! Jules ! Jetez-moi cet impudent à la rue !

— Sa véritable mère est folle !

Son hôte eut un rire sardonique, alors que Jules, le majordome appelé à la rescousse par la jeune bonne épouvantée, quittait son attitude guindée, celle qui seyait si bien à sa fonction, pour bondir comme un lion sur l'intrus. Il n'était pas petit, le bougre ! Perrier se sentit décoller, attrapé sous les bras et soulevé, la semelle de ses souliers tapant les marches les unes après les autres, puis ses talons traînèrent sur le marbre de l'entrée et il se retrouva, tel un vulgaire paquet, balancé sur le trottoir.

— N'oubliez pas que j'ai le bras long ! entendit-il hurler avant que la porte se referme sur lui. Ne parlez jamais de cette histoire sous peine de finir comme repas pour les poissons !

2

Les empreintes ne correspondaient pas à celles relevées sur le dessin au fusain d'Irina. Gozzo n'était donc pas coupable.

À l'annonce faite conjointement par Perrier et Lacassagne, la journaliste en avait conçu un étrange sentiment mitigé. Entre apaisement et inquiétude. Soit, son amant n'était pas le tueur. Mais cela voulait dire aussi que celui-ci courait toujours…

— Tu n'as tout de même pas revu Aurélien hier au soir ? lui demanda Félicien en buvant, avec délice, son vingtième café de la matinée.

Elle trempait une tartine dans sa chicorée au lait, qu'elle préférait pure et avec beaucoup de sucre, et regarda son interlocuteur encore en robe de chambre.

Après sa déconvenue matinale chez Henri Truquet, il avait hésité entre deux options. Soit il sombrait en ruminant ses contrariétés, soit il relevait la tête, certain d'avoir eu là une belle confession dont il pourrait se servir dans un avenir proche. Pour la première fois de sa vie, masquer son désappointement derrière une quelconque drogue ne lui avait pas paru utile. Pas plus qu'il n'en avait ressenti le besoin ! Il était donc rentré chez lui, avait pris un bain et était descendu pour le petit déjeuner comme si de rien n'était.

— En fait, le café, c'est ta nouvelle drogue ?

D'un geste du menton, Irina lui montrait la tasse qu'il venait une nouvelle fois de remplir. Lui qui avait vécu une expérience que jadis il n'aurait pu surmonter seul en sourit.

— Sans effets secondaires, celle-ci.

— Tu plaisantes ? Je suis certaine que, très bientôt, vous, les médecins, découvrirez que ce breuvage n'est absolument pas adapté à l'organisme humain.

— Et puis quoi encore !

Il allait se resservir, lorsque, sans prévenir, Bernard déboula dans la salle à manger comme s'il avait le diable à ses trousses. De tout l'après-midi, ils ne l'avaient pas revu et avaient supposé qu'il contait fleurette à sa bien-aimée. Il était rentré assez tard, le soir, et n'avait pas échappé aux quolibets de son hôte, qui avait trouvé que sa grisette devait avoir la cuisse bien légère pour rester si longtemps seule avec un homme.

— Une jeune fille de bonne famille ne se le permettrait pas.

— Une jeune fille de bonne famille ne m'intéresserait peut-être pas.

Élise, sous ses mimiques tout en retenue, était en effet assez libre, avec un frère commerçant pour tuteur – ses vieux parents n'ayant plus la tête à la surveiller. À cela Bernard n'attachait aucune importance. Ils allaient se marier, et c'était en tout bien tout honneur qu'ils passaient leur moment de liberté ensemble.

Mais pour l'instant, Lecuyer paraissait bien déconfit.

— Marie-Victoire, ânonnait-il à bout de souffle. Marie-Victoire !

— Quoi, Marie-Victoire ? demanda Irina en se levant.

Dans l'élan, elle avait fait tomber sa chaise. Félicien haussa les épaules, comme il avait l'habitude de le faire lorsqu'une situation dépassait l'entendement, puis maugréa :

— Tu viens de courir un marathon ?

— Lorsque j'ai su, je suis venu en pédalant comme un fou.

— D'où ?

— Du laboratoire de Lacassagne.

— Tu aurais pu prendre un fiacre.

La remarque de son hôte irrita la journaliste qui le lui dit vertement.

— Marie-Victoire ? Elle est… elle est morte ? demanda-t-elle à Lecuyer après avoir engueulé Perrier.

— Non !

Une chape de plomb s'envola de son cœur. Soudain, elle respirait ! Sans pouvoir se contenir, elle fut prise d'un rire inexplicable, et se mit à sauter au cou de ses amis. Les embrassant. Les cajolant. Comme si elle ne parvenait pas à dominer le bonheur qui l'envahissait.

— Non ? Non ? répétait-elle inlassablement en passant de l'un à l'autre. Non ?

— On vient de la retrouver vers Saint-Cyr-au-Mont-d'Or, errant sur le Grappillon qui conduit au mont Cindre, au milieu des vignes. Ce sont des promeneurs matinaux qui l'ont découverte, en chemise, hagarde et désorientée, appuyée contre le petit mur qui longe le chemin.

— Elle n'a rien ?

— Si, elle a la main droite gravement brûlée. C'est très vilain. Infecté. Elle est à l'Hôtel-Dieu. C'est le professeur Lacassagne qui, prévenu, l'y a fait admettre.

À l'évocation de l'hôpital, Irina eut une nouvelle pensée pour Gozzo, bien injustement soupçonné. Elle n'avait pas répondu à la question de Perrier, toutefois elle n'avait pas souhaité rejoindre le médecin dans la chambre d'hôtel où ils se retrouvaient. Quelque chose l'en avait empêchée. Un sentiment bizarre qu'elle ne pouvait définir. Mais Félicien n'y était pas étranger.

— Allons la voir, proposa-t-elle avec enthousiasme.

— Non, pas tout de suite. Il faut qu'elle se repose.

— Comment es-tu au courant ?

— J'ai croisé Lacassagne, alors que je venais de porter des fleurs à Élise, tôt ce matin. Elle habite rue Dugas-Montbel. Je revenais en pédalant tranquillement, par les quais, lorsque je l'ai vu. Il allait appeler ici. Je lui ai dit que je rentrais.

— Et tu es venu à bicyclette ? s'étonna Irina.

— Oui ! J'étais tellement heureux. J'ai remonté le cours Gambetta sans m'en rendre compte.

Personne ne releva l'histoire des fleurs à Élise et ce fut Lecuyer qui, surpris de ne pas crouler sous un flot de questions, expliqua de lui-même que c'était aujourd'hui l'anniversaire de la jeune fille.

Vingt-deux printemps !

Mais Marie-Victoire occupait le devant de la scène, aussi son bonheur passa-t-il inaperçu et glissa-t-il sous l'effervescence qui animait ses amis. Quelqu'un frappa, à ce moment-là, à la porte et le bouquet fut promptement oublié.

— Cher Maître, s'écriait Perrier, en faisant entrer le visiteur.

Lacassagne à sa suite, il revint dans la salle à manger où Irina ne tenait plus en place. Déjà, elle pressait le nouveau venu de questions. Celui-ci, de bien bonne grâce, se plia au jeu des questions-réponses. Il était tellement heureux que l'institutrice ait été retrouvée saine et sauve qu'il voyait l'empressement de la journaliste d'un œil amusé.

À l'interrogation : « Pourquoi Marie-Victoire avait-elle été enlevée ? » suivait la demande : « Pourquoi avait-elle été libérée ? » Par quel miracle l'avait-on retrouvée près de l'Ermitage du mont Cindre ? Son bourreau l'y avait-il abandonnée ?

— Elle ne se souvient de rien, expliqua le professeur. Seulement d'un homme cagoulé qui voulait lui faire avouer qu'elle était une sorcière.

— D'où les ordalies ? dit Félicien.

— C'est bien ça.

— Mais pourquoi ? Pourquoi vouloir lui faire avouer ce genre de choses ? murmura Irina qui ne comprenait pas.

— C'est tout simple, reprit son hôte. Notre homme a été bafoué par des femmes. Une mère abusive. Une épouse tyrannique. Un enseignement sévère, petit enfant, chez les sœurs. Que sais-je ? La montée de ce que l'on peut appeler un mouvement libertaire et féministe lui aura fait peur. Il se sera imaginé persécuté par les femmes. Obligé de leur obéir au vu et au su de tout le monde. Cette idée a dû s'amplifier dans un esprit déjà malade. Traumatisé par la guerre ou les sévices. Je ne sais pas. En tout cas, il n'a pas supporté, s'est vu menacé et est passé à l'acte. Puis il a organisé sa propre chasse aux sorcières, dans le but de museler celles qui souhaitaient faire valoir leurs droits.

— Mon Dieu… et pourquoi avoir libéré notre amie ? demanda Lecuyer.

— Sans doute parce qu'il se sent maintenant pris au piège, renchérit Lacassagne en s'asseyant.

Sa remarque fut accueillie par un long moment de silence. Puis la déduction vint d'elle-même et ce fut Bernard qui la formula.

— S'il se sent pris au piège, c'est parce qu'il suit l'affaire !

— Tu veux dire par là qu'il nous connaît ? s'inquiéta Irina.

— Oui !

Des personnes qui les connaissaient tous, il n'y en avait pas cinquante ! La déduction vint d'elle-même. Ils se levèrent à l'unisson et se regardèrent atterrés.

— Vite, un fiacre ! cria Perrier en traversant la pièce.

Rapidement, il fut dans la rue, suivi du groupe, et héla une voiture dans laquelle ils s'engouffrèrent tous.

3

Il laissa sa main courir sur le plat du comptoir, puis flatta quelques cadres épars. Étrangement, alors que rien n'allait bien au fond de lui, il avait aimé cette vie.

Lorsqu'il contemplait le monde à travers l'objectif de sa chambre noire, c'était un peu comme si toutes les horreurs de la guerre disparaissaient un instant. Les hommes, il les magnifiait, faisant ressortir ce qu'ils avaient de plus beau. Quant aux femmes… ne disait-on pas, aux premiers temps de la photographie, que fixer le regard de quelqu'un sur du papier pouvait lui voler son âme ?

Pour les faire disparaître, il avait tenté de les dépouiller de ce qu'elles avaient de plus cher : leur esprit ! Mais cela n'avait pas suffi. Elles couraient toujours, comme de petites gazelles rapides, têtues, indisciplinées.

Pour les sauver, il avait fallu que lui, le lion, leur vole aussi leur vie.

Il avait armé son revolver. Un Bulldog 8 mm fabriqué à Saint-Étienne et qu'il avait acheté directement à la Manufacture.

Enfant, son grand-père lui racontait souvent l'histoire du « monde du bas », vaste et lugubre, habité par des créatures fantastiques, hommes et bêtes à la fois. Des diables, sans doute ! Ou des sorcières. Il le prenait sur ses genoux, près du fourneau, dans l'appartement où ils vivaient tous, rue Pierre-Adamoli, et lui disait en chuchotant :

— La porte, elle est pas loin, mon b'lin. Sous nos pieds. Y faut que tu sois sage. Sinon, tu débarouleras tout en bas, dans le grand trou, et tu deviendras tout comme eux.

Si les autres gones des rues craignaient le pataire[1] qui embarquait les enfants qu'y étaient pas sages, lui, c'était de ceux du bas qu'il avait peur.

Une nuit, il avait trouvé la porte. Un vieux puits sans eau, caché sous des tas de gravats, dans la cave. Il avait découvert alors un monde merveilleusement grand. Merveilleusement beau. Merveilleusement vide. Sa peur surmontée, il était devenu le héros de ce labyrinthe oublié depuis des siècles, au point que les hommes de son temps ne savaient même plus qu'il existait.

De créatures maléfiques, il n'en avait pas trouvé !

À part lui peut-être…

Ils allaient arriver. Il le savait. Il le sentait.

1. Chiffonnier.

4

Leur premier arrêt avait été pour le laboratoire de Lacassagne. Celui-ci ne pouvait les suivre. Des obligations l'appelaient ailleurs.

— Et puis, je ne crois pas que ma place soit là-bas.

Il n'avait pas tort.

— J'appelle la police pour qu'elle vous rejoigne sur place.

Avant de le quitter, Perrier lui avait demandé s'il avait encore la liste des noms avec lui.

— La liste des Trouveurs de Sorcières ?

— C'est bien ça. Nombreux sont ceux qui l'ont touchée, mais vérifiez tout de même s'il n'y a pas une correspondance entre des traces papillaires sur le papier et vos empreintes dans l'argile.

Comprenant où il voulait en venir, le professeur avait hoché la tête.

— Si quelque chose ne se passe pas comme nous l'espérons, avait renchéri Félicien, au moins aurons-nous une preuve contre lui.

Le fiacre filait maintenant vers la place des Jacobins, et plus il approchait de sa destination, plus un silence lourd envahissait l'habitacle.

— Et s'il n'est pas chez lui ? demanda soudain Irina, la voix cassée.

Ils se regardèrent tous et Perrier précisa :

— Je connais une autre adresse où il se rend.

L'atelier était fermé. Le même drap blanc tiré derrière la porte en masquait l'intérieur. De concert, ils se précipitèrent dans l'appartement du premier.

La porte n'était pas verrouillée. Ils entrèrent.

L'endroit exhalait le charme suranné des intérieurs du milieu du siècle. Lourdes tentures de brocart retenues par des embrasses ornées de pompons. Murs tapissés de tissu foncé. Parquets cirés. Plafonds hauts décorés de corniches, moulures et rosaces ouvragées. Meubles envahissants et sombres.

Le soleil n'y entrait pas. Chassé par les rideaux de mousseline épaisse, parfaitement tendus, qui masquaient les fenêtres pourtant nombreuses.

Le tout nimbé d'un parfum de naphtaline.

— Venez voir, cria Bernard.

Il était dans la salle à manger, du même style que le reste de la maison. Sur une chaise, les mains posées à plat sur la table, comme attendant un service qui ne venait pas, trônait une étrange poupée de chiffons grandeur nature. Elle portait une perruque brune, un peu de travers, et surtout, surtout, un peignoir défraîchi, en pilou de couleur rose.

— C'est quoi ça ?

Irina n'en revenait et fixait le pantin, comme s'il allait reprendre vie.

— Madame Marie-Louise Bellonnière, née Granier, je suppose..., plaisanta Félicien en s'inclinant devant le mannequin.

— Quoi ? Mais où est sa femme ?

Elle n'obtint pas de réponse et dut se contenter de la grimace de son collègue, qui n'en revenait pas non plus.

— Une poupée... une poupée..., répétait-il en regardant la forme assise face à eux.

— Il n'est pas là ! trancha Perrier en parlant suffisamment fort pour faire sortir ses deux amis de leur torpeur.

Il avait déjà visité toutes les pièces et revenait bredouille.

— Descendons à l'atelier, ordonna-t-il sur un ton qui ne supportait pas d'être contrarié.

Dans le hall, ils croisèrent les policiers promis par Lacassagne, qui étaient en train de poser des questions aux deux concierges.

— Il y a une porte de service, là, sous l'escalier, expliquait l'homme surpris par cette descente tapageuse. Restez discrets. Nous sommes une maison honnête. Tous nos locataires sont des gens convenables.

— Oui, mais pas votre Bellonnière, persifla un agent en l'écartant pour passer.

Aidé de Lecuyer, venu le rejoindre, il défonçait déjà la porte. Lorsque celle-ci céda, Perrier bouscula tout le monde et se précipita dans la boutique.

Constant Bellonnière se tenait debout, derrière le comptoir.

Il souriait.

Étrangement calme. L'expression de son visage était celle d'un homme déterminé.

— Heureux de vous revoir, Félicien, murmura-t-il en inclinant courtoisement la tête. Irina, vous êtes aussi ici ? Et même vous, Bernard, mon ami ! Si vous saviez comme j'ai aimé travailler avec vous tous ! Cette complicité rafraîchissante...

— Tu t'es bien foutu de nous, hurla Lecuyer en utilisant le tutoiement. De moi, surtout.

— Pourquoi de toi ? Nous avions les mêmes idées. Je voulais te faire connaître des gens qui pensaient tout comme nous. Rien de plus. Des Trouveurs de Sorcières. De ceux qui ne veulent pas que notre règne à nous, les hommes, cessent. Tu as apprécié, rappelle-toi.

— Non !

Pour garder à distance le groupe qui, menaçant, approchait de lui, Bellonnière avait levé son arme et les tenait tous en joue.

— Je n'aime pas l'idée de tirer, murmura-t-il. Alors, ne m'obligez pas, vous, mes amis.

— Nous n'avons pas pour ami un tueur de femmes !

Le bras armé hésita, puis se tendit en direction de Bernard qui venait de crier.

— Comme tu es ingrat avec moi. Cela me touche que tu me répudies de la sorte.

Et tout en parlant, l'expression de son visage changea et il prit un air attristé. Celui d'un petit garçon fragile qui, sur les genoux de son grand-père, écoutait parler du « monde du bas ».

— Tu me causes beaucoup de chagrin, Bernard, mon ami. J'ai tellement aimé notre collaboration. Souviens-toi lorsque nous regardions les clichés des mortes ensemble. Nous étions d'accord sur le sujet. Tout comme moi, tu disais que ces femmes qui osaient sortir de leur caste n'étaient pas fréquentables. Qu'il fallait les ramener à la raison. La raison…

Lecuyer rougit.

— Je n'ai jamais dit qu'il fallait les tuer !

— Moi non plus. C'est venu à moi comme une évidence. Je souhaitais ardemment les purifier. Racheter leurs péchés. La première…

Il eut un instant un regard dans le vague, mais il se reprit vite et durcit son bras qui tenait le revolver.

— Elle se nommait Svetlana, il me semble. Elle avait cette blancheur et ces rondeurs molles des filles de l'Est. Elle disait la bonne aventure. Elle est venue au magasin pour une photographie qu'elle voulait envoyer à sa fille repartie à Moscou. Son attitude m'a déplu. Oh ! Ce n'était pas la première fois qu'une femme m'irritait, mais celle-ci posait un regard sur moi… terrible. Elle me jugeait. Tout comme l'épouse avec qui je venais de convoler. Constant, vous êtes ridicule ! Constant, vous ne parvenez même pas à m'honorer comme un mari doit le faire. Constant, vous mangez comme un pourceau. Constant, vous ronflez. Constant, vous n'êtes pas un homme… Alors, comme ça, sans réfléchir, j'ai assommé cette Svetlana, parce que je ne pouvais pas assommer ma femme.

Il fit une pause.

— Elle était là. Repliée sur elle-même au sol. Et là j'ai su que c'était fini. Que je ne pourrais plus jamais faire demi-tour. Qu'à son réveil, je ne pourrais pas lui dire : « Toutes mes excuses, madame. Je vous ai frappée par inadvertance ! » J'étais foutu ! Mais en même temps que je me sentais pris au piège de mon geste ridicule, une formidable joie a surgi en moi. Elle a éclairé mon âme ! Je venais de tracer mon chemin. Je savais maintenant ce qu'il me restait à accomplir pour parfaire mon chef-d'œuvre. La création de toute une vie !

— Tu es fou…

Il loucha sur Bernard.

— Fou ? Non. Lucide. Je connaissais bien les sous-sols de la Croix-Rousse pour avoir été bercé par les histoires que me racontait mon grand-père. Ces fables de monstrueuses créatures qui vivaient sous nos pieds. J'avais trouvé une des entrées de ce monde, dans la cave, par un vieux puits. Un monde fabuleux. Vide. Silencieux. Un monde où personne ne pouvait te surprendre. Un monde au sein duquel tout devenait possible. J'ai drogué cette femme avec du laudanum et je l'ai descendue en bas. Je n'avais pas encore d'idées précises. Alors, je l'ai laissée dans une cache, attachée, avant de prendre une décision.

Un soupir. On sentait à sa voix qu'il se nourrissait de sa confession, s'en gargarisait. S'en rassasiait.

— Ce sont ces benêts de Trouveurs de Sorcières qui m'ont donné l'idée. J'allais à leurs réunions puériles. Ils se réjouissaient de faire peur à des femmes. Ils leur envoyaient des lettres. Les menaçaient. Cela les comblait. C'est le mot *sorcière* qui m'a conduit aux ordalies. À l'Inquisition. Après, c'est moi qui ai poussé le groupe à aller plus loin. Pour masquer mes propres forfaits. Enlever une personnalité connue et l'affamer.

Il eut un long regard pour Perrier.

— Oui, c'est moi qui leur ai insufflé cette idée. Moi ! Ce pauvre photographe un peu trop gentil. Pleutre. Peureux. J'ai guidé leurs mains. J'ai orienté leurs actions. Oh ! La bonne idée que tu as eue, en fait, Félicien, de me demander cette liste de noms ! Elle m'a sorti de tes suspects ! Comment soupçonner un homme qui collabore ?

Bellonnière sursauta tout en reculant d'un pas. Un policier tentait de contourner le comptoir et il venait de s'en rendre compte.

— N'approchez pas ! Ou mon dernier forfait sera pour Irina.

Brusquement, il avait changé de cible et braquait son arme sur la jeune femme qui se figea.

— Ne bouge pas, ma belle ! Ah ! Tu m'en as fait voir, toi ! J'ai pensé : quoi de mieux que cette journaliste arrogante qui traîne en pantalon, pour parfaire mon tableau de chasse ? Une femme qui singe les hommes ! Avoue que c'était tentant. Lorsque j'ai appris pour le tatouage, durant les autopsies, je me suis dit que j'allais vous faire plaisir et vous la servir sur un plateau, votre sorcière ! J'ai payé une accoste. Une de ces filles que je loue parfois pour des photographies grivoises. De ces clichés qui se vendent bien sous le manteau. C'est elle qui était sous le voile, devant chez toi. C'est aussi elle qui t'attendait dans la traboule. Elle a fait brûler des plantes pour t'endormir. Je n'aurais plus eu qu'à te cueillir. Te cueillir. C'est drôle, non !

Il riait et en quitta ses lunettes cerclées or, afin de frotter ses yeux larmoyants, tant ce qu'il racontait l'amusait. Devant lui, personne n'osait bouger.

— Je t'ai bien eue, hein ? Tu y as cru ? Et la voix derrière le moucharabieh, c'était moi aussi, armé d'une pompe à air pour te faire peur ! Les trois nornes ! Vous imaginez, les trois nornes, comme dans les temps anciens ! Ici, dans les rues de Lyon. Et vous y avez cru aussi !

Irina frissonna.

— Sauf que je ne sais pas ce que tu as consommé dans ta jeunesse, mais les plantes, elles ne t'ont pas endormie ! Pourtant, la femme qui me les a vendues avait juré ! Mais sur toi, à peine si elles t'ont fait asseoir ! Ah, la gueuse ! Et tu m'as échappé. Heureusement, tu as croisé ta copine, la maîtresse d'école. Une drôle, elle aussi ! Prête à vouloir des droits dont elle ne saurait que faire ! Comme je ne pouvais t'avoir, toi, je l'ai prise, elle.

Il paraissait satisfait. Et le montra dans un sourire.

— Et la dernière ? demanda Perrier.

Discrètement, il essayait de passer devant Irina, toujours visée par l'arme, mais le photographe n'était pas dupe.

— Bouge pas, toi ! C'est ta copine que je veux sécher.

— Qui est la dernière ? souffla Bernard en pensant à la robe de chambre en pilou qui enveloppait le pantin, là-haut, dans l'appartement.

— Ma femme…

Un nouveau rire lui secoua les épaules.

— Ma femme. C'est par elle que tout a commencé. C'est par elle que j'ai fini. Lorsque j'ai compris que c'était terminé, j'ai relâché l'institutrice. J'aurais pu la laisser crever, seule dans le noir, mais je savais que vous finiriez par la retrouver. Alors, à quoi bon ?

— Qu'avait-elle fait ? demanda la journaliste en tentant une approche.

— Ne bouge pas ! Ce qu'elle a fait ? Elle m'a pourri l'existence. Du jour où je l'ai épousée, ma vie a été un enfer !

Bellonnière parut se troubler. Une sorte de fatigue brouilla son visage et un rictus l'enlaidit. Comprenait-il soudain, en le racontant, à quel point ce qu'il avait fait était odieux ? Découvrait-il, avec ce recul que ses interlocuteurs lui offraient, ce qu'il était devenu ?

Un monstre !

Il blêmit et son bras tendu vacilla sous le poids de l'arme qu'il tenait.

Lui, le petit photographe gentil, était devenu un monstre.

Tout à coup, une expression enfantine transforma son regard, et il inclina la tête sur le côté. Presque choqué par ce qu'il subodorait.

Lui, un monstre.

Il avait torturé des femmes. Les avait laissées mourir de faim. Seules. Dans le noir du « monde du bas ».

Sous les pieds des braves gens qui ne savaient pas, qui continuaient de vivre, sans se douter de rien.

— Ce n'est pas moi le monstre qui ai fait ça ! hurla-t-il brusquement. Ce sont les créatures du bas ! Les diables ! Ce sont eux ! Ce sont eux !

Sa main se mit à trembler et un instant son bras s'abaissa.

Tout se passa très vite. L'un des agents, celui qui avait défoncé la porte avec Lecuyer et qui, depuis, tentait de contourner le photographe, voulut profiter de ce moment de relâchement. Il bondit sur Bellonnière afin de le désarmer. Mais il avait mésestimé l'homme. Celui-ci avait fait la guerre. D'un bond en arrière, il échappa au policier et, dans l'élan, tira en visant Irina. Comme il l'avait annoncé.

Le bruit du coup de feu arrêta net le groupe qui s'immobilisa, tétanisé. Trop tard ! Bellonnière, dans un rire idiot, sardonique, venait de retourner le revolver contre lui.

Il tira une seconde fois.

Lorsque le silence revint, le photographe était étendu au milieu de son atelier, la tête explosée dans une mare de sang.

Il y eut comme un moment suspendu. Au ralenti. Les gestes semblaient plus lents. Les paroles engluées. Les visages torturés.

Soudain, tout s'accéléra à nouveau et le temps reprit son cours. Deux policiers effarés. Perrier anéanti.

Aux pieds d'Irina gisait Bernard.

Épilogue

Mardi 1er novembre 1898

Irina marchait vite. Le temps tournait à la pluie et elle craignait de prendre une trombe d'eau sur la tête, ce qui ne l'aurait pas vraiment arrangée. Première sortie avec un ensemble digne de ce nom, taillé à ses mesures, et dans un style qui lui convenait. Cela aurait été gâcher tant d'efforts que de rentrer mouillée !

Chemisier blanc à guipure au petit col montant, et jupe, gilet court et jaquette d'un bleu pétrole qui rehaussait la couleur de ses yeux. Enfin, c'était ce que Félicien, nouveau concepteur de vêtements en chef, avait bien voulu lui faire croire.

Par-dessus, comme il commençait à faire froid, elle avait jeté un manteau noir, très sobre.

Elle avait obstinément refusé de serrer son corset – tout sauf mourir d'inanition –, ainsi, lorsqu'elle scrutait sa nouvelle silhouette dans une vitrine, elle avait l'impression de ressembler à une jeune fille de la classe laborieuse. Secrétaire ou institutrice se rendant à son travail.

Le mot « institutrice » éveilla en elle une douleur qui lui coupa le souffle un instant. Et Marie-Victoire vint occuper ses pensées.

Comme elle avait souffert après sa libération ! Tellement différente de la jeune fille fraîche et engagée qu'elle avait été ! À la suite de sa brûlure, il avait fallu amputer son avant-bras, à hauteur du coude, et durant de longs jours, son pronostic vital avait été engagé. Mais la vie avait gagné ! Depuis, elle se reposait en maison spécialisée, à la montagne. Au grand air.

Mais d'autres pensées douloureuses égratignaient souvent l'esprit d'Irina. Sans prévenir. Une odeur. Un mot. Un lieu. Et le visage de Bernard réapparaissait. Brusquement. Là, devant ses yeux. Il avait cet air sombre des mauvais jours, lorsqu'il ne comprenait pas leur humour, lorsque tout lui échappait. Elle se forçait pourtant à l'imaginer heureux, juste après qu'il eut fait la connaissance d'Élise… mais ça ne fonctionnait pas toujours ! C'était un peu comme si, dans sa tête, il était toujours en colère. Comme s'il leur en voulait de ne pas l'avoir protégé. Elle essayait alors de recréer les premiers jours de leur rencontre, à grands traits de couleurs. Elle se forçait à en rire :

— *Tou nè* portes pas la *marièe* pour franchir le *souil* ? *Tou* n'es pas romantique !

À l'époque, elle lui faisait encore croire qu'elle était polonaise. Un jeu absurde, elle en convenait. Mais comme ils étaient insouciants !

Bernard.

Il était mort dans ses bras.

Il lui avait adressé son dernier regard.

Les jours qui avaient suivi, elle avait refait vingt fois le chemin qui conduisait à l'entrée de l'ancien couvent, montée Saint-Sébastien. Elle souhaitait disparaître de la vie. Se terrer. Attendre que le combat cesse à l'abri des hauts murs.

Mais il y avait Félicien.

Et la douleur de Félicien.

Il disait :

— C'est moi qui aurais dû me jeter devant toi, lorsque Bellonnière a tiré. Pas Bernard.

Bernard l'avait fait.

Bernard était mort.

Et comme elle ne voulait pas perdre Félicien aussi, elle était restée avec lui. D'abord, dans la violence. Ensuite le marchandage, entre alcool et drogue. Puis la dépression. Cela faisait quelques semaines seulement qu'ils acceptaient son départ. Et pour combattre le mauvais sort, la tristesse d'un automne grisâtre et les brouillards du Rhône qui plombaient le moral, Perrier avait décidé de faire d'elle une femme !

Il disait aussi :

— Pourquoi te caches-tu derrière des oripeaux masculins ? Tu dois être fière d'être une femme et de mener ton combat à visage découvert.

Aujourd'hui, elle sortait affublée ainsi pour la première fois. Et pour l'occasion, elle avait décidé de prendre des nouvelles de Madeleine. Elle avait appris qu'elle était sortie de l'asile, peu de temps après elle. Elle espérait seulement que son mari ne la frappait plus.

D'épais nuages sombres obscurcissaient les rues en ce jour de Toussaint. Il fallait qu'elle se hâte ! Elle était presque arrivée à l'adresse où elle voulait se rendre. Plus que quelques pas et elle pourrait trouver un abri, si le besoin s'en faisait sentir.

Un œil vers le ciel, sans vraiment regarder autour d'elle. Elle percuta de plein fouet une voiture d'enfant poussée par une nourrice pressée de rentrer avant la pluie. Celle-ci lâcha, de surprise, la poignée de porcelaine et le landau, en équilibre sur ses grandes roues de fer, tressauta et faillit verser. Irina, d'un bond, rattrapa la caisse en bois, ce qui lui permit de remettre droit l'équipage, sans que l'enfant en subisse des dommages.

— Oh ! Mille pardons, madame. Je crains tant l'orage que, dans mon élan, j'ne vous ai point vue !

La jeune femme, les joues rondes et le sourire avenant, s'exprimait avec un fort accent campagnard, qui lui faisait manger la fin de ses mots, un peu comme si elle était pressée de tout dire en un minimum de temps. Elle portait une cape rayée à double col sur une robe noire, et une étrange coiffe juponnée, tenue réglementaire que ses patrons devaient lui imposer. Morvandelle, sans aucun doute.

— Je ne regardais pas, moi non plus. C'est autant ma faute que la vôtre. Pas d'inquiétude. Et puis l'enfant n'a rien ! Dieu merci !

Tout en parlant, Irina s'était penchée sur un nourrisson d'environ trois mois, qui dormait dans ses langes en dentelles, tel un petit pape rose que rien ne pouvait déranger.

— Regardez ! Cela ne l'a même pas réveillé !

— Oui-da ! Marbleu, c'est ben de la chance ! C'est qu'il est dur à calmer, le coquin !

La nourrice semblait satisfaite. Elle rectifia le drap et remua le petit oreiller. Cela eut pour effet de faire tressauter le bébé qui sourit aux anges.

— Un garçon ?

— C'la même ! Françoais qu'il se nomme.

Toujours penchée vers le nouveau-né, Irina leva son regard sur la jeune femme attentionnée.

— Il paraît bien.

— Il l'est, le pauv'et. Même si sa venue au monde s'est faite dans la douleur, il est maintenant entouré d'amour et c'est tout bien.

Sa curiosité de journaliste la rattrapait au galop. Irina ne put se retenir de poursuivre la conversation. Un enfant venu dans la douleur ? Cela nécessitait des explications. Son interlocutrice, malgré la pluie menaçante, semblait prête à lui en fournir.

— Pensez donc, glissa cette dernière sur le ton de la confidence. Bichette, il a perdu sa maman. Nous reviendons du cim'tière tous deux. J'y ont mis un bouquet de fleurs sur sa tombe.

— Oh, pardon ! Je ne savais pas.

— Ah ben, vous ne la connaissiez point. Vous pouvions pas savoir.

— Il est vrai. Elle est morte en couches ?

— Ah, que ça non !

La nourrice hochait toujours la tête, un air mutin sur le visage. Un peu comme si elle avait une histoire folle à raconter et qu'il lui tardait d'en informer l'inconnue.

— Elle s'est jetée par le balcon deux jours ap'ès la venue du petiot ! Si c'est-y pas malheureux, ça... Une belle femme comme ça ! Mais elle était malade de la tête... des maux de nerfs, qui disait, son époux.

Le dernier mot avait été susurré, telle une confidence à ne pas mettre dans toutes les oreilles.

— Mais vous dites pas que c'est moi qui vous l'ai raconté ! Hein ?

Irina jura. De toute façon, elle ne connaissait pas la famille ! Donc, à quoi bon ?

Toutefois, elle poursuivit. Sentant peut-être l'article à écrire. Le fait divers à dévoiler. Et tout en prenant des notes dans sa tête, elle se félicita de sa nouvelle tenue, sans laquelle la toute jeune gouvernante ne lui aurait pas adressé la parole.

— C'est terrible, en effet. Elle est… morte sur le coup ?

— Ben, pour sûr ! Deux étages, ça pa'donne pas ! En bas, elle était toute cassée, comme une vieille poupée. La jambe sous les fesses, le bras à l'envers. Pas beau à voir… j'vous l'dis !

En se remémorant la scène, la fille trembla. La vingtaine, tout au plus. Irina se dit que, dans son pays, elle avait dû laisser son propre enfant à une paysanne, pour venir nourrir celui d'une autre. Un enfant pour qui elle économisait et qu'elle ne retrouverait sans doute jamais à son retour. Mort faute de soins.

— Oh ! La pluie est là ! J'en ai bien peur quand ça tombe et que ça gronde !

— Et vous habitez encore loin ?

— Non… ju'te là !

D'un geste du bras, elle lui indiqua la belle maison bourgeoise où elle travaillait.

Irina tressaillit.

— La mère de l'enfant s'appelait comment ?

Sans se faire prier, la nourrice la renseigna.

— Madeleine. Elle s'appelait Madeleine. Pourquoi, vous la connaissions ?

L'effroi remplaça la stupeur. Madeleine. Sa Madeleine, celle à qui elle pensait rendre visite ! Défenestrée !

Un courant d'effroi la fit tressaillir.

Poussée par son mari peut-être ?

Et cet enfant ? De qui était-il ?

Alors que son esprit refusait l'évidence, sans bien comprendre son geste, comme mue par une sorte de prémonition, elle se pencha à nouveau sur le bébé qui n'avait pas bronché et doucement, tout doucement, dégagea son cou des langes qui l'enserraient, des dentelles froufroutantes et du cordon du bonnet attaché sous son menton.

Et là, sous l'oreille, apparut ce qu'elle ne souhaitait pas voir ! Une tache. Une abominable marque rosée. Abominable non pas par sa présence. Mais bien par sa provenance !

— *Mauricette. Mon petit nom, c'est Mauricette, lui disait la gamine en se dandinant, son gros ventre en avant. C'est vrai, je te plais ? Moi, je crains pas les gougnottes. Y a pas de mal à s'faire du bien, hein ? Une petite lécherie par-ci par-là, des fois… moi, j'ai rien contre.*

— Madame ? Madame ? Ça va pas bien ? se lamentait la nourrice, alors que la pluie commençait à tomber en de grosses gouttes larmoyantes.

Mais Irina ne l'entendait plus. Prise par un tournis nauséeux. Un vertige. Avec le visage doux de Madeleine qui lui apparaissait. Un visage d'ange. Et dans sa tête, obsédante, la gamine de l'asile, inlassablement, qui répétait :

— *Mauricette. Mon petit nom, c'est Mauricette. C'est vrai, je te plais ?*

Notes et remerciements de l'auteure

Comme vous l'avez compris en lisant ce livre, même si j'essaie de coller le plus possible à la réalité historique, il n'en reste pas moins que celui-ci est un roman. Ne m'en voulez pas trop si je me suis permis des licences avec la réalité.

De la même manière, certains personnages de mon histoire ont réellement existé. J'aime beaucoup me plier à ce genre d'exercice. Je trouve ça amusant ! Toutefois, là encore, j'ai parfois pris de grandes libertés en les évoquant.

Je dois reconnaître aussi que la très belle réplique : « Je ne vous trompe pas, je vous complète » n'est pas de moi… et j'en suis vraiment désolée, car je la trouve magnifique ! Je l'ai empruntée à Samuel Pozzi, duquel je me suis librement inspiré pour créer le personnage d'Aurélien Gozzo.

Voilà… mon plus grand espoir est que vous, lecteurs, ne m'en teniez pas rigueur, et preniez plaisir à profiter de ce creuset hétéroclite.

Les remerciements maintenant.

Je passerai rapidement sur mes proches. Ils savent bien l'importance qu'ils ont pour moi (notamment Bruno, mon mari, mon premier lecteur).

Je m'arrêterai sur les éditions Préludes, que je n'avais pu citer après avoir reçu le prix des Talents de Demain, avec *Les Suppliciées du Rhône*. Je n'arrive pas encore bien à décrire le bonheur que je ressens à travailler avec toute cette équipe ! Comme je le dis souvent : l'aventure est belle !

Une mention spéciale pour Flora, devenue ma groupie de Lyon, qui se reconnaîtra. Et surtout pour Zoé, mon éditrice, qui sait supporter mon goût pour la procrastination et mon spleen de confinement !

Et je terminerai ce clin d'œil en félicitant le groupe « Lyon historique et actuel », sur Facebook, pour le travail que ses participants font par amour pour leur ville. Et notamment Bernard, Catherine et Chérif. Grâce à eux, j'ai appris tout plein de choses, et je me suis régalée en découvrant les vieilles photos et cartes postales qu'ils publiaient.

… Sans oublier mes lectrices et lecteurs vers qui se portent mes plus agréables pensées.

De la même auteure,
aux éditions Préludes :

Les Suppliciées du Rhône

LES FOLLES AVENTURES DU CÉLÈBRE GENTLEMAN CAMBRIOLEUR

LES CONFIDENCES D'ARSÈNE LUPIN

MAURICE LEBLANC

N° 1400

*« Allô, le service de la Sûreté ?
M. l'inspecteur principal Ganimard est-il ici ?...
Pas avant vingt minutes ? Dommage !... Enfin !...
Quand il sera là, vous lui direz ceci de la part
de Mme Dugrival... Oui, Mme Nicolas Dugrival...
Vous lui direz qu'il vienne chez moi. Il ouvrira la porte
de mon armoire à glace et, cette porte ouverte,
il constatera que l'armoire cache une issue qui fait
communiquer ma chambre avec deux pièces.
Dans l'une d'elles, il y a un homme solidement ligoté.
C'est le voleur, l'assassin de Dugrival.
Vous ne me croyez pas ? Avertissez M. Ganimard.
Il me croira, lui. Ah ! J'oubliais le nom de l'individu...
Arsène Lupin ! »*

LE PORTRAIT D'UNE FEMME AUDACIEUSE, QUI MÈNE L'ENQUÊTE, AU XIXe SIÈCLE

LE SERPENT DE L'ESSEX

SARAH PERRY

N° 35342

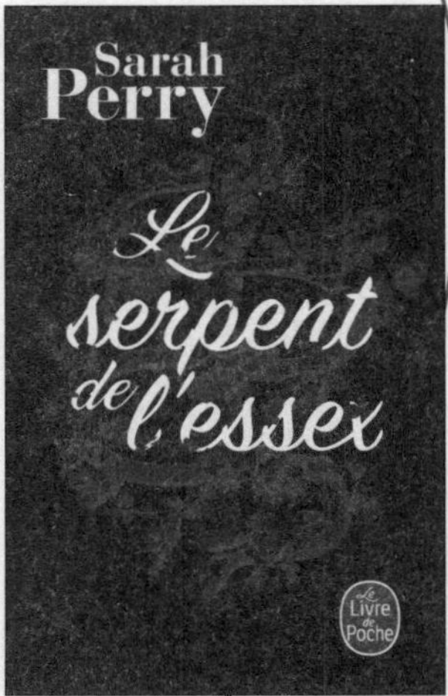

Cora Seaborne, jeune veuve férue de paléontologie, quitte Londres en compagnie de son fils Francis et de sa nourrice Martha pour s'installer à Aldwinter, dans l'Essex, où elle se lie avec le pasteur William Ransome et sa famille. Elle s'intéresse à la rumeur qui met tout le lieu en émoi : le Serpent de l'Essex, monstre marin aux allures de dragon apparu deux cents ans plus tôt, au XVIIe siècle, aurait-il ressurgi de l'estuaire du Blackwater ? Dans un cadre marqué par une brume traversée d'étranges lumières, Cora Seaborne construit sa liberté.

PAPIER À BASE DE FIBRES CERTIFIÉES

Le Livre de Poche s'engage pour l'environnement en réduisant l'empreinte carbone de ses livres. Celle de cet exemplaire est de :
980 g éq. CO_2
Rendez-vous sur www.livredepoche-durable.fr

Composition réalisée par PCA

Achevé d'imprimer en avril 2021 en Espagne
par RODESA
Dépôt légal 1re publication : mai 2021
LIBRAIRIE GÉNÉRALE FRANÇAISE
21, rue du Montparnasse – 75298 Paris Cedex 06

87/6507/6